大家常识读本

# 中国文学常识

郑振铎 著

青岛出版集团 | 青岛出版社

**图书在版编目（CIP）数据**

中国文学常识 / 郑振铎著 . — 青岛 : 青岛出版社，
2025. -- ISBN 978-7-5736-2796-4

Ⅰ . I209

中国国家版本馆 CIP 数据核字第 20240YX281 号

ZHONGGUO WENXUE CHANGSHI（DA JIA CHANGSHI DUBEN）

| | | |
|---|---|---|
| 书　　　名 | 中国文学常识（大家常识读本） | |
| 出版发行 | 青岛出版社（青岛市崂山区海尔路 182 号，266061） | |
| 本社网址 | http://www.qdpub.com | |
| 策　　划 | 郭东明　唐运锋 | |
| 责任编辑 | 梁　娜　朱子菡 | |
| 照　　排 | 青岛新华出版照排有限公司 | |
| 印　　刷 | 青岛国彩印刷股份有限公司 | |
| 出版日期 | 2025 年 2 月第 1 版　2025 年 2 月第 1 次印刷 | |
| 开　　本 | 16 开（710mm×1000mm） | |
| 印　　张 | 25.25 | |
| 字　　数 | 316 千 | |
| 书　　号 | ISBN 978-7-5736-2796-4 | |
| 定　　价 | 78.00 元 | |

编校印装质量、盗版监督服务电话　4006532017　0532-68068050

# 序: 中国文学鸟瞰

## 古代文学

### 一

所谓古代文学，指的便是中国西晋以前的文学而言。这个时代的文学有两个特点：第一，纯然为未受有外来的影响的本土的文学。我们的中世纪和近代的文学，无论在形式上、内容上都受有若干外来文学的影响，特别是印度的；但在古代文学史上，则这个痕迹尚看不出——虽然在这个时代的最后，印度的思想和宗教已在很猛烈地灌输进来。第二，纯然为诗和散文的时代。像小说和戏曲的重要的文体，在这时代里，尚未一见其萌芽。在希腊、在罗马或在印度的文学史上，已是很绚烂地照耀着这两种伟大文体的不可迫视的光彩的了。

这个时代，从最早有"记载"的文字留下的时候起，到西晋的末年止，至少是有了二千年左右的历史（前1700—316）。在这样长久的时代里，我们先民的文学活动，至少也可分为四个发展阶段：

第一阶段：从殷商到春秋时代。这是一个原始的时代，伟大的著作，只有一部《诗经》。

第二阶段：战国时代。这是散文最发展的时代，散文的应用，在这时最为扩大。作者们都勇敢地向未之前见的文学的荒土上垦殖着。韵文也有了很高的成就,产生出像屈原的《离骚》《九章》、宋玉的《九辩》以及《招魂》《大招》之类的杰作。

第三阶段:从秦的统一到东汉的末叶。这是一个辞赋的时代,我们还看见五言诗在这时候开始发生萌芽;我们还看见古代的载籍[1],在这时候开始被整理,被"章句",被归纳排比在好几部伟大的历史的名著里去。

第四阶段:从汉建安到西晋之末。这是一个五言诗的伟大时代。抒情诗的创作复活了;同时还复活了哲学的讨论的精神。诗人们、学者们,都不甘低首于类书似的辞赋和古代典籍之前了。虽然在最后,我们见到了一个悲惨的少数民族混乱的时代,却并无碍于这个时代伟大的成就。印度的佛教也在这时输入中国,开始在哲学上发生着影响,但文学上似还不曾感受到什么。

## 二

在这四个阶段的文学的进展里,中国的历史的和社会的、经济的情况也逐渐在变动着,且在背后支配着文学的进展。

最早的一个时期里我们看见汉民族的殷商一代,已定居于河南的黄河流域。汉族到底是西来的呢,还是定居于本土的原始人种,这有种种专门的辩论,我们姑且不去讨论它。但我们知道当我们的文学史开幕的时候,汉民族已在黄河流域的中部活跃着。他们的文明程度已经是很高的了。他们已知使用铜器。他们已有很繁赜的文字。他们知道怎样卜占吉凶以至行止;他们在兽骨、龟板和铜器上所刻的文辞,是很整饬的。后来周武王伐纣,推翻中枢的政府而自代之。周朝初期的文化未必有胜于殷商,但不久便急骤进步了。就甲骨文辞的记载看来,殷商已入一个农业时代,他们对于卜年卜雨是很注意的一件事。但也颇着重于田渔,这可见他们是未尽脱游猎时代的生活的。周代则完全进入到很成熟的农业社会之中。《诗经》里,关于农事的歌咏是极多的;

---

1 载籍:书籍。《后汉书·卷四·班彪传下》:"遂博贯载籍,九流百家之言,无不穷究。"

我们读《云汉》一诗，便知当时的人们对于大旱灾是如何的着急。像《七月》，像《硕鼠》等便又活画出当时农民们婉转呻吟于地主贵族压迫之下的呼号。"十亩之间兮，桑者闲闲兮"，连情诗也都是以农村的背景写出的了。

<h2 style="text-align:center">三</h2>

第二个阶段，来了一个极大的变动。在第一时期的后期，汉民族的势力还未出黄河流域以外。见于《诗经》的十五国风；二南、王、桧（guì）、郑、陈，皆在河南；邶、鄘（yōng）、卫、曹、齐、魏、唐，皆在河北；豳（bīn）、秦则在泾、渭之间。其疆域盖不出于河南、山西、陕西、山东四省之外。但在其最后，我们却见到长江流域左右的楚与吴、越皆已登上中国政治与战争的舞台，而为其重要的角色。在这个时代里，政治的局面，更大为不同。中枢政府完全失去了权威，以至于消灭。所谓韩、魏、赵、齐、楚、燕、秦的七国，竞欲争霸于当代，合纵连横，外交的变幻无穷，战争的威胁也无时或已。而对内则暴政酷税，使得民不聊生。平和的农民们连逃亡都不可能。忧民之士，纷出而献匡时之策；舌辩之雄，竞起而效驰驱之任。于是便来了一个散文的黄金时代。在这时，商业是很发达的；尽管争战不已，但商贾的往来，则似颇富于"国际性"。大商人们在政治上似也颇有操纵的能力；阳翟大贾吕不韦的设谋释放秦太子，便是一例。秦居关中，民风最为强悍，又最不受兵祸，首先实行了土地改革，增加生产，且似能充分地得到西方的接济，故于七国中为最强。齐、楚诸国终于逐渐地为秦所吞并。楚地的文学，在这时诗坛上最为活跃，但大诗人屈原等在其他国家里并无重要的影响。

第三个时期的开始，便见秦已并吞了六国，始皇帝厉行新政，"书同文，车同轨"，废封建为郡县，打破了贵族的地主制度（秦的废封建，似颇受巴比伦诸大帝国的影响，又其自称"始皇帝"，而后以"二世""三世"为次，似更是模拟着西方的诸帝的榜样的）。这是极大的一个政治上的革命。自此，真正的封建组织便消灭了。但始皇帝虽为农民去了一层大压力，而秦人的兵马的铁蹄，却代之而更甚地蹂躏着新征服的诸国。因此，不久便招致了"封建余孽"的反叛。大纷乱的结果，得天下者却是从平民阶级出身的刘邦。战国诸世家是永远沦落下去了。刘邦即皇帝位后，大封同姓诸侯。但文、景之后，封建制度又跟随着七国之乱而第二次被淘汰。在这时候，北方的一个大敌匈奴，逐渐地更强大了（他们为周、赵、秦的边患者本来已久）。唯于大政治家刘彻的领导之下，汉族却给匈奴以一个致命伤。同时，西方诸国也和汉帝国更为接近。西方的文化和特产开始输入不少。王莽出现于西汉之末。他要实现比始皇帝更伟大的一次大革命，经济的革命。可惜时期未成熟，他失败了。东汉没有什么重要的变动。汉帝国的威力，渐渐地堕落了。西方诸小国已不复为汉所羁縻。

这三个世纪，并没有产生什么伟大的名著。但屈原的影响却开始笼罩了一切。两司马（迁和相如）代表了文坛的两个方面。迁建立了历史的基础；相如则以辞赋领导着许多作家。但两汉的辞赋，不是"无病而呻"的"骚"便是浮辞满纸、少有真情的"赋"和"七"。他们只知追踪于屈、宋的"形式"之后，而遗弃其内在的真实的诗情。散文坛也没有战国时代的热闹，但较之诗坛的情况，却已远胜。古籍整理的结果，往古的史实渐渐成为常识。便有像王充一类的学者，以直觉的理解，去判断议论过去的一切。五言诗渐代了四言的定式而露出头角来。

# 四

第四个时期可以说是五言诗的独霸时代。尚有诗人们在写四言，但远没有五言的重要。

在这时代，我们看见汉末的天下纷乱；我们看见魏的统一，晋的禅代；我们还看见少数民族的纷纷徙居于内地。魏、晋的这个羁縻政策的结果，造成了后来的五胡十六国之乱。在这时的初期，魏、蜀、吴的三国虽是鼎峙着，而人才则几有完全集中于魏都的概况。蜀、吴究竟是偏安一隅。因形势的便利，又加之以曹氏父子兄弟的好延揽文人学士们，于是从建安到黄初，便成了一个最光荣的五言诗人的时代，一洗两汉诗坛的枯陋。辞赋在这时代也转变了一个新的机运。隽美沉郁的诗思复在《洛神》《登楼》诸赋里发见了。司马氏继魏而有天下。东南的陆机、陆云也随了孙吴的被灭而入洛。诗人们更为集中。

因了两汉儒学的反动，又佛教的开始输入，在士大夫间发生了影响，玄谈之风于以大炽。竹林七贤的风趣是往古所未有的。阮、嵇的诗也较建安诸子为更深厚超逸，引导了后来无数的诗人向同一路线走去。

在西晋的末叶，我们看见了大变乱将临的阴影。诸王互相残杀，文人们也往往受到最残酷的噩运，徒然成了政争的无谓的牺牲。从永兴元年（304年）刘渊举起了反抗的旗帜，自称大单于的时候起，中原便陷于水深火热的争夺战中。中世纪的文学就在那个大纷乱的时代，代替了古代文学。

# 中世文学

## 一

中世纪文学开始于晋的南渡，而终止于明正德的时代，其时间凡一千二百余年（公元 317—1521 年）。在中国文学史上，这一段的文学的过程是最为伟大、最为繁赜的。古代文学是单纯的本土文学，于辞赋、四五言诗、散文以外，便别无所有了。

这个时代，却是印度文学和中国文学结婚的时代。在这一千二百余年间，几乎没有一个时代曾和印度的一切完全绝缘过。因为受了印度文学的影响，我们乃于单纯的诗歌和散文之外，产生出许多伟大的新文体，像变文，像诸宫调等等。在思想方面，在题材方面，我们也受到了不少从印度来的恩惠。我们可以说，如果没有中印的结婚，如果佛教文学不输入中国，我们的中世纪文学可能会是完全不相同的一种发展情况的。

我们真想不到，在古代期最后的时候所输入的佛教，在我们中世纪的文学史乃会有了那么弘巨的作用！经过了那个弘丽绝伦的结婚礼之后，更想不到他们所产生的许多宁馨儿竟个个都是那么伟大的"巨人"！

凡在近代继续生长着的文体，在这个时代差不多都已产生出来了。

民间文学所给予我们许多大作家的影响，在这个大时代里也很明白地可以看出。

欧洲文学史上的中世纪，是一个黑暗的时代。但我们的中世纪，却是那样的辉煌绚烂的一个大时代，几乎没有一纪一年不是天朗气清的"佳日"。她不曾有过兼旬的霖雨，也不曾有过长久的阴晦无月的夜景，是那样伟大的一个中世纪！说起来便不禁得要令人神往！——虽然在政治上是常常的那样的黑暗。

## 二

在这一千二百年间的中世纪的文学，其历程可分为下列的三个时代：

第一时代，从晋的南渡到唐开元以前。这仍是一个诗和散文的时代。但在诗和散文上，其思想题材，乃至辞语，已深印上佛教的影响在上面了。小说的前影在这时已可见到，但只是短篇的故事。《游仙窟》的出现，才真实地开始了中国小说的历史。在这时代之末，七言诗已成为最流行的诗体。

第二时代，从唐开元、天宝到北宋之末叶。印度文学的影响，在这个时候，不仅仅自安于思想、题材或若干辞语的供给了；她们已是直捷地闯入我们文坛的中心了。印度所特有的以韵文和散文组合而成的文体，已在这时代成为"变文"，而占领了一个重要的地位，产生出很多伟大的作品。同时，许多新体的诗歌所谓"词"者，也崭然露出头角来。"词"的音乐，有一部分是受了印度及中央亚细亚诸国的乐歌的感应的；有一部分则为各地民间的产物。在散文坛上，这时也发生了一种革命的运动，即所谓古文运动的，起来打倒了既不便于抒情，更不便于议论、叙事的僵化了的骈偶文。其最高的成就乃见之于许多隽妙"传奇文"上。

第三个时代，从南宋初年到明正德之末。这时，诗坛上是，于词之外，更有了一种新体的可唱的诗，所谓"散曲"者出现。许多儒士，已是无条件地采纳了许多印度的哲理到中国哲学里去。说书的风气，在第二时代仅流行于寺庙里，仅为和尚们所主讲者，这时代却大见流行，有了种种不同的分化。短篇的以白话写成的小说，所谓"词话"的，以至长篇的历史小说，所谓"讲史"的，因此遂产生出来。

"变文"的势力更大，一方面在"宝卷"的别名之下延长其生命下去，一方面更产出了另一个重要的文体——所谓"诸宫调"者出来。戏剧这一个重要的文体，也在此时出现了。她最初是在中国的东南部温州流行着，后乃成为普遍性的。在北方，受了戏文及影戏等的影响，并由诸宫调蜕化出一种别体的戏曲，所谓"杂剧"的出来。中世纪的文学乃告终止于诸种新的伟大的文体在发展得成熟的时候。许多伟大的名著，如暮春三月的落花如雨的新瓣，如秋日的霖雨的绵绵不绝的雨丝似的继续不断地出现。

## 三

这一千二百年间的政治和社会，常常陷于黑暗无比的深井里，恰似和光芒万丈的文坛成一个黑白极显明的反映。中华民族所遭受的痛苦和不幸，乃是古代期里诸作家所不曾梦想得到的。至少总有八百年以上，中国中南部是在不断地遭受着北部的诸少数民族的侵入的。其中至少有四百年以上，北方的全部陷入少数民族的掌握之中。其中更有一世纪，乃至连南方的全部也都被一个游牧民族的铁蹄所蹂躏、所征服。所谓契丹（辽），所谓女真（金），所谓蒙古（元），他们此兴彼灭地不断地在中国政治舞台上活动着。而开其端者则为五胡的乱华。

从五胡乱华的时候，汉族开始养成能够在少数民族的极大的压迫之下生存着的耐力和勇气。公元 316 年，刘曜陷长安。第二年刘聪杀愍帝。司马睿便在江南自立为皇帝，是谓东晋的开始。世家大族纷纷地由中原逃到江南来。时时有志士们怀着恢复中原的雄心，但都只是若昙花的一现。中原及北部是陷入那样的不可救药的大混乱之中。五胡十六国，如万蛇在坑中似的翻腾不已。

到了公元 440 年，北魏太平真君统一了北地，人民方才略略有些安息的日子过。其后北魏又分裂为东西魏，再变而为北齐和北周。南朝也由宋而齐而梁而陈地数易其主。公元 581 年，杨坚代北周而有天下；过了九年，又平陈。南北二地始复见统一的局面。公元 618 年，李渊复代隋而建立唐帝国。一个更强有力的中枢政府，遂以形成。

因了这四百年间是那样的一个不太平的黑暗时代，于是佛教的势力便乘机大为发展；上自皇帝，下到平民，殆无不受这个欲解脱人生痛苦的伟大宗教的洗礼。佛经的翻译成了最重大的事业。无数的文士们专心致志地从事于此。梵音的使用，佛家故事的改译，遂成了这时代很重要的，且是对于后来很有影响的工作。

# 四

第二个时代开始于唐帝国的全盛时代。继于李世民的开创之后，李隆基的雄才大略，使得汉族和西方诸国有了更密切的关系。印度和西域的事物，急骤地输入中国来。特别是音乐，碰到了好歌善舞的李隆基，立刻便有了很大的成就。我们开始见到新体诗的"词"的萌芽。但唐帝国对于外来民族仍是抱着羁縻的政策，且进一步而组织着正式的藩军。这政策的不幸的结果，乃爆发于公元 755 年安禄山的举叛旗。自此，天下又有了好几年的纷乱。但这个纷乱，却打破了大帝国的酣舞清歌的迷梦。

在诗坛上产生了像杜甫、白居易般的大诗人。在散文坛上也开始发生了古文运动。唯中枢政府的统御力，自此便一蹶不振。军阀专横，民生困苦万状，乃至产生了许多空想的剑侠的故事。契丹开始表现其势力于中国的北部及中原。公元907年，朱温篡唐而自立。五代不过五十年，而已五易其姓。石敬塘等且皆借契丹之力以入主中原。于是这个辽（契丹）民族的野心乃更大。赵匡胤虽统一了天下，而于辽却是不敢"加遗一矢"的。

公元1125年，宋与金同盟举兵灭辽。第三年，这个勃兴的金民族便又灭北宋而占有了北方的天下。宋高宗仅倚长江的天险而自保。又成了南北对峙的局面。

# 五

第三个时代开始于宋、金两朝的南北对峙。金虽是勃兴的少数民族，但入主北地以后，其文化也突然地达到很高的地位。当中原的艺术家们正纷纷地逃过江南来时，一部分没有迁徙得动的诗人们、小说家们，便在中原为金人而歌唱着，讲说着故事。其结果遂产生了像董解元的《西厢记诸宫调》和无名氏的《刘知远诸宫调》那么伟大的名著出来。稍后，便又由着大诗人关汉卿的大力，而创作了杂剧的一个新体的戏曲出来。同时，在南宋，说话人们正在创作他们的"词话"，永嘉的剧作家们也正在编写他们的戏文。

正在这时，北方忽如流星的经天似的出现了一个更强盛的以游牧为生的蒙古民族。他们在几个大政治家、大军事家指挥之下，铁骑所到，无不残破，遂建立了一个旷古未有的蒙古大帝国，竟包括了一部分的欧洲乃至印度在内。

公元1234年，蒙古灭金。过了四十五年，他们又一举而灭了南宋。在这个强悍的民族的统治底下，汉族人民的痛苦之深是无待说的。但文坛却并不见得怎样暗淡。那时的农村经济似是很充裕的。观于杜善夫的《庄家不识勾栏》，一个农夫乃肯不经意地费了"二百文"去见识见识勾栏里演剧的情形，其盛况是颇可由此明白的。大都和临安是两个文化的中心。杂剧和戏文在这个时期极为发达，长篇的历史小说也产生得不少。但这个蒙古大帝国却崩坏得很快。

公元1368年，朱元璋的兵逐走了元顺帝，恢复了汉民族的天下。在朱明统治之下的中国却也并不怎样快乐。朱姓诸皇帝是那样的专制和无理性！洪武、永乐，都是残忍成性的人物。文坛似乎反而较元代无生气。成化、弘治、正德诸代，比较地有复兴的气象。伟大的杰作也时时有产生出来。然一切文体经历了这许多年之后，都有些疲乏了，亟待需要一个新的转变。近代期的文学便在那样的一个时候开始。

# 近代文学

## 一

近代文学开始于明世宗嘉靖元年（公元1522年），而终止于五四运动之前（民国七年，公元1918年）。共历时三百九十余年。为什么要把这将近四个世纪的时代，称为近代文学呢？近代文学的意义，便是指活的文学，到现在还并未死灭的文学而言。在她之后，便是紧接着五四运动以来的新文学。近代文学的时代虽因新文学运动的出现而成为过去，但其中有一部分的文体，还不曾消灭了去。她们有的还活泼泼地在现代社会里发生着各种的影响，有的虽成了残蝉的尾声，却仍然有人在苦心孤诣地维护着。

中世纪文学究竟离开我们是太辽远一点了，真实地在现社会里还活动着的便是这近代文学。她们的呼声，我们现在还能听见，她们的歌唱，我们现在还能欣赏得到；她们的描写的社会生活，到现在还活泼泼地如在。所以这一个时代的文学，对于我们是格外地显得亲切，显得休戚有关，声气相通的。

在这四个世纪的长久时间里，我们看见一个本土的最伟大的作曲家魏良辅，创作了昆腔；我们看见许多伟大的小说家们在写作着许多不朽的长篇名著；我们看见各种地方戏在迅速地发展着；我们看见许多弹词、宝卷、鼓词的产生。在这四个世纪里，我们的文学，又都是本土的伟大的创作，而很少受有外来影响的了。虽然在初期的时候，基督教徒的艺术家们曾在中国美术上发生过一点影响——但中国文学却丝毫不曾被其影响所熏染到。

虽然在最后的半个世纪，欧洲的文化，也曾影响到我们的封建社会里，连文学上也确曾被其晚霞的残红渲染过一番——然究还只是浮面的影响，并不曾产生过什么重要的反应。她们激动了千年沉睡的古国的人们。这些人们似乎都已醒过来了；但还正是睡眼蒙胧，余梦未醒，茫茫无措地站在那里，双手在擦着眼，还不曾决定要走哪一条路，要怎么办才好。认清楚了，已经完全清醒了的时代，当从五四运动开始。所以近代文学，我们可以说，还纯然是本土的文学。这四百年的文学，实在是了不得的空前的绚烂。

## 二

但在政治上却又是像中世纪似的那么黑暗。我们的民族方才从蒙古族的铁骑之下解放出来不到一百六十年，便又遇到一个厄运，那便是倭寇的侵略。虽不过是东南几省的遭受蹂躏；文化的被破坏的程度，却是很可观的。再过一百二十余年，一个更大的压迫便来了：清民族以排山倒海之势，侵入中国本部。先蚕食了整个辽东，然后以讨伐李自成为名，利用着降将与汉奸，安然地登上了北京的金碧辉煌的宫廷里的宝座（公元 1644 年）。不到一年，又陷了南京，擒了福王。第二年又打到汀州，捉了唐王。到了公元 1658 年，攻云南，整个的中国便都归伏听命于爱新觉罗氏的指挥了。几个伟大的政治家，立下了严厉的统治的训条。整个汉民族，驯良地在被统治之下者凡二百六十余年。但清民族不久也渐渐地腐败了。他们吸收了整个的汉文化。当西洋人屡次地东来叩关时，他们便也无法应付了。从公元 1842 年（道光二十二年）鸦片战争失败，签订《南京条约》，割香港、辟福州等五口为通商口岸起，几乎是无时不在外国兵舰的威胁之下。

公元 1850 年到 1864 年间的太平天国的起义，曾掀起了大规模的社会革命运动，但为期甚短，不能开花结果。甲午（1894 年）中日战争之后，中国几成了四面楚歌的形势。要港纷纷地被列强租借去。北方几省虽有义和团的反抗外力运动，其努力却微薄之极，经不起"八国联军"的打击。但因此屡败的结果，革新运动却在猛烈地进行着，从军备的改革，新机械的采用，到教育制度、政治制度的革命，其间不过四十年。公元 1911 年的大革命，产生了中华民国，恢复了汉民族的自由，开始了中华各民族的团结。革新运动总算得到一个结果。自此以后，国运也并不怎样向上发展。以个人主义为中心而活动的军阀们，几有使中国陷入更深的泥泽中之概。因了欧洲大战和日本哀的美敦书[1]的刺激，便又产生了一次比戊戌更伟大的革新运动，那便是 1919 年的五四运动。近代文学便告终于五四运动的前夜。

五四运动以后的文学是一个崭新的东西，和旧的一切很少衔接的。五四运动的绝叫，直是快刀斩乱麻似的切断了旧的文学的生命。所以近代文学的终止，也便要算是几千年来的旧式的文学的闭幕、收场。以后的现代的文学，便是另一种新的东西了。这么猛烈的文学革命运动，这么绝叫着的"在一夜之间易赵帜为汉帜"的影响，使那崭新的若干页的中国文学史，其内容便也和以前的整个两样。

# 三

就其自然的趋势看来，这将近四个世纪的近代文学，可划分为下列的四个时期：

第一个时期，从嘉靖元年到万历二十年（1522—1592）。这是一个伟大

---

1　哀的美敦书，源于拉丁语，意即最后通牒。

的小说和戏曲的时代。我们看见由平凡的讲史进步到《西游记》《封神传》；更由《西游》《封神》而进步到产生了伟大的充满了近代性的小说《金瓶梅》。我们看见昆腔由魏良辅创作出来，影响渐渐地由太湖流域而遍及南北。我们看见许多跟从了昆腔的创作而产生的许多新声的戏剧，像《浣纱记》《祝发记》《修文记》之类，我们看见雄踞着金、元剧坛的杂剧的没落，渐成为案头的读物而不复见之于舞台之上。在诗和散文一方面，这时代比较显得不大活跃，但也并不落寞。我们看见正统派的古文作家们和拟古的诗文家们在作争夺战；我们也看见新兴的公安派势力的抬头。而李卓吾、徐渭诸人的出现，也更增了文坛的热闹。

第二个时期，从万历二十一年到清雍正之末（1593—1735）。这仍是一个小说和戏曲的大时代，但诗文坛也更为热闹。虽然中间经过了清兵的入关，汉民族的被征服，但文坛上的一切趋势，却并不因之而有什么变更，只不过增加了若干部悲壮凄凉的遗民的著作而已。诗和散文都渐渐由粗豪、怪诞、纤巧，而转入比较恢宏伟丽的局面中去。但因了清初的竭力网罗人才；因了若干志士学人的遁入“学问坛”里去避祸，去消磨时力，明末浮浅躁率之气却为之一变。——虽然在明末的时候，风气也已自己在转变。

小说有了好几部大著，像《三宝太监西洋记》《隋炀艳史》《醒世姻缘传》之类；但究竟以改编重订的讲史为最多。因了冯梦龙的刊布“三言”，短篇的平话的拟作，一时大盛，此风到康熙间而未已。戏曲是这时期最可骄人的文体；伟大的名著，一时数之不尽。沈璟、汤显祖为两个中心，而显祖的影响尤大。“四梦”的本身固是不朽的名著，而受其影响者也往往都是名篇巨制。在这个时候，传奇写作的风尚，似乎始被许多的真正的天才们所把握到。他们的创作力有绝为雄健的，像李玉、朱佐朝等，所作都在二十种以上。洪昇、孔尚任所作也是这时代光荣的成就。

第三个时期，从乾隆元年到道光二十一年（1736—1841）。这时期戏曲的气势已由绝盛的时代渐渐向衰落之途走去，昆腔的过于柔靡的音调，已有各种土产的地方戏，不时地在乘隙向她逆击。终于古老的昆腔不能不退避数舍——虽然不曾完全被驱走。张照诸人为皇家所编的空前宏伟的《劝善金科》《九九大庆》《忠义璇图》《鼎峙春秋》诸传奇，一若夕阳之反照于埃及古庙的残存的巨像上，光景虽阔大，而实凄凉不堪。蒋士铨、杨潮观们所作，虽短小精悍，不无可喜，而也已不能支持着将倾的大厦了。

小说却若有意和戏曲成反比例似的更显出新鲜活泼、充满精力的气象来。《红楼梦》《绿野仙踪》《儒林外史》《镜花缘》等等，几乎每一部都是可注意的新东西。诗坛的情形，也极为热闹。几个不同的宗派，各在宣传着，创作着，也各自有其成绩。散文又为复活的古文运动的绝叫所压伏。但同时潜伏了许久的六朝赋、骈俪文的活动，也在进行着。万派争竞，都惟古作是式；却没有明代的拟古运动那么样地"生吞活剥"。宋学与汉学也不时地在作殊死战。由几位学士大夫们所提议的从《永乐大典》里搜辑"逸书"的事业，廓大而成为四库全书馆的设立；《四库全书》的编纂，虽然毁坏了不少名著，改易了不少古作的面目，但使学者们得以传抄、刊布、阅读，却是"古学"普遍化的一个重要的机缘。明人的浅易的风气，至此殆已一扫而光。然而一个急骤的变动的时代快要到来了。这个古学的全盛，也许便是所谓"陈胜、吴广"般的先驱者们罢？这时代在北京和山东所刊布的《霓裳续谱》和《白雪遗音》却是极重要的两部民歌集，保存了不少的最好的民间诗歌，且也是搜辑近代民歌的最早的努力。叶堂的《纳书楹曲谱》和钱德苍《缀白裘合集》的流布，恰似有意地要结束了昆腔的运动似的。

第四个时期，从道光二十二年到民国七年（1842—1918）。就是从鸦片战争到五四运动的前一年。这是中国最多变的一个时代。都城的北京，两次被陷于英、法、美等帝国主义者们的联军之手（1860 年英、法联军陷北京；公元 1900 年八国联军入北京）。东南、西南的大部分，全陷入太平天国起义以后所生的大混乱之中。外国的兵舰大炮，不时地来叩关，来轰炸。继而有甲午的大败，要港的被强占。但那些事实，可惜都不曾留下重要的痕迹于文学中。太平天国的建立与其失败，是一件可泣可歌的大事，却只产生了一部不伦不类的《花月痕》。义和团的事变，也只见之于林纾的《京华碧血录》

及一二部短剧里。文人的异样的沉寂，实在是一个可怪的现象！西方文学名著的翻译，最后，也继了声、光、化、电诸实学的介绍而被有名的古文家林纾所领导。虽还不曾发生过什么很大的影响，至少是明白了在西方文学里是有了和司马子长同等的大作家存在着的。散文，因了时势的需要，特别地有了长足的发展。

梁启超的许多论文，有了意料以外的势力。他把西方思想普遍化了。他打破了古文家的门堂。他开辟了"新闻文学"的大路。他和黄遵宪们所倡导的"新诗"运动，也经验到在旧瓶中装得下新酒的成绩。但这一切，都还不能够有着重要的伟大的影响。他们所掀起的风波，要等到五四运动以来，方才成为滔天的大浪呢。小说和戏曲在这时，俱有复由士大夫之手而落到以市民为中心之概。其一是昆腔的消沉与皮黄戏的代兴；其二是武侠小说与黑幕小说的流行。文坛的重镇，渐渐地由北京的学士大夫们而移转到上海的报馆记者们与和报馆有密切关系的文人们，像王韬、吴沃尧辈之手。这正足以见到新兴的经济势力，正在侵占到文学的领域里去。上海在这时期的后半，事实上已成了出版的中心。

这时期，正预备下种种的机缘，为后来伟大的文学革命运动的导火线，成为这个革命运动的前夜。

西谛

# 目录

# 第一章
# 诗经与楚辞

　　我们开始叙述中国的文学，觉得有一件事很奇怪：中国在她的文学史的第一章，乃与希腊与印度不同，中国无《伊利亚特》与《奥德赛》，无《摩诃婆罗多》与《罗摩衍那》，乃至并无一篇较《伊利亚特》诸大史诗简短的、劣下的、足以表现中国古代的国民性与国民生活和伟大的人物的文学作品。中国古代的人物，足以供构成史诗资料的，当然不在少数，却仅能成为简朴如人名、地名字典的编年史与叙事极简洁的《史记》的本纪或列传中的人名，而终于不能有一篇大史诗出现。

　　我们不能相信，古代的时候，中国的各地乃绝对地没有产生过叙述大英雄的、国民代表的伟大事迹的简短的民歌；但其所以不能将那许多零片集合融冶而为一篇大史诗以遗留给我们者，其最大原因恐在于：那时没有伟大天才的诗人如所谓荷马、跋弥之流以集合之、融冶之；而其一小部分的原因，则在于中国的大学者如孔丘、墨翟之流，仅知汲汲于救治当时的政治上、社会上、道德上的弊端，而完全忽略了国民文学资料的保存的重要。因此，我们的在古代的许多民间传说，乃终于渐渐地为时代所扫除、所泯灭而一无痕迹可寻了。这真是我们的一种极大的损失！

　　我们现在所能得到的中国古代的伟大的文学作品，只有两部：一部是《诗经》，一部是《楚辞》。这两部大作品，都是公元前三、四世纪（后商之中叶）至公元前一世纪（汉中叶）的出产物。《诗经》是公元前三、四世纪至公元前一世纪的中国北部的民间诗歌的总集（《诗经》内容甚杂，但以民间诗歌为最多）；《楚辞》是公元前三世纪至公元前一世纪的中国南部的作品的总集，其中亦有一部分是"非南方人"所仿作的。除了这两部作品以外，古代的中国文学中，没有什么更重要的、更伟大的作品了。虽然有几篇作品，可以追溯到公元前二十五、前二十六世纪，如《吴越春秋》所载之《弹歌》，"断竹续竹，飞土逐肉"，相传以为是黄帝时作，又如《帝王世纪》所载之《击壤歌》，《尚书大传》所载之《卿云歌》三章，相传以为尧、舜时作之类，虽我们不能说其伪迹如明人所作之《皇娥歌》《白帝子歌》之明显，然其真实之时代我们却绝不能断定能较《诗经》更早至一、二世纪以前。记载这些诗歌的书，本不甚可靠，也许其时代较《诗经》为更后。且此种作品，俱为不甚重要之零片，在文学史上俱无甚价值可言，自上古以至秦，除《诗经》与《楚辞》外，合真伪的诗歌而并计之（其实大部分是伪的），其总数不过百篇，只能集成极薄的一小本。

所以我们论中国的古代文学，舍《诗经》与《楚辞》以外，直寻不出什么更重要的、更伟大的文学作品出来。且这两部不朽之作，在中国文学史上都产生过极伟大、极久远的影响。

# 《诗经》

《诗经》出现在孔子、孟子时代的前后，对于一般政治家、文人等等，即已具有如《旧约》《新约》及荷马的两大史诗之对于基督教徒与希腊作家一样的莫大的威权。政治家往往引《诗经》中的一二诗句以为辩论讽谏的根据；论文家及传道者亦常引用《诗经》中的一二诗句以为宣传或讨论的证助；有的时候，许多人也常常讽诵《诗经》的一二诗句以自抒叙其心意。

晋师从齐师，入自丘舆，击马陉。齐侯使宾媚人赂以纪甗，玉磬

与地；……晋人不可，曰："必以萧同叔子为质，而使齐之封内尽东其
亩。"对曰："萧同叔子非他，寡君之母也。若以匹敌，则亦晋君之母也。
吾子布大命于诸侯，而曰必质其母以为信，其若王命何！且是以不孝
令也。诗曰：'孝子不匮，永锡尔类。'若以不孝令于诸侯，其无乃非
德类也乎？先王疆理天下物土之宜而布其利，故诗曰：'我疆我理，南
东其亩。'今吾子疆理诸侯，而曰尽东其亩而已。唯吾子戎车是利，无
顾土宜，其无乃非先王之命也乎……今吾子求合诸侯，以逞无疆之欲。
诗曰：'敷政优优，百禄是道。'子实不优，而弃百禄，诸侯何害焉！……"
晋人许之。(《左传》)

孟子见梁惠王，王立于沼上，顾鸿雁麋鹿，曰："贤者亦乐此乎？"
孟子对曰："贤者而后乐此，不贤者虽有此不乐也。诗云：'经始灵台，
经之营之；庶民攻之，不日成之。经始勿亟，庶民子来。王在灵囿，
麀鹿攸伏，麀鹿濯濯，白鸟鹤鹤。王在灵沼，于牣鱼跃。'文王以民力为
台为沼，而民欢乐之，谓其台曰灵台，谓其沼曰灵沼，乐其有麋鹿鱼鳖。
古之人与民偕乐，故能乐也。"(《孟子》)

宋玉因其友以见于楚襄王，襄王待之无以异。宋玉让其友。友曰：
"……妇人因媒而嫁，不因媒而亲。子之事王，未耳。何怨于我？"宋
玉曰："不然。昔者齐有良兔曰东郭㕙，盖一旦而走五百里。于是齐有
良狗曰韩卢，亦一旦而走五百里。使之遥见而指属，则虽韩卢不及众
兔之尘；若蹑迹而纵緤，则虽东郭㕙亦不能离。今子之属臣也，蹑迹而
纵緤与？遥见而指属与？诗曰：'将安将乐，弃我如遗。'此之谓也。"
其友人曰："仆人有过，仆人有过！"(《新序》)

孔子曰："昔者周公事文王，行无专制，事无由己……可谓子矣。
武王崩，成王幼，周公承文武之业，履天子之位……可谓能武矣。成王壮，
周公致政，北面而事之……可谓臣矣。故一人之身，能三变者，所以
应时也。诗曰：'左之左之，君子宜之；右之右之，君子有之。'"(《韩
诗外传》)

像这种例子，在《左传》《国语》以至其他诸古书中到处皆是。由这个地方，我们可以看出《诗经》的势力在那些时候是如何地盛大！到了汉以后，《诗经》成了"中国圣经"之一，其威权自然是永远维持下去。

从文学史上看来，《诗经》的影响亦极大，汉至六朝的作家，除了《楚辞》以外，所受到的影响最深的就是《诗经》了。自韦孟的《讽谏诗》《在邹诗》，东方朔的《诫子诗》，韦玄成的《自劾诗》《戒子孙诗》，唐山夫人的《安世房中歌》，傅毅的《迪志》，仲长统的《述志诗》，曹植的《元会》《应治》《责躬》，乃至陶潜的《停云》《时运》《荣木》，无不显著地受有《诗经》里的诗篇风格的感化。不过，自此以后，《诗经》成了"圣经"，其地位益高，文人学士都不敢以文学作品看待它，于是《诗经》的文学上的真价与光环，乃被传统的崇敬的观念所掩埋，而它在文学上的影响便也渐渐地微弱了。

《诗经》里的诗歌，共有305篇；据相传之说，尚有《南陔》《白华》等6篇笙歌，有其义而亡其辞（此说可信否，待后讨论）。此300余篇的诗歌，分为"风""雅""颂"三种。"风"有十五，"雅"有小雅、大雅，"颂"有周、鲁、商三颂。现在据《毛诗》的本子，将其前后的次序列表如下：

| 类别 | | 篇数 | 篇名例举 |
|---|---|---|---|
| **国风**<br>凡十五<br>国风共<br>160篇 | 周南 | 11篇 | 《关雎》《葛覃》《卷耳》等 |
| | 召南 | 14篇 | 《鹊巢》《草虫》《野有死麕》等 |
| | 邶 | 19篇 | 《柏舟》《燕燕》《终风》等 |
| | 鄘 | 10篇 | 《墙有茨》《桑中》《相鼠》等 |
| | 卫 | 10篇 | 《淇奥》《硕人》《伯兮》等 |
| | 王 | 10篇 | 《黍离》《君子于役》《葛藟》等 |
| | 郑 | 21篇 | 《将仲子》《子衿》《出其东门》等 |
| | 齐 | 11篇 | 《鸡鸣》《东方未明》《南山》等 |
| | 魏 | 7篇 | 《园有桃》《葛屦》《陟岵》《伐檀》等 |
| | 唐 | 12篇 | 《蟋蟀》《山有枢》《扬之水》等 |

（续上表）

| 类别 | | | 篇数 | 篇名例举 |
|---|---|---|---|---|
| | | 秦 | 10篇 | 《车邻》《兼葭》《黄鸟》《无衣》等 |
| | | 陈 | 10篇 | 《东门之杨》《月出》《泽陂》等 |
| | | 桧 | 4篇 | 《羔裘》《素冠》等 |
| | | 曹 | 4篇 | 《蜉蝣》《鸤鸠》等 |
| | | 豳 | 7篇 | 《七月》《鸱鸮》《伐柯》等 |
| **雅**<br>凡大、小二雅共105篇 | 小雅<br>凡小雅共74篇 | 鹿鸣之什 | 10篇 | 《鹿鸣》《四牡》《棠棣》《采薇》等 |
| | | 南有嘉鱼之什 | 10篇 | 《南有嘉鱼》《湛露》《车攻》等 |
| | | 鸿雁之什 | 10篇 | 《鸿雁》《黄鸟》《无羊》等 |
| | | 节南山之什 | 10篇 | 《节南山》《正月》《十月之交》《小弁》等 |
| | | 谷风之什 | 10篇 | 《谷风》《蓼莪》《小明》《楚茨》等 |
| | | 甫田之什 | 10篇 | 《甫田》《大田》《青蝇》《宾之初筵》等 |
| | | 鱼藻之什 | 14篇 | 《鱼藻》《采菽》《都人士》《白华》等 |
| | 大雅<br>凡大雅共31篇 | 文王之什 | 10篇 | 《文王》《大明》《緜》《灵台》等 |
| | | 生民之什 | 10篇 | 《生民》《既醉》《民劳》《板》等 |
| | | 荡之什 | 11篇 | 《荡》《抑》《烝民》《江汉》等 |
| **颂**<br>凡周鲁商三颂，共40篇 | 周颂<br>凡周颂共31篇 | 清庙之什 | 10篇 | 《清庙》《维天之命》《天作》《思文》等 |
| | | 臣工之什 | 10篇 | 《臣工》《振鹭》《丰年》《武》等 |
| | | 闵予小子之什 | 11篇 | 《闵予小子》《小毖》《良耜》《丝衣》等 |
| | 鲁颂·驹骈之什 | | 4篇 | 《駉》《有駜》《泮水》及《閟宫》 |
| | 商颂 | | 5篇 | 《那》《烈祖》《玄鸟》《长发》及《殷武》 |

这个次序究竟可靠不可靠呢？所谓风、雅、颂之意义如何呢？风、雅、颂之分究竟恰当与否呢？这都是我们现在所要研究的。

据传统的解释家的意见，以为："风，讽也，歌也……上以风化下，下以风刺上。至于王道衰，礼义废，政教失，国异政，家殊俗，而变风、变雅作矣。……雅者，正也，言王政之所由废兴也，政有小大，故有小雅焉，有大雅焉。颂者，美盛德之形容，以其成功告于神明者也。"（卫宏《诗序》）

他们的这种意见是很可笑的；因为他们承认《关雎》《麟之趾》以及其他"二南"中诸诗篇，为受王者之教化，而其他的大部分国风之诗篇，则为刺上的、讥时的；于是"二南"中的情诗，便被他们派为"后妃之德"，其他国风中的同样的情诗却被他们说成"刺好色"了。其实"二南"中的诗与邶、卫、郑、陈诸风中的诗其性质极近，并无所谓"教化"与"讥刺"的区别在里面的。他们关于雅、颂的解释，也极不清楚。

推翻他们的传说的附会的解释的，是郑樵的"乐以诗为本，诗以声为用，八音六律，为之羽翼耳。仲尼编诗，为燕享祀之时用以歌而非用以说义也"之说。（见《通志·乐略》，郑樵的《六经奥论》亦畅发是说。）

郑樵以为古之诗，即今之辞曲，都是可歌的，"仲尼……列十五国风以明风土之音不同，分大小二雅以明朝廷之音有间，陈周、鲁、商三颂之音所以侑祭也。定《南陔》《白华》《华黍》《崇丘》《由庚》《由仪》六笙之音，所以叶歌也。得诗而得声者三百篇……得诗而不得声者则置之，谓之逸诗……有谱无辞，所以六诗在三百篇中，但存名耳"。

这种解释，自然较汉儒已进了一步，且在古书中也有了不少的证据。但《诗经》中的所有的诗，果皆有谱乎？果皆可以入乐乎？这是一个很大的疑问。且诗之分风、雅、颂，果为乐声不同之故乎？他说："仲尼编诗，为燕享祀之时用以歌而非用以说义也。"实则孔子固常言："不学诗，无以言。""小子，何莫学夫诗！诗，可以兴，可以观，可以群，可以怨，迩之事父，远之事君；多识于鸟兽草木之名。""诵诗三百，授之以政，不达，使于四方，不能专对，虽多，亦奚以为！"可见孔子对于诗之观念，恰与郑樵所猜度者不同，他固不专以诗为燕享祀之用，而乃在明了诗之情绪，诗之意义以至于诗中的鸟兽草木之名，以为应世之用。

据我的直觉的见解，《诗经》中的大部分诗歌，在当时固然是可以歌唱的，可以入乐的，但如几个无名诗人的创作，如《无羊》《正月》《十月》《雨无正》（俱在《小雅》），都是抒写当时政治的衰坏（如《正月》等），及描写羊、牛与牧人的情境的（如《无羊》），都是一时间的情绪的产品，绝非依谱而歌的，也绝无人采取他们以入乐的（《诗经》中入乐的诗与非入乐的诗，似有显然的区别，细看可以知道）。所以说全部《诗经》的诗篇当时都是有谱的乐歌，理由实极牵强。

至于风、雅、颂的区别，我个人觉得这也是很无聊、很勉强的举动。就现在的《诗经》看来，此种分别早已混乱而不能分别，"雅"为朝廷之歌，而其中却杂有不少的民歌在内，如《小雅》的《杕杜》与《魏风》的《陟岵》，一言征夫之苦，一言行役之苦，如《小雅》的《菁菁者莪》《都人士》《裳裳者华》，及《隰桑》诸诗，与国风中的《草虫》《采葛》《风雨》《晨风》诸诗置之一处，直是毫无差别！如《白华》《谷风》，也都是极好的民歌；"颂"中都是祭祀神明之歌，似无将所有的颂神诗都归入"颂"内，而不料许多的颂神诗，如《小雅》中的《楚茨》《信南山》《甫田》《大田》，如《大雅》中之《凫鹥（fúyī）》却又不列于"颂"中而列于"雅"中。似此混杂无序的地方，全部《诗经》中不知有多少，现在不过略举几个例而已。

这种混杂无序的编集，不是因为编定《诗经》的无识，便是因为汉儒的窜乱。我以为"汉儒窜乱"的假定似更为可信，因编定《诗经》者，当他分别风、雅、颂时，必定有个标准在，绝不至于以应归于"颂"的诗而归之于"雅"，或把应归于"雅"的诗而归之于"风"。汉儒之窜乱古书，与他们之误解古书，是最昭显的事实。所以一部《诗经》如非经过他们的窜乱，其次序断不至于纷乱无序到如此地步。不知古来许多说《诗经》的人，怎么都只知辩解诗义或释明"风""雅""颂"之意义，却没有一个人能够注意到这一层。

现在，我们研究《诗经》却非冲破这层迷障不可了！我们应该勇敢地从诗篇的本身，区分它们的性质。我们必要知道《诗经》的内容原是极复杂的，"风""雅""颂"的三个大别，本不足以区分全部《诗经》的诗篇。所以我们不仅以打破现在的《诗经》的次序而把它们整齐地归之于"风""雅""颂"三大类之中，且更应进一步而把"风""雅""颂"三大类别打破，而另定出一种新的更好的次序来。我现在依我个人的臆见，姑把全部《诗经》中的诗，归纳到下列的几个范围之内：

# 《诗经》的分类

| 诗人的创作 | 《正月》《十月》《节南山》《嵩高》《烝民》等 |
|---|---|
| 民间歌谣 | （1）恋歌（《静女》《中谷》《将仲子》等） |
| | （2）结婚歌（《关雎》《桃夭》《鹊巢》等） |
| | （3）悼歌及颂贺歌（《蓼莪》《麟之趾》《螽斯》等） |
| | （4）农歌（《七月》《甫田》《大田》《行苇》《既醉》等） |
| | （5）其他 |
| 贵族乐歌 | （1）宗庙乐歌（《下武》《文王》等） |
| | （2）颂神乐歌或祷歌（《思文》《云汉》《访落》等） |
| | （3）宴会歌（《庭燎》《鹿鸣》《伐木》等） |
| | （4）田猎歌（《车攻》《吉日》等） |
| | （5）战事歌（《常武》等） |
| | （6）其他 |

　　诗人的创作，在《诗经》中并不多，卫宏的《诗序》所叙的某诗为某人所作的话，几乎完全靠不住。在我们所认为诗人所创作的许多诗篇中，大概都是无名的诗人所作的，只有一小部分，我们从他们的诗句中，知道了作者的姓名，如《小雅》的《节南山》言"家父作诵，以究王讻（xiōng）"，《大雅》的《嵩高》《烝民》俱言"吉甫作诵"之类。此外我们从《尚书》《左传》以及汉人所著的书里，也可以知道几个诗人的姓名，但这种记载，却都是不甚可靠的。不过在许多诗篇中，哪一篇是诗人的创作，我们约略可以知道而已。在这些创作中，有几篇是极好的诗，如以下都是很美的，很能表白出作者的真恳情绪：

冬日烈烈，飘风发发。民莫不谷，我独何害！……匪鹑匪鸢，翰飞戾天；匪鳣（zhān）匪鲔（wěi），潜逃于渊。（《小雅·四月》）

彼何人斯？其为飘风！胡不自北？胡不自南？胡逝我梁，只搅我心！（《小雅·何人斯》）

予羽谯谯，予尾翛翛（xiāo）。予室翘翘（qiáo），风雨所漂摇。予维音哓哓（xiāo）。（《豳风·鸱鸮（chī xiāo）》）

民间歌谣都是流传于大多数孺妇农工之口中，而无作者的名氏的。其中最占多数的是恋歌；这些恋歌真是词美而婉，情真而迫切，在中国的一切文学中，它们可占到极高的地位。例如：

东门之杨，其叶牂牂（zāng）。昏以为期，明星煌煌。

东门之杨，其叶肺肺。昏以为期，明星晢晢。（《陈风·东门之杨》）

十亩之间兮，桑者闲闲兮，行与子还兮。

十亩之外兮，桑者泄泄兮，行与子逝兮。（《魏风·十亩之间》）

青青子衿，悠悠我心。纵我不往，子宁不嗣音？青青子佩，悠悠我思。纵我不往，子宁不来。挑兮达兮，在城阙兮。一日不见，如三月兮。（《郑风·子衿》）

自伯之东，首如飞蓬。岂无膏沐，谁适为容？……（《卫风·伯兮》）

随意举几首出来，我们已觉得它们都是不易见的最好的恋歌了。"结婚歌"在《诗经》中也有好多首，如《关雎》《鹊巢》《桃夭》之类，我们看：

桃之夭夭，灼灼其华。之子于归，宜其室家。（《周南·桃夭》）

参差荇（xìng）菜，左右采之，窈窕淑女，琴瑟友之。参差荇菜，左右芼之，窈窕淑女，钟鼓乐之。（《周南·关雎》）

明明可以看出前者是嫁女时乐工唱的祝颂歌,后者是娶亲时所唱的乐歌。(近人辟《诗序》释《关雎》之错误,以为《关雎》本是"恋歌",其实也错了,《关雎》明明是一首结婚歌。)

"挽歌"《诗经》中很少。只有《蓼莪》《葛生》等数首。《葛生》为悼亡而作,如下诸句,读之使人凄然泪下:

> 角枕粲兮,锦衾烂兮,予美亡此,谁与独旦!

《蓼莪》为哀悼父母之歌,如下诸句,亦至情流溢:

> 父兮生我,母兮鞠我,拊我畜我,长我育我,顾我复我,出入腹我,欲报之德,昊天罔极。

"颂贺歌"如《麟之趾》等是,但不多,且不甚重要。

关于"农事"的歌,《诗经》中亦不甚多,但都是极好的,如《七月》,是叙农工的时序的;如《楚茨》《信南山》,是农家于收获时祭祖之歌;如《甫田》《大田》,是初耕种时的祷神歌;如《行苇》《既醉》,似都是祭事既毕之后,聚亲朋邻里宴饮之歌;如《无羊》,则为最好的牧歌:

> 谁谓尔无羊,三百维群;谁谓尔无牛,九十其犉(chún)。尔羊来思,其角濈濈(jí)。尔牛来思,其耳湿湿。或降于阿,或饮于池,或寝或讹,尔牧来思。何蓑何笠,或负其餱(hóu)。三十维物,尔牲则具。尔牧来思,以薪以蒸,以雌以雄。尔羊来思,矜矜兢兢,不骞不崩,麾之以肱,毕来既升。牧人乃梦:"众维鱼矣,旐维旟(yú)矣。"大人占之:"众维鱼矣,实维丰年。旐维旟矣,室家溱溱(zhēn)。"

其他不属于上列范围的民歌亦甚多。

贵族乐歌，大部分都是用于宗庙，以祭先祖、先王的，或是祷歌或颂神歌。其他一部分则为宴会之歌，为田猎之歌，为战事之歌。这种乐歌，我们都觉得不大愿意读，因为它们里面没有什么真挚的诗的情绪。（正如当我们翻开《乐府诗集》时，不愿读前半部的《汉郊祀歌》《齐明堂歌》之类，而愿意读后半部之《横吹曲》《相和歌》之类的情形一样。）

《诗经》的时代之难于稽考，也与它的诗篇的许多作者姓名之难于稽考一样。我们现在仅知道，除了《商颂》中的5篇，为商代（公元前1700年以后，公元前1200年以前）的产物以外，其余301篇都是周代（公元前1100年至公元前550年前后）的产物。在这301篇诗歌中，多数诗篇都是带着消极的、悲苦的辞调，对于人生的价值起了怀疑，有的言兵役之苦，有的则攻击执政者的贪暴，有的则因此遁于极端的享乐之途。如下诸诗，都足以表现出丧乱时代的情形与思想：

踧踧（cù）周道，鞠为茂草。我心忧伤，惄焉如捣。假寐永叹，维忧用老。心之忧矣，疢如疾首。……我躬不阅，遑恤我后。（《小雅·小弁》）

采薇采薇，薇亦作止！曰归曰归，岁亦莫止！靡室靡家，猃狁（xiǎnyǔn）之故！不遑启居，猃狁之故。（《小雅·采薇》）

坎坎伐檀兮，置之河之干兮。河水清且涟猗。不稼不穑，胡取禾三百廛兮！不狩不猎，胡瞻尔庭有县貆兮？彼君子兮，不素餐兮！（《魏风·伐檀》）

硕鼠硕鼠，无食我黍！三岁贯女，莫我肯顾！逝将去女，适彼乐土！乐土，乐土！爰得我所！（《魏风·硕鼠》）

山有枢，隰有榆。子有衣裳，弗曳弗娄；子有车马，弗驰弗驱。宛其死矣，他人是愉！山有栲，隰有杻。子有廷内，弗洒弗扫；子有钟鼓，弗鼓弗考。宛其死矣，他人是保！山有漆，隰有栗。子有酒食，何不

日鼓瑟？且以喜乐，且以永日？宛其死矣，他人入室。（《唐风·山有枢》）

而这个丧乱时代，大约是在周东迁的时代前后，（《小雅》中的《正月》且明显地说："赫赫宗周，褒姒（bāo sì）灭之。"）所以那些诗篇，大约都是东迁前后的作品。我们研究《诗经》的时代，仅能如此大略地说。至于如卫宏的《诗序》，何楷的《诗经世本古义》所指的某诗为某王时的产品，则其不可信，也与他们之妄指某诗、某诗为某人所作一样。

《诗经》的编定者是谁呢？《史记》言："古诗三千余篇，及至孔子，去其重，取可施于礼义。"删定为305篇，这是说，《诗经》为孔子所删定的，汉人都主此说。其后渐渐有人怀疑，以为孔子不会把古诗删去了十分之九。郑樵则以为孔子取古诗之有谱可歌300篇，其余则置之，谓之"逸诗"。有一部分人则以为古诗不过三百，孔子本不曾删。崔述也赞成孔子未删诗之说，以为："文章一道，美斯爱，爱斯传……故有作者即有传者。但世近则人多诵习，世远则就湮没；其国崇尚文学而鲜忌讳，则传者多，反是则传者少；小邦弱国，偶逢文学之士，录而传之，亦有行于世者，否则失传耳。"（《读风偶识》）其意盖以《诗经》之流传，为有人爱好诵习之故，并没有什么人去删定。

但以上诸说，都有可疑之处。古诗三千余首之说，原不足信，但古代之诗不止《诗经》中的三百，则为显然的事实。在《国语》《礼记》《左传》《论语》诸书中，我们曾看到好几首零片的逸诗，故古诗不过三百之说全不足信；郑樵以300篇俱是有谱可歌的诗，也不足信（上面已提过）；崔述之说，理由甚足；但口头流传的东西，绝不能久远，如无一个删选编定的有力的人出来，则《诗经》中的诗绝难完整地流传至汉（如当时没有一个编定者，恐《诗经》的诗，至汉时至多不过存十分之一。观古诗除《诗经》中之诗外，流传下来的极少，即可知。）这有力的删选编定者是谁呢？当然以"是孔子"的一说为最可靠，因为如非孔子，则绝无吸取大多数的传习者以传诵这一种编定本的《诗经》的威权。大约在辗转传习之时，其次序必有被窜乱的，也必有几篇诗歌被逸散了。如《六笙诗》，恐就是有其题名而逸其辞的，并不是什么"有其义而亡其辞"，也不是郑樵所猜度的什么"本是有谱无辞"。

古代的诗歌，流传到现在的虽仅有《诗经》中的305篇（此外所存的极少），然在《诗经》中的这305篇诗歌，却有好些首是重复的，因地域的歧异，与应用之时不同，而一诗被演变为二、为三的。有一部分的诗，虽不能截然断定它们是由一诗而演变的，但至少却可以看出它们的一部分的诗意或辞句的相同。现在且举几个例：

南有樛木，葛藟（lěi）累之。乐只君子，福履绥之。

南有樛木，葛藟荒之。乐只君子，福履将之。

南有樛木，葛藟萦之。乐只君子，福履成之。（《周南·樛木》）

南山有台，北山有莱。乐只君子，邦家之基。乐只君子，万寿无期。

南山有桑，北山有杨。乐只君子，邦家之光。乐只君子，万寿无疆。

南山有杞，北山有李。乐只君子，民之父母。乐只君子，德音不已。

南山有栲（kǎo），北山有杻（niǔ）。乐只君子，遐不眉寿。乐只君子，德音是茂。

南山有枸，北山有楰（yú）。乐只君子，遐不黄耇（gǒu）。乐只君子，保艾尔后。（《小雅·南山有台》）

采菽采菽，筐之筥（jǔ）之。君子来朝，何锡予之？虽无予之？路车乘马。又何予之？玄衮（gǔn）及黼（fǔ）。

觱（bì）沸槛泉，言采其芹。君子来朝，言观其旂。其旂淠淠（pèi），鸾声嘒嘒（huì）。载骖载驷，君子所届。

赤芾在股，邪幅在下。彼交匪纾，天子所予。乐只君子，天子命之。乐只君子，福禄申之。

维柞之枝，其叶蓬蓬。乐只君子，殿天子之邦。乐只君子，万福攸同。

平平左右，亦是率从。

泛泛杨舟，绋（fú）缡（lí）维之。乐只君子，天子葵之。乐只君子，福禄膍之。优哉游哉，亦是戾矣。（《小雅·采菽》）

扬之水，不流束楚。终鲜兄弟，维予与女。无信人之言，人实迋女。

扬之水，不流束薪。终鲜兄弟，维予二人。无信人之言，人实不信。（《郑风·扬之水》）

扬之水，不流束薪。彼其之子，不与我戍申。怀哉怀哉，曷月予还归哉？

扬之水，不流束楚。彼其之子，不与我戍甫。怀哉怀哉，曷月予还归哉？

扬之水，不流束蒲。彼其之子，不与我戍许。怀哉怀哉，曷月予还归哉？（《王风·扬之水》）

风雨凄凄，鸡鸣喈喈，既见君子。云胡不夷？

风雨潇潇，鸡鸣胶胶。既见君子，云胡不瘳？

风雨如晦，鸡鸣不已。既见君子，云胡不喜？（《郑风·风雨》）

菁菁者莪，在彼中阿。既见君子，乐且有仪。

菁菁者莪，在彼中沚（zhǐ）。既见君子，我心则喜。

菁菁者莪，在彼中陵。既见君子，锡我百朋。

泛泛杨舟，载沉载浮。既见君子，我心则休。（《小雅·菁菁者莪》）

隰（xí）桑有阿，其叶有难。既见君子，其乐如何。

隰桑有阿，其叶有沃。既见君子，云何不乐。

隰桑有阿，其叶有幽。既见君子，德音孔胶。

心乎爱矣，遐不谓矣？中心藏之，何日忘之！（《小雅·隰桑》）

蓼（lù）彼萧斯，零露湑（xǔ）兮。既见君子，我心写兮。燕笑语兮，是以有誉处兮。

蓼彼萧斯，零露瀼瀼（ráng）。既见君子，为龙为光。其德不爽，寿考不忘。

蓼彼萧斯，零露泥泥。既见君子，孔燕岂弟。宜兄宜弟，令德寿岂。

蓼彼萧斯，零露浓浓。既见君子，鞗革忡忡。和鸾雍雍，万福攸同。（《小雅·蓼萧》）

裳裳者华，其叶湑兮。我觏（gòu）之子，我心写兮。我心写兮，是以有誉处兮。

裳裳者华，芸其黄矣。我觏之子，维其有章矣。维其有章矣，是以有庆矣。

裳裳者华，或黄或白。我觏之子，乘其四骆。乘其四骆，六辔沃若。

左之左之，君子宜之。右之右之，君子有之。维其有之，是以似之。（《小雅·裳裳者华》）

有頍（kuǐ）者弁，实维伊何？尔酒既旨，尔肴既嘉。岂伊异人？兄弟匪他。茑（niǎo）与女萝，施于松柏。未见君子，忧心奕奕；既见君子，庶几说怿。

有頍者弁，实维何期？尔酒既旨，尔肴既时。岂伊异人？兄弟具来。茑与女萝，施于松上。未见君子，忧心怲怲（bǐng）；既见君子，庶几有臧。

有頍者弁，实维在首。尔酒既旨，尔肴既阜。岂伊异人？兄弟甥舅。如彼雨雪，先集维霰。死丧无日，无几相见。乐酒今夕，君子维宴。（《小雅·頍弁》）

喓喓（yāo）草虫，趯趯（tì）阜螽（zhōng）。未见君子，忧心忡忡。亦既见止，亦既觏止，我心则降。

陟（zhì）彼南山，言采其蕨。未见君子，忧心惙惙。亦既见止，亦既觏止，我心则说。

陟彼南山，言采其薇。未见君子，我心伤悲。亦既见止，亦既觏止，我心则夷。（《召南·草虫》）

在第一及第三组的这十首诗里，显然地可以看出每组里的几首诗，都是由一首诗演变出来的。这种演变的原因有二：

一、因为地域的不同，使它们在辞句上不免有增减歧异之处，如现在流行的几种民歌《孟姜女》与《五更转》之类，各地所唱的词句便都有不同。（此种例太多，看近人所编的各省歌谣集便更可明了。）

二、因为应用的所在不同，使它们的文字不免有繁衍雕饰的所在，如民间所用的这个歌是朴质的，贵族用的便增出了许多浮文美词了。（第一组的《樛木》《南山有台》及《采菽》即是一个好例。第二组的二首诗，则仅开始的辞句相同，这个例最多。）

古诗的辞句，大概都是四言的，如《书经·皋陶谟》所载的舜与皋陶的赓歌之类，即为一例：

股肱喜哉，元首起哉，百工熙哉！（帝舜）

元首明哉，股肱良哉，庶事康哉！（皋陶）

《诗经》也不能外此，其中大多数的诗都是四言的；间有三言的（如"螽斯羽，诜诜兮"），五言的（如"谁谓雀无角，何以穿我屋"），以及杂言的，但俱不甚多。所以我们可以说，《诗经》中的诗篇，四言是其正体。

《诗经》在文学上给了我们以不少的抒情诗的瑰宝。同时，在中国的史学上，也有极高的价值，因为它把它的时代完完全全地再现于我们的面前，使我们可以看出那时代的生活、那时代的思想、那时代的政治状况以及那时代的人民最熟悉的植物、禽兽、鱼类、虫类（植物有 70 种左右，树木有 30 种左右，兽类有 30 种左右，鸟类有 30 种左右，鱼类有 10 种左右，虫类有 20 种左右），以及那时代的人民所用的乐器、兵器之类。这种极可靠的史料都是任何古书中所最不易得到的。

## 《楚辞》

《楚辞》虽没有《诗经》那样的普遍的威权，虽没有什么政治家或传道者拿它的文句为宣传或箴谏的工具，虽没有什么论文家引用它的文句，以为辩论的根据，如他们之引用《诗经》的文句以为用一样，然而在文学史上的地位，《楚辞》却并不比《诗经》低下：《楚辞》在文学上的影响，且较《诗经》为尤伟大。

《诗经》的影响，在汉六朝之后似已消失，此后，没有什么人再去模拟《诗经》中的句法了。同时，《诗经》经过汉儒的误释与盲目的崇敬，使它成了一部宗教式的圣经，一切人只知从它里面得到教训，而忘记了——也许是不敢指认——它是一部文学的作品，看不见它的文学上的价值；一切选编古代诗歌的人，都不敢把《诗经》中的诗，选入他们的选本中。（直到曾国藩编《经史百家杂钞》时，这个见解才被他毅然地推倒。）至于《楚辞》，则幸而产生在战国，不曾被孔子所读诵、所"删订"，所以汉儒还勉强认识它的真面目，没有用"圣经"的黑面网把它罩蔽住了。因此《楚辞》在文学上的威权与影响，乃较《诗经》为更伟大，它的文学上的真价，也能被读者所共见。

受《楚辞》的影响最深者，自然是汉与三国、六朝。而六朝之后，《楚辞》

的风格与句调，尚时时有人模拟。汉朝的大作家，如贾谊，如司马相如，如枚乘，如扬雄，都是受《楚辞》的影响极深的。贾谊作赋以吊屈原，枚乘之《七发》，其结构有类于《招魂》《大招》，司马相如的诸赋，也显然印有屈宋的踪痕。扬雄本是一个拟古的大家，他的《反离骚》，即极力模拟屈原的《离骚》的。

自曹植以后，直至于清之末年，所有的作者，无不多少地受到《楚辞》的影响。其影响的范围，则除了直接导源于《楚辞》之"赋"的一种文体外，其他的诗歌里以至散文里，也无不多少地受有《楚辞》的恩赐。所以在实际上我们可以放胆地说，自战国以后的中国文学史全部，几乎无不受到《楚辞》的影响。《楚辞》的风格与情绪，以及它的秀丽的辞句，感发了无数的作家，给予了无数的资料于他们。（朱熹的《楚辞后语》6卷，共52篇，即总集受《楚辞》的影响的作品，但我们绝不能说《楚辞》的影响，便尽在于这52篇作品之中。）

《楚辞》是一种诗歌的总集。《诗经》所选录的都是北方的诗歌，《楚辞》所选录的则都是南方的诗歌。《汉书·艺文志》著录《屈原赋》25篇、《唐勒赋》4篇、《宋玉赋》16篇，但无《楚辞》之名。所谓《楚辞》者，乃刘向选集屈原、宋玉诸楚人所作诸辞赋及后人的模拟他们而作的辞赋而为一书之名。现在刘向的原书已不传，现在所传者为王逸的章句及朱熹的集注本。据王逸章句本，共有作品17篇，据朱熹的集注本，则共有作品15篇。朱熹的后半部所收的各篇与王逸的章句本不同。兹将这两种本子的篇目列表如下：

| 王逸章句本 | | 朱熹集注本 | |
| --- | --- | --- | --- |
| 篇名 | 作者姓名 | 篇名 | 作者姓名 |
| 《离骚经》 | 屈原 | 《离骚经》 | 屈原 |
| 《九歌》 | 屈原 | 《九歌》 | 屈原 |
| 《天问》 | 屈原 | 《天问》 | 屈原 |
| 《九章》 | 屈原 | 《九章》 | 屈原 |
| 《远游》 | 屈原 | 《远游》 | 屈原 |

（续上表）

| 王逸章句本 | | 朱熹集注本 | |
| --- | --- | --- | --- |
| 篇名 | 作者姓名 | 篇名 | 作者姓名 |
| 《卜居》 | 屈原 | 《卜居》 | 屈原 |
| 《渔父》 | 屈原 | 《渔父》 | 屈原 |
| 《九辩》 | 宋玉 | 《九辩》 | 宋玉 |
| 《招魂》 | 宋玉 | 《招魂》 | 宋玉 |
| 《大招》 | 屈原或曰景差 | 《大招》 | 景差 |
| 《惜誓》 | 不知谁所作，或曰贾谊 | 《惜誓》 | 贾谊 |
| 《招隐士》 | 淮南小山 | 《吊屈原》 | 贾谊 |
| 《七谏》 | 东方朔 | 《鵩鸟赋》 | 贾谊 |
| 《哀时命》 | 严夫子（即庄忌） | 《哀时命》 | 庄忌 |
| 《九怀》 | 王褒 | 《招隐士》 | 淮南小山 |
| 《九叹》 | 刘向 | | |
| 《九思》 | 王逸 | | |

但两种本子，都非原来的刘向所定的《楚辞》本子。朱熹的集注本是他自己编定的，不必论，即王逸的章句本，虽标明是刘向所定，然把班固所说的话：

> 始楚贤臣屈原，被谗放流，作《离骚》诸赋，以自伤悼。后有宋玉、唐勒之属，慕而述之，皆以显名。汉兴，高祖王兄子濞（bì）于吴，招致天下娱游子弟。枚乘、邹阳、严夫子之徒，兴于文景之际，而淮南王安都寿春，招宾客著书。而吴有严助、朱买臣，贵显汉朝，文辞并发，故世传"楚辞"。（《汉书·地理志》）

拿来一看，便觉得它不大靠得住，因为班氏去刘向之时不远，且多读刘氏之书，如果王逸注本的《楚辞》乃刘向所编的原书，则班氏所述《楚辞》作家的姓名，不应与现在所传的王逸本《楚辞》的作家的姓名不同。（如无王褒、东方朔之名，而王逸注本却有之。）大约刘向所定的《楚辞》必曾为王逸所窜乱增订过，刘向、王褒诸人的作品，大约也与王逸自己所作的《九思》一样，是由他所加入的。

《楚辞》的名称，不是刘向所自创的，大约起于汉初。《史记·屈原列传》言："屈原既死之后，楚有宋玉、唐勒、景差之徒者，皆好辞而以赋见称。"司马迁虽未以"楚辞"二字连缀起来说，然楚之有所谓"辞"，及楚之"辞"乃为当时所最流行的读物，则是显然的事实。《汉书·朱买臣传》言，买臣善"楚辞"，又言，宣帝时，有九江被公善"楚辞"，大约《楚辞》之名，在那时已很流行。说者谓屈、宋诸骚皆是楚语，作楚声，纪楚地，名楚物，故谓之《楚辞》。大约最初作《楚辞》者皆为楚人；《楚辞》的风格必是当时楚地所盛行的，正如《诗经》里的诗篇之盛传于北方人民的口中一样。至于后人所作，则其作者不必为楚人，实际上都不过仅仅模拟《楚辞》的风格而已。

我们对于《楚辞》所最应注意的，乃为《大招》以上的所谓屈原、宋玉、景差诸人所作的《楚辞》——《离骚》《九歌》《天问》《九章》《远游》《卜居》《渔父》《九辩》《招魂》《大招》10篇作品。至于《惜誓》《招隐士》《哀时命》《九叹》《九思》等汉人模拟的作品，则我们可以不必注意，正如我们之不必注意于《楚辞后语》中的52篇模拟的作品一样。所以现在置它们于不论，只论屈、宋诸人的作品。

# 屈　原

屈原是《楚辞》中最伟大的一个作家，全部《楚辞》中，除去几篇别的作家的作品外，便可以成了一部"屈原集"。

古代的诗人，我们都不大知道他们的名字，《诗经》里的诗歌，几乎都是无名作家所作的，偶然知道他们名字的几个诗人，其作品又不大重要，只有屈原是古代诗人中最有光荣之名的、占有最重要地位的一个。在中国上古文学史，要找出一个比他更伟大或可以与他比肩的诗人，是不可能的。但我们对于这个大作家，却不大知道他的生平；除了《史记》里一篇简略的《屈原传》之外，别的详细的材料，我们不能再寻到了。

屈原，名平，为楚之同姓。约生于公元前343年（即周显王二十六年，楚宣王二十七年），或云，他生于公元前355年。初为楚怀王左徒，博闻强志，明于治乱，娴于辞令，入则与王图议国事，以出号令，出则接遇宾客，应对诸侯，原是怀王很信任的人。

有一个上官大夫，与屈原同列，争宠而心害其能。怀王使屈原造为宪令，原属草稿未定，上官大夫见而欲夺之，屈原不肯给他。上官大夫因在怀王前谗害屈原道："王使屈原为令，众莫不知。每一令出，屈每自伐其功，以为非他不能做。"怀王怒，遂疏远屈原。屈原疾王听之不聪，谗陷之蔽明，邪曲之害公，方正之不容，于是忧愁幽思而作《离骚》。

屈原既疏，不复在位，使于齐。适怀王为张仪所诈，与秦战大败，秦割汉中地与楚以和。怀王曰："不欲得地，愿得张仪。"仪至楚，厚赂怀王左右，竟得释归。屈原自齐返，谏怀王曰："何不杀张仪？"怀王悔，追张仪不及。后秦昭王与楚婚，欲与怀王会。王欲行，屈原曰："秦，虎狼之国，不可信，不如无行。"怀王稚子子兰劝王："奈何绝秦欢！"怀王卒行入武关，秦伏兵绝其后，因留怀王以求割地。怀王怒不听，竟客死于秦而归葬。长子顷襄王立，以其弟子兰为令尹。子兰使上官大夫短屈原于顷襄王，顷襄王怒而迁之。

屈原至于江滨，披发行吟泽畔，颜色憔悴，形容枯槁。乃作《怀沙》之赋，于是怀石自投汨罗以死。死时约为公元前290年（即顷襄王九年）。他的死日，相传是五月五日；这一日是中国的很大的节日，竞赛龙舟，投角黍于江，以吊我们的大诗人屈原，到现在尚是如此——虽然现在的端午节已没有这种吊悼的情意在里面。

近来有些人怀疑屈原的存在，以为他也如希腊的荷马、印度的跋弥一样，是一个为后人所虚拟的大作家。其实屈原的诗与荷马及跋弥的诗截然不同。荷马他们的史诗，是民间传说的集合融冶而成者；屈原的诗则完全是抒写他自己的幽苦愁闷的情绪，带着极浓厚的个性在里面，大部分都可以与他的明了的生平相映照。所以荷马他们的史料，我们可以说是"零片集合"而成的，荷马他们的自身，我们可以说是"零片集合者"。至于屈原的作品及屈原的自身，我们却万不能说它们或他是虚拟的人物或"零片集合"而成的作品。因为屈原的作品，本来是融成一片的，本来是显然地为一个诗人所创作的。

如果说《离骚》《九章》等作品不是屈原作的，那么，在公元前340至前280年之间，必定另有一个大诗人去写作这些作品。然而除了屈原之外，

［明］陈洪绶：《屈子行吟图》，上海图书馆等藏。

那时还有哪一个大诗人出现？还有哪一个大诗人的生平能与《离骚》等作品中所叙的情绪与事迹那样地切合？

屈原的作品，据《汉书·艺文志》说，有赋 25 篇。据上面所列的表，王逸注本与朱熹集注本所收的屈原作品皆为 7 种，但《九歌》有 11 篇，《九章》有 9 篇，合计正为 25 篇，与《汉志》合。（对于这 25 篇的篇目，论《楚辞》者尚有许多辩论，这里不提及，因为这是很小的问题。）不过这 25 篇的作品究竟是否皆为屈原作的呢？25 篇的篇目是：

| 一 | 《离骚》1 篇 | |
|---|---|---|
| 二 | 《天问》1 篇 | |
| 三 | 《远游》1 篇 | |
| 四 | 《卜居》1 篇 | |
| 五 | 《渔父》1 篇 | |
| 六 | 《九歌》11 篇 | 《东皇太一》《云中君》《湘君》《湘夫人》《大司命》《少司命》《东君》《河伯》《山鬼》《国殇》《礼魂》 |
| 七 | 《九章》9 篇 | 《惜诵》《涉江》《哀郢》《抽思》《思美人》《惜往日》《橘颂》《悲回风》《怀沙》 |

《离骚》与《九章》之为屈原的作品，批评家都没有异辞。我们在它们里面，可以看出屈原的丰富的想象，幽沉的悲思，与他的高洁的思想。《离骚》不惟为上古最伟大的作品，也是中国全部文学史上罕见的巨作。司马迁以为："'离骚'者，犹离忧也。"班固以为："离，犹遭也。骚，忧也。"二说中，以班固之说较明。（《离骚》，英人译为 *Fallen into Sorrow*，其意义极明白。《离骚》的全译本在英文中有 Legge 教授所译的一本[1]。）

《离骚》全部共 370 余句，自叙屈原的生平与他的愿志；他的理想既不能实现，于是他最后只好说："已矣哉！国无人，莫我知兮，又何怀乎故都！

---

1 英国著名汉学家詹姆斯·理雅各（James Legge）1895 年在《亚洲学刊》发表《楚辞》译文，全文分三部分，即作者生平、释文和评论、译文，但基本属改写式翻译。

既莫足与为美政兮，吾将从彭咸之所居！"在《离骚》中，屈原的文学天才发展到了极高点。他把一切自然界，把历史上一切已往的人物，都用他的最高的想象力，融冶于他的彷徨幽苦的情绪之下。试看：

> 跪敷衽以陈辞兮，耿吾既得此中正。驷玉虬以乘鹥兮，溘埃风余上征。朝发轫于苍梧兮，夕余至乎悬圃。欲少留此灵琐兮，日忽忽其将暮。吾令羲和弭节兮，望崦嵫而勿迫。路曼曼其修远兮，吾将上下而求索。饮余马于咸池兮，总余辔乎扶桑。折若木以拂日兮，聊逍遥以相羊。前望舒使先驱兮，后飞廉使奔属。鸾凰为余先戒兮，雷师告余以未具。吾令凤鸟飞腾兮，继之以日夜。飘风屯其相离兮，帅云霓而来御。纷总总其离合兮，斑陆离其上下。吾令帝阍开关兮，倚阊阖而望予。时暧暧其将罢兮，结幽兰而延伫。世混浊而不分兮，好蔽美而嫉妒。朝吾将济于白水兮，登阆风而绁马。忽反顾以流涕兮，哀高丘之无女。溘吾游此春宫兮，折琼枝以继佩。及荣华之未落兮，相下女之可诒。吾令丰隆乘云兮，求宓妃之所在。解佩纕以结言兮，吾令謇修以为理。纷总总其离合兮，忽纬繣其难迁。夕归次于穷石兮，朝濯发乎洧盘。保厥美以骄傲兮，日康娱以淫游。虽信美而无礼兮，来违弃而改求。览相观于四极兮，周流乎天余乃下。望瑶台之偃蹇兮，见有娀之佚女。吾令鸩为媒兮，鸩告余以不好。……凤凰既受诒兮，恐高辛之先我。欲远集而无所止兮，聊浮游以逍遥。及少康之未家兮，留有虞之二姚。理弱而媒拙兮，恐导言之不固。世溷浊而嫉贤兮，好蔽美而称恶。闺中既以邃远兮，哲王又不寤。怀朕情而不发兮，余焉能忍而与此终古。（《离骚》）

在这一小段中，他把许多历史上的人物、神话上的人物，如羲和，如望舒，如飞廉，如丰隆，如宓妃，如有娥之佚女，如少康，如有虞之二姚；许多神话上的地名，如咸池，如扶桑，如春宫，如穷石，如洧盘；许多禽鸟与自然的现象，如鸾凤，如飘风，如云霓，如鸩，都汇集在一处，使我们不但不觉其繁复可厌，却反觉得它的有趣，如在读一段极美丽的神话，不知不觉地被带到他的想象之国里去，而如与他同游。这种艺术的手段实是很可惊异的！

《九章》中的9篇作品，每篇都是独立的，著作的时间也相差很远，有的是在将沉江之时作的（如《怀沙》），有的是在他被顷襄王谪迁的时候作的（如《哀郢》与《涉江》）。不知后人为什么把它们包含在一个"九章"的总题目之下？我们读这9篇作品，可以把屈原的生平及思想看得更明白些。

《天问》，有的人以为非屈原所作的。英国的魏莱（Arthur Waley）在他的英译的《中国诗选》第三册 "The Temple and Other Poems" 中曾说，《天问》显然是一种"试题"，不知何故被人杂入屈原的作品中。我们细看《天问》，也觉得它是一篇毫无情绪的作品；所问的都是关于宇宙的、历史的、神话的问题，并无什么文学的价值，可见其绝非为我们的大诗人屈原所作的。且它的句法都是四言的，与《楚辞》的风格也绝不相同。但这篇文字，在历史学上却是一篇极可珍异的东西。在它里面，我们可以考出许多古代历史上的事迹与古人的宇宙知识。

《远游》亦有人怀疑它非屈原所作的。怀疑的主要理由，则在于文中所举的人名，如韩众等，并非屈原时代所有的。

［元］张渥：《九歌图卷》（局部）

《卜居》与《渔父》二篇之非屈原的作品，则更为显明，因为它们开首便都说，"屈原既放"，明为后人的记事，而非屈原所自作的。这两篇东西，大约与关于管仲的《管子》，关于晏婴的《晏子》一样，乃为后人记载他们的生平及言论而作，而非他们自己所作的。但在《卜居》与《渔父》中，屈原的傲洁不屈于俗的性格与强烈的情绪，却未被记载者所湮没。

《九歌》中有许多篇极美丽的作品，我们读到《湘夫人》里的"帝子降兮北渚，目眇眇兮愁予。袅袅兮秋风，洞庭波兮木叶下"。读到《山鬼》里的"若有人兮山之阿，被薜荔兮带女萝，既含睇兮又宜笑，子慕予兮善窈窕。……雷填填兮雨冥冥，猿啾啾兮狖夜鸣，风飒飒兮木萧萧，思公子兮徒离忧"诸句，未有不被其美的辞句所感动的。

《九歌》之名，由来已久，如《离骚》中言："启《九辩》与《九歌》兮"，又言："奏《九歌》而舞《韶》兮。"《天问》中亦言："启棘宾商，《九辩》，《九歌》。"于是有的批评家便以为《九歌》原是楚地的民歌，不是屈原所作的。有的批评家便以为《九歌》是古曲，王逸却说：

> 昔楚国南郢之邑，沅湘之间，其俗信鬼而好祠，其祠必作歌乐鼓舞，以乐诸神。屈原放逐，窜伏其域，怀忧苦毒，愁思怫郁，出见俗人祭祀之礼，歌舞之乐，其词鄙陋，因为作九章之曲。（《楚辞·九歌》）

这是说屈原作《九歌》，乃为楚地祀神之用的。我觉得民间的抒情诗歌都是很短的，稍长的民歌便词意卑俗，无文学上的价值，看小书摊上所有的"小曲"即可知；其文辞秀美，情绪高洁者，大都为诗人之创作，或诗人的改作，而流传于民间，为他们所传诵者。（如广东的《粤讴》，据说都是一位太守作的。）以此例彼，那么，如《九歌》之词高文雅，似必非楚地的民众所自作，而必为一个诗人为他们写作出来的，或所改作出来的了。所以王逸的话较别的批评家更为可信。至于作者是屈原或是别的无名诗人，则我们现在已无从知道。

# 宋 玉

宋玉是次于屈原的一位楚国的大作家。他的作品在《楚辞》中只有两篇，一为《九辩》，一为《招魂》。其他，见于《文选》中者，有《风赋》《高唐赋》《神女赋》《登徒子好色赋》4篇；见于《古文苑》者，有《笛赋》《大言赋》《小言赋》《讽赋》《钓赋》《舞赋》6篇，合之共12篇，与《汉书·艺文志》所著录之《宋玉赋》16篇，数目不合；如以《九辩》作为9篇计算，则共为20篇，又较《汉志》多出4篇。大约《汉志》所著录之本久已亡失。有许多人以为宋玉是屈原的弟子，这是附会的话。《史记·屈原传》说：

> 屈原既死之后，楚有宋玉、唐勒、景差之徒者，皆好辞而以赋见称。然皆祖屈原之从容辞令，终莫敢直谏。其后楚日以削，数十年竟为秦所灭。

可见，宋玉未必能及见屈原，大约宋玉的生年，总在于公元前290年前后（屈原自沉的前后），约卒于公元222年以前（即楚亡以前）。至于他的生平，则《史记》并未提起。除了在他的赋里看出些许外，他处别无更详细的记载。大约他于年轻时曾在楚襄王那里（约当襄王末年）做过不甚重要的官，其地位至多如东方朔、司马相如、枚皋之在汉武帝时。其后便被免职，穷困以死。死时的年龄必不甚老。

在宋玉的赋中，《笛赋》显然是后人依托的，因为其中乃有"宋意将送荆卿于易水之上，得其雌焉"之句。其他《风赋》《高唐赋》《神女赋》《大言赋》《小言赋》《登徒子好色赋》《讽赋》《钓赋》《舞赋》9篇，亦似为后人所记述而非宋玉所自作。因为这9篇中都称"宋玉",称"楚襄王"或"襄王",与《卜居》《渔父》之称"屈原既放"一样,显然可以看出是后人记述的,正与后人记述管仲的事为《管子》一书而称为"管仲"所自著者同例。但这几篇赋,虽未必出于宋玉之手,其辞意却很有趣味,很有价值,显出作者的异常的机警与修辞的技巧,使我们很高兴读它们,与汉人诸赋之务为夸诞、堆饰无数之浮辞、读之令人厌倦者,其艺术之高下真是相差甚远。如:

> 楚襄王既登阳云之台,令诸大夫景差、唐勒、宋玉等并造《大言赋》,赋毕而宋玉受赏。王曰:"此赋之迂诞则极巨伟矣!抑未备也。且一阴一阳,道之所贵,小往大来,剥复之类也。是故卑高相配,而天地位;三光并照,则大小备。能大而不小,能高而不下,非兼通也。能粗而不能细,非妙工也。然则上座者未足明赏。贤人有能为《小言赋》者,赐之云梦之田。"景差曰:"载氛埃兮乘剽尘,体轻蚊翼,形微蚤鳞,聿遑浮踊,凌云纵身。经由针孔,出入罗巾。飘妙翩绵,乍见乍泯。"唐勒曰:"析飞糠以为舆,剖秕糟以为舟。泛然投乎杯水中,淡若巨海之洪流。凭蚋眦以顾盼,附蠛蠓而遨游。宁隐微以无准,原存亡而不忧。"又曰:"馆于蝇须,宴于毫端,烹虱胫,切虮肝,会九族而同齐,犹委余而不殚。"宋玉曰:"无内之中,微物潜生。比之无象,言之无名。蒙蒙灭景,昧昧遗形。超于太虚之域,出于未兆之庭。纤于毳(cuì)末之微蔑,陋于茸毛之方生。视之则眇眇,望之则冥冥。离朱为之叹闷,神明不能察其情。二子之言,磊磊皆不小,何如此之为精。"王曰:"善!"赐以云梦之田。(《小言赋》)

> 楚襄王与宋玉游于云梦之浦,使玉赋高唐之事。其夜,玉寝,果梦与神女遇,其状甚丽,玉异之。明日,以白王。王曰:"其梦若何?"玉对曰:"晡夕之后,精神恍惚,若有所喜,纷纷扰扰,未知何意。目色仿佛,乍若有记。见一妇人,状甚奇异。寐而梦之,寤不自识。罔

今不乐，怅然失志。于是抚心定气，复见所梦。"王曰："状如何也？"
玉曰："茂矣，美矣！诸好备矣！盛矣，丽矣！难测究矣！上古既无，
世所未见，瑰姿玮态，不可胜赞。其始来也，耀乎若白日初出照屋梁；
其少进也，皎若明月舒其光。须臾之间，美貌横生，晔兮如华，温乎
如莹，五色并驰，不可殚形。详而视之，夺人目精。其盛饰也，则罗
纨绮缋盛文章，极服妙采照万方。振绣衣，被裓裳。秾（nóng）不短，
纤不长。步裔裔兮曜殿堂，忽兮改容，婉若游龙乘云翔。嫷（tuǒ）披服，
侻（tuì）薄装，沐兰泽，含若芳，性和适，宜侍旁，顺序卑，调心肠……"
（《神女赋》）

大夫登徒子侍于楚王，短宋玉曰："玉为人体貌闲丽，口多微词，
又性好色，愿王勿与出入后宫。"王以登徒子之言问宋玉。玉曰："体
貌闲丽，所受于天也。口多微辞，所学于师也。至于好色，臣无有也。"
王曰："子不好色，亦有说乎？有说则止，无说则退。"玉曰："天下之
佳人，莫若楚国，楚国之丽者，莫若臣里，臣里之美者，莫若臣东家之子。
东家之子，增之一分则太长，减之一分则太短；着粉则太白，施朱则太赤；
眉如翠羽，肌如白雪，腰如束素，齿如含贝；嫣然一笑，惑阳城，迷下
蔡。然此女登墙窥臣三年，至今未许也。登徒子则不然，其妻蓬头挛耳，
齞唇历齿，旁行踽偻，又疥且痔。登徒子悦之，使有五子。王熟察之，
谁为好色者矣？"……（《登徒子好色赋》）

《讽赋》与《登徒子好色赋》其辞意俱极相似，大约本是一赋，其后演
变而为二的；或宋玉原有这一段事，因为记述这段事者有两个人，故所记各
有详略及互异处。

在宋玉的所有作品中，可称为他自己所著的，只有《楚辞》里的两篇：
《招魂》与《九辩》。但《招魂》一篇，尚有人把它归之于屈原的著作表里面。
不过他们却没有什么充分的理由说出来。所以我们与其剥夺宋玉的《招魂》

的著作权而并归之于屈原，毋宁相信它们是宋玉所作的。且在文辞与情思二方面，这一篇东西也都与屈原的别的作品不同。最可以使我们看出宋玉的特有的情调的是《九辩》：

> 悲哉，秋之为气也！萧瑟兮草木摇落而变衰。憭（liáo）栗兮若在远行。登山临水兮送将归。泬（jué）寥兮天高而气清，寂寥兮收潦而水清。憯凄增欷兮薄寒之中人，怆怳懭悢（kuǎng liàng）兮去故而就新。坎廪兮贫士失职而志不平，廓落兮羁旅而无友生，惆怅兮而私自怜。燕翩翩其辞归兮，蝉寂漠而无声；雁廱（yōng）廱而南游兮，鹍（kūn）鸡啁哳而悲鸣。独申旦而不寐兮，哀蟋蟀之宵征。时亹（wěi）亹而过中兮，蹇淹留而无成。（《九辩》第一节）

# 景　差

《楚辞》中尚有一篇《大招》，王逸以为是屈原或景差作；朱熹则径断为景差作。景差与宋玉同时，《史记·屈原传》里曾提起他的名字，宋玉的《大言赋》与《小言赋》里也有他的名字。大约他与宋玉一样，也是楚王的一位不甚重要的侍臣。其他事实则我们毫无所知。他的著作，除了这篇疑似的《大招》以外，别无他篇。《汉书·艺文志》著录的，只有《唐勒赋》4篇，并无景差的赋。所以这篇《大招》究竟是不是他作的，我们实无从断定。

不过《大招》即使不是景差作的，也不能便说是屈原作的，因为《大招》的辞意与《招魂》极相似，而屈原的情调，却不是如此。

> 魂兮归来！去君之恒干，何为四方些？舍君之乐处而离彼不祥些。

魂兮归来，东方不可以托些！（中叙四方及上下之不可居与反归故居之乐）酎饮尽欢，乐先故些。魂来归兮，反故居些。(《招魂》)

魂魄归来，无远遥只。魂乎归来，无东无西，无南无北只！东有大海，溺水浟浟只。（中叙四方之不可居与反归故居之乐）昭质既设，大侯张只。执弓挟矢，揖辞让只。魂乎徕归，尚三王只。(《大招》)

这两篇的结构是完全相同的，意思是完全相同的，仅修辞方面相歧异而已。我们虽不敢断定地说，这两篇本是由一篇东西转变出来的，但至少我们可以说，《招魂》与《大招》的文意与结构必当时有一种规定，如现在丧事或道观拜天时所用的榜文、奏文一样，因为这两篇是两个诗人作的，所以文意结构俱同而修辞不同。或者这两篇文字当中，有一篇是原作，有一篇是后人所拟作的也说不定。

《楚辞》与《诗经》不同，它是诗人的创作，是诗人的理想的产品，是诗人自诉他的幽怀与愁郁，是欲超出于现实社会的混浊之流的作品，而不是民间的歌谣与征夫或忧时者及关心当时政治与社会的扰乱者的叹声与愤歌，所以我们在它里面，不能得到如在《诗经》里所得到的同样的历史上的许多材料。但它在文学上的影响已足使它占于中国文学史里的一个最高的地位；同时，它的本身，在世界的不朽的文学宝库中也能占到一个永恒不朽的最高的地位。

# 第二章

# 史 书

第二节

牛 黄

如果有人编著中国古代的文学史，他于叙述《诗经》与《楚辞》之外，对于几个历史家与哲学家的著作，也必定会给予很详细的记载；因为这些历史家与哲学家的著作，不惟在历史上、哲学上有他们自己的很高的地位，即使在文学上也有不朽的价值与伟大的影响。如《左传》，如《战国策》，如《孟子》，如《庄子》，如《列子》，它们在文学上的影响，实不下于《诗经》与《楚辞》。它们的隽利而畅达的辩论、秀美而独创的辞采、俊捷而动人的叙写，给了后来的文学者以言之不尽的贡献。

即使到了现在，也还有无数的人把它们拿来当文学的课本。所以我于讲《诗经》与《楚辞》之后，对于它们也简单地讲述一下。

## 《尚书》

中国史书的最初一部是《尚书》（《书经》）。

这部史书是许多时代的文诰、誓语的总集。间有几篇，为历史家记述的文字，如《尧典》《禹贡》之类。间有几篇，则于文诰之前，加以很简略的记事，如《洪范》，于箕子说"洪范"之前，加以"惟十有三祀，王访于箕子。王乃言曰：'呜呼，箕子！惟天阴骘（zhì）下民，相协厥居。我不知其彝伦攸叙……"的一段话之类。相传《尚书》为孔子所编定，内容原有百篇。经过秦代的焚书之祸后，仅存 28 篇。汉时，有伏生诸人传授之。这 28 篇分别是《尧典》《皋陶谟》《禹贡》《甘誓》《汤誓》《盘庚》《高宗肜日》《西伯戡黎》《微子》《牧誓》《洪范》《金縢》《大诰》《康诰》《酒诰》《梓材》《召诰》《洛诰》《多士》《多方》《立政》《无逸》《君奭（shì）》《顾命》《吕刑》《文侯之命》《费誓》及《秦誓》。这种文诰及记事所包含的时代，为自公元前 23世纪（即尧时）至公元前 627 年（即周襄王二十五年）。但在实际上，它们的最早作者却绝不是生在公元前 23 世纪里的，因为在《尚书》的第一篇《尧典》——即叙公元前 23 世纪里的事的一篇史书——的开头，它的作者便说："曰，若稽古帝尧。"既曰"若稽古帝尧"，可知作者的时代必离帝尧的时代很远了。大约《尚书》里的第一位作者或记载者，至早是生在公元前 20 世纪前后的。

伏生所传的《尚书》传到了晋时，有名梅赜者，自称又获得"古文尚书"的一种。这一本《尚书》除了 28 篇与伏生所传的相同外，又增多了《大禹谟》《五子之歌》等 25 篇，又从《尧典》中分出《舜典》1 篇，从《皋陶谟》中分出《益稷》1 篇，从《顾命》中分出《康王之诰》1 篇，又将《盘庚》1篇析为 3 篇，合共 59 篇。当时，并没有什么人怀疑它。宋人才对它生了疑问。到了清初，阎若璩作《古文尚书疏证》一书，力攻它的伪造，而伪造的事实遂判定。

# 《春秋》

次于《尚书》而产生的是《春秋》。据旧说，这部书是孔子根据"鲁史"而编著的。它所记载的时代为自鲁隐公元年（即公元前 722 年，周平王四十九年），至鲁哀公十四年（即公元前481年，周敬王三十九年）。隔了三年，四月，时孔子死。

《春秋》的文字极简单，除了记载当时所发生的重大事件以外，并没有什么叙述。于是有左丘明、公羊高、穀梁赤三人前后依它的原文，更作较详细的记载或说明。但公羊高和穀梁赤二人所作的传，仅注意于《春秋》的义例，详细说明孔子的褒贬之意，而对于事实并不详述。只有左丘明的传，叙述事实很详尽。左丘明的生平，没有什么记载留传下来，据说是一个盲人。他的《春秋传》，不惟供给许多历史的事迹给史学家，且于文学上也有很大的影响。他的文字简质，而叙写却极活跃，有时，也有很美丽的描写，下面举两个例子：

十年春，齐师伐我。公将战，曹刿请见。其乡人曰："肉食者谋之，又何间焉？"刿曰："肉食者鄙，未能远谋。"乃入见，问何以战。公曰："衣食所安，弗敢专也，必以分人。"对曰："小惠未遍，民弗从也。"公曰："牺牲玉帛，弗敢加也，必以信。"对曰："小信未孚，神弗福也。"公曰："小大之狱，虽不能察，必以情。"对曰："忠之属也，可以一战。"战，则请从，公与之乘，战于长勺。公将鼓之，刿曰："未可！"齐人三鼓，刿曰："可矣！"齐师败绩，公将驰之，刿曰："未可！"下视其辙，登轼而望之，曰："可矣！"遂逐齐师。既克，公问其故。对曰："夫战，勇气也，一鼓作气，再而衰，三而竭。彼竭我盈，故克之。夫大国难测也，惧有伏焉。吾视其辙乱，望其旗靡，故逐之。"（《左传·庄公十年》）

晋程郑卒，子产始知然明，问为政焉。对曰："视民如子，见不仁者诛之，如鹰鹯之逐鸟雀也。"子产喜，以语子大叔，且曰："他日吾见蔑之面而已，今吾见心矣。"子大叔问政于子产。子产曰："政如农功，日夜思之，思其始而成其终。朝夕而行之，行无越思，如农之有畔，其过鲜矣。"（《左传·襄公二十六年》）

孔子的《春秋》，终于鲁哀公十四年，左丘明的传，则书孔子卒，直至哀公二十七年始告终止。

# 《国语》

记载自公元前 990 年（即周穆王十二年）至公元前 453 年（即周贞定王十六年）的诸国的史迹者，有《国语》一书。

相传这部书亦为左丘明所作。丘明作《春秋传》意犹未尽，"故复采录前世穆王以来，下讫鲁悼智伯之诛，邦国成败，嘉言善语……以为《国语》"。但有的人则以为丘明并没有著这部书。这部书的性质与《春秋传》不同。《春秋传》是编年的体例，《国语》则分国叙述。《国语》共有 21 卷，分叙周（3卷）、鲁（2卷）、齐（1卷）、晋（9卷）、郑（1卷）、楚（2卷）、吴（1卷）及越（2卷）八国的重要史事。它在文学上亦有伟大的影响。现在举一两个例子在下面，以见它的叙写的一斑：

> 赵文子与叔向游于九原。曰："死者若可作也，吾谁与归？"叔向曰："其阳子乎？"文子曰："夫阳子行廉直于晋国，不免其身，其智不足称也。"叔向曰："其舅犯乎？"文子曰："夫舅犯见利而不顾其君，其仁不足称也。其随武子乎！纳谏不忘其师，言身不失其友，事君不援而进，不阿而退。"（《国语·晋语》）

> 越王勾践栖于会稽之上，乃号令于三军曰："凡我父兄昆弟及国子姓，有能助寡人谋而退吴者，吾与之共知越国之政。"大夫种进对曰："臣闻之，贾人夏则资皮，冬则资絺，旱则资舟，水则资车，以待乏也。夫虽无四方之忧，然谋臣与爪牙之士，不可不养而择也；譬如蓑笠，时

雨既至，必求之。今君王既栖于会稽之上，然后乃求谋臣，无乃后乎？"
勾践曰："苟得闻子大夫之言，何后之有？"执其手而与之谋，遂使之
行成于吴……（《国语·越语》）

# 《战国策》

继续《国语》的体例，而叙三家分晋至楚汉未起之前的重要史事者，有
《战国策》一书。

《战国策》在文学上的权威，不下于《春秋》《左传》及《国语》；大部
分的读者，且喜欢《战国策》过于《左传》与《国语》。在《战国策》里面，
我们看不到一切迂腐的言论与一切遵守传统的习惯与道德的行动；这是一个
新的时代，旧的一切，已完全推倒，完全摧毁，所有的言论都是独创的、直
接的，包含可爱的机警与雄辩的；所有的行动都是勇敢的、不守旧习惯的，
都是审辨直接的，利害极为明了的。因此，《战国策》遂给读者以一个新的
特创的内容。它如一部中世纪的欧洲的传奇，如一部记述"魏、蜀、吴"三
国史事的小说《三国志》，使读者永远地喜欢读它。《战国策》初名《国策》，
或名《国事》，或名《短长》，或名《长书》，或名《修书》，卷帙亦错乱无序。
汉时，刘向始把它整理过，定名为《战国策》，分之为33篇。所叙的诸国，
为东周（1篇）、西周（1篇）、秦（5篇）、齐（6篇）、楚（4篇）、赵（4篇）、
魏（4篇）、韩（3篇）、燕（3篇）、宋卫（1篇），及中山（1篇）。下举了
它的三段文字，可以略见它的风格与内容的一斑：

甘茂亡秦，且之齐。出关遇苏子，曰："君闻夫江上之处女乎？"
苏子曰："不闻！"曰："夫江上之处女，有家贫而无烛者，处女相与语

欲去之。家贫无烛者将去矣，谓处女曰：'妾以无烛，故常先至扫室布席。何爱余明之照四壁者？幸以赐妾，何妨于处女？妾自以有益于处女，何为去我？'处女相语以为然而留之。今臣不肖，弃逐于秦而出关，愿为足下扫室布席，幸无我逐也。"苏子曰："善，请重公于齐……"(《战国策·秦策二》)

靖郭君将城薛，客多以谏。靖郭君谓谒者无为客通。齐人有请者曰："臣请三言而已矣！益一言。臣请烹！"靖郭君因见之。客趋而进曰："海大鱼！"因反走。君曰："客有于此。"客曰："鄙臣不敢以死为戏。"君曰："亡，更言之。"对曰："君不闻大鱼乎？网不能止，钩不能牵，荡而失水，则蝼蚁得志焉。今夫齐，亦君之水也！君长有齐，奚以薛为？夫齐，虽隆薛之城到于天，犹之无益也。"君曰："善！"乃辍城薛。(《战国策·齐策一》)

张仪为秦破从连横，说楚王曰："秦地半天下，兵敌四国，被山带河，四塞以为固，虎贲之士百余万；车千乘，骑万匹，粟如丘山，法令既明，士卒安难乐死；主严以明，将知以武。虽无出兵甲，席卷常山之险，折天下之脊，天下后服者先亡。且夫为从者无以异于驱群羊而攻猛虎也。夫虎之与羊，不格明矣，今大王不与猛虎而与群羊，窃以为大王之计过矣！凡天下强国，非秦而楚，非楚而秦，两国敌侔交争，其势不两立，而大王不与秦。秦下甲兵，据宜阳，韩之上地不通，下河东，取成皋，韩必入臣于秦。韩入臣，魏则从风而动。秦攻楚之西，韩、魏攻其北，社稷岂得无危哉？且夫约从者，聚群弱而攻至强也。夫以弱攻强，不料敌而轻战，国贫而骤举兵，此危亡之术也。臣闻之，兵不如者勿与挑战，粟不如者勿与持久，夫从人者饰辩虚辞，高主之节行，言其利而不言其害，卒有楚祸无及为已。是故愿大王之熟计之也……"(《战国策·楚策一》)

# 其他史书

除了上面的几部史书以外，尚有《逸周书》《竹书纪年》及《穆天子传》等几部。

《逸周书》的性质与《尚书》相同。相传为晋时束皙所见之"汲冢书"[1]之一。或谓此书非汲冢中所出，乃为孔子删削《尚书》之所遗者。

《竹书纪年》的性质，与《春秋》相同，记黄帝至周隐王之重要史事，文字极简单，相传亦为束皙所见之汲冢书之一。但后来的人也颇有疑其非汲冢的原本者。

《穆天子传》亦为汲冢中书之一。体裁与《尚书》《春秋》二书俱极异，乃叙周穆王游行之事。《左传》言："穆王欲肆其心，周行于天下，皆使有车辙马迹焉。"大约穆王的游行天下的事，必为当时所盛传者，所以有人记录他的游迹，作为此传。文字多残缺。现在录其一节如下：

> 庚戌，天子西征，至于玄池。天子休于玄池之上，乃奏广乐，三日而终，是曰乐池。天子乃树之竹，是曰竹林。癸丑，天子乃遂西征。丙辰，至于苦山西膜之所茂苑。天子于是休猎，于是食苦。丁巳，天子西征。己未，宿于黄鼠之山西□，乃遂西征。癸亥，至于西王母之邦。
>
> 吉日，甲子。天子宾于西王母。乃执白圭玄璧，以见西王母，好献锦组百纯，□组三百纯。西王母再拜受之。□乙丑，天子觞西王母

---

1　晋咸宁五年（公元279年），汲郡人盗发魏襄王的陵墓，得竹书数十车，全是蝌蚪文书写，称"汲冢书"。后经荀勖、束皙等人整理成《竹书纪年》等。

于瑶池之上。西王母为天子谣曰:"白云在天,山陵自出。道里悠远,山川间之。将子无死,尚能复来?"

天子答之曰:"予归东土,和治诸夏,万民平均,吾顾见汝。比及三年,将复而野。"西王母又为天子吟曰:"徂彼西土,爰居其野。虎豹为群,于鹊与处。嘉命不迁,我惟帝女。彼何世民,又将去子。吹笙鼓簧,中心翔翔。世民之子,惟天之望。"天子遂驱升于弇山,乃记名迹于弇山之石,而树之槐眉,曰:西王母之山。(《穆天子传》)

像穆王这样的周游天下,远适荒僻,是中国人民所甚为惊奇不置的,所以当时关于这一件事的传说,流传各处。《列子》书中亦有《周穆王》1篇,所叙之事,亦与此传大体相同。这一部书,对于考察古代中国的地理产物也极有用处;它的体例又是古代史书中之最特创的。

尚有《越绝书》《吴越春秋》及《晋史乘》《楚史梼杌》[1]诸书,大概都是纂辑古书中的记载而为之的。

《越绝书》记越王勾践前后的事,相传为子贡撰,或子胥所为,俱为依托之言。或断定为汉时袁康、吴平所撰。

《吴越春秋》叙吴、越二国之事,自吴太伯起至勾践伐吴为止。亦为汉人所作。(《古今逸史》题为汉赵晔撰)

《晋史乘》及《楚史梼杌》二书,则历来书目俱不载,至元时乃忽出现,显然是好事者所伪作的。二书前有元大德十年吾丘衍序,以为此二书乃他所发现,实则即他自己辑集《左传》《国语》《说苑》《新序》及诸子书中关于晋、楚的记事而编成的。

---

1 〔明〕张萱《疑耀·梼杌》:"梼杌,恶兽,楚以名史,主于惩恶。又云,梼杌能逆知未来,故人有掩捕者,必先知之。史以示往知来者也,故取名焉。亦一说也。"

# 第三章
## 古代哲学家

在中国古代哲学家所著的书中，有许多是带有很丰富的文学意味的；许多的哲学家都喜欢用很美丽的文辞，很有文学趣味的比喻，以传达他们的哲学思想。

这许多哲学家都是生活在公元前 570 年（周灵王时）至公元前 230 年（秦始皇时）中间的。这个时代，正是春秋战国的时代。中国各处都持续地陷在局部战争之中，政治的、社会的纷扰达于极点；同时，传统的道德社会阶级以及思想，都为这个扰乱所摧坏。于是新的创造的哲学，纷然地产生出来，有的表现消极的、厌世的、破坏的思想，有的努力欲维持古代的、传统的、积极的思想，有的欲以仁爱及实用之学救此扰乱，有的则欲以严明的政治及法律救此扰乱。思想的勃蓬与绚烂，为中国哲学界前所未曾有，后所未曾有。

且离开它们的本身的价值而言，它们在文学上的影响，亦为以前及以后的所有论哲理的书所未曾有。这时代的哲学书有许多是后来文学者所承认为最好的、不朽的作品，如《孟子》，如《庄子》，如《列子》，如《韩非子》等书即是如此。

这些哲学家中，最先出现者为老子。

# 老 子

老子，姓李，名耳，字聃，楚国人。

关于他的神话甚多，有的说他活了 200 余岁，有的说他入关仙去，后世的人遂以他为"道教"的始祖。孔子曾见过他。因为他做过"周守藏室之史"，所以孔子向他问礼。大约他的生活时代与孔子相差不远，其生当在公元前570年（周灵王初年）前后。其卒，至晚当在公元前470年（周元王时）以前。

老子所代表的思想是消极的、厌世的思想。他的书有《道德经》上、下两篇，共81章，文字极简洁，他因为当时政治的龌龊，言治者纷然出，而天下愈扰，于是主张"无为"，主张"无治"，以为："不尚贤，使民不争，不贵难得之货，使民不为盗，不见可欲，使民心不乱。是以圣人之治，……常使民无知无欲。""鸡犬之声相闻，民至老死不相往来"，这就是他的理想国的景象。他不主张法治，以为："民不畏死，奈何以死惧之？"他不喜欢贤能与强力，而以谦下与柔弱为至德。他说："江海所以能为百谷王者，以其善下之，故能为百谷王。"又说："天下莫柔弱于水，而攻坚强者，莫之能胜。以其无以易之！"

[明] 王世贞辑次、汪云鹏校刊本《有象列仙全传》第九卷老子像

他的悲观，极为澈透。他说："天地不仁，以万物为刍狗；圣人不仁，以百姓为刍狗。"这种悲观的、消极的思想，在当时极为流行；一部分的人，以生为苦，于是唱着："知我如此，不如无生！"一部分的人，则流于玩世不恭，讥笑一切仆仆道路的、以救民救世为己任的人，如《论语》中所载长沮、桀溺诸人都是如此。

# 孔　子

因为这一派厌世的、消极的思想的流行，于是孔子便起来反抗他们的思想，宣传尧、舜"文武之治"，努力维持传统的政治的与社会的道德，以中庸的、积极的态度，始终不懈地从事于改良当时的政治，以复于他所理想的古代清明的政治状况。

孔子在当时影响极大，主要的弟子有 70 余人。他名丘，字仲尼，鲁国人，生于公元前 551 年（周灵王二十一年），卒于公元前 479 年（周敬王四十一年）。他的事迹与言论，许多书上都有记载，但以《论语》所记者为最可靠。他曾做过鲁国的司空和司寇，后来去官周游列国。到了 68 岁时复回鲁地，专心著述，编订《尚书》《诗经》《周易》及《春秋》，还订定了《礼》与《乐》。卒时年七十三。

孔子的思想是入世的，是极为积极

[清] 焦秉贞：孔子像

的。《论语》虽为曾子的门人所记，文字虽极简朴直接，却能把孔子的积极的思想完全表现出来。老子主张无治无为，孔子则主张有为，主张政刑与德礼为治世者所必要，他说："道之以政，齐之以刑，民免而无耻；道之以德，齐之以礼，有耻且格。"孔子是竭力欲维持传统道德的。所以齐陈恒杀其君，孔子三日斋而请伐齐。季氏舞八佾于庭，孔子说道："是可忍也，孰不可忍也？"当时的人，常讥嘲孔子之仆仆道路而无所成，但孔子却不悲观，不为他们所动，仍旧积极地去做。

> 楚狂接舆歌而过孔子曰："凤兮，凤兮！何德之衰！往者不可谏，来者犹可追。已而，已而，今之从政者殆而。"孔子下，欲与之言，趋而辟之，不得与之言。长沮、桀溺耦而耕，孔子过之，使子路问津焉。长沮曰："夫执舆者为谁？"子路曰："为孔丘。"曰："是鲁孔丘欤？"曰："是也。"曰："是知津矣！"问于桀溺，桀溺曰："子为谁？"曰："为仲由。"曰："是鲁孔丘之徒欤？"对曰："然。"曰："滔滔者天下皆是也，而谁以易之！且而与其从辟人之士也，岂若从辟世之士哉。"耰而不辍。子路行以告。夫子怃然曰："鸟兽不可与同群。吾非斯人之徒与而谁与？天下有道，丘不与易也！"（《论语·微子》）

这种精神，真足以感动一切时代的人！

# 墨　子

较孔子略后，而与孔子具有同样的积极的、救世的精神者为墨子。

墨子为主张"博爱""非攻"哲学者，他的势力，在当时亦极大。老、孔、墨三派的思想，在当时几乎是三分天下。墨子名翟，或以他为宋人，或以他为鲁人。他的生活时代在公元前 500 年（周敬王时）至公元前 416 年（周威烈王时）之间。关于墨子的书，有《墨子》53 篇。但未必为墨子所自著，大约一部分是墨者记述墨子的学说与行事的，一部分是后人加入的。

墨子一方面有孔子的积极救世的精神，其救助被损害之国的热忱，且较儒者尤为强烈。孟子的"墨子兼爱，摩顶放踵利天下，为之"数语，即足表现他的精神。楚国使公输般造云梯欲攻宋，墨子走了十日十夜，赶去见公输般，说服了他，使他中止攻宋。这件事是最使世人称道的。但同时，他又与儒家有好几点反对。儒者主张"王者之师"，并不反对战争，墨子则彻底地主张"非攻"。儒者主张"爱有等次"，墨子则主张"博爱"。儒者不信鬼，而信天命；重礼、乐，重视丧葬之事。墨子则主张"明鬼"而"非命"，提倡"节葬"而"非乐"。下面录《墨子》中的一段，可以略见他的思想：

今有一人，入人园圃，窃其桃李，众闻则非之，上为政者得则罚之。此何也？以亏人自利也。至攘人犬豕鸡豚者，其不义又甚入人园圃窃桃李。是何故也？以亏人愈多，其不仁兹甚，罪益厚。……至杀不辜人也，拖其衣裘，取戈剑者，其不义又甚入人栏厩取人马牛。此何故也？以其亏人愈多。苟亏人愈多，其不仁兹甚，罪益厚。当此天下之君子，皆知而非之，谓之不义。今至大为攻国，则弗知非，从而誉之，谓之义。此可谓知义与不义之别乎？杀一人，谓之不义，必有一死罪矣。若以此说往，杀十人，十重不义，必有十死罪矣，杀百人，百重不义，必有百死罪矣，当此天下之君子，皆知而非之，谓之不义。今至大为不义攻国，则弗知非，从而誉之，谓之义。……今有人于此，少见黑，曰黑，多见黑，曰白，则以此人不知白黑之辩矣。少尝苦曰苦，多尝苦曰甘，则必以此人为不知甘苦之辩矣。今小为非则知而非之，大为非攻国，则不知非，从而誉之，谓之义，此可谓知义与不义之辩乎？是以知天下之君子也，辩义与不义之乱也。(《墨子·非攻上》)

儒、老、墨三派，互相辩难，都各有他们的信徒。到了后来，儒、墨之中又各分派，儒分为八，墨离为三。墨中的巨子，其著作大约都已包含于《墨子》一书之中。儒中的重要者，则著书颇多：《大学》相传为曾子及其门人所作，《中庸》相传为孔子之孙子思所作，又有《孝经》，相传为孔子为曾子所说的，由后人记载下来。

还有其他各书，但它们都不甚重要。其中最重要的，且最有影响于后来的文学作品的是孟子和荀子二人所著的书。

# 孟　子

孟子名轲，邹人，生于公元前 372 年（周烈王四年），卒于公元前 289 年（周赧王二十六年）。卒时，年八十四。他曾受业于子思的门人，见过齐宣王、梁惠王，所如不合，"退而与万章之徒，序诗书，述仲尼之意，作《孟子》七篇"（《史记》）。有的人颇疑《孟子》，以为系后人所伪作，有的人则以为《孟子》一书未必为轲所自著，而是其弟子所记述的。大约以后说为较可靠。

当孟子时，天下竞言功利，以攻伐纵横为贤，孟子乃称述唐、虞、三代之德，痛言功利之害，宣传"仁义"之说，努力维持传统的道德。是以时人都以他为"迂远而阔于事情"。但他一方面却亦染了战国辩士之风，颇好辩难，喜以比喻宣达他的见解。因此，《孟子》一书较《论语》及《孝经》诸书，其文辞更富于文学的趣味；辞意骏利而深切，比喻赡美而有趣，使它的读者都很喜欢它。下面举几个例子：

梁惠王曰："寡人之于国也，尽心焉耳矣。河内凶，则移其民于河东，移其粟于河内，河东凶亦然。察邻国之政，无如寡人之用心者。邻国之民不加少，寡人之民不加多。何也？"

孟子对曰："王好战，请以战喻。填然鼓之，兵刃既接，弃甲曳兵而走，或百步而后止，或五十步而后止。以五十步笑百步，则何如？"曰："不可！直不百步耳，是亦走也。"

曰："王如知此，则无望民之多于邻国也。不违农时，谷不可胜食也。数罟不入洿池，鱼鳖不可胜食也。斧斤以时入山林，材木不可胜用也。谷与鱼鳖不可胜食，材木不可胜用，是使

[清] 焦秉贞：孟子像

民养生丧死无憾也。养生丧死无憾，王道之始也。五亩之宅，树之以桑，五十者可以衣帛矣，鸡豚狗彘之畜，无失其时，七十者可以食肉矣。百亩之田，勿夺其时，数口之家，可以无饥矣。谨庠序之教，申之以孝悌之义，颁白者不负戴于道路矣。七十者衣帛食肉，黎民不饥不寒，然而不王者，未之有也！狗彘食人食而不知检，涂有饿莩而不知发。人死，则曰：'非我也，岁也。'是何异于刺人而杀之，曰：'非我也，兵也。'王无罪岁，斯天下之民至焉。"（《孟子·梁惠王上》）

孟子谓齐宣王曰："王之臣有托其妻子于其友，而之楚游者。比其反也，则冻馁其妻子，则如之何？"王曰："弃之。"曰："士师不能治士，则如之何？"王曰："已之。"曰："四境之内不治，则如之何？"王顾左右而言他。（《孟子·梁惠王下》）

齐人有一妻一妾而处室者。其良人出，则必餍酒肉而后反。其妻问所与饮食者，则尽富贵也。其妻告其妾曰："良人出，则必餍酒肉而后反。问其与饮食者，尽富贵也。而未尝有显者来。吾将瞷良人之所

之也。"

蚤起，施从良人之所之。遍国中无与立谈者。卒之东郭墙间之祭者，乞其余。不足，又顾而之他。此其为餍足之道也。其妻归，告其妾曰："良人者，所仰望而终身也。今若此！"与其妾讪其良人，而相泣于中庭。而良人未之知也，施施从外来，骄其妻妾。

由君子观之，则人之所以求富贵利达者，其妻妾不羞也，而不相泣者几希矣。(《孟子·离娄下》)

# 荀 子

荀子，名况，字卿，赵人。初在齐，三为祭酒。齐人或谗荀卿，卿乃适楚。春申君用他为兰陵令。春申君死，荀卿失官，因家兰陵。著书数万言而卒。

荀卿的生活时代约在公元前310年至公元前230年前后。他的书《荀子》有33篇，内有赋5篇，诗2篇。汉、魏、六朝以至唐，最盛行之文体之一，即为赋，而其名实荀卿始创之。

荀卿并不墨守儒家的思想，他批评墨、道及诸子之失时，对于儒家之子思、孟子也不肯放过。他主张"人性是恶的"，反对孟子"性善"之说；主张"法后王"，反对儒家"法先王"之说；又主张"人治"，反对"天治"，对于盘踞于中国人心中的"相"的观念，加以严肃的驳诘。他的文字纯浑而畅直。举一例于下：

天行有常，不为尧存，不为桀亡，应之以治则吉，应之以乱则凶。强本而节用，则天不能贫；养备而动时，则天不能病；修道而不贰，则天不能祸。故水旱不能使之饥渴，寒暑不能使之疾，妖怪不能使之凶。

本荒而用侈，则天不能使之富；养略而动罕，则天不能使之全；倍道而妄行，则天不能使之吉。故水旱未至而饥，寒暑未薄而疾，妖怪未至而凶；受时与治世同，而殃祸与治世异，不可以怨天，其道然也……（《荀子·天论》）

# 列子与庄子

道家自老子之后，最著者有列子与庄子，他们所著的书，俱为后来文学者所最喜悦者。

列子，名御寇，其生年略前于庄子，所著书名《列子》。或谓列子并无其人，其书乃后人杂采诸书以为之者。（或谓《列子》为六朝人所伪作）但其文辞却绚丽而婉曲尽致，很能使读者感动。举一段为例：

詹何以独茧丝为纶，芒针为钩，荆篠为竿，剖粒为饵，引盈车之鱼于百仞之渊，汩流之中，纶不绝，钩不伸，竿不桡。楚王闻而异之，召问其故。詹何曰："臣问先大夫之言，蒲且子之弋也，弱弓纤缴，乘风振之，连双鹚于青云之际，用心专，动手均也。臣因其事，放而学钓，五年始尽其道。当臣之临河持竿，心无杂虑，唯鱼之念：投纶沉钩，手无轻重，物莫能乱。鱼见臣之钩饵，犹沉埃聚沫，吞之不疑，所以能以弱制强，以轻致重也。大王治国诚能若此，则天下可运于一握，将亦奚事哉！"楚王曰："善。"（《列子·汤问》）

庄子，名周，蒙人。尝为蒙漆园吏，与梁惠王、齐宣王同时。约死于公元前275年前后。他甚博学，最喜老子的学说，著书十余万言。其文字雄丽

［明］陈洪绶：《隐居十六观·访庄》，台北故宫博物院藏。

洸洋，自恣以适己。

> 以天下为沈浊，不可与庄语，以卮言为曼衍，以重言为真，以寓言为广，独与天地精神往来，而不敖倪于万物，不谴是非，以与世俗处。……上与造物者游，而下与外生死无终始者为友……（《庄子·天下》）

他的书《庄子》现存 33 篇，其中《让王》《说剑》《盗跖》《渔父》诸篇，是后人伪作的。在下面举的两个例子里，可以见他的美丽而雄辩的文辞的一斑：

> 孔子见老聃而语仁义。老聃曰："夫播糠眯目，则天地四方易位矣，蚊虻噆肤，则通昔不寐矣。夫仁义憯然，乃愤吾心，乱莫大焉，吾子使天下无失其朴，吾子亦放风而动，总德而立矣。又奚杰然若负建鼓而求亡子者邪？夫鹄不日浴而白，乌不日黔而黑。黑白之朴，不足以为辩，名誉之观，不足以为广。泉涸，鱼相与处于陆，相呴以湿，相

濡以沫，不若相忘于江湖。"（《庄子·天运》）

秋水时至，百川灌河，泾流之大，两涘渚崖之间不辩牛马。于是焉河伯欣然自喜，以天下之美为尽在己。顺流而东，行至于北海。东面而视，不见水端。于是焉，河伯始旋其面目，望洋向若而叹曰："野语有之曰：闻道百，以为莫己若者，我之谓也。且夫我尝闻少仲尼之闻，而轻伯夷之义者，始吾弗信。今我睹子之难穷也。吾非至于子之门，则殆矣！吾长见笑于大方之家！"

北海若曰："井蛙不可以语于海者，拘于虚也；夏虫不可以语于冰者，笃于时也；曲士不可以语于道者，束于教也。今尔出于崖涘，观于大海，乃知尔丑，尔将可与语大理矣。天下之水，莫大于海。万川归之，不知何时止而不盈，尾闾泄之，不知何时已而不虚。春秋不变，水旱不知。此其过江河之流不可为量数，而吾未尝以此自多者，自以比形于天地，而受气于阴阳，吾在天地之间，犹小石、小木之在大山也，方存乎见少，又奚以自多！计四海之在天地之间也，不似礨空之在大泽乎？计中国之在海内，不似稊米之在大仓乎？号物之数谓之万，人处一焉。人卒九州，谷食之所生，舟车之所通，人处一焉，此其比万物也，不似毫末之在于马体乎？五帝之所连，三王之所争，仁人之所忧，任士之所劳，尽此矣！伯夷辞之以为名，仲尼语之以为博，此其自多也，不似尔向之自多于水乎？"

河伯曰："然则吾大天地而小毫末，可乎？"北海若曰："否。夫物，量无穷，时无止，分无常，终始无故，是故大知观于远近。……由此观之，又何以知毫末之足以定至细之倪，又何以知天地之足以穷至大域？"……（《庄子·秋水》）

# 韩非子

中国古代的重要思想家，在道、儒、墨三派的范围以外者，尚有不少。如杨朱，如惠施，如公孙龙，如邓析，如宋钘，如尹文，如申不害，如尸子，如商君，如许行，如邹衍，如田骈，如慎到，如韩非，都是各树一帜，以宣传他们的思想与主张。但他们的思想多少总受有儒、道、墨三大派的影响。他们所著的书，大部分都已散佚（如杨朱、惠施、宋钘、许行、邹衍、田骈等），我们只能从别的书中，见到他们的重要的主张。（如《列子》中有《杨朱》一篇，言杨朱思想甚详，《孟子》中亦言及许行的主张。）这些人，我现在不讲。至于在那有书遗留下来的"诸子"中，有一部分却是后人搜集重编的（如《尸子》），有一小部分又显然可以看见他是伪托的（如《商子》），这些人，我现在也不讲。公孙龙、邓析诸人，他们的书虽尚存在，但也不甚重要，且对于后来的文学者也无什么影响，所以我现在也不讲。只有韩非一人，我们应该加以注意。

韩非本是韩国的公子，喜刑名法术之学，与李斯同事荀卿。他口吃，不能说话，而善于著书。他看见韩国日益削弱，数以书谏韩王，不见用，进作《孤愤》《五蠹》《内外储》《说林》《说难》十余万言以见志。后韩国使非于秦，非在秦被李斯诸人所杀，他死的时候，是公元前 233 年（即秦始皇十四年）。

他的书《韩非子》，有 55 篇，其中一部分是他自己著的，一小部分是后人加入的。他的文辞致密而深切，后来论文家受他的影响者甚多。现在举其一段于下以为例：

上古之世，人民少而禽兽众，人民不胜禽兽虫蛇，有圣人作，构木为巢，以避群害，而民悦之，使王天下，号曰有巢氏。民食果蓏蚌蛤，腥臊恶臭，而伤害腹胃，民多疾病，有圣人作，钻燧取火，以化腥臊，而民悦之，使王天下，号之曰燧人氏。中古之世，天下大水，而鲧、禹决渎。近古之世，桀、纣暴乱，而汤、武征伐。今有构木、钻燧于夏后氏之世者，必为鲧、禹笑矣。有决渎于殷、周之世者，必为汤、武笑矣。然则，今有美尧、舜、汤、武、禹之道于当今之世者，必为新圣笑矣。是以圣人不期修古，不法常可。论世之事，因为之备。宋人有耕田者，田中有株，兔走触株，折颈而死。因释其耒，而守株，冀复得兔。兔不可得，而身为宋国笑。今欲以先王之政，治当世之民，皆守株之类也……（《五蠹》）

# 《吕氏春秋》

此外尚有《管子》一书，托名管仲著，《晏子》一书，托名晏婴著，《孙子》一书，托名孙武著，《吴子》一书，托名吴起著，以及其他如《鹖子》之数，皆为后人所作，且对于后来文学者俱无大影响，所以这里也都不讲。

春秋战国时代的灿烂无比的思想界，到了战国之末，渐渐地衰落下来；于是有秦相吕不韦集许多宾客，使各著所闻，以为八览、六论、十二纪，名之曰《吕氏春秋》。

这一部无所不包的杂书，就是中国古代思想界的总结束。到了秦始皇统一各国，焚天下之书，以愚天下人民之耳目；各种思想便一时被扑灭无遗。汉兴，儒、道二派的余裔又显于世，但俱苟容取媚于世，已完全没有以前的那种精神与积极的主张了。《吕氏春秋》的文字也与它的内容一样地混杂，没有什么可以特叙的价值。

# 第四章

## 汉代文学

　　自秦始皇破灭六国，统一天下（公元前 221 年）以来，文学也与其他的学术一样，受专制的火焰的焚迫而成为灰烬。战国时光辉灿烂的文艺作品，不复出现，所存者仅庞杂的《吕氏春秋》与李斯的拟古颂功的诸刻石而已。汉之初年，因黑暗之势力仍未除去，故亦无大作家出现。至惠帝四年（公元前 191 年）残酷无比之"挟书律"宣告废除，而文艺学术才渐渐地有人去注意。以后，便酿成了枚乘、司马相如、贾谊、司马迁、扬雄、王充诸人的时代。

　　大约当时的作家可以分为赋家、历史家及论文家三派。这时代约当罗马的黄金时代的前后。

# 辞　赋

　　"赋"原是诗之一体，自屈原、宋玉以后，《诗经》里的简短的抒情诗歌已不复见，代之者乃为冗长的辞赋。屈、宋诸人之作，犹满含着优美的抒情的诗意。到了汉代，作赋者大都雕饰浮辞，敷陈故实，作者的情感已不复见于字里行间，故几不复能称之为"诗"。然而这种"赋"体，在当时却甚发达。帝王如武帝及淮南王之流都甚喜之，作者且借此为晋身之阶。

　　最初的作者为陆贾，然不甚成功。其后有贾谊（生于公元前 200 年，卒于公元前 168 年），怀才而不得志，作《怀沙》《鹏鸟》诸赋，为汉代最有个性的赋家。但他的论文却较他的赋尤为重要。其专以作赋著名者为枚乘、司马相如、东方朔诸人。

枚乘，字叔，淮阴人，死于公元前 141 年。曾游于吴及梁。所作有《七发》诸赋，而以《七发》为最著。《七发》的结构，颇似《楚辞》中的《招魂》《大招》，显然是受有它们的很深的影响；赋言楚太子有疾，吴客往见之，欲以要言妙道说而去之，历说以妙歌、美食、驰骋、游观、射猎、望涛之乐，太子不为之动，最后言使方术之士若庄周、魏牟、杨朱、墨翟之伦，论天下之精微，理万物之是非，孔、老览观，孟子持筹而算之。太子便涩然汗出，霍然病已。此种文体的结构实至为简单。在文辞一方面，亦颇有雕斫浮夸之弊。如下之类，殊觉堆冗无味：

> 驯骐骥之马，驾飞轮之舆，乘牡骏之乘，右夏服之劲箭，左乌号之雕弓。游涉乎云林，周驰乎兰泽，弭节乎江浔。掩青苹，游青风，陶阳气，荡春心，逐狡兽，集轻禽。于是极犬马之才，困野兽之足，穷相御之智巧，恐虎豹，慑鸷鸟……（《七发》）

然后来赋家几无一不仿效之者，且益加甚。所以汉赋虽甚发达，在中国文学史上却不能占重要的地位。枚乘所作，除赋之外，尚有人以《古诗十九首》中之《行行重行行》《西北有高楼》《青青河畔草》等 8 首认作他的著作，但其凭证极为薄弱。他们所据者为徐陵的《玉台新咏》，但考查《汉书》中的乘本传，并未言乘曾为此类诗，《汉书·艺文志》的"歌诗"类里，亦不载枚乘的这些诗，即萧统的《文选》曾勇敢地把许多诗加上了李陵、苏武的名字的，却也并不曾把《古诗十九首》分出一部分作为枚乘的。何以徐陵却独知道是枚乘作的？实则像《古诗十九首》那样的诗体，绝不是枚乘那个时代所能产生的；枚乘时所能产生的是"大风起兮云飞扬"（刘邦歌），是"草木黄落兮雁南归"（刘彻辞），是"日月星辰和四时"（柏梁诗），是"肃肃我祖，国自豕韦"（韦孟诗），却绝不是"东城高且长，逶迤自相属，回风动地起，秋草萋已绿"及"迢迢牵牛星，皎皎河汉女，纤纤擢素手，札札弄机杼"等的完美的五言诗。（《古诗十九首》的时代问题待下一章讨论）

乘死之时，正是刘彻（汉武帝）（其统治的时代为公元前 140 年至公元前 87 年）初即位之时。彻甚好辞赋，其自作亦甚秀美。《汉书·艺文志》载其有自造赋 2 篇。今所传《李夫人歌》及《秋风辞》：

> 秋风起兮白云飞，草木黄落兮雁南归。兰有秀兮菊有芳，怀佳人兮不能忘……

《落叶哀蝉曲》：

> 罗袂兮无声，玉墀（chí）兮尘生，虚房冷而寂寞，落叶依于重扃（jiōng）。

以及其他，都是很有情感的。彻对于汉代文学很有功绩，一即位便用安车蒲轮征枚乘，乘道死，又访得其子皋为郎。司马相如、东方朔、严忌、严助、刘安、吾丘寿王、朱买臣诸赋家皆出于其时。大历史家司马迁亦生于同时，且亦善于作赋（《汉书·艺文志》载司马迁赋 8 篇）。此时可算是汉代文学的黄金时代；秦灭之后，至此时始有大作家出现。

司马相如，字长卿，蜀郡成都人，生于公元前 179 年，死于公元前 117 年，为汉代最大的赋家。初事景帝为武骑常侍，非其所好。后客游梁，著《子虚赋》。梁孝王死，相如归，贫无以自业。至临邛，富人卓氏之女文君新寡，闻相如鼓琴，悦之，夜亡奔相如。卓氏怒，不分产于文君。于是二人在临邛买一酒舍酤酒，文君当垆，相如则着犊鼻裈涤器于市中。卓氏不得已遂分予文君僮百人，钱百万，相如因以富。后来戏曲家以此事为题材者甚多。武帝时，相如复在朝，著《天子游猎赋》。后为中郎将，略定西夷。不久，病卒。所著尚有《大人赋》《哀秦二世赋》《长门赋》等。相如之赋，其靡丽较枚乘为尤甚。《子虚赋》几若有韵之地理志，其山则什么，其土则什么，其东则什么，其南则什么，所有物产、地势，无不毕叙。班固、张衡、左思诸人受此种影响为最深。大约赋家之作，情感丰富、含意深湛者极少；大多数都是意极肤浅，而词主夸张，弃绝真朴之美而专以堆架美辞为务的。

东方朔，齐人，与司马相如同时。亦善于为赋，喜为滑稽之行为。尝作《七谏》《答客难》等。其与相如诸赋家异者，为在相如诸人的赋中，绝不能见出他们自己的性格，而朔的赋则颇包含着浓厚的个性。他的《答客难》一作尤为著名，引起了后人无数的拟作。

此外，严忌（亦作庄忌）作赋 24 篇，其族子助亦作赋 35 篇，刘安作赋 82 篇，吾丘寿王作赋 15 篇，朱买臣作赋 3 篇（皆见《汉书·艺文志》），但这些作品传于今者绝少，且亦不甚重要，故不述。刘安为汉宗室，曾封淮南王，有一赋名《招隐士》者，曾被编入《楚辞》中，但乃他的客所为，非他所自作的。

刘彻死后，赋家仍不衰。300 余年间，作者辈出，最著者有刘向、扬雄、王褒、班固、冯衍、王逸、李尤、张衡、马融及蔡邕等。

刘向，字子政，汉之宗室，生于公元前 77 年，死于公元前 6 年。宣帝时与王褒、张子侨等并以能文辞进。元帝时，与萧望之同辅政。向不独以作赋著，亦为汉代大编辑家及论文家之一。所作赋共 33 篇，今《楚辞》中有其赋 1 篇。

王褒、张子侨俱与向同时，但名不若向之著。

褒字子渊，为谏议大夫，作赋 16 篇，今《楚辞》中有其作品《九怀》1 篇，其他《洞箫赋》《四子讲德论》《甘泉宫颂》等俱有名。张子侨，官至光禄大夫，有赋 3 篇，今无一存者。

扬雄字子云，蜀郡成都人，生于公元前 53 年，死于公元 18 年。善作赋，亦善为论文，辞意甚整练温雅，但甚喜摹拟古人，没有自己的创作精神。作赋仿司马相如，又依傍《楚辞》而作《反离骚》《广骚》《畔牢愁》，效东方朔之《答客难》而作《解嘲》，拟《易》而作《太玄》，象《论语》而作《法言》。年四十余，自蜀来游京师，除为郎，桓谭、刘歆皆深敬爱之。其赋以《甘泉》《羽猎》《长杨》等为最著，然堆砌美辞之弊仍未能免，如下之类，都是故搜异字，强凑成篇，无甚深意的：

> 于是钦柴宗祈，燎薰皇天，皋摇泰壹，举洪颐，树灵旗，樵蒸昆上，配藜四施，车烛沧海，西耀流沙，北爌（kuàng）幽都，南炀丹崖。玄瓚觩艛（qiú liú），秬鬯（jù chàng）泔淡，肸蚃（xī xiǎng）丰融，懿懿芬芬……（《甘泉赋》）

刘歆为向之子，与雄同时，亦能为辞赋，然其所作远不如雄之有声于时。歆之影响乃在所谓经学界而不在文学界。

班固字孟坚，生于公元 32 年，死于公元 92 年，扶风安陵人。年九岁能属文，为兰台令，述作《汉书》，成不朽之业。其所作诸赋亦甚为当时所称，以《两都赋》为最著。《两都赋》之结构，甚似《子虚赋》，先言西都宾盛夸西都之文物地产以及宫阙于东都主人之前，东都主人则为言东都之事以折之，于是西都宾为其所服；在文辞一方面，也仍不脱司马相如、扬雄诸人的堆砌奇丽之积习。又作《答宾戏》，亦为仿东方朔《答客难》而作者。永元初（89年），大将军窦宪出征匈奴，以固为中护军。后宪败，固被捕死于狱中。

与固同时者有崔骃，亦善为辞赋。所作《达旨》亦仿东方朔之《答客难》，其他《反都赋》诸作，今已散佚不见全文。

冯衍字敬通，京兆杜陵人，其生年略前于班固，亦以能作赋名。王莽时不仕，更始立，衍为立汉将军，光武时为曲阳令。所作有《显志赋》及书、铭等。

张衡字平子，南阳西鄂人，生于公元 78 年，死于公元 139 年，善作赋。所作有《西都赋》《东都赋》《南都赋》《周天大象赋》《思玄赋》《冢赋》《髑髅赋》等，又有《七谏》《应间》，仿枚乘、东方朔之作。此种著作，在现在看来，自不甚足贵。其足以使他永久不朽者乃在他的《四愁诗》：

> 我所思兮在太山，欲往从之梁父艰，侧身东望兮涕沾翰。美人赠我金错刀，何以报之英琼瑶？路远莫致倚逍遥，何为怀忧心烦劳？
>
> 我所思兮在桂林，欲往从之湘水深，侧身南望兮涕沾襟。美人赠我琴琅玕，何以报之双玉盘？路远莫致倚惆怅，何为怀忧心烦伤？
>
> ……（下二节意略同）

此诗之不朽，在于它的格调是独创的，音节是新鲜的，情感是真挚的；杂于冗长、浮夸的无情感的诸赋中，自然是不易得见的杰作。衡并善于天文。为太史令，造浑天仪、候风地动仪，精确异常，可算为中国古代最伟大的天文家。后出为河间相，有政声，征拜尚书，卒。

李尤字伯仁，广汉雒人，约生于公元55年，约死于公元137年。初以赋进，拜兰台令史。与刘珍等撰《汉记》。后为乐安相卒。有《函谷关赋》《东观赋》等。其《九曲歌》仅余二句，却甚为人传诵：

> 年岁晚暮时已斜，安得力士翻日车？（下阙）

马融字季长，扶风茂陵人，生于公元79年，死于公元166年。为汉季之大儒，但亦工于作赋，善鼓琴，好吹笛，达生任性，不拘儒者之节，常坐高堂，施绛纱帐，前授生徒，后列女乐。所作以《笛赋》为最著。

王逸字叔师，南郡宜城人，元初中举上计吏，为校书郎。顺帝时为侍中。其不朽之作为《楚辞章句》一书，此书中，他自作之《九思》亦列入。此外尚作《机赋》《荔枝赋》等，俱不甚重要。

# 《史记》

汉代之文学多为模拟的，殊少独创的精神，以与罗马的黄金时代相提并论，似觉有愧。它没有维琪尔，没有贺拉斯，没有奥维德，甚至于没有朱文纳尔与普鲁塔克，但只有一件事却较罗马的为伟大，即汉代多伟大的历史家。

司马迁的《史记》，实较罗马的李维与塔西佗的著作尤为伟大，他这部书实是今古无匹的大史书，其绚烂的光彩，永如初升的太阳，不仅照耀于史学界，且照耀于文学界。还有，班固的《汉书》与刘向的《新序》《说苑》《列女传》，韩婴的《韩诗外传》，也颇有独创的精神。荀悦的《汉纪》体裁虽仿于《左传》，叙述却亦足观。故汉代文学，昔之批评家多称许其赋，实则汉赋多无特创的精神，无真挚的情感。其可为汉之光华者，实不在赋而在史书。

司马迁字子长，左冯翊夏阳人，生于公元前 145 年（汉景帝中五年丙申），其卒年不可考，大约在公元前 86 年（汉昭帝始元元年乙未）以前。父谈为太史令。迁"年十岁则诵古文，二十而南游江淮，上会稽，探禹穴，窥九疑，浮于沅湘，北涉汶泗，讲业齐鲁之都，观孔子之遗风，乡射邹峄，厄困鄱薛彭城，过梁楚以归"。（《史记》自序）初为郎中，后继谈为太史令，紬（chōu）史记石室金匮之书。后五年（太初元年）始着手作其大著作《史记》。因李陵降匈奴，迁为之辩护，受腐刑。后又为中书令，尊宠任职。

迁之作《史记》，实殚其毕生之精力。自迁以前，史籍之体裁简朴而散漫，有分国叙述之《国语》《战国策》，有纪年体之《春秋》，有录黄帝以来至春秋时帝王公侯卿大夫祖世所出之《世本》，其材料至为散杂；没有一部有系统的史书，叙述古代至战国之前后的。于是迁乃采经摭传，纂述诸家之作，合而为一书，但其材料亦不尽根据于古书，有时且叙及他自己的见闻，他友人的告语，以及旅游中所得的东西。

其叙述始于黄帝（公元前 2697 年），迄于汉武帝，"凡百三十篇，五十二万六千五百字"（《史记》自序）。分本纪十二，年表十，书八，世家三十，列传七十。本纪为全书叙述的骨干，其他年表、书、世家、列传则分叙各时代的世序，诸国诸人的事迹，以及礼仪学术的沿革，此种体裁皆为迁所首创。将如此繁杂无序的史料，编组成如此完美的第一部大史书，其工作真是至艰，其能力真可惊异！中国古代的史料赖此书而保存者不少，此书实可谓为古代史书的总集。自此书出，所谓中国的"正史"的体裁以立，作史者受其影响者两千年。

此书的体裁不唯为政治史，且包含学术史、文学史，以及人物传的性质；其八书——《礼书》《乐书》《律书》《历书》《天官书》《封禅书》《河渠书》《平准书》——自天文学以至地理学、法律、经济学无不包括；其列传则不惟包罗政治家，且包罗及于哲学者、文学者、商人、日者，以至于民间的游侠。在文字一方面亦无一处不显其特创的精神。他串集了无数的不同时代、不同著者的史书，而融贯冶铸而为一书，正如合诸种杂铁于一炉而烧冶成了一段极纯整的钢铁一样，使我人毫不能见其凑集的缝迹。此亦为一大可惊异之事。大约迁之采用诸书并不拘于采用原文，有古文不可通于今者则改之，且随时加入别处所得的材料。

兹举《尚书·尧典》一节及《史记·五帝本纪》一节以为一例。

《尚书·尧典》：

> 若稽古帝尧，曰放勋，钦、明、文、思、安安，允恭克让，光被四表，格于上下。克明俊德，以亲九族。九族既睦，平章百姓。百姓昭明，协和万邦。黎民于变时雍。乃命羲和，钦若昊天，历象日月星辰，敬授民时。分命羲仲宅嵎夷，曰旸谷。寅宾出日，平秩东作。日中，星鸟，以殷仲春。厥民析，鸟兽孳尾。申命羲叔，宅南交。平秩南为，敬致。日永，星火，以正仲夏。厥民因，鸟兽希革。分命和仲，宅西，

曰昧谷。……允厘百工，庶绩咸熙。帝曰："畴咨若时登庸？"放齐曰："胤子朱启明。"帝曰："吁！嚚讼可乎？"帝曰："畴咨若予采？"驩兜曰："都！共工方鸠僝功。"帝曰："吁！静言庸违，象恭滔天。"

《史记·五帝本纪》：

帝尧者，放勋。其仁如天，其知如神。就之如日，望之如云。富而不骄，贵而不舒。黄收纯衣，彤车乘白马。能明驯德，以亲九族。九族既睦，便章百姓。百姓昭明，合和万国。乃命羲和，敬顺昊天，数法日月星辰，敬授民时。分命羲仲，居郁夷，曰旸谷。敬道日出，便程东作。日中，星鸟，以殷中春。其民析，鸟兽字微。申命羲叔，居南交。便程南为，敬致。日永，星火，以正中夏。其民因，鸟兽希革。申命和仲，居西土，曰昧谷。……信饬百官，众功皆兴。尧曰："谁可顺此事？"放齐曰："嗣子丹朱开明。"尧曰："吁！顽凶，不用。"尧又曰："谁可者？"欢兜曰："共工旁聚布功，可用。"尧曰："共工善言，其用僻，似恭漫天，不可。"

《史记》此节的材料虽全取之于《尚书》，然于当时已不用之文字如"宅"、如"厥"、如"平秩"、如"畴"，以及不易解之句子，如"方鸠僝功"之类，无不改写为平易之今文。观此，仅一小节已改削了如此之多，其他处之如何改定原文亦可推想而知。《史记》虽集群书而成，而其文辞能纯整如出一手，此种改削实为其重要之原因。

在后来文学史上，《史记》之影响亦极大，有无数作家去拟仿他的叙写方法与风格；而作传记者更努力地想以《史记》之文字为他们的范本。这种拟古的作品自然是不堪读的。而《史记》本身的叙写，则虽简朴而却能活跃动人，能以很少的文句，活跃跃地写出人物的性格。下面是《刺客列传》（卷八十六）的一段，可作为一例。

荆轲者，卫人也。……日与狗屠及高渐离饮于燕市。酒酣以往，高渐离击筑，荆轲和而歌于市中，相乐也。已而相泣，旁若无人者。荆轲虽游于酒人乎，然其为人，沉深好书，其所游诸侯，尽与其贤豪长者相结。其之燕，燕之处士田光先生亦善待之，知其非庸人也。居顷之，会燕太子丹质秦亡归……归而求为报秦王者，国小力不能。……鞠武曰："……燕有田光先生其人，智深而勇沉，可与谋。"太子曰："愿因太傅而得交于田先生可乎？"鞠武曰："敬诺。"出见田先生，道："太子愿图国事于先生也。"田光曰："敬奉教。"乃造焉，太子逢迎，却行为导，跪而蔽席。田光坐定，左右无人，太子避席而请曰："燕秦不两立，愿先生留意也。"田光曰："臣闻骐骥盛壮之时，一日而驰千里，至其衰老，驽马先之，今太子闻光盛壮之时，不知臣精已消亡矣。虽然，光不敢以图国事，所善荆卿可使也。"太子曰："愿因先生得结交于荆卿可乎？"田光曰："敬诺。"即起趋出。太子送至门，戒曰："丹所报先生所言者，国之大事也，愿先生勿泄也。"田光俯而笑曰："诺。"偻行见荆卿……曰："愿足下急过太子，言光已死，明不言也。"……乃装为遣荆卿……太子及宾客知其事者，皆白衣冠以送之。至易水之上，既祖，取道。高渐离击筑，荆轲和而歌，为变徵之声，士皆垂泪涕泣，又前而歌曰："风萧萧兮易水寒，壮士一去兮不复还。"复为羽声慷慨，士皆瞋目，发尽上指冠。于是荆轲上车而去，终已不顾，遂至秦。……轲既取图奏之。秦王发图，图穷而匕首见。因左手把秦王之袖，而右手持匕首揕之。未至身，秦王惊，自引而起，袖绝拔剑，剑长操其室。时惶急，剑坚故不得立拔。荆轲逐秦王，秦王环柱而走。群臣皆愕，卒起不意，尽失其度。……惶急不知所为。左右乃曰："王负剑。"负剑，遂拔以击荆轲，断其左股。荆轲废，乃引其匕首以擿秦王，不中，中铜柱，秦王复击轲，轲被八创。轲自知事不就，倚柱而笑，箕倨以骂曰："事所以不成者以欲生劫之，必得约契以报太子也。"……高渐离变名姓为人佣保，匿作于宋子……秦始皇召见。人有识者，乃曰："高渐离也。"秦皇帝惜其

善击筑，重赦之，乃矐其目，使击筑，未尝不称善，稍益近之。高渐
离乃以铅置筑中，复进得近，举筑扑秦皇帝不中，于是遂诛高渐离，
终身不复近诸侯之人。

《史记》130篇，曾缺10篇，褚少孙补之，其他文字间，亦常有后人补
写之迹。但这并无害于《史记》全书的完整与美丽。

# 《汉书》

迁卒后百余年，有班固者作《汉书》。

《汉书》的体例几全仿于《史记》，此为第一部模拟《史记》的著作。其
后继固而作者几乎代有二三人。固书与迁书唯一不同之点在于《史记》为通
史，而《汉书》则为断代的，起于汉之兴，而终于西汉之亡。《汉书》共100篇，
凡帝纪十二，表八，志十，列传七十。《史记》所有之世家，《汉书》则去之，
归入列传中，《史记》之"书"，《汉书》则改名为志。二者之不同，仅此而已。

但《汉书》之体裁，亦有不尽纯者。固虽以此书为断代的，仅记西汉
229年间之事，然而其中《古今人物表》却并叙及上古的人物，《艺文志》
亦总罗古代至汉的书籍。尤可异者，则其中之《货殖列传》且叙及范蠡、子
贡、白圭诸人。其体例殊不能谓为严整。大约《古今人物表》及《艺文志》
皆为《史记》所无者，班固之意似在欲以此二篇补《史记》之缺。（至于《货
殖列传》叙述之淆乱，则不知何故。）

《汉书》之文字，叙汉武帝以前的事者大都直抄《史记》原文，异处甚
少，故亦颇有人讥其剽窃。至其后半，则大半根据其父彪所续前史之文，而
加以补述增润，亦有是他自己的手笔。固经营此书亦甚费苦心，自永平中始

受诏作史，潜精积思 20 余年，至建初中乃成。当世甚重其书，学者莫不讽诵。其中八表及《天文志》，乃为固妹昭所补成，因固死时，此数篇尚未及竟。

# 传记史书

除《史记》与《汉书》之两大史书外，刘向之《说苑》《新序》《列女传》及韩婴之《韩诗外传》亦殊有一叙的价值。此数书皆为传记一类的著作。

韩婴，燕人，汉文帝时为博士，又历官于景帝、武帝二世。婴所专习者为《诗经》；汉初传诗者三家——齐、鲁、韩——婴即韩诗的创始者，曾作《诗经外内传》，《内传》今散佚，独《外传》尚存，即所谓《韩诗外传》。但此书却不是《诗经》的注解，乃是与《说苑》《新序》同类的书。"大抵引诗以任事，非引事以明诗"（王凤洲[1]语）。其文辞颇简婉而美，其所叙之故事，亦颇有些很好的故事在。

刘向前已言其为大编辑者，现在所讲之《说苑》《新序》《列女传》三书，其原料亦皆集之于古代各书，向第加以一番编纂的工夫。

《说苑》共 20 篇，以许多的片段故事分类归纳于《君道》《臣术》《建本》《立节》《贵德》《复恩》《政理》《尊贤》《正谏》《敬慎》《善说》《奉使》《权谋》《至公》《指武》《丛谈》《杂言》《辨物》《修文》《反质》之 20 个题目之下。

《新序》之性质，亦与《说苑》相同，今所传者有十卷，其第一卷至第五卷为《杂事》，第六卷为《刺奢》，第七卷为《节士》，第八卷为《义勇》，第九卷及第十卷为《善谋》。

《列女传》为专叙古代妇女的言行者，其体裁亦与《新序》《说苑》相同，

---

1 即明代文学家、史学家王世贞（1526—1590），后七子之一。

以许多的故事,归之于《母仪》《贤明》《仁智》《贞顺》《节义》《辩通》《孽嬖》等几个总目之下,每传并附以颂一首。此书有一部分为后人所补入者。后来的人以附有颂者定为刘向原文,无颂者定为后人所补,大抵无颂者都为汉代人及向以后人,可以知道不是向原文所有。

凡此三书,其中故事有许多是很可感人的,很值得作为戏曲、诗歌的原料,有许多则其机警譬解甚可喜。兹举一二例如下:

> 孔子之楚,有渔者献鱼甚强,孔子不受。渔者曰:"天暑远市,卖之不售,思欲弃之,不若献之君子。"孔子再拜受,使弟子扫除,将祭之。弟子曰:"夫人将弃之,今吾子将祭之,何也?"孔子曰:"吾闻之,务施而不腐余财者,圣人也。今受圣人之赐,可无祭乎?"(《说苑》五)

> 晋平公浮西河,中流而叹曰:"嗟乎,安得贤士与共此乐者!"船人固桑进对曰:"君言过矣。夫剑产于越,珠产江汉,玉产昆山,此三宝者,皆无足而至。今君苟好士,则贤士至矣。"平公曰:"固桑来。吾门下食客者三千余人。朝食不足,暮收市租,暮食不足,朝收市租。吾尚可谓不好士乎?"固桑对曰:"今乎鸿鹄高飞冲天,然其所恃者六翮(hé)耳。夫腹下之毳,背上之毛,增去一把,飞不为高下。不知君之食客,六翮邪,将背腹之毳也?"平公默然而不应焉。(《新序》一)

"正史"与"传记"二者之外,古代《左传》式的"编年史"至汉末亦复活。献帝时,荀悦为侍中。帝好典籍,常以班固《汉书》文繁难省,乃令悦依《左氏传》体,以为《汉纪》30篇。此为《左传》的第一部拟著的摹作,此后,类此的著作便常常地出现了。

荀悦,字仲豫,颍川颍阴人,生于公元 148 年,卒于公元 209 年。好著述,初在曹操府中,后迁黄门侍郎,曾作《申鉴》5 篇。《汉纪》虽非他的特创之作,然辞约事详,亦颇自抒其论议。

# 论 文

汉之论文，远不如战国时代之炳耀，思想则几皆秉孔子之遗言而毋敢出入，不复有战国时电闪风发之雄伟的论难——只有二三人是例外——文辞则几皆冗衍而素朴，无复有战国时比譬美丽而说理畅顺之辞采。中国之批评者多重汉之论文，以为浑厚，实则远逊于战国时代——自此以后两千年间，好的论文亦绝难一遇。

最初出现者有陆贾。贾为汉开创之帝刘邦时人，作《新语》12篇，每奏1篇，邦未尝不称善。此书虽至今尚传，然为后人所依托，原书已不传。后有贾谊，曾上《治安策》于汉武帝，议论畅达而辞势雄劲，似较其辞赋为更足动人。今所传有《新书》58篇，多取《汉书》谊本传所载之文，割裂章段，颠倒次序而加以标题，大约是旧本残逸，后取谊文割裂重编之故。然谊固可追踪于战国诸子之后，自是汉代第一流的大论文家。今举其《治安策》的一节：

> 臣窃惟事势可为痛哭者一，可为流涕者二，可为长太息者六。若其他倍理而伤道者，难遍以疏举。进言者皆曰："天下已安矣。"臣独曰未安。或者曰："天下已治矣。"臣独曰未治。恐逆意触死罪。虽然，诚不安，诚不治，故敢不顾身，敢不昧死以闻。夫曰天下安且治者，非至愚无知，固谀者耳，皆非事实，知治乱之体者也。夫抱火措之积薪之下而寝其上，火未及燃，因谓之安，偷安者也，方今之势何以异此……

景帝之时，有吴楚七国之叛乱。这个时代，智谋之士颇多，如晁错，如邹阳，如枚乘，其说辞皆畅达美丽而明于时势，有类于战国诸说士。

枚乘，曾两上书谏吴王，当时称其有先知之明。

晁错，颍川人，为景帝内史，号曰"智囊"，即首谋削诸侯封地者，吴、楚反，以诛错为名，错遂为这次内乱的牺牲者。错深明当时天下情实，故所说都切当可行，亦当时之一大政论家。

邹阳，齐人，初事吴王濞，以王有邪谋，上书谏之不听，遂去吴之梁，从孝王游。左右恶阳于孝王，王怒，下阳于狱，将杀之。阳乃从狱中上书，辞甚辩而富情感，读者都能为其所感动。故孝王得书，立出之，待为上客。此种文章，自阳后便不易得见。

武帝时，董仲舒、公孙弘诸儒者皆曾上书论事，然意见文辞都不足称。同时有刘安者，为汉之宗室，封淮南王，好学喜士，曾招致天下诸儒方士讲论道德、总说仁义，著书 21 篇，号曰《鸿烈》，即今所谓《淮南子》，尚有外篇，今不传。此书之性质甚似《吕氏春秋》，文辞尚留战国诸子的遗迹，而所论者殊驳杂而无确定的主张。

后七八十年，有刘向，向所编之传记三部，上面已讲过，当时他曾时时上书论时事，亦为大政论家之一，而其见解文辞，却无甚可特述者。其后 20 余年有扬雄，曾拟《论语》作《法言》，他的见解虽有时可以注意，而文辞中模拟之病甚深，处处都仿效着《论语》之简质的语法，直忘了《论语》是何时代的作品，且忘了《论语》是弟子所记的语录而非孔子所自作的，殊觉可笑；甚至《论语》13 篇，他的《法言》亦写了 13 篇以相匹对，更是无谓之至。与雄同时者有桓宽，曾作一部《盐铁论》，至今尚传，其体裁殊特别，但其文辞亦不足观。

其后 40 余年，有大论文家王充出。充卒于公元 90 年间（汉和帝永元中），字仲任，会稽上虞人。曾师事班彪，仕郡为功曹，以数争谏不合去。闭门潜思，绝庆吊之礼，户牖墙壁，各置刀笔，遂成《论衡》85 篇。《论衡》实为汉代最有独创之见的哲学著作。当时儒教已为思想界的统治者，而充则毅然能与之问难。他在《问孔篇》上说：

世儒学者好信师而是古，以为贤圣所言皆无非，专精讲习，不知难问。夫圣贤下笔造文，用意详审，尚未可谓尽得实，况仓卒吐言，安能皆是。不能皆是，时人不知难，或是而意沉难见，时人不能问。案贤圣之言，上下多相违，其文前后多相伐者，世之学者不能知也。

这些话当时更有什么人敢说？又在《物势篇》上说：

儒者论曰："天地故生人。"此言妄也。夫天地合气，人偶自生也。犹夫妇合气，子则自生也。夫妇合气，非当时欲得生子。情欲动而合，合而生子矣。且夫妇不故生子，以知天地不故生人也。

这些话亦是说得很勇敢的。但充的文辞殊觉笨重而不能畅顺地达其意。这是很可惜的。略后于充者有王符。

王符，字节信，安帝时人。志意蕴愤，隐居著书，以讥当时之得失，不欲彰显其名，故曰《潜夫论》，凡36篇，但其言论无甚新意，文辞亦殊平冗。

此后，至献帝时，又有三个论文家出现。

一为仲长统。统，字公理，山阳高平人，生于公元179年，卒于公元219年。性俶傥，不拘小节，语默无常，时人或谓之"狂生"。曾参曹操军事。每论说古今及时俗行事，恒发愤叹息，因著论名曰《昌言》，凡34篇。

一为荀悦。悦之《汉纪》，前已述及。其论文集名《申鉴》凡5篇，名《政体》《时事俗嫌》者各1篇，名《杂言》者2篇。

一为徐干。干，字伟长，北海人，生于公元171年，卒于公元218年。著《中论》20余篇，传于今者凡20篇。曹操曾屡辟之，俱不应。

此三人的思想俱不脱儒家的范围，文辞亦无可特称之处。

# 蔡邕与蔡文姬

蔡邕字伯喈，陈留圉人，生于公元 133 年，死于公元 192 年。为汉末最负盛名之文学者。召为议郎，校正六经文字，自书丹于碑，使工镌刻，立于太学门外。观视及摹写者车乘日千余辆，填塞街陌。后免去。董卓专政，强迫邕诣府，甚敬重之，三日之间，周历三台，最后拜左中郎将。卓被杀，邕竟被株连死狱中。所作文甚多，赋以《述行》为最著。有诗名《饮马长城窟行》者，辞意极婉美：

> 青青河畔草，绵绵思远道。远道不可思，宿昔梦见之。梦见在我傍，忽觉在他乡。他乡各异县，展转不可见。枯桑知天风，海水知天寒。入门各自媚，谁肯相为言？客从远方来，遗我双鲤鱼。呼童烹鲤鱼，中有尺素书。长跪读素书，书中竟何如？上言加餐食，下言长相忆。

编邕集者多把它列入。《文选》录是诗，题为无名氏作，至《玉台新咏》始题为邕作，不知何所据。但当邕时，五言诗的体裁已完美，已盛行，将此诗归之于邕，自然不比将《古诗十九首》的一部分归之于枚乘的无理。

邕有女，名琰，字文姬，博学有才辩。夫亡，居于邕家。兴平中，天下丧乱。琰为胡骑所获，没于南匈奴左贤王，在胡中 12 年，生二子。曹操痛邕无子，遣使者以金璧赎琰归。此事曾为不少的戏曲家捉入他们的戏曲中为题材。

琰天才甚高，躬逢丧乱，所作《悲愤诗》凄楚悲号，读者皆为之泫然。所叙皆她自己的经历，所以真挚凄婉之情充盈于纸间。汉世之诗赋，不是浮夸的便是教训的（如韦孟之诗），似此诗之真情流露自然是极少见的。

……来兵皆胡羌。猎野围城邑，所向悉破亡。斩歼无孑遗，尸骸相撑拒。马边悬男头，马后载妇女。（中叙到胡地，下叙来迎归汉。）已得自解免，当复弃儿子……儿前抱我颈，问母欲何之："人言母当去，岂复有还时？阿母常仁恻，今何更不慈？我尚未成人，奈何不顾思？"见此崩五内，恍惚生狂痴。号泣手抚摩，当发复回疑。兼有同时辈，相送告离别。慕我独得归，哀叫声摧裂。马为立踟蹰，车为不转辙。观者皆嘘欷，行路亦呜咽。去去割情恋，遄征日遐迈。悠悠三千里，何时复交会？念我出腹子，胸臆为摧败。既至家人尽，又复无中外。城郭为山林，庭宇生荆艾。白骨不知谁，纵横莫覆盖。出门无人声，

[清] 居廉:《文姬归汉图》（1875 年作）（局部）

［南宋］佚名：《胡笳十八拍图卷》（局部）

豺狼号且吠。茕茕对孤景，怛咤糜肝肺……

此诗还有第二首，格调与上所举的一首不同，叙述略简，而情节意思则完全相同，可绝不是一诗的二节，而是两个作者所作的二诗。大约一诗为琰原文，一诗乃为后人所演述者，至于究竟哪一首是原诗，则疑不能明。

尚有《胡笳十八拍》一诗，亦叙琰之去胡与归来事，情节与《悲愤诗》俱同，仅增加了些繁细的描述。通常皆以此诗为琰所自作，或有疑其为后人所重述者。我则相信此诗绝非琰所自作；因为她已做了《悲愤诗》，何必更去做同样的别的诗篇？且细读《胡笳十八拍》实不似诗人自己所创作者，而大类乐人演述琰之事以歌唱之辞。如下显然不是琰所自说的话：

十七拍兮心鼻酸，关山阻修兮行路难……胡笳本自出胡中，缘琴翻出音律同。十八拍兮曲难终，响有余兮思无穷。是知丝竹微妙兮，均造化之功，哀乐各随人心兮，有变则通……

大约琰的故事在当时及其后必流传极盛，于是乐人乃以《十八拍》之新声，演此故事歌唱之。

# 第五章
# 魏晋文学

自屈原以后，至汉代之末，几无一个重要的大诗人出现。

汉代的诗歌，前章已略述其概，大概西汉之诗人，刘彻的天才是很高的，其他若韦孟、韦玄成之诗，都是教训垂谏之意，而无诗的美趣，不足使我们注意；梁鸿诸诗，却较韦氏诸作为胜，然除《五噫》外也都不甚成功。东汉之诗人，则推班固、傅毅、张衡、蔡邕、蔡琰诸人。然两汉的这一班诗人，所作都仅数首，自不能当大诗人之称。同时有《铙歌》18曲者，作者的姓氏已不传，其中有数曲，可算为很好的诗，《战城南》与《有所思》二曲尤好：

战城南，死郭北，野死不葬乌可食。为我谓乌：且为客豪。野死谅不葬，腐肉安能去子逃？水声激激，蒲苇冥冥。枭骑战斗死，驽马徘徊鸣。梁筑室，何以南，何以北？禾黍不获君何食？愿为忠臣安可得？思子良臣，良臣诚可思。朝行出攻，暮不夜归。（《战城南》）

有所思，乃在大海南。何用问遗君？双珠玳瑁簪，用玉绍缭之。闻君有他心，拉杂摧烧之。摧烧之，当风扬其灰。从今已往，勿复相思，相思与君绝。鸡鸣犬吠，兄嫂当知之。妃呼狶，秋风肃肃晨风飔，东方须臾高知之。（《有所思》）

《古诗十九首》者，始见于《文选》，题为无名氏作，几乎没有一首不是好的。徐陵的《玉台新咏》始以其中之八首为枚乘所作，又以《冉冉孤生竹》一首为傅毅之辞。又有题为苏武、李陵所作之诗十余首；苏武诗四首，及李陵《与苏武诗》三首见《文选》，其他各诗见《古文苑》。更有题为古诗者许多首，俱为无名氏作。这些诗，也都是辞华焕发而蕴情至深的。

> 明月何皎皎，照我罗床帏。忧愁不能寐，揽衣起徘徊。客行虽云乐，不如早旋归。出户独彷徨，愁思当告谁。引领还入房，泪下沾裳衣。(《古诗十九首》之一)

> 结发为夫妻，恩爱两不疑。欢娱在今夕，嬿婉及良时。征夫怀往路，起视夜何其。参辰皆已没，去去从此辞！行役在战场，相见未有期。握手一长叹，泪为生别滋。努力爱春华，莫忘欢乐时。生当复来归，死当长相思。(苏武诗？)

> 良时不再至，离别在须臾。屏营衢路侧，执手野踟蹰。仰视浮云驰，奄忽互相逾。风波一失所，各在天一隅。长当从此别，且复立斯须。欲因晨风发，送子以贱躯。(李陵《与苏武诗》？)

《古诗十九首》中所谓枚乘作的数首，上章已辨明必非乘所作，至于称为傅毅之作的一首，恐亦系臆测之辞。苏武、李陵诸作，虽见于《文选》，然《汉书·苏武李陵传》中并不载苏、李二人之诗，仅言武还汉时，李陵置酒贺武曰："异域之人，一别长绝。"因起舞而歌曰："径万里兮度沙漠，为君将兮奋匈奴。路穷绝兮矢刃摧，士众灭兮名已隤。老母已死，虽欲报恩将安归！"泣下数行，遂与武决。

《艺文志》中亦不言陵及武有诗篇。当时，苏、李的故事，盛流传于知识阶级及民间，果苏、李作有这许多诗，班固当然不会不知，既知也不会不录入传中或载入《艺文志》中的。何以固时尚不知有这些诗，而至数百年后萧统诸人反倒知道？

以我所见，苏、李之时，绝不会产生那样完美的五言诗。大约这些诗必为后人所作，而被昭明诸人附会为其故事感人至深的苏、李二人所有的。细读各诗，更可见他们全非出于苏、李之手笔。如苏武之诗："行役在战场，

相见未有期"，他赴匈奴系出使，并非
出战，何以言"行役在战场"？又他的
《别李陵》：

> 二凫俱北飞，一凫独南翔。……
> 一别如秦胡，会见何讵央。

所谓"二凫俱北飞"何意？他们既
当相别，那么相别之后，武则至汉，陵
则在胡，正是一秦一胡，何以诗中却说
"一别如秦胡"呢？

大约此种完美的五言诗，在西汉绝
不会发生。最初的五言诗作家最早当生
在东汉之初期。班固的《咏史》"三王
德弥薄，惟后用肉刑"是较可靠的最初
的五言诗。自此以后，此种诗体，流传
渐广，渐代四言体及"楚辞体"，而占
领了诗的领土。然其盛时，似当在建安
（196—219）前后。钟嵘在他的《诗品》中说："'去者日以疏'四十五首，
虽多哀怨，颇为总杂。旧疑是建安中曹王所制。"也许《十九首》等古诗，
竟是建安中曹、王诸人所制也未可知。

[明] 陈洪绶：《苏李泣别图》（局部），
伯克利艺术博物馆和太平洋电影资料馆
（BAMPFA）馆藏。

以此完美的五言体所作的叙事诗，有《陌上桑》《妇病行》《孤儿行》《古
诗为焦仲卿妻作》等，这些诗的作者的姓名，今亦不可知，大约也都是建安
时期的作品。

《古诗为焦仲卿妻作》一首，可算是中国第一首长诗。其序言："汉末建
安中，庐江府小吏焦仲卿妻刘氏，为仲卿母所遣，自誓不嫁。其家逼之，乃

没水而死。仲卿闻之，亦自缢于庭树。时伤之，为诗云尔。"则其作者当在建安中，或系当时民间流行之唱辞，后来诗人为之润饰者。

直到了建安之时，才有大诗人曹植与曹操、曹丕、王粲、刘桢等起，而以曹植尤为伟大。

# 建安时代

建安时代是五言诗的成熟时期。作家的驰骛，作品的美富，有如秋天田野中的黄金色的禾稻，垂头迎风，谷实丰满；又如果园中的嘉树，枝头累累皆为晶莹多浆的甜果。五言诗虽已有几百年的历史，却只是无名诗人的东西，民间的东西还不曾上过文坛的最高角。偶然有几位文人试手去写五言诗，也不过是试试而已，并不见得有多大的成绩。五言诗到了建安时代，刚是蹈过了文人学士润改的时代，而到了成为文人学士的主要的诗体的一个时期。

这个时期的作者们，以曹氏父子兄弟为中心。吴、蜀虽亦分据一隅，然文坛的主座却要让给曹家。曹氏左右，诗人纷纭，争求自献，其热闹的情形是空前的。

# 曹氏三诗人

曹氏的三诗人操、丕、植，其风格与情思俱远高出于当时的诸作家。

曹操，字孟德，沛国谯人，生于公元155年，死于公元220年。少任侠放荡，不治行业，后掌兵权，渐破灭群雄，专汉政。操天才甚高，虽常在军中，征讨不休，而所作殊佳，极豪逸悲凉之致。其《短歌行》《苦寒行》尤为有慷慨悲壮之美：

> 对酒当歌，人生几何，譬如朝露，去日苦多。（《短歌行》）
>
> 树木何萧瑟，北风声正悲……行行日已远，人马同时饥。担囊行取薪，斧冰持作糜。（《苦寒行》）

丕、植俱为其子。曹丕，字子桓，操之长子，八岁能属文。操死，继立为魏王，受汉禅，于公元 220 年即位。所为诗，佳者亦不少，《善者行》可为一例：

> 上山采薇，薄暮苦饥。溪谷多风，霜露沾衣……高山有崖，林木有枝，忧来无方，人莫之知。

及《杂诗》：

> 西北有浮云，亭亭如车盖。惜哉时不遇，适与飘风会。吹我东南行，行行至吴会。吴会非我乡，安得久留滞？弃置勿复陈，客子常畏人。

又作《典论》，其中《论文》一篇，评论当时文士，所见甚高。中国的文学评论，存于今者，当以此篇为最古。

曹植，字子建，生于公元 192 年，死于公元 232 年。其作品不唯为曹氏三诗人中的

《三才图会》里的曹操像

最伟大者，且亦为当时诸文士的领袖，世称："天下共有才十斗，子建独有其八。"实则其词彩绚耀，才华高旷，并世之诗人固无及者，即六朝初唐之诗人，除陶潜外，恐亦无其肩比。钟嵘言："陈思之于文章也，譬人伦之有周孔，鳞羽之有龙凤，音乐之有琴笙，女工之有黼黻（fǔfú），俾尔怀铅吮墨者，抱篇章而景慕，映余晖以自烛。"（《诗品》）诚哉，六朝诸诗人，谁不曾映子建之余晖者？植性简易，不治威仪，操于诸子中特宠爱之，几欲立之为太子者好几次。卒因丕之善于矫饰，遂不立植而立丕。丕因此怨植，及即位，即杀植之至友丁仪、丁廙，又贬削植之爵位。植常悒悒无欢。明帝时，封陈王，不久，即发疾卒，年四十一，谥曰思。

植前后所著赋颂、诗铭、杂论凡百余篇，今传集 10 卷。植之诗，情绪既真挚迫切，铸词又精妙美适。如：

> 明月照高楼，流光正徘徊。上有愁思妇，悲叹有余哀。借问叹者谁，言是宕子妻。君行逾十年，孤妾常独栖。君若清路尘，妾若浊水泥。浮沉各异势，会合何时谐？愿为西南风，长逝入君怀。君怀时不开，贱妾当何依？（《七哀》）

> 初秋凉气发，庭树微销落。凝霜依玉除，清风飘飞阁。朝云不归山，霖雨成川泽……（《赠丁仪》）

> 白日曜青春，时雨静飞尘。寒冰辟炎景，凉风飘我身。清醴盈金觞，肴馔纵横陈。齐人进奇乐，歌者出西秦。翩翩我公子，机巧忽若神。（《侍太子坐》）

这几首随意举出，不一定是他最好的诗；然即由这几首里，我们亦可看出他的作品的极可注意的两点：其一，像"流光正徘徊""时雨静飞尘"等独创的铸句与用字法，是古诗人所极少有的，独子建常用之，然却用得极自然，极适合，绝不见雕斫与牵合的缝痕，这是他最大的成功之一点；其二，对偶的句子，子建亦用得很多，像"凝霜依玉除，清风飘飞阁""白日曜青春，时雨静飞尘"，虽不如后来齐、梁、陈、唐的诗人对得那样地准确整齐，然实为他们的先驱，开辟了这条诗歌中的对偶的路给他们走。这是子建有最大的影响于后世的地方——虽然这影响不是什么好影响。不过在子建的诗里，这种对偶的句子，我们却并不觉得讨厌，反觉得可爱，这也是因为是写得自然适合而并不强凑强对的缘故。

与曹氏三诗人同时者，有建安七子及杨修、繁钦诸人。建安七子者，为孔融、王粲、徐干、陈琳、阮瑀、应玚及刘桢，他们都是生于建安中，且大半都是为曹操所引用者。曹丕曾论及他们，谓：

> 今之文人，鲁国孔融文举，广陵陈琳孔璋，山阳王粲仲宣，北海徐干伟长，陈留阮瑀元瑜，汝南应玚德琏，东平刘桢公干，斯七子者，于学无所遗，于辞无所假，咸以自骋骐骥于千里，仰齐足而并驰。……王粲长于辞赋，徐干时有齐气，然粲之匹也。如粲之《初征》《登楼》《槐赋》《征思》，干之《玄猿》《漏卮》《圆扇》《橘赋》，虽张、蔡不过也，然于他文未能称是。琳、瑀之章表书记，今之隽也。应玚和而不壮，刘桢壮而不密。孔融体气高妙，有过人者，然不能持论，理不胜词，以至乎杂以嘲戏，及其所善，扬、班俦也。(《典论·论文》)

这几个人都不能胜于曹氏父子，至较之子建，则子建为清光泻地的明月，粲等则闪熠的群星而已。杨修诸人所造亦未能过于七子。

# 魏晋诗人

建安之后，至陶潜未出之时，诗人之著者有嵇康、阮籍、张华、傅玄、陆机、潘岳、左思、刘琨、郭璞诸人。

嵇康，字叔夜，谯国铚人，生于公元223年，死于公元262年。好老庄，常修养，性服食之事，弹琴咏诗，自足于怀，唯与阮籍、山涛、向秀、刘伶、阮咸、王戎友善，常为竹林之游，世谓之"竹林七贤"。康与魏宗室婚，拜中散大夫。时司马氏欲篡魏，思翦除其宗室姻亲，遂借细故杀康。康之诗，喜说玄理，然亦时时有旷逸秀丽之句，如《赠秀才入军》19首中的一首：

> 轻车迅迈，息彼长林。春木载荣，布叶垂阴。习习谷风，吹我素琴。交交黄鸟，顾俦弄音。感悟驰情，思我所钦。心之忧矣，永啸长吟。

又一首的"目送归鸿，手挥五弦"诸句，俱为他的最好的诗的例子。他又为上古以来高士作传赞。

阮籍，字嗣宗，陈留尉人，生于公元210年，死于公元263年。志气宏放，任性不羁，常闭户读书，累月不出，或登临山水，经日忘归。尤好庄老，嗜饮酒。高贵乡公时封关内侯，徙散骑常侍。时天下多故，名士少有全者，籍以酒自隐，乃求为步兵校尉，远世避害。所作以《咏怀诗》80余首为最著，虽未必每首都是好的，然秀逸的、美好的诗却不少，尤为后人所传诵：

> 夜中不能寐，起坐弹鸣琴。薄帷鉴明月，清风吹我襟。孤鸿号外野，朔鸟鸣北林。徘徊将何见？忧思独伤心。（《咏怀八十二首》之一）

张华，字茂先，范阳方城人，生于公元232年，死于公元300年。辞藻温丽，朗赡多通。初著《鹪鹩赋》，为阮籍所叹赏，由是知名。晋时为黄门侍郎，力赞伐吴之议，果灭吴而天下归于一。后为太子少傅，被孙秀等所害。华所作有《博物志》10篇。其诗华整，"多儿女之情，少风云之气"。如诸句，可见他的作风的一斑：

居欢惜夜促，在戚怨宵长。抚枕独吟叹，绵绵心内伤。……巢居觉风飘，穴处识阴雨。未曾远别离，安知慕俦侣。(俱见《情诗》)

傅玄，字休奕，北地泥阳人，与张华同时，生于公元 217 年，死于公元 278 年。初为弘农太守，入晋为驸马都尉，迁太仆。尝作《傅子》百余卷，为当时有特见的论文家。其诗有古乐府的风格，朴质自然，不涉靡丽，而情感深挚动人，如他的《短歌行》可为一例：

长安高城，层楼亭亭，干云四起，上贯天庭，蜉蝣何整，行如军征？蟋蟀何感，中夜哀鸣？蚍蜉愉乐，粲粲其荣。寤寐念之，谁知吾情？昔君视我，如掌中珠。何意一朝，弃我沟渠？昔君与我，如影与形。何意一去，心如流星？昔君与我，两心相结。何意今日，忽然两绝？

陆机与潘岳略后于张、傅，其作风则与张、傅甚异；张、傅古朴，而潘、陆则繁缛富丽。

陆机，字士衡，吴郡人，生于公元 261 年，死于公元 303 年。太康末，与弟云俱入洛。张华深爱重之，尝谓之曰："人之为文，当恨才少，而子更患其多。"后司马颖与司马颙起兵讨司马乂，以机为河北大都督，因战败，被宦者孟玖诬杀。机当时与弟云齐名，时称"二陆"，然云之诗远不如机。机虽时伤于缛丽，然常亦有轻俊之作，如《猛虎行》之类者：

渴不饮盗泉水，热不息恶木阴。恶木岂无枝，志士多苦心。整驾肃时命，杖策将远寻。饥食猛虎窟，寒栖野雀林。日归功未建，时往岁载阴。崇云临岸骇，鸣条随风吟。静言幽谷底，长啸高山岑。急弦无懦响，亮节难为音。人生诚未易，曷云开此衿？眷我耿介怀，俯仰愧古今。

他又作《文赋》，是有名的文学评论之一。以最不易达意的文体，而畅丽地叙他的文学见解，不能不谓之成功。

潘岳，字安仁，荥阳中牟人，幼称奇童，长善为诗。为散骑常侍，与石崇等友，酬吟不绝。司马伦辅政时，孙秀用事，以旧怨杀崇及岳，时为公元300年，亦即张华被杀之一年。岳所著有《西征赋》《闲居赋》，又善为哀诔之文，然其不朽之作，当为《悼亡诗》，这是他从极深挚的情感里流泻出来的，是他的呜咽的哭声，是他的悲苦的诉语。我们读至：

> 望庐思其人，入室想所历。帏屏无仿佛，翰墨有余迹。流芳未及歇，遗挂犹在壁。怅恍如或存，回惶忡惊惕。
>
> ……
>
> 凛凛凉风升，始觉夏衾单。岂曰无重纩，谁与同岁寒？岁寒无与同，月朗何胧胧。展转盼枕席，长簟竟床空。床空委清尘，室虚来悲风。独无李氏灵，仿佛睹尔容。抚衿长叹息，不觉涕沾胸。沾胸安能已，悲怀从中起。寝兴目存形，遗音犹在耳。

谁能不凄然与之表同情！如遇与他同情景的人，则直欲悲哭而不忍卒读了。像这种至情的作品，在充满了刻板的、虚伪的情感的中国诗歌中，真可算为极珍异的宝石。

左思，字太冲，齐国临淄人，与潘、陆同时，曾被征为秘书郎。其巨作《三都赋》，至十年乃就。其《赋》出时，人竞相传写，致使洛阳纸价一时为之贵。然此种作品，在今视之却殊无大价值。其诗则世人都称许其《咏史》8首，然此等作品亦无甚意义。若如下之句，乃真为其可传之作耳：

> 非必丝与竹，山水有清音。何事待啸歌，灌木自悲吟。（《招隐》）

同时又有张载、张协兄弟，亦善为诗，而协较其兄得名为盛，如下亦其有名之句：

> 房栊无行迹，庭草蒌以绿。青苔依空墙，蜘蛛网四屋。（张协《杂诗》）

此外张翰、孙楚、夏侯湛、石崇、曹摅诸人，亦以能诗名，然都无特加以叙述的必要。

刘琨，字越石，中山魏昌人，其卒年较诸人为后，生于公元 270 年，卒于公元 317 年。初为司隶从事，常与石崇等酬唱。永嘉元年为并州刺史，后进司空，为段匹䃅所杀。他的诗，因曾经历五胡之乱，遂不觉变为慷慨悲壮的，如下可为一例：

> 据鞍长叹息，泪下如流泉。系马长松下，发鞍高岳头。烈烈悲风起，泠泠涧水流。挥手长相谢，哽咽不能言。浮云为我结，归鸟为我旋。去家日已远，安知存与亡。慷慨穷林中，抱膝独摧藏。（《扶风歌》）

郭璞，字景纯，河东闻喜人，与刘琨略同时，而卒年为后，生于公元 276 年，死于公元 324 年。好古文奇字，并通五行、天文、卜筮之术，后为王敦所杀。其辞赋为东晋之冠，其《山海经注》等亦极著名，其诗则以《游仙诗》14 首为最好。《游仙诗》诚为超逸而具特异的风格与情调之作，如下可为一例：

> 绿萝结高林，蒙笼盖一山。中有冥寂士，静啸抚清弦。放情凌霄外，嚼蕊挹飞泉。赤松临上游，驾鸿乘紫烟。左把浮丘袖，右拍洪崖肩。

此时前后，清谈之习甚盛，士大夫皆贵黄、老。此风嵇康、阮籍时已开其端，后乃益炽。正如钟嵘所言："于时篇作，理过其辞，淡乎寡味。"（《诗品》序言）所以郭璞之后几近七八十年（公元 324 年至公元 400 年的略前）无重要诗人出现。最后乃得陶潜。

# 陶　潜

陶潜可谓六朝中最伟大的诗人，除曹植外无可与之比肩者。

他的出现，可谓异军突起，其作品乃绝不类于前代的作家，亦绝不类于并世及后来的诸诗人，如孤鹤之展翅于晴空，如朗月之静挂于午夜，所谓"超然寡俦"者，潜足以当之无愧。大抵六朝诗人不是工于拟古，仿古诗乐府，便是涂饰繁丽之辞，雕琢精工之语，失了诗的自然真璞之美。独潜则绝不熏染这习惯，萧疏自在，随笔舒写其欲写的情思，而无不绝工。辞虽平淡，无故作奇丽的句子，而"外枯而中膏，似淡而实美"（苏轼语）。

黄庭坚言："谢康乐、庾义成之诗，炉锤之功，不遗余力，然未能窥彭泽数仞之墙者。"这是确切不移之评语。谢灵运的"池塘生春草"一语，人盛称之；他苦思半生，仅能于睡梦中得此一句较自然的句子，至于潜则无语不是如此之自然真切。

陶潜，字渊明，或谓名渊明，字元亮，浔阳柴桑人，生于公元365年，卒于公元427年。少有高趣，"尝著文章自娱，颇示己志，忘怀得失"（《五柳先生传》）。曾出就吏职，一度为彭泽令，不乐居官，赋《归去来兮辞》，自解归，遂不复出仕。有集8卷，萧统盛称之，为之作序。

结庐在人境，而无车马喧。问君何能尔？心远地自偏。采菊东篱下，悠然见南山。山气日夕佳，飞鸟相与还。此中有真意，欲辨已忘言。（《饮酒》之一）

孟夏草木长，绕屋树扶疏。众鸟欣有托，吾亦爱吾庐。既耕亦已种，时还读我书。穷巷隔深辙，颇回故人车。欢然酌春酒，摘我园中蔬。

[元]赵孟頫：陶渊明像传刻

微雨从东来，好风与之俱。泛览《周王传》，流观《山海图》。俯仰终宇宙，不乐复何如！（《读山海经》之一）

荒草何茫茫，白杨亦萧萧。严霜九月中，送我出远郊。四面无人居，高坟正嶕峣。马为仰天鸣，风为自萧条。幽室一已闭，千年不复朝。千年不复朝，贤达无奈何。向来相送人，各自还其家。亲戚或余悲，他人亦已歌。死去何所道？托体同山阿。（《挽歌》之一）

由这几首诗，可以看出他的作风的一斑。他的《闲情赋》：

愿在衣而为领，承华首之余芳；悲罗襟之宵离，怨秋夜之未央。愿在裳而为带，束窈窕之纤身；嗟温凉之异气，或脱故而服新。愿在发而为泽，刷元鬓于颎肩；悲佳人之屡沐，从白水以枯煎。愿在眉而为黛，随瞻视以闲扬；悲脂粉之尚鲜，或取毁于华装。愿在莞而为席，安弱体于三秋；悲文茵之代御，方经年而见求。愿在丝而为履，附素足以周旋；悲行止之有节，空委弃于床前。愿在昼而为影，常依形而西东；悲高树之多荫，慨有时而不同。愿在夜而为烛，照玉容于两楹；悲扶桑之舒光，奄灭景而藏明。愿在竹而为扇，含凄飙于柔握；悲白露之晨零，顾襟袖以缅邈。愿在木而为桐，作膝上之鸣琴；悲乐极以哀来，终推我而辍音。考所愿而必违，徒契契以苦心。拥劳情而罔诉，步容与于南林。

虽萧统评它为陶潜作品中的"白璧微瑕"，然此赋实为最好的情诗之一，统之见解殊迂腐可笑。苏轼评他（萧统）为"强作解事"，未为委屈他。

# 陶潜之后

陶潜以后的诗人有颜延之、谢灵运、谢惠连、鲍照等。再后，则沈约等起，诗体为之大变。沈约等都归入下一章中讲，这里只叙到在他以前的诸诗人。

颜延之，字延年，琅琊临沂人，生于公元384年，卒于公元456年。与谢灵运俱以词采齐名，时称"颜谢"。延之曾为始安太守，及永嘉太守，最后为秘书监、光禄勋太常。其诗追踪潘、陆的靡丽，而更过之，时称他的作品为"错彩镂金"。如下类文句，殊觉得雕斫过甚，毫无生气：

　　婺女俪经星，嫦娥栖飞月。惭无二媛灵，托身侍天阙。阊阖殊未辉，咸池岂沐发。（《为织女赠牵牛》）

谢灵运,陈郡阳夏人,生于公元385年,卒于公元433年。晋名将谢玄之后,袭封康乐公。入宋降爵为侯,起为散骑常侍。后出为永嘉太守,不久,又弃职居会稽,以游放歌诗自娱。每有一诗至都邑,贵贱莫不竞写。最后,以受诬,兴兵反抗,失败被杀。他的诗与延之同病,亦伤于靡丽,而无自然高远的情致。如他的《登池上楼》,世所盛称:

> 倾耳聆波澜,举目眺岖嵚(qūqīn)。初景革绪风,新阳改故阴。池塘生春草,园柳变鸣禽。

然我们读之,终觉得累重而无诗的真趣。他的族兄瞻、族弟惠连亦善为诗。瞻没有什么天才,惠连的诗则较灵运的为自然、真朴而有生气:

> 春日迟迟,桑何萋萋,红桃含天,绿柳舒荑。(《秋胡行》)

自较"园柳变鸣禽"好得多。他的《祭古冢文》及《雪赋》尤为当时人所称。又有谢庄,亦以诗名,但其作风终不能脱"颜谢"的范围。

鲍照,字明远,约生于公元421年,约卒于公元465年。初为刘义庆佐史,后为中书舍人。与其妹令辉同以诗名,照尤以拟古乐府诸作见称。此种拟古之作品,本无他自己的生命,不足论。其诗则较"颜谢"为平易朴静。钟嵘论照:"贵尚巧似,不避危仄,颇伤清雅之调,故言险俗者,多以附照。"(《诗品》)然照之不"清雅"而近于"险俗",正在他的较"颜谢"无生气的雕研品的高出处。如他的《咏燕》:

> 可怜云中燕,旦去暮来归。自知羽翅弱,不与鹄争飞。寄声谢飞鹄,往事子毛衣。琐心诚贫薄,叵吝节荣衰。阴山饶苦雾,危节多劲威。岂但避霜雪,当做野人机。

自较涂浓绿深红，镂精金璞玉之"颜谢"的诗为好。

# 吴声恋歌

这个时代（晋宋之时），有所谓"吴声歌曲"者，系当时南方民间盛传之歌辞，大部分都是恋歌——极好的恋歌。自《诗经》之外，像这种真挚的恋歌，中国的诗坛上是绝少有的。这种恋歌，重要者有《子夜歌》《子夜四时歌》《懊侬歌》《华山畿》《读曲歌》等。

《子夜歌》者，《唐书乐志》谓系晋曲。"晋有女子，名子夜，造此声。声过哀苦。"《乐府解题》言："后人更为四时行乐之词，谓之《子夜四时歌》。又有《大子夜歌》《子夜警歌》《子夜变歌》，皆曲之变也。"今所传者，《子夜歌》有 42 首，《子夜四时歌》有 75 首，《大子夜歌》《子夜警歌》各 2 首，《子夜变歌》3 首。

> 今日已欢别，合会在何时？明灯照空局，悠然未有期。
> 朝思出前门，暮思还后渚。语笑向谁道？腹中阴忆汝。
> 欢愁侬亦惨，郎笑我便喜。不见连理树，异根同条起。
> 别后涕流连，相思情悲满。忆子腹糜烂，肝肠尺寸断。
> 夜长不得眠，明月何灼灼！想闻散唤声，虚应空中诺。
>
> （以上为《子夜歌》）

> 梅花落已尽，柳花随风散。叹我当春年，无人相要唤！（春）
> 反覆华簟（diàn）上，屏帐了不施。郎君未可前，待我整容仪。（夏）
> 初寒八九月，独缠自络丝。寒衣尚未了，郎唤侬底为？（秋）

（以上为《子夜四时歌》）

《懊侬歌》今传者 14 首。《古今乐录》曰："《懊侬歌》者，晋石崇绿珠所作，唯'丝布涩难缝'一曲而已。后皆隆安初民间讹谣之曲。"

> 发乱谁料理？托侬言相思。还君华艳去，催送实情来。
>
> （《懊侬歌》之一）

《华山畿》今传者 25 首。《古今乐录》曰：

> 《华山畿》者，宋少帝时《懊恼》一曲，亦变曲也。少帝时，南徐一士子，从华山畿往云阳，见客舍有女子，年十八九，悦之无因，遂感心疾。母问其故，具以启母。母为至华山寻访，见女，具说。闻感之，因脱蔽膝，令母密置其席下卧之，当已。少日果差，忽举席见蔽膝而抱持，遂吞食而死。气欲绝，谓母曰："葬时，车载从华山度。"母从其意。比至女门，牛不肯前，打拍不动。女曰："且待须臾。"装点沐浴，既而出，歌曰："华山畿，君既为侬死，独活为谁施！欢若见怜时，棺木为侬开。"棺应声开。女遂入棺。家人扣打，无如之何。乃合葬，呼曰神女冢。

这段悲惨的恋爱故事的后段太神奇，不足信，大约是后人附会的；也许此故事竟是臆造的。但此曲中，可爱的恋歌却不少：

> 啼著曙，泪落枕将浮，身沉被流去。
> 一坐复一起，黄昏人定后，许时不来已。
> 不能久长离，中夜忆欢时，抱被空中啼。
> 松上萝，愿君如行云，时时见经过。

夜相思，风吹窗帘动，言是所欢来。

（以上《华山畿》）

《读曲歌》今传者89首。此歌的起源，有不同的二说：

第一，《宋书乐志》曰："《读曲歌》者，民间为彭城王义康所作也。其歌云：'死罪刘领车，误杀刘第四'是也。"

第二，《古今乐录》曰："《读曲歌》者，元嘉十七年，袁后崩，百官不敢作声歌。或因酒宴，止窃声读曲细吟而已。"

此二说未知孰是。但民间的歌曲本无什么明了的起源。各史《乐志》及《古今乐录》《乐府解题》各书的话，大抵都是臆测的，不大靠得住的。

折杨柳，百鸟园林啼，道欢不离口。

忆欢不能食，徘徊三路间，因风觅消息。

嘘欷暗中啼，斜日照帐里。无油何所苦，但使天明尔。

打杀长鸣鸡，弹去乌白鸟。愿得连冥不复曙，一年都一晓。

（以上《读曲歌》）

# 散文作家

这个时代的散文作家，且在最后提一下。

历史家甚多。初有谯周，作《古史考》，薛莹、韦曜、华覈共撰《吴书》。周为蜀人，字允南。在蜀为仆转家令，入魏为阳城亭侯。

莹、曜及覈，俱为吴人。曜为孙皓所杀，莹则随孙皓降曹，授为散骑常侍。莹又著书8篇，名曰《新议》。

晋初，有皇甫谧著史书及传记甚多。谧，字士安，安定朝那人，性淡泊，累征俱不出仕，自号玄晏先生。所作有《帝王世纪年历》《高士传》《逸士传》《列女传》及《玄晏春秋》。

又有陈寿，时称为大历史家，作《魏吴蜀三国志》，论者谓其善于叙事，有良史之才。又撰《古国志》50篇，《益都耆旧传》10篇。陈寿，字承祚（zuò），亦蜀人。少时师事谯周。晋初为著作佐郎，出补阳平令。他的《三国志》至今仍认其为不朽的巨著，然其体例总不出司马迁与班固的范围。

略后，有袁宏，字彦伯，曾仿荀悦的《前汉纪》作《后汉纪》30卷，又作《竹林名士传》3卷。宏后，有何承天，东海郯人，曾为宋的著作佐郎，撰国史，当时称为名史家。又有徐广，字野民，作《晋纪》46卷。又有裴松之，字世期，河东闻喜人，注陈寿的《三国志》，又作《晋纪》。其子骃，亦注司马迁的《史记》。

同时，北朝有崔浩，字伯渊，作《国史》30卷。因记事不善讳饰，北人忿怒，浩被杀，兼夷灭全族，为历史上最惨酷的文字狱之一。

略后，有范晔，字蔚宗，顺阳人，初为秘书监，因事出为宣城太守，不得志，乃删众家《后汉书》为一家之作，其体例亦不出于司马迁、班固的范围。后晔因欲拥彭成王义康为帝，被杀。

同时，有刘义庆者，宋之宗室，封临川王，撰《徐州先贤传》及《世说新语》。《世说新语》中颇多名隽之言。

又有臧荣绪，东莞莒人，隐居不仕，括东西晋的史事为一书，凡纪录志传110卷，为时所称。

论文家却不甚多。曹丕作《典论》，前已讲过。后有傅玄，作《傅子》，为内、外、中篇，凡有四部六录，合140首。玄之后有江统者，字应元，陈留圉人，为晋时最具深虑远识的政论家，曾作历史上著名的《徙戎论》。当时政府不用其言，未及10年，五胡果乱华，如统所料。统之后有葛洪，字稚川，丹阳句容人，著《抱朴子》，凡内、外篇8卷，内篇论神仙修炼、符箓劾治诸事，外篇则论时政得失，人事臧否。

这些作家的思想，俱不能出儒家的范围。大抵此时代的散文殊不发达，史学则拘守迁、固之成规而不敢稍有僭越，论文则多囿于文字的俳偶，不易畅达所欲言，而作者的思想亦无可特加以注意的必要；远不如其诗歌之时有好的伟大的作家出现。

# 第六章
# 南北朝文学

中世纪的欧洲文学，可算是在黑暗的时代，重要的作家极少，不朽的名著除了《神曲》及诸国民歌外，也并不多见；但在同一时代，中国的文学却出现十分绚烂的光华，重要的诗人产生了不少，不朽的名著也时时地出现于各时代的文坛里，到了中世纪末期，且有伟大的小说家及戏曲家的出现（在这个时候，欧洲的小说家还没有出现一个）。

这个时代，包括中国的齐代（公元479年起）至明代中叶（约十五世纪前后），正是中国文学最发达的时代，所谓"唐诗""宋词""元曲"以及"明的小说"等，不朽的作品都已包括在内。

这个时代的诗歌，可划分为两期：第一期可称为"第一诗人时代"，即自沈约等变诗之古体为近体起，中经五七言律绝诗之大发达，至唐五代间此种诗体之衰落为止；第二期可称为"第二诗人时代"，即自五代时"词"之一体的开始发展起，至宋、元之间此种诗体之衰落为止。

此后则剧诗，即所谓"曲"的，大为盛行，已入于戏剧家的时代，重要的大诗人殊不多见于中国文坛上了。

"第一诗人时代"虽开始于沈约，而实导源于曹植及建安诸子。当时，五言的诗体已代四言的古诗体而盛流行于文坛，诗句亦渐由散漫而变为对整，由朴质而趋于雕琢。此后，到了宋之颜延之、谢灵运，诗体益复渐于靡丽整齐，如"白云抱幽石，绿筱媚清涟"（谢灵运《过始宁墅诗》）之句，可为当时诗歌的一个例子。到了齐初，沈约、王融、谢朓（tiǎo）诸人出，便把古代的散漫的诗体改变了，创成一种新的诗的韵律，要大家来遵守。在他们之前，所谓诗之韵律是十分地自由，任诗人自己去自由地运用的，自此以后，便有了一种固定的格式来规范后来的诗人了。当时的作家无不拜倒于这个新韵律的规则之下，虽萧衍自称独不受其压迫，然于无意中究竟也多少被圈入了他们的范围之内而不尽能自脱。试读下列诸诗：

抱月如可明，怀风殊复清。丝中传意绪，花里寄春情。掩抑有奇态，凄锵多好声。芳袖幸时拂，龙门空自生。（王融《琵琶》）

婵娟绮窗北，结根未参差。从风既袅袅，映日颇离离。欲求枣下吹，别有江南枝。但能凌白雪，贞心荫曲池。（谢朓《秋竹曲》）

洛阳大道中，佳丽实无比。燕裙傍日开，赵带随风靡，领上蒲萄绣，腰中合欢绮。佳人殊未来，薄暮空徙倚。（沈约《洛阳道》）

春草醉春烟，深闺人独眠。积恨颜将老，相思心欲然。几回明月夜，飞梦到郎边。（范云《闺思》）

这些诗显然已与齐以前的诗歌异趋，而成为唐代律绝诗的先声了。

此时之诗的新韵律所以创成者，以受梵文发音之法的影响为主要原因。齐有周颙作《四声切韵》，定平、上、去、入四声。沈约本之，作《四声谱》，倡言为诗当讲究四声，以求其谐和。当时诗人谢朓、王融和之，于是诗的新韵律遂告成立。他们的诗，世呼为"永明体"（永明为齐武帝年号，起自483年，终于493年）。这个新韵律，后来诗人受其影响者极久，且亦极深。

# 南朝文士

沈约，字休文，吴兴武康人，生于公元441年（即宋文帝元嘉十八年）。

幼时，甚贫苦，以笃志好学，研通群籍，渐得名于世。初仕宋为尚书度支郎。入齐为步兵校尉，管书记，侍太子，又曾出为东阳太守。此时，约已为当代文士的领袖，他提倡诗的新韵律，即在此时。他的《四声谱》已佚，但他的主张，可在他的《宋书·谢灵运传》所说的几句话里，见其一斑：

> 夫五色相宣，八音协畅。由乎玄黄律吕，各适物宜，欲使宫羽相变，低昂互节。若前有浮声，则后须切响。一简之内，音韵尽殊，两句之中，轻重悉异。妙达此旨，始可言文。

他以为这种话是由他自己创始的。

> 自骚人以来，此秘未睹。至于高言妙句，音韵天成，皆暗与理合，匪由思至。

虽陆厥给他一信，说他这话不对，然而在我们看来，新的诗体之成立，约实为其首功，在他之前，此种主张未见有人提倡过，所以这话并不算是他的夸诞之词。萧衍夺齐祚，改国号为梁时，约为尽力赞助者之一，以此，得封建昌县侯，为尚书仆射。其卒年为公元 513 年（梁武帝天监十二年）。所著书甚多，存于今者有《宋书》100 卷，及文集 9 卷，其他著作并散佚。在他的文集中，以诗歌为最好。钟嵘说："观休文众制，五言最优。"（《诗品》）如《石塘濑听猿》：

> 噭噭夜猿鸣，溶溶晨雾合。不知声远近，惟见山重沓。既欢东岭唱，复伫西岩答。

及《六忆诗》诸作，俱为其佳著：

忆来时，灼灼上阶墀。勤勤叙别离，慊慊道相思。相看常不足，相见乃忘饥。……忆眠时，人眠强未眠，解罗不待劝，就枕更须牵。复恐傍人见，娇羞在烛前。

谢朓的诗名，在当时较沈约为著。朓，字玄辉，陈郡阳夏人，其生年约在公元 464 年至 499 年。初为豫章王太尉行参军，后出为东海太守。又为宣城太守，迁至吏部郎，兼卫尉。江祐以东昏王失德，欲立始安王，谋于朓。朓依违不决，且言于外，遂被杀。他的诗，沈约极好之，尝云："二百年来无此诗也。"李白亦倾心于他。论者谓其诗佳处如青苔红叶，濯于春雨，秀色天然可爱。大约如《怀故人》诸作，俱可算是他的好诗：

芳洲有杜若，可以赠佳期。望望忽超远，何由见所思。行行未千里，山川已间之。离居方岁月，故人不在兹。清风动帘夜，孤月照窗时，安得同携手，酌酒赋新诗。

《晚登三山还望京邑》：

灞涘望长安，河阳视京县。白日丽飞甍，参差皆可见。余霞散成绮，澄江静如练。喧鸟覆春洲，杂英满芳甸。去矣方滞淫，怀哉罢欢宴。佳期怅何许，泪下如流霰。有情知望乡，谁能鬒不变？

王融，字符长，琅琊人，生于公元 468 年（宋明帝泰始四年）。举秀才，为太子舍人。与竟陵王萧子良交好。齐武帝病笃，融谋立子良不得。后郁林王即位，便捕融下狱死，时为公元 494 年，融年才二十七。他的诗，不足与谢朓比肩，论者颇讥其琢饰，然亦偶有佳句，如《古意》亦有自然之趣：

游禽暮知反，行人独不归，坐销芳草气，空度明月辉。嗁容入朝镜，思泪点春衣。

同时作者有萧子良、谢超宗、王俭、刘绘、张融、孔稚珪、陆厥诸人。

萧子良为齐宗室，封竟陵王，有文集40卷，在当时为诸文士的馆主。

谢超宗诗，佳者殊少。钟嵘谓其"祖袭颜延之"。

王俭在齐为左仆射，文笔为世所重。

刘绘在齐为中庶子，钟嵘称他与王融"并有盛才，词美英净。至于五言之作，几乎尺有所短"。（《诗品》）

张融字思光，为司徒左长史，自名其集为《玉海》。

孔稚珪字德珪，为太子詹事，与张融情趣相得。

陆厥字韩卿，死时年甚轻，曾与沈约讨论声韵。

凡此诸人，其诗存者俱不多，且亦不甚重要，故不详述。

后此数年，萧衍即位为皇帝，改国号为梁。他与他的儿子统（昭明太子）、纲（简文帝）及绎（元帝）俱喜为诗，且亦有天才，故当时朝士亦多为诗人。其中著名者有江淹、范云、任昉、王僧孺、庾肩吾、柳恽、何逊、丘迟、吴均、到溉、到洽、王筠、徐陵、庾信、王褒诸人；沈约在当时则为老年的领袖诗人。

萧衍字叔达，南蒲陵中都里人，生于公元464年（宋孝武帝大明八年）。初仕齐，与沈约、谢朓、范云、任昉诸人并为萧子良所友善，同游于他的西邸。公元502年，夺齐祚，即皇帝位。晚年侯景作乱，衍被围于台城，饥饿而死，时为公元549年。衍笃信佛法，著作极多。他的诗喜为艳语，时有深情的制作，如《子夜四时歌》《白纻辞》《江南弄》等俱为佳作。

萧统字德施，为衍之长子，生于公元501年，卒于公元531年。他极喜爱文学，曾集文士选集古今诗文为《文选》30卷，又择五言诗之善者为《文章英华》20卷。《文选》至今尚为很有权威的文学选本。

萧纲字世缵，为衍之第三子，统卒，他继为太子。他生于公元503年。公元550年，即皇帝位，第二年即为侯景所杀。他亦喜为诗，常说："余七岁有诗癖，长而不倦，然伤于轻艳，当时号曰'宫体'。"如下可为一例：

> 梦笑开娇靥，眠鬟压落花。簟文生玉腕，香汗浸红纱。夫婿恒相伴，莫误是娼家。（《咏内人昼眠》）

萧绎字世诚，为衍的第七子，生于公元 508 年。初封湘东王。侯景之乱，他遣王僧辩讨杀之，遂于公元 552 年即皇帝位。后三年，西魏来伐，被杀。他的著作甚富，有文集 50 卷，《孝德传》30 卷，《忠臣传》30 卷。

江淹字文通，济阳考城人，生于公元 444 年（即宋文帝元嘉十年）。宋时为吴兴令，齐时为骁骑将军。入梁，为散骑常侍，封临沮县开国伯，公元 505 年（梁武帝天监四年）卒。他早年文名甚著，晚年才思微退，时人皆谓："江郎才尽。"所作甚富，他自编为前、后集，前集 20 卷，后集 10 卷，又撰《齐史》10 志。他的诗在六朝诗人中尚为不尽琢饰之作，如《贻袁常侍诗》可为一例：

> 昔我别楚水，秋月丽秋天。今君客吴坂，春色缥春泉……

又如《悼室人》：

> 适见叶萧条，已复花庵郁。帐里春风荡，檐前还燕拂。垂涕视去景，摧心向徂物。今悲辄流涕，昔欢常飘忽。幽情一不弭，守叹谁能慰。

钟嵘谓淹"诗体总杂，善于模拟"，实则其模拟之作，俱未见得好。

范云字彦龙，南乡舞阴人，生于公元 451 年（宋文帝元嘉二十八年）。他在齐为零陵内史。入梁，与沈约同辅政，封霄城县侯，有文集 30 卷。其卒年为公元 503 年（梁天监二年）。他为文下笔辄成，未尝定稿，时人每疑其宿构。钟嵘谓其诗"清便宛转，如流风回雪"。但细读其作，未见其足当此喻。

任昉字彦升，乐安博昌人，生于公元 460 年（即宋孝武帝大明四年），死于公元 508 年（梁天监七年）。早年深为王俭、沈约所推挹。梁初为吏部郎中，掌著作。后出为义兴太守，又入为秘书监，手校秘阁四部篇卷。所著文章甚富。他早年长于作应用文，而诗不工，世称："沈诗任笔。"昉深恨之。及其晚年，诗亦渐佳。然好用事，论者颇病之。如下是其一例：

> 谁其执鞭，吾为子御。刘略班艺，虞志荀录。伊昔有怀，交相欣勖（xù）。（《赠王僧孺》）

王僧孺，东海郯人，生于公元 465 年（宋泰始元年），卒于公元 522 年（梁普通三年）。齐时为中书郎，领著作。他的著述甚多，有文集 30 卷。其诗丽逸，如《忽不任愁聊示固远》之类，可算是他的佳作：

> 去秋客旧吴，今春投故越。泪逐东归水，心挂西斜月。未应岁贬颜，直以忧残发。

庾肩吾字子慎，新野人，其生年与任昉诸人约同时。八岁能赋诗。尝为安西、湘东二王录事参军。萧纲即位，以他为度支尚书。最后为江州刺史卒。有文集 10 卷。肩吾诗以整练著称，于以下诸句可见之：

> 树影临城日，窗含度水风。遥天如接岸，远帆似凌空。（《和晋安王薄晚逐凉北楼回望应教》）

柳恽与何逊，为当时诸诗人中略能脱出浮艳雕琢之习者。柳恽字文畅，河东解人。齐时，萧子良引为法曹参军。梁初，除长史，后为吴兴太守，甚清正。郡民怀之。有集 12 卷。

何逊字仲言，东海郯人。梁天监中，出仕为建安王水曹参军。王爱文学，日与宴游。后除庐陵王记室，随王往江州卒。有集 7 卷。

丘迟字希范，吴兴乌程人。钟嵘称其诗"点缀映媚，似落花依草"。梁初为散骑常侍，后出为永嘉太守，再入为司空从事中郎。有集 11 卷。

张率字士简，吴郡人。其生年较丘迟约后 10 年。齐时为太子洗马，梁时为秘书丞，后出为新安太守。有集 38 卷。

吴均字叔庠，吴兴故鄣人，生于公元 469 年（宋泰始五年），卒于公元 520 年（梁普通元年）。梁初为郡主簿，著作甚富，文集 20 卷。其文清峻，甚有影响于当时文坛，后进多敩（xiào）之，谓之"吴均体"。其情调颇异于当时的其他诗人，如《与柳恽相赠答》：

秋云静晚天，寒夜方绵绵。闻君吹急管，相思杂采莲。别离未几日，高月三成弦……

及《咏怀》：

仆本报恩人，走马救东秦。黄龙暗迢递，青泥寒苦辛。野战剑锋尽，攻城才智贫。唯余一死在，留持赠主人。

王筠字符礼，一字德柔，琅琊临沂人，生于公元 481 年（齐建元三年），卒于公元 549 年（梁太清三年），有文集 100 卷。梁时，为秘书监，迁司徒左长史。沈约为当时文宗，少所推服，唯见筠文，每以为己所不逮，尝谓萧衍："晚来名家，惟见王筠。"但读筠诗，未见能如约所称许者，如《春游》之类的诗，殊觉率累琢饰，不能高出于当时的诗人：

聚兰巳飞蝶，杨柳半藏鸦。物色相煎荡，微步出东家。既同翡翠翼，复如桃李花。欲以千金笑，回君流水车。

这时，有萧氏诸兄弟者，皆为齐宗室之后，皆善于为诗；如萧子范、萧子显、萧子云及萧子辉皆是。萧子范在梁为光禄大夫，有集 12 卷。萧子显为吴兴太守，有集 20 卷。萧子云为东阳太守，有集 19 卷。萧子辉为骠骑长史，有集 9 卷。

同时，又有刘氏诸兄弟，孝绰、孝仪、孝胜、孝威、孝先亦皆善为诗。他们是彭城人。孝绰最著名，颇负才凌人，曾为吏部尚书郎，后左迁为临贺王长史，有文集 14 卷。孝仪曾为都官尚书，豫州内史，有集 20 卷。孝胜为司徒右长史。孝威为太子中庶子，有集 10 卷。孝先为黄门郎，后迁侍中，他与孝胜的诗，在兄弟中为较劣下者。刘氏诸女，亦皆能诗，孝绰三妹，并有才学，一适王淑英，一适张嵊，一适徐悱，以徐悱妻为最著，算是当时一个重要的女作家。

又有到溉、到洽二兄弟，亦彭城人，并能为诗。到溉，字茂灌，官吏部尚书。到洽，字茂沿，官寻阳太守，有文集 15 卷。

徐陵，字孝穆，东海郯人，生于公元 507 年（梁天监六年）。八岁能属文。初为梁晋安王参军，迁至散骑常侍。为元帝使齐，被拘留。后复得归，仕陈，为吏部尚书，领大著作，封建昌县开国侯。以公元 583 年（陈至德元年）卒。有文集 30 卷。陵在陈时，为一代文宗，于当时影响极大，曾编诗选，名《玉台新咏》，凡 10 卷，多录艳婉多情之作，可见其所好。他的诗也是如此，如《春日》是其佳作之一斑：

> 岸烟起暮色，岸水带斜晖。径狭横枝度，帘摇惊燕飞。落花承步履，流涧写行衣。何殊九枝盖，薄暮洞庭归。

庾信与王褒皆初仕于梁而后仕于周者，他们以南人入北朝，颇变当时北人的粗涩文风，而他们自己也不免受些北方环境的影响，将风格略略变异。

庾信，字子山，肩吾之子，生于公元 513 年（梁天监十二年）。初为湘东国常侍，与父肩吾及徐陵并为抄撰学士。他们才华耀辉，所为诗文并绮艳，为时人所楷式，世号为"徐庾体"。信后聘于周，被拘留于长安，礼遇甚厚，为开府仪同三司，寻征司宗中大夫。公元581年（周大定元年）卒。有文集21卷。信在北虽蒙厚待，然常有家国之思，所作《哀江南赋》，曾感动了不少人；其晚年的诗亦因此而益蕴深情。如《怨歌行》诸诗，皆可见他的此种幽情：

> 家住金陵县前，嫁得长安少年。回头望乡泪落，不知何处天边。胡尘几日应尽，汉月何时更圆？为君能歌此曲，不觉心随断弦。

《咏怀》：

> 楚材称晋用，秦臣即赵冠。离宫延子产，羁旅接陈完。寓卫非所寓，安齐独未安。雪泣悲去鲁，凄然忆相韩。唯彼穷途恸，知余行路难。

王褒，字子渊，琅琊临沂人，其生年约与庾信同时。初仕梁为吏部尚书，与萧绎同为周人所执，绎被杀，褒则执入长安，礼遇甚厚。时信已在北，二人同为北人所仰模。褒官太子少保，后出为宜州刺史，有文集21卷。他的诗亦深蕴家国之思，如《渡河北》与庾信诸作有同一情调：

> 秋风吹木叶，还似洞庭波。常山临代郡，亭障绕黄河。心悲异方乐，肠断陇头歌。薄暮临征马，失道北山河。

又如：

> 岁晚悲穷律，他乡念索居。寂寞灰心尽，摧残生意余。（《和殷廷尉岁暮》）

至如下之类的诗，则陶潜以后，久未见此种清隽之作了：

> 松古无年月，鹄去复来归。石壁藤为路，山窗云作扉。（《过藏矜道馆诗》）

陈承梁后，作风未易。陈后主叔宝即皇帝位后，尤喜招延文学之士，其自作诗亦甚靡丽。当时诗人以徐陵为首，次则有江总、阴铿、张正见、沈炯等。

江总，字总持，济阳考城人，生于公元519年（即梁天监十八年），初仕于梁，后入陈，官尚书仆射。隋灭陈，总入隋为上开府。以公元594年（隋开皇十四年）卒。有文集30卷。总为诗于五言、七言尤善，然伤于浮艳。如《岁暮还宅》即其一例：

> 悒然想泉石，驱驾出城台。玩竹春前笋，惊花雪后梅。青山殊可对，黄卷复时开。长绳岂系日，浊酒倾一杯。

阴铿，字子坚，武威人。初仕梁，为湘东王法曹行参军。入陈，为晋陵太守，散骑常侍卒。有集3卷。他的五言诗为世所重，风格甚类何逊，故时人每以"阴何"并称。

张正见，字见赜，清河东武城人。梁时为彭泽令，因乱避住匡俗山。入陈，为散骑常侍。太建中卒。有集14卷。

沈炯，字礼明，吴兴武康人，约之后。仕梁为吴令，元帝立，领尚书左丞。入陈，为御史中丞，后又为明威将军。有前集7卷，后集13卷。

# 北朝文士

上面所叙的都是南方的文士，至于北方的文学，则著名的作家极少；其诗初尚质朴，不染南朝浮艳之习。其时，较著的诗人有高允、温子升、王德、邢邵、魏收、萧悫（què）、高昂诸人。

高允字伯恭，勃海蓨[1]人，官镇军大将军，领中秘书，历事魏五帝，有集20卷。

温子升与邢邵二人的诗，其情调已近于南方，所以庾信北来，唯称许他们二人。子升字鹏举，太原人，官侍中，后下狱死。有集39卷。邵字子才，河间鄚人，在北齐官太常卿，有集30卷。

魏收字伯起，巨鹿下曲阳人，仕魏典起居注，与子升及子才齐名，时号"三才子"。后官尚书右仆射，有集70卷，又有《后魏书》130卷，甚著名。

萧悫字仁祖，兰陵人，为梁宗室，后入齐为太子洗马。有集9卷。王德生平无考，其诗仅传《春词》一首，为北人不易得之佳著：

> 春花绮绣色，春鸟弦歌声。春风复荡漾，春女亦多情。爱将莺作友，怜傍锦为屏。回头语夫婿，莫负艳阳征。

高昂字敖曹，勃海蓨人，齐初为侍中司徒，好为诗，雅有情致。其诗今传者数首而已，然《征行诗》却甚为后人所称：

---

1 音 tiáo，通条，古地名，在今河北景县。汉周亚夫封条侯，景县现有周亚夫墓；该地亦为北齐皇族高氏原籍地，现有高氏墓群。

垄种千口牛，泉连百壶酒。朝朝围山猎，夜夜迎新妇。

约在此时，无名诗人曾作《敕勒歌》：

敕勒川，阴山下。天似穹庐，笼盖四野。天苍苍，野茫茫，风吹草低见牛羊。

此诗写北方荒野景色，直浮现于读者之前，博得后人极端的倾倒，可谓为最带北方色彩的诗。然自北人渐与南方文士接触后，此种作品即渐消失不见。到了庾信、王褒北来，他们受了感化，更努力地去学"徐庾体"的诗。及隋平陈，南士北来者益多，北部作家受南方文学的洗礼者益多。

隋炀帝杨广，亦甚好文学，且能自作诗，有集 55 卷。其诗如《悲秋》即使是南士亦不能及：

故年秋始去，今年秋复来。露浓山气冷，风急蝉声哀。鸟击初移树，鱼寒欲隐苔。断雾时通日，残云尚作雷。

《失题》：

寒鸦飞数点，流水绕孤村。

因之当时朝士能诗者甚众，以杨素、卢思道、薛道衡为最著。

杨素字处道，弘农华阴人，初仕周，入隋为丞相，封越国公，有集 10 卷。其《赠薛播州》诗 14 首，《北史》称其："词气颖拔，风韵秀上，为一时盛作。"今读以下诸句，诚为当时不易得之作：

北风吹故林，秋声不可听。雁飞穷海寒，鹤唳霜皋净。含毫心未传，闻音路独复。惟有孤城月，裴佪独临映。吊影余自怜，安知我疲病。(《赠薛播州》)

卢思道字子行，范阳人，齐时入仕，至周授仪同三司。入隋，为散骑侍郎，有集30卷。

薛道衡与卢思道齐名当代，河东汾阴人，字玄卿，在齐为散骑常侍。隋文帝时，尝使于陈。时陈文章称盛，道衡所作，却常为他们所倾倒。后杨广即皇帝位，道衡因先与有隙，被杀，有集70卷。

此数人外，尚有李德林、柳䛒（biàn）、诸葛颖、许善心、王胄诸作者，亦颇有名于世。

当时并出数女流作家，颇有深情之作。杨广宫女侯夫人尝作《自感》：

庭绝玉辇迹，芳草自成窠。隐闻箫鼓声，君恩何处多。

及《自伤》，因缢于栋下而死：

长门七八载，无复见君王。春寒入骨清，独卧愁空房。……平日亲爱惜，自待却非常。色美反成弃，命薄何可量。……家岂无骨肉，偏亲老北堂。此身无羽翼，何计出高墙……

此种诗，读之不仅为侯夫人一人悲，直可作为无量数的"何计出高墙"的宫女的凄切的呼声！

又有李月素作《赠情人》：

感郎千金意，含娇抱郎宿。试作帷中音，羞开灯前目。

及其他女诗人作数诗，俱为不下于《子夜歌》之恋诗，然这数诗俱不见于可据的古书，仅见明刻《续玉台新咏》及《诗纪》，似未可信。

无名诗人的作品，如《鸡鸣歌》：

> 东方欲明星烂烂，汝南晨鸡登坛唤。曲终漏尽严具陈，月没星稀天下旦。千门万户递鱼钥，宫中城上飞乌鹊。

及《叹疆场》，俱可为好诗：

> 闻道行人至，妆梳对镜台。泪痕犹尚在，笑靥（yè）自然开。

又有盛传于许多时代的妇孺口中的《木兰辞》，亦为此时前后的无名诗人的作品。

# 第七章
## 唐代文学

　　隋祚为唐所夺后，唐太宗李世民甚好文学，开文学馆，延当代文士。此后高宗、武后、玄宗继之，俱甚注意辞章，且以诗登用人才，是以当时朝士俱能为诗。诗人如云之突起，如浪之汹涌；《全唐诗》凡900卷，录者凡2200余人，得诗48900余首；此300年中所存之成绩，实较自《诗经》至隋的一千余年间为多过数倍。

　　论者分唐全时代的诗歌为四时期，即初唐、盛唐、中唐、晚唐。初唐者，自唐初至于玄宗开元之初，凡100余年；盛唐者，自开元至于代宗大历之初，凡50余年；中唐者，自大历至于文宗太和九年，凡70余年；晚唐者，自文宗开成之初至于唐末，凡80余年。初唐的著名诗人为魏征与王勃、杨炯、卢照邻、骆宾王之四杰及陈子昂、沈佺期、宋之问、刘希夷、张若虚之流。盛唐的著名诗人为李白、杜甫、王维、孟浩然、王昌龄、高适、岑参之流。中唐的著名诗人为韦应物、韩愈、柳宗元、白居易、元稹、刘禹锡、孟郊、贾岛之流。晚唐的著名诗人，为杜牧、李商隐、温庭筠、罗隐、司空图、陆龟蒙、杜荀鹤之流。

　　女诗人亦时出，如上官婉儿、鱼玄机之流，亦可称为大作家。但这四个时期的区分，并没有什么划然的疆域，且每一个时期，亦不能见其独特的作风，譬如盛唐的一期，作家如李、杜、高、岑之流。各有其作风，绝难能有任何共同的情调与色彩。所以我们殊不必以这个区分。

# 唐之诗人

自隋入唐的诗人，有虞世南、陈叔达、褚亮、李百药、王绩诸人。

虞世南字伯施，越州余姚人，初为徐陵所知。入隋为秘书郎，入唐为秘书监，有集 30 卷，又善书，为世所宝爱。

陈叔达字子聪，陈之宗室，入隋为绛郡通守，入唐为礼部尚书，有集 15 卷。

褚亮字希明，杭州钱塘人。入隋为太常博士，在唐为散骑常侍，有集 20 卷。

李百药字重规，为李德林子，隋时为学士，入唐为中书舍人。

王绩字无功，绛州龙门人，在隋为六合县丞，有文集 5 卷。

魏征为唐之第一诗人。魏征，字玄成，魏州曲城人，少有大志。隋乱，诡为道士，初从李密，后归李世民，拜谏议大夫，有文集 20 卷。他的诗存者虽不多，然刚隽慨慷，一洗六朝靡丽之习，其《述怀》一诗，足以开后来的作风：

中原初逐鹿，投笔事戎轩。纵横计不就，慨慷志犹存。杖策谒天子，驱马出关门。请缨系南越，凭轼下东藩。郁纡（yū）陟高岫，出没望平原。古木鸣寒鸟，空山啼夜猿。既伤千里目，还惊九逝魂。岂不惮艰险，深怀国士恩。季布无二诺，侯嬴重一言。人生感意气，功名谁复论？

继之而起的诗人有来济、李义府、许敬宗及王、杨、卢、骆之四杰。

来济为扬州江都人，贞观时为庭州刺史。突厥入寇，济赴敌死。有文集

30 卷。

李义府为瀛州饶阳人，为中书舍人，后贬推州以死。当时与来济并有文名，号称"来李"。许敬宗，字延族，杭州新城人，为礼部尚书。许、李二人甚善逢迎谄媚，故为世所诟病。

王勃，字子安，绛州龙门人，生于公元 648 年（唐贞观二十二年）。幼极聪慧，六岁能文辞，九岁即知指摘颜师古《汉书注》之误。年未及冠，才名已扬闻于京邑。授为朝散郎，客于沛王府。上元二年，往交趾省父；渡南海，溺水而死，年仅二十九。勃著作甚富，有文集 30 卷。

杨炯，华阴人，幼亦敏慧，神童举，拜校书郎。后为盈川令。有文集 30 卷。

卢照邻，字升之，幽州范阳人。初为邓王府典签，王称他为"寡人之相如"。后拜新都尉。染风疾去官，居于太白山中。病益甚，不堪其苦，遂自投颍水而死。时年四十，有文集 20 卷。

骆宾王，婺州义乌人，善五言诗。少落魄不护细行，好与博徒游。高宗末为长安主簿，后又失官。徐敬业举兵讨武氏，宾王为他书记。敬业失败，宾王亦被杀，或传其遁去为僧，似为附会之辞。他有文集 10 卷。

这四个人同时飞扬于上元前后的文坛之上，时人因并称之为"四杰"。他们的诗颇袭六朝繁缛之遗习，未能有甚大的特创的成绩。唯卢照邻卧疾甚久，因之生厌世思想，其诗遂间有特异之情调。如《羁卧山中》：

> 卧壑迷时代，行歌任死生。红颜意气尽，白璧故交轻。洞户无人迹，山窗听鸟声。春色缘岩上，寒光入溜平。雪尽松帷暗，云开石路明。夜伴饥鼯（wú）宿，朝随驯雉行。度溪犹忆处，寻洞不知名。紫书常日阅，丹药几年成。扣钟鸣天鼓，烧香厌地精。倘遇浮丘鹤，飘飘凌太清。

可见他的欲勉以仙境自解脱的心情；然幻想上的乐园，究敌不过肉体上的痛苦，他最后遂不得不以自杀为免苦之唯一方法了。

继四杰之后，大启唐律之体格者，有宋之问、沈佺期二人，同时并有崔融、杜审言等助之。《唐书》本传谓：

> 魏建安后迄江左，诗律屡变。至沈约、庾信以音韵相婉附，属对精密。及之问、佺期又加靡丽；回忌声病，约句准篇，如锦绣成文，学者宗之，号为"沈宋"。

所谓"律诗"之体式逐至此而形成。后世受其影响者至深。此种影响自然是不见得好的；后来大诗人之不能有甚伟大之诗篇，如维琪尔之《埃尼特》、弥尔顿之《失乐园》、但丁之《神曲》之类者，其重要原因，未始非因律诗之格律过于严整之故；且即小诗亦颇受其害，"回忌声病，约句准篇"之末弊，必至于强截文情或虚增蛇足以求合诗律。所以沈、宋虽有大影响于后来的文学史，而其弊害亦极甚。

宋之问，字延清，一名少连，虢州弘农人（一作汾州人）。武后时，宋之问与杨炯分直习艺馆。他媚附张易之兄弟。及武氏败，被贬泷州。中宗时，他又被召为修文馆学士。睿宗即位，他再被配徙钦州，不久被杀于徙所。有文集 10 卷。他的五言诗，当时无相比肩者。

沈佺期，字云卿，相州内黄人，长于七言诗，与宋之问齐名。初为给事中，后流骧州，又起为修文馆直学士，有文集 10 卷。

宋之问的作风可于《途中寒食题黄梅临江驿寄崔融》见其一斑：

> 马上逢寒食，愁中属暮春。可怜江浦望，不见洛阳人。北极怀明主，南溟作逐臣。故园肠断处，日夜柳条新。

沈佺期的作风可于《古意呈补阙乔知之》见其一斑：

> 卢家少妇郁金香，海燕双栖玳瑁梁。九月寒砧催木叶，十年征戍

忆辽阳。白狼河北音书断，丹凤城南秋夜长。谁谓含愁独不见，更教明月照流黄。

杜审言，字必简，襄州襄阳人，以恃才傲世见嫉于人，为修文馆直学士。有文集 10 卷。

崔融，齐州全节人，为国子司业，有文集 60 卷。

同时，并有李峤、苏味道、王无竞、阎朝隐诸人，也与沈、宋交往，而俱以能诗名于世。

不附庸于沈、宋之例而能独创一风格者有陈子昂。

陈子昂，字伯玉，梓州射洪人。家世富豪，少年时任侠使才，后苦志读书，遂成一大诗人。初入京师，未见知于人。有卖胡琴者，价称百万，豪贵侍视而不能辨。子昂排众突出，顾左右以千缗市之。众惊问。答曰："余善此乐。"皆曰："可得闻乎？"曰："明日可集于某所。"众如期偕往。即具酒肴，而置胡琴于前，捧琴曰："蜀人陈子昂，有文百轴，驰至于京毂，碌碌于尘土而不见知于人。此乐贱工之役耳，岂宜留心哉！"举而碎之，以其文遍赠予在会者。一日之内，声华溢于都门，遂被举进士，转右拾遗。武攸宜伐契丹，以子昂为书记。以父被贪吏所辱，还乡里，竟被贪吏囚死于狱中。时为公元 698 年（武后圣历元年），年四十三。

当唐显庆龙翔间，"徐庾体"尚为诗人的准式，及陈子昂的《感遇诗》38 首出，为当时第一出现的重要的五言古诗，始扫艳丽之旧习而趋于雅正劲练。王适见此诗，惊曰："此子必为海内之文宗。"陈子昂尝自言曰："文章道弊，五百年矣。汉、魏风骨，晋、宋莫传。然而文献有可征者。仆尝暇时观齐梁间诗，彩丽竞繁，而兴寄都绝，每以咏叹思古人，常恐逶迤颓靡，风雅不作，以耿耿也。"（《修竹篇序》）唐之诗歌虽因沈、宋而律诗以成立，然仍时时露清劲朴质之气氛者，子昂的独特的作风，实予以很大的影响。

本为贵公子，平生实爱才。感时思报国，拔剑起蒿莱。西驰丁令塞，

北上单于台。登山见千里，怀古心悠哉。谁言未忘祸，磨灭成尘埃。(《感遇诗》第三十五)

这种诗在"沈宋派"盛行时，自然是极不易见到的。

与陈子昂约同时而亦不受沈、宋之影响者有刘希夷、张若虚。

刘希夷，一名庭芝，汝州人，为宋之问之甥。少落魄不拘常格，后为人所害。世传系之问因欲夺得其诗，以土囊压杀之，恐无此理。刘希夷之诗善为从军闺情，诗词悲苦。有集10卷。

张若虚，扬州人，为兖州兵曹。他的诗存于今者仅二首，其中《春江花月夜》一首为不朽的佳作：

春江潮水连海平，海上明月共潮生。滟滟随波千万里，何处春江无月明。江流宛转绕芳甸，月照花林皆似霰。空里流霜不觉飞，汀上白沙看不见。江天一色无纤尘，皎皎空中孤月轮。江畔何人初见月？江月何年初照人？人生代代无穷已，江月年年只相似。不知江月待何人，但见长江送流水。白云一片去悠悠，青枫浦上不胜愁。谁家今夜扁舟子？何处相思明月楼？可怜楼上月徘徊，应照离人妆镜台。玉户帘中卷不去，捣衣砧上拂还来。此时相望不相闻，愿逐月华流照君。鸿雁长飞光不度，鱼龙潜跃水成文。昨夜闲潭梦落花，可怜春半不还家。江水流春去欲尽，江潭落月复西斜。斜月沉沉藏海雾，碣石潇湘无限路。不知乘月几人归？落月摇情满江树。

# 李　白

　　沈、宋及子昂之后，便入于开元天宝的时代，这个时代产生了不少伟大的诗人，其中自以李白、杜甫为最重要。

　　白诗以飘逸清俊胜，如天马之行空，如怒涛之回浪，汗漫自适，无往不见其卓绝的天才；甫诗则以沉静庄肃胜，如笛师之作响，如明月之丽天，循规蹈矩，自守其天才于绳墨之中。二人固不能妄加以轩轾。唯后世诗人因白之俊逸的风神不易学，而甫之谨严的法度有可循，故所受于甫的影响较之白为深久，然以诗论诗，则李白纯为诗人之诗，杜甫则有时太以诗为他的感事伤时的工具，且其强求合于韵律之处，亦常有勉强牵合之病。

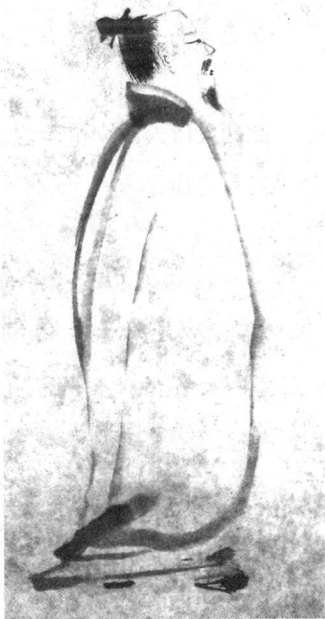

[南宋] 梁楷:《李白行吟图》

　　李白，字太白，号青莲，陇西成纪人，以出生于蜀，故或又以他为蜀人。他的生年为公元 701 年（唐长安元年）。少有逸才，志气宏放，任侠尚气，轻财重施，尝因事手刃数人。他的《与韩荆州书》：

　　　白陇西布衣，流落楚汉。十五好剑术，遍干诸侯。三十成文章，
　　历抵卿相。

这可算是他早半生的自传。他初年尝隐于岷山，州举不应。后出游于襄汉，南从于洞庭，东至于金陵扬州，更为客于汝梅，还至于云梦。此时娶故相许氏之孙女为妻。又识郭子仪于行伍之间，言于主帅，使脱其罪。既又去至齐鲁，客于任城。与孔巢父诸人交好，居于徂来山，号"竹溪六逸"。他之识杜甫，大约亦在此时，所以他的《鲁郡东石门送杜甫诗》说：

> 醉别复几日，登临遍池台。何时石门路，重有金樽开？秋波落泗水，海色明徂来。飞蓬各自远，且尽手中杯。

此两大诗人的交谊至深，且历时至久；李白长流夜郎时，杜甫有《天末怀李白》之作：

> 凉风起天来，君子意如何？鸿雁几时到，江湖秋水多。文章憎命达，魑魅喜人过。应共冤魂语，投诗赠汨罗。

又有《梦李白》：

> 死别已吞声，生别常恻恻。江南瘴疬地，逐客无消息。故人入我梦，明我长相忆。恐非平生魂，路远不可测。魂来枫林青，魂返关塞黑。君今在罗网，何以有羽翼？落月满屋梁，犹疑照颜色。水深波浪阔，无使蛟龙得。

二人交谊之深挚由此可见。天宝初，游于会稽，与道士吴筠共居郯中。筠被召至京师，因荐太白于朝，玄宗即下诏征之。白至京师，遇贺知章，知章一见叹曰："子诚谪仙人也。"玄宗甚礼待之。白在长安三年，不见容于宫廷中的亲侍，乃请还山。这时他受道箓于齐州之紫极宫。他之受道箓，留意于神仙之事，似为欲以幻梦的、静美的仙境，寄顿他狂热的、不合于当世的心情。此后，他又浮游于四方，北至赵、魏、燕、晋，西涉邠岐，经洛阳、淮泗，再入会稽，最后至于金陵。天宝十四年，安禄山作乱，白避地在庐山。永王李璘辟他为府僚。后璘失败，白连坐当诛，赖郭子仪救护，得免死，长流夜郎，中道遇赦还。此后的生活便在寻阳、金陵、历阳、宣城等处度过，或乘扁舟而一日千里，或遇胜景则终年留居。最后，以族人李阳冰为当涂令，往依之，遂病卒于当涂，年六十六，时为公元 762 年，即唐肃宗宝应元年十一月。或传其欲探海中之月，遂踏水而死者，实非；大约乃后人欲以一种浪漫超奇的举动，以结束此浪漫超奇的大诗人的最后，而故为此说。

李白的诗散佚者极多，李阳冰尝为之编纂成集，后来又经数人的继续增入，大约现在之《李太白集》，其中多少不免有误入之作。李白对于诗的见解，亦为不重琢丽之文句而欲以真朴之美与读者相见的。他的《古风》的一首可算为他的宣言：

> 大雅久不作，吾衰竟谁陈！王风委蔓草，战国多荆榛。龙虎相啖食，兵戈逮狂秦。正声何微茫，哀怨起骚人。扬马激颓波，开流荡无垠。废兴虽万变，宪章亦已沦。自从建安来，绮丽不足珍。圣代复元古，垂衣贵清真。群才属休明，乘运共跃鳞。文质相炳焕，众星罗秋旻。我志在删述，垂辉映千春。希圣如有立，绝笔于获麟。

他的诗诚为具有最活跃的天才者。我们读之，无往不见其潇洒豪放之气，正如我们读陶渊明诗之见着陶氏的闲远淡泊的情态一般。如：

> 遥看汉水鸭头绿，恰似葡萄初酦醅[1]。此江若变作春酒，垒麹便筑糟丘台。(《襄阳歌》)
> 青天有月来几时，我今停杯一问之。人攀明月不可得，月行却与

---

1 音 pōpēi，也作"泼醅"，重酿未滤的酒。

人相随……今人不见古时月，今月曾经照古人。古人今人若流水，共
看明月皆如此。(《把酒问月》)

两人对酌山花开，一杯一杯复一杯。我醉欲眠卿且去，明朝有意
抱琴来。(《山中与幽人对酌》)

纵逸飞劲的文辞与他的浪漫豪放的心情直相映于我们之前。他的《古乐
府》如《远别离》《蜀道难》俱为不朽的杰作，其音调之锵亮，文辞之流顺，
如明珠之转于玉盘，瀑布之倒于深潭，使人非一口气读完了不可。此外，如
《梦游天姥吟留别》诸作，细画出他所幻见的乐园，亦使人惊骇于他的想象
力之丰富。李阳冰称他："驰驱屈宋，鞭挞扬马；千载独步，唯公一人。"(《草
堂集序》)韩愈诗言："李杜文章在，光芒万丈长。"(《调张籍》)绝非过分的
赞词。


# 杜 甫


杜甫，字子美，号少陵，襄阳人，乃审言之孙，生于公元 712 年（唐先
天元年）。少时贫不自振，开元间客游吴、越之间，又曾赴京兆应进士试，不第。
以父闲为兖州司马，乃游于齐、赵之间，他与李白友，约即始于此时。天宝
时，曾有《奉赠韦左丞丈二十二韵》一诗：

纨绔不饿死，儒冠多误身。丈人试静听，贱子请具陈。甫昔少年
日，早充观国宾。读书破万卷，下笔如有神。赋料扬雄敌，诗看子建
亲。李邕求识面，王翰愿卜邻。自谓颇挺出，立登要路津。致君尧舜上，
再使风俗淳。……常拟报一饭，况怀辞大臣。白鸥没浩荡，万里谁能驯？

[明] 弘治本《明代古人像赞》
中的杜甫像

　　当时之人，每喜以大言于贵官，李白、韩愈亦未能脱俗，甫此诗自不免亦染此习。然于此颇可使我们见出他早年生活的一斑；"读书破万卷，下笔如有神"诸语，尤可见他的诗歌的功力之所在。此后，曾数上赋颂。玄宗奇之，使待制于集贤院。后授右卫率府胄曹参军，常上书自称道，以扬雄、枚皋自况比。当时政治废弛，天下将乱，甫目见其危，心常抑抑，而一发其恳挚忧愤之情于诗篇之中，如《自京赴奉先县咏怀》一篇，可为一例：

　　　　穷年忧黎元，叹息肠内热。取笑同学翁，浩歌弥激烈。非无江海志，潇洒送日月。生逢尧舜君，不忍便永诀。

　　这是他从心底吐出的忠恻不忍之情。至于"朱门酒肉臭，路有冻死骨"诸句，则把当时社会的不平倾吐无遗。当时天下大乱之原因，亦可于此诗窥见其大半。不久，安禄山果反，长安陷，玄宗逃蜀。甫为贼所捕，陷居长安城中，伤时思家，——泄之于诗中，如《春望》：

　　国破山河在，城春草木深。感时花溅泪，恨别鸟惊心。烽火连三月，家书抵万金。白头搔更短，浑欲不胜簪。

及《哀江头》中之数语，颇可见他当时的情怀：

　　清渭东流剑阁深，去住彼此无消息。人生有情泪沾臆，江水江花岂终极。黄昏胡骑尘满城，欲往城南望城北。

自经此丧变，全盛时代之开元天宝的文化为之一扫无遗，回纥、吐蕃又相率侵扰。诸诗人俱深受其刺感，于是从前雍容流丽之诗篇不多见，而悲壮沉郁的歌声则为之大扬。杜甫即为受此种刺激最深，而他的歌声因变而成最悲郁的一个诗人。

他在长安一年余，卒得逃出至凤翔见肃宗，拜为左拾遗。他的《述怀》，完全叙出他那时的情况：

　　去年潼关破，妻子隔绝久。今夏草木长，脱身得西走。麻鞋见天子，衣袖露两肘。朝廷悯生还，亲故伤老丑。涕泪受拾遗，流离主恩厚。柴门虽得去，未忍即开口。寄书问三川，不知家在否？……自寄一封书，今已十月后。反畏消息来，寸心亦何有？汉运初中兴，生平老耽酒。沉思欢会处，恐作穷独叟。

后此，他曾回去省家一次。肃宗还西京，他自家赴京。后因救房琯之免相，被出为华州司功参军。不久，即弃官，客于秦州，又入蜀，流落于成都，在城西之浣花溪，营草堂居之。适严武为剑南东西川节度使至成都，他乃依武为节度参谋，检校尚书工部员外郎。后武死，蜀中大乱，他乃偕家属避居于夔州。此时他55岁。以后的诗，自己称赞为"老来渐于诗律细"，如《秋兴》8首即为当时之作。后此，他又飘游于四方，出瞿塘，下江陵，泝沅湘，登衡山，最后客于耒阳，时大水猝至，旬日不得食。县令知之，送酒食给他。或传县令送他牛炙、白酒，他大醉，一夕而死。或又谓他并不是死于此。但他的卒年实在于公元770年，即唐代宗大历五年的秋冬之间，得年五十九。

他的诗为最足以见他的性情及行为的，中国的诗人没有一个能够如他一样可于其诗中求其详细的生平及性格的。同时，社会上的状况及当时的史事亦多见于他的诗中，如《石壕吏》《新婚别》以及其他，都可见当时民间的疾苦。所以有的人称之为"诗史"。但因此，颇有些附会的杜诗解注家，把他所有的诗歌都认作"忧时怀君"之作，直埋没了不少好的抒情诗。我们欲看见杜甫的真价，对于此种解注自不能不加以扫除。

# 其他诗人

约与李白、杜甫同时的著名诗人甚多。略前于他们的有张九龄。张九龄，字子寿，韶州曲江人，生于公元673年。他官至中书令，后贬为荆州长史，有文集20卷。他的诗《感遇》，甚为后来所称，论者比之于陈子昂的《感遇》，以为他们在以后诗坛同有大影响。张九龄之后，孟浩然、王维、王昌龄、高适、岑参诸诗人相继出现，与李、杜同时相映耀。

孟浩然，襄州襄阳人（689—740）。隐于鹿门山，以诗自适，年四十，游京师，有声于诸文士间。尝集秘省联句，浩然吟曰："微云淡河汉，疏雨滴梧桐。"一座嗟服。张九龄、王维，甚称许之。大约浩然之诗制句俱如明珠之清莹，而无繁缛之病。

王维，字摩诘，太原祁人（699—759）。初为左拾遗。天宝末为给事中。

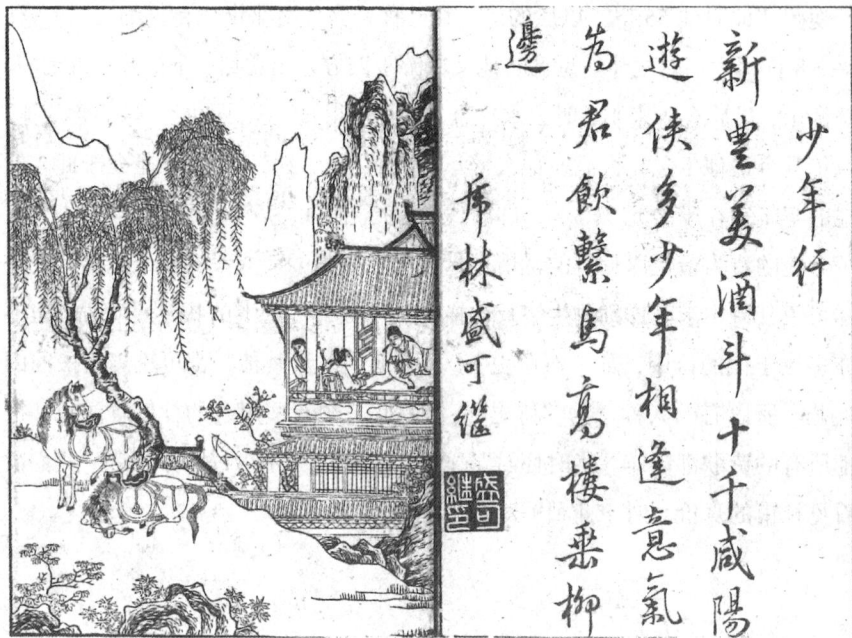

王维《少年行》诗意图（《唐诗画谱》）

长安被安禄山攻陷，维为他所获，迫授官职。肃宗克复京师，降禄山者多得罪，独维以"万户伤心生野烟"一诗得免。最后，为尚书右丞卒。他的诗神韵悠远，如：

> 明月松间照，清泉石上流。（《山居秋暝》）
> 人闲桂花落，夜静春山空。月出惊山鸟，时鸣春涧中。（《鸟鸣涧》）
> 空山不见人，但闻人语响。返景入深林，复照青苔上。（《鹿柴》）
> 野花丛发好，谷鸟一声幽。夜坐空村寂，松风直似秋。（《过感化寺昙兴上人院》）
> 桃红复含宿雨，柳绿更带春烟。花落家僮未扫，莺啼山客独眠。（《田园乐》）

读之如见幽静的山中景色，给他的辋（wǎng）川以不朽的图画。他又善画。论者尝称其"诗中有画，画中有诗"。

王昌龄，字少伯，太原人。举进士第，补秘书郎。后以不矜细行贬龙标尉。以世乱还乡里，为刺史闾丘晓所杀。他的诗绪密而思清，与高适、王之涣等齐名。如《斋心》诗可为一例：

> 女萝覆石壁，溪水幽蒙笼。紫葛蔓黄花，娟娟寒露中。朝饮花上露，夜卧松下风。云英化为水，光彩与我同。日月荡精魄，寥寥天府空。

高适，字达夫，一字仲武，勃海蓚（今河北景县）人。少落魄不治生涯。年过五十，始留意诗什，数年之间，声华已传。初为汴州封丘尉，后为淮南节度使，散骑常侍。有文集20卷，公元765年卒。他的诗多言胸臆事，且有骨气，音节甚悲壮，如《封丘作》云：

> 乍可狂歌草泽中，宁堪作吏风尘下。只言小邑无所为，公门百事皆有期。拜迎官长心欲碎，鞭挞黎庶令人悲。

不羁之态，使人如见。

岑参，南阳人，官职方郎中兼侍御史，卒于蜀。他参佐戎幕，往来于鞍马烽尘之间，十余年备极征旅离别之情，故他的诗情调高旷而悲壮，与高适相似，世因并称之曰"高岑"。他的《天山雪歌送萧治归京》云：

> 天山雪云常不开，千峰万岭雪崔嵬。北风夜卷赤亭口，一夜天山雪更厚。能兼汉月照银山，复逐胡风过铁关。交河城边飞鸟绝，轮台路上马蹄滑。暗霭寒氛万里凝，阑干阴崖千丈冰。将军狐裘卧不暖，都护宝刀冻欲断。正是天山雪下时，送君走马归京师。客中何以赠君别，

唯有青青松树枝。

这里所叙写的天山大雪，以及其他各诗中所写的景物，皆为向来中国诗人的笔锋所未及的，此为他的特色。

与他们同时而较著名的诗人，尚有：李颀，官新乡尉；常建，元十五年进士；崔灏，官盱眙尉；王之涣，并州人；陶翰，润州人；贾至，洛阳人，官散骑常侍；崔曙，宗州人；储光羲，官监察御史等。继于他们之后的大家有顾况、钱起、韦应物、刘长卿、孟郊、刘禹锡、韩愈、柳宗元、白居易、元稹、杜牧、李商隐、温庭筠、罗隐等，相继出现。至罗隐时，则五七言的古律诗已至落潮之候，而为一种新体的诗——所谓"词"的，大盛行的时代了。

顾况，字逋翁，苏州人，官著作郎，颇任性，好诙谐。后贬饶州司户，有文集 20 卷。

钱起，吴兴人，天宝进士，与卢纶、韩翃、司空曙、苗发、吉中孚、崔峒、耿沣（wéi）、夏侯审、李端十人并称"大历十才子"，又与郎士元齐名，时谓之"钱郎"。

韦应物，初为洛阳丞，后由比部员外郎出刺滁州，改刺江州，贞元初，又刺苏州。他的诗淡远闲放，与柳宗元诗并类陶渊明，故时以"韦柳"同称。

刘长卿，字文房，以诗驰声上元。宝应间，官终随州刺史，时人甚重之。

孟郊，字东野，湖州人。年五十始得进士，为溧阳尉。后随郑余庆至兴元而卒。郊诗最为韩愈所称，然思苦奇涩。

刘禹锡，字梦得，彭城人，初与柳宗元同为王叔文所引用，后连遭贬逐。会昌中为检校礼部尚书。晚年与白居易相酬答，白居易称他为诗豪，以为"其锋森然，少敢当者"。时人并号之为"刘白"。

韩愈字退之，昌黎人。他提倡古文，力挽当时颓靡的文风，后来散文受其影响者至深。他的诗也严正古拙，颇有人以他为规法。初官四门博士，后贬为潮州刺史，最后为吏部侍郎以卒。

柳宗元字子厚，河东人，也以古文著称于文坛，他的诗也晶莹动人。初为王叔文所引用，后贬为永州司马，移为柳州刺史卒。当时，集于韩愈左右的诗人又有李贺、贾岛、刘叉等，以李、贾为最著称。又有卢同，与孟郊齐名，于当时亦甚有诗名。

李贺字长吉。每出游，常从一小奚奴，骑駏驉，背一古锦囊，遇有所得，即书投囊中。及暮归，从婢取书研墨叠纸足成之。尝以诗谒韩愈。愈时为国子博士，已送客解带，门人呈卷，旋读之。死时年不过 27 岁。

贾岛字浪仙，范阳人，初为僧，名无本，后乃举进士，终普州司户。

刘叉行为亦诡僻。少放肆，为侠行，因酒杀人，亡命。后更折节读书，能为歌诗。闻韩愈接天下士，步谒之，作《冰柱》《雪车》二诗，出卢全、孟郊右。后以争语不能下宾客，因持愈金数斤去，曰："此谀墓中人得耳，不若与刘君为寿。"愈不能止。归齐、鲁，不知所终。

卢全为济源人，尝居东都。韩愈为河南令，厚礼之。自号玉川子。

白居易与元稹齐名，时称"元白"。他们的诗俱平易明畅，为妇孺所共晓，所以当时流传极广，"二十年间，禁省、观寺、邮候、墙壁之上无不书，王公、姜妇、牛童、马走之口无不道。至于缮写模勒，衒卖于市井，或持之以交酒茗者，处处皆是"（元稹《长庆集序》）。甚至流传于国外，诚为"自篇章以来未有如是流传之广者"。

白居易字乐天，号香山居士，太原人，生于公元 772 年（唐大历七年）。官左赞善大夫，因事贬江州司马，又为主客郎中，知制诰，最后为太子少傅，公元 846 年（唐代宗会昌六年）卒。他的不朽之作为《长恨歌》《琵琶行》《新丰折臂翁》诸篇。中国诗人最少为长篇的叙事诗，独白居易作此类诗甚多，此亦为他的独特之点。他自分其诗为"讽谕""闲适"数类，自言："讽谕者意激而言质，闲适者思淡而辞迂。"（《与元九书》）

元稹字微之，河南人。官左拾遗，因事出为通州司马，最后为武昌节度使，公元 831 年（唐文宗太和五年）卒。他与白居易的诗，当时少年拟仿者甚多，号为"元白体"。

杜牧字牧之，京兆万年人，生于公元 803 年。初为监察御史，喜论事，又出为黄、池、睦三州的刺史，最后为中书舍人。他性情豪迈，甚自负其经济才略，其诗亦慷慨悲凉，当时盛传之，如下之类，甚为论者所称：

> 烟笼寒水月笼沙，夜泊秦淮近酒家。商女不知亡国恨，隔江犹唱后庭花。(《泊秦淮》)

或以他与杜甫并举，号之为"小杜"，以别于甫。

李商隐字义山，怀州河内人，生于公元813年（唐元和八年）。初为弘农尉，后从王茂元、柳仲郢诸节镇，掌书记，最后为检校工部郎中。他的诗以华艳称，所及于后来的影响亦甚大。温庭筠与之齐名，时号"温李"。二人之情调颇相类，俱以艳词靡曲著称，后人称他们之诗为"西昆体"。温庭筠，字飞卿，并州人，为方城尉。他们的诗，可以温庭筠的《阳春曲》为一例：

> 云母空窗晓烟薄，香昏龙气凝辉阁。霏霏雾雨杏花天，帘外春寒着罗幕。曲阑伏槛金麒麟，沙苑芳郊连翠茵。厩马何能啮芳草，路人不敢随流尘。

又有段成式，也与他们齐名。

罗隐字昭谏，余杭人，长于咏史诗，因乱归乡里，钱镠辟之为从事。他在当时甚有诗名，为一个浪漫的人物，民间多以怪特的故事集于他的名字之下。与他同时的诗人，尚有：陆龟蒙字鲁望，居松江甫里，以善品茶著称；司空图字表圣，河中虞乡人，著《诗品》，很有名，为人有节概，唐哀帝被杀，他也不食而死；杜荀鹤号九华山人，朱温时为主客外郎，知制诰；皮日休字袭美，襄阳人，为黄巢所杀；郑谷字若愚，袁州人，为都官郎中；许浑字仲晦，润州丹阳人，为郢州刺史，晚年隐居；韩偓字致尧，唐末仕颇高达，后谪官入闽；韦庄字端己，杜陵人，为王建之相国。

这个时代的女诗人以上官婉儿最著。婉儿，为唐中宗昭容，初佐武则天，对于当时文学颇有提倡的功绩，后来韦氏失败，婉儿亦被杀。以后有鱼玄机、薛涛等。

鱼玄机，字幼微，为咸通中西京成宜观女道士，以笞杀侍女绿翘下狱。其在狱中诗，有"明月照幽隙，清风开短襟"之句。

薛涛，为蜀中女子，相传系营妓。她与元稹同时，尝给稹诗，有以下诸句：

> 诗篇调态人皆有，细腻风光我独知。月夜咏花怜暗淡，雨朝题柳为欹垂。(《寄旧诗与元微之》)

# 论文与史书

在这个"第一诗人时代"里，重要的论文家与历史家并不多见。所有的文学者的功力俱集中于诗歌的一方面。故这里对于论文与史书仅叙一二。史书大都承袭迁、固的体裁，而无特创的杰作，较重要者为：沈约的《宋书》，凡 100 卷；萧子显的《南齐书》，凡 59 卷；魏收的《后魏书》，凡 112 卷；又《晋书》，凡 130 卷，为唐太宗时诸文臣所撰；《周书》，凡 50 卷，为令狐德棻等所撰；《梁书》，凡 56 卷，《陈书》，凡 36 卷，俱为姚思廉所撰；《北齐书》，凡 50 卷，为李百药所撰；《南史》，凡 80 卷，《北史》，凡 100 卷，俱为李延寿所撰；《隋书》，凡 85 卷，为魏征等所撰。

又有萧衍，曾集合文臣，仿司马迁《史记》之体作《通史》，自上古直叙至当代，打破传统的断代为史之习惯，但此书后即散佚不传。

当这时代之中末，又有刘知几，字子玄，著《史通》，叙史书的义例及方法甚详尽，可称为一部不朽的大著。

初期的论文家有萧绎，作《金楼子》；其后有王通号文中子，作《中说》，为模拟《论语》之著作；又有《刘子》者，或谓系梁之刘勰（xié）作，或谓系北齐之刘昼作。

颜之推，亦为北齐人，曾作《颜氏家训》。

此后更有苏环，封许国公；张说，封燕国公，俱能以俊丽之散文，论叙时事，时称"燕许大手笔"；颜真卿，论事亦以忠恳明切著称。

陆贽，字敬舆，苏州人，尤善以对偶之表谕的文体，表达最深挚的自己的情感。当他在唐德宗奉天中执笔为制诰时，所下制书，虽武人悍卒，无不感动流涕，可谓一个大作家。

与贽同时者，有独孤及、李华、萧颖士、权德舆并著称于世；又有令狐楚者，以著作偶俪的章表著名，如李义山之流，俱受其影响。所谓"古文"的大作家韩愈亦出现于此时，柳宗元、刘禹锡、张籍、李翱等，俱属于他的一派。

张籍字文昌，乌江人，并能诗。李翱字习之，赵郡人，为韩愈之侄婿。同时，有李观，字符宾；皇甫湜，字持正，亦皆为这一派的作家。皇甫湜之弟子，为来无择。无择之后为孙樵，字可之。

然这个"古文派"，流派虽长，当时却仅有一部分的势力，直至十世纪之末，再度为欧阳修、苏轼所提倡，才在文坛上占了很大的威权。

再后，在这时代的末年，有罗隐，作《谗书》，亦很有名。

文学评论在此时代略露曙光，即有《文心雕龙》与《诗品》两部大著出现，此二大著俱为初期的产品。

《文心雕龙》为刘勰所撰。刘勰为萧衍时人，后剃度为和尚，专力于佛典。《文心雕龙》似为他早年的著作；凡分上、下二部。上部25篇，都为论文学体裁之别的；下部24篇，则论文学的工拙之由，有类于修辞学。他以最难达意的当代文体，创作如此伟大的一部文学评论的专著，且甚严密有条理，其魄力之大与天才之高，越殊令人惊异。

《诗品》为钟嵘所作。钟嵘亦是刘勰的同时代者。但《诗品》却没有《文心雕龙》之伟大，凡分三卷，将汉以来的诗人归纳于上、中、下三品之中，且每人叙其诗的渊源之所在，并略评之，偶然有些很好的见解，但错谬之处亦不为少。此后，则此类著作又隐没不见。末叶的司空图，亦曾作《诗品》的一篇，然性质与钟嵘的完全不同，不能算为文学评论。

文学的选本，重要者在初期也产生了不少，如萧统有《文选》30卷，又有《诗苑英华》20卷；徐陵也撰集《玉台新咏》10卷。到了中期，更有一部很大的总集，名为《文馆词林》的，为初唐诸文臣所编成。此后，则此类的书没有人去做。

# 第八章
# 五代文学

　　五言、七言的古律诗，经齐至唐的大盛时代，许多作者对之便有些厌倦了。在此种陈旧的诗式里，他们觉得很难完全表白出他们的情思而使之异常地动人，于是他们便开辟了另一条新路走，这条新路便是所谓"词"的一种新诗体了。这种新诗体，其导源远在萧衍（公元五世纪之后半至六世纪之前半）之时。萧衍的《江南弄》：

　　　　众花杂色满上林，舒芳曜彩垂轻阴。连手蹀躞（xiè dié）舞春心。舞春心，临岁腴。中人望，独踟蹰。

　　论者已推之为"词"之先驱了。到了公元七世纪之后半，李景伯、沈佺期诸人作《回波乐》；相传大诗人李白亦作《桂殿秋》《清平调》《菩萨蛮》《忆秦娥》诸新调，"词"之一体始渐渐地形成。如《菩萨蛮》：

　　　　平林漠漠烟如织，寒山一带伤心碧。暝色入高楼，有人楼上愁。玉阶空伫立，宿鸟归飞急。何处是归程？长亭更短亭。

　　及《忆秦娥》俱为"绝妙好词"：

　　　　箫声咽，秦娥梦断秦楼月。秦楼月，年年柳色，霸陵伤别。乐游原上清秋节，咸阳古道音尘绝。音尘绝，西风残照，汉家陵阙。

如非白作，亦必为一很伟大的诗人所作。此后，此种新诗体时时有人试作。然所作究不多，且亦不甚重要，故未能即引起很大的影响。

到了唐之末年，即公元九世纪之后半，"词"始大行于世。至五代之时（十世纪），则它差不多要占夺了五七言古律诗的地域了。当时的重要诗人，除了罗隐、司空图、杜荀鹤诸老诗人外，其余的人，都甚致力于此种新诗体。在上者如李晔（唐昭宗）、李存勖（后唐庄宗）、王衍（蜀主）、孟昶（后蜀主）等亦善为词，至于南唐二主，李璟（嗣主）、李煜（后主），则直为两个伟大的词人，所作可冠于那时的一切诗人之上。前于他们的，则有温庭筠；在他们治下的词人则有：韩偓（wò）、皇甫松、韦庄、牛峤（qiáo）、毛文锡、和凝、牛希济、薛昭蕴、顾夐（xiòng）、鹿虔扆（yǐ）、魏承班、李珣、欧阳炯、阎选、孙光宪、张泌、冯延巳等。他们大都不善于作五七言的旧体诗，有的简直连一首这类的旧体诗也不曾遗留到后世来。试以李煜为例，他的旧体诗《渡中江望石城泣下》：

> 江南江北旧家乡，三十年来梦一场。吴苑宫闱今冷落，广陵台殿已荒凉。云笼远岫愁千片，雨打归舟泪万行。兄弟四人三百口，不堪闲坐细思量。

较之他的词《浪淘沙》，任何人都知道其间相差至远：

> 帘外雨潺潺，春意阑珊，罗衾不耐五更寒。梦里不知身是客，一晌贪欢。　　独自莫凭阑，无限江山，别时容易见时难。流水落花春去也，天上人间！

这两首内的凄恻眷恋的情感原是一样的，然因《渡中江望石城泣下》穿了旧的诗衣，便不觉得有什么动人处，《浪淘沙》用了新诗体，便觉得深情凄楚，感人至深，此正是他善于以新体诗而不善于以旧体诗来表达他的婉曲悲切的内情的一证。其余的诗人，至少有一部分与他的情形是相同的。

# 五代诗人

李晔（唐昭宗）生于公元 867 年，为唐懿宗第七子，公元 889 年即皇帝位。是时，朱全忠势力方盛，晔虽为天下主，实则在全忠的旗影下度苟生偷活的生活而已。至公元 904 年，他遂为全忠所杀。他善作词，如《巫山一段云》似为他未经忧难时所作：

> 蝶舞黎园雪，莺啼柳带烟。小池残日艳阳天，芒萝山又山。
> 青鸟不来愁绝，忍看鸳鸯双结。春风一等少年心，闲情恨不禁。

至如《菩萨蛮》，则为他度困苦生活时的作品：

> 登楼遥望秦宫殿，茫茫只见双飞燕。渭水一条流，千山与万岳。
> 远烟笼碧树，陌上行人去。安得有英雄，迎归大内中？

李存勖（后唐庄宗），生于公元 885 年。其先本为西突厥人，唐懿宗时赐姓李氏。公元 923 年，起兵灭梁，即皇帝位。他精晓音律，与伶人昵游，公元 926 年为他们所杀，在位四年。他的词，如《如梦令》之类，深情妮婉，使人浑不记得这是一个武人、一个入籍于中国不久的西突厥的武人所作的：

> 曾宴桃源深洞，一曲清歌舞凤。长记别伊时，和泪出门相送。如

梦如梦，残月落花烟重。

蜀主王衍及后蜀主孟昶，自作之词不多。然当时中原大乱，文士不渡江而往依南唐，即西至蜀而归于王氏及继其后的孟氏。所以当时西蜀的文学，称为极盛。

南唐嗣主李璟，字伯玉，生于公元916年，而以公元961年卒。他的词传于今者仅三首，然"细雨梦回鸡塞远，小楼吹彻玉笙寒"，及"青鸟不传云外信，丁香空结雨中愁"（《摊破浣溪沙》二首中语）诸句，甚为后人所称，自足为当时词人之一领袖。

南唐后主李煜，字重光，李璟之子，生于公元936年。他的天才较其父为尤高，善属文，工书画，妙于音律。尝著《杂说》100篇，时人以为可继曹丕之《典论》，又有集10卷，今皆不传。传于今者仅诗词50余首。然仅此数十首之诗词，已足使他成为一个不朽的大诗人。宋兴师灭南唐，煜降于他们，被迁住于宋都，终日愁苦，以泪洗面。宋太宗甚忌之，公元977年遂为其所杀。

他的词可分为两部分：第一部分是在江南的欢乐繁华的生活中的作品，第二部分是降宋后的悲苦寂寞的生活中的作品。第一部分的作品可用他的《浣溪沙》为代表：

红日已高三丈透，金炉次第添香兽，红锦地衣随步皱。佳人舞点金钗溜，酒恶时拈花蕊嗅，别殿遥闻箫鼓奏。

这是他的"慢脸笑盈盈，相看无限情""归时休放烛花红，待踏马蹄清夜月"的时代的出品，是他黄金时代的生活的反映；然他的天才此时尚未臻于成熟。词的内里尚未具甚深挚的情绪。直到了他的生活的第二期，即囚禁的悲苦时代，其作品才如曜于秋光中的苹果林，静躺于夕阳中的黄金色的熟稻田一般，无人不惊诧其美丽与其丰实的内容。我们试读他的《忆江南》：

多少恨，昨夜梦魂中。还似旧时游上苑，车如流水马如龙，花月正春风。

《捣练子》：

深院静，小庭空，断续寒砧断续风。无奈夜长人不寐，数声和月到帘栊。

以及《相见欢》等等，殆无一首不使人凄然而表深切的同情于他的：

无言独上西楼，月如钩。寂寞梧桐深院锁清秋。　剪不断，理还乱，是离愁，别是一般滋味在心头。

无疑的，当时的最大诗人之号，舍他外实无人足以当之。

前于李晔而在公元九世纪的前半出现的大诗人有温庭筠。温庭筠，本名岐，字飞卿，太原人，与李义山齐名，时称"温李"，上面一章已经讲起过他。这里专叙他的词。他的词才思艳丽，韵格清拔，且所作甚多，可算为最初的一个大"词"家。如《忆江南》：

梳洗罢，独倚望江楼。过尽千帆皆不是。斜晖脉脉水悠悠，肠断白蘋洲。

及《菩萨蛮》之类，可为他的代表作：

小山重叠金明灭，鬓云欲度香腮雪。懒起画娥眉，弄妆梳洗迟。照花前后镜，花面交相映。新帖绣罗襦，双双金鹧鸪。

　　大抵他的此种作品皆词意婉靡而别有一种特殊的情调，所叙的皆不过是儿女的柔情与离愁别绪之类，自然不如李煜之伟大，然他对于后来一般作词者的影响却极大。

　　又有韩偓，略后于温庭筠，尝侍于李晔左右，甚得其信任，卒被朱存忠所忌而出官于闽。他的词的情调，亦甚类于温庭筠。

　　又有皇甫松，约与韩偓同时，亦甚有词名。

　　入五代时，即十世纪开始时，向为诗人集中地的中原，因变乱频频，而其诗坛顿现冷落之状。老诗人罗隐等，俱四散避地于兵戈未及之区。新体诗的大作家韦庄和牛峤因亦迁居于蜀，开蜀中诗坛的隆盛的先声。

　　韦庄，字端己，杜陵人，以公元 894 年（唐昭宗乾宁元年）得进士。授校书郎，转补阙。李洵为两川宣谕和协使，辟他做判官。他以中原兵乱相寻。遂依王建，建辟为掌书记。后建立国，以他为平章事。但他亦未尝无故乡之思念，在他的《菩萨蛮》之一里可见之：

　　　　洛阳城里春光好，洛阳才子他乡老。柳暗魏王堤，此时心转迷。　　桃花春水渌，水上鸳鸯浴。凝恨对残晖，忆君君不知。

　　他的词，好的很多。《女冠子》二首明白如话，而蕴情至深，是词坛里不易得见的好作品：

　　　　四月十七，正是去年今日，别君时。忍泪佯低面，含羞半敛眉。
　　　　不知魂已断，空有梦相随。除却天边月，没人知。（其一）
　　　　昨夜半，枕上分明梦见，语多时。依旧桃花面，频低柳叶眉。
　　　　半羞还半喜，欲去又依依。觉来知是梦，不胜悲。（其二）

　　牛峤（qiáo），字松卿，一字延峰，陇西人。以公元 878 年（唐懿宗乾符五年）第进士，历官尚书郎。王建镇蜀，以他为判官。及建立国，牛峤为给事中。他的词也不脱当时一切词家喜用婉靡的情意与艳丽的词句的习惯，唯《定西番》一词，其情调为特异：

紫塞月明千里，金甲冷，戍楼寒，梦长安。乡思望中天阔，漏残星亦残。画角数声呜咽，雪漫漫。

当时留居于中原的诗人，自不能说没有，然实无甚著名者。甚善于作新体的"词"者，不过和凝一人而已。

和凝，字成绩，郓州须昌人，生于公元898年，公元955年卒。后唐天成中为翰林学士，知贡举。入晋为中书侍郎同平章事。入汉，拜太子太傅，封鲁国公。周初，仍为太子太傅。他所作诗文甚富，有集100卷，自篆于版，模印数百帙分赠于人。文集之自印行，似以凝为第一个人。他的词亦甚艳丽，如《薄命女》可为一例：

天欲晓，宫漏穿花声缭绕。窗里星光少。冷露寒侵帐额，残月光沉树杪。梦断锦帏空悄悄，强起愁眉小。

蜀中文学此时极盛，词家尤多。中原诗坛，好像已搬迁到那边去。当时词家之著者有毛文锡、牛希济、薛昭蕴、顾夐、鹿虔扆、魏承班、尹鹗、毛熙震、李珣、欧阳炯、阎选等。

毛文锡，字平珪，事蜀为翰林学士，后历文思殿大学士、司徒。他的词可以《醉花间》：

休相问，怕相问，相问还添恨。春水满塘生，鸂鶒还相趁。　昨夜雨霏霏，临明寒一阵。偏忆戍楼人，久绝边庭信。

及《纱窗恨》为代表：

> 新春燕子还来至，一双飞。叠巢泥湿时时坠，污人衣。　　后园里看百花发，香风拂绣户金扉，月照纱窗，恨依依。

牛希济，为峤兄子，仕蜀为御史中丞，降于后唐，为雍州节度副使。他的词可以《生查子》为代表：

> 春山烟欲收，天淡星稀小。残月脸边明，别泪临清晓。　　语已多，情未了，回首犹重道。记得绿罗裙，处处怜芳草。

薛昭蕴，为蜀侍郎；顾敻，初为蜀茂州刺史，后官至太尉；鹿虔扆，为蜀永泰军节度使，加太保；魏承班，为蜀太尉；尹鹗，为蜀参卿；毛熙震，为蜀秘书监；李珣字德润，梓州人，有《琼瑶集》；欧阳炯，盖州华阳人，为蜀门下侍郎平章事；阎选，为后蜀时之处士。

他们都是可归在一派之内的，他们的词意都是靡丽而婉微的。写天然景色的美妙如画，是他们的特长；他们的短处则在于情调太相同了，不易使人分别出某个作家的个性来。如：

> 恨身翻不作车尘，万里得随君。（欧阳炯《巫山一段云》）
>
> 秋雨连绵，声散败荷丛里。那堪深夜枕前听，酒初醒。（李珣《酒泉子》）
>
> 弱柳万条垂翠带，残红满地碎香钿，蕙风飘荡散轻烟。（毛熙震《浣溪沙》）
>
> 烟月不知人事改，夜阑还照深宫。（鹿虔扆《临江仙》）

这一类的文句，俱能细腻地委婉地表达出自己深挚的情绪，描出无人曾画描过的景色，自是他们的不朽之一点。

又有孙光宪，亦可附于这一派。孙光宪字孟文，陵州人，为荆南高从诲书记，历检校秘书兼御史大夫。他的词甚有名于当时，可以《渔歌子》之数句为代表：

> 泛流萤，明又灭，夜凉水冷东湾阔。风浩浩，笛寥寥，万顷金波重叠。

南唐文章之盛，在当时亦不下于西蜀。二主词华照耀，如旭日之丽天，当时无可与匹敌者。其臣下更有张泌、冯延巳等，亦为词坛之杰出的将星。

张泌（一作必），字子澄，淮南人，仕南唐为句容县尉，后官至内史舍人。他的词亦为情思靡丽而描写婉腻之作。如《南歌子》：

> 柳色遮楼暗，桐花落砌香。画堂开处远风凉，高卷水精帘额，衬斜阳。

及《江城子》可以为例：

> 浣花溪上见卿卿，眼波明，黛眉轻。绿云高绾，金簇小蜻蜓。好是问他来得么？和笑道，莫多情。

这时有赵崇祚者，尝选自温庭筠以下至张泌诸人之作，为《花间集》10卷。这一派婉腻靡丽的新体诗作家的重要作品大抵已总集于这部书里了。所以我们或可称他们为"花间派"。唯冯延巳之作，亦近于此派，乃不见收于赵崇祚，不知何故。

冯延巳，一名延嗣，字正中，广陵人，初在南唐为翰林学士，后进中书侍郎同平章事，有《阳春集》1卷。他的词以《谒金门》一首最为人所称：

风乍起，吹皱一池春水。闲引鸳鸯香径里，手挼红杏蕊。斗鸭阑干独倚，碧玉搔头斜坠。终日望君君不至，举头闻鹊喜。

然如《蝶恋花》之数句：

窗外寒鸡天欲曙，香印成灰，坐起浑无绪。庭际高梧凝宿雾，卷帘双鹊惊飞去。

及《忆江南》等，亦为不弱于《谒金门》之作：

去岁迎春楼上月，正是西窗，夜凉时节。玉人贪睡坠钗云，粉消妆薄见天真。　　人非风月长依旧，破镜尘筝，一梦经年瘦。今宵帘幕扬花阴，空余枕泪独伤心。

# 第九章
# 宋代文学

　　赵匡胤夺了周祚（960 年），次第削平诸国，中国复成了统一的局面。此后各方文士便复集中于京师。宋初文学，全袭五代余荫，其重要的作家殆皆是西蜀、江南诸地的降王降臣。到了太平兴国以后，方才有新的作家起来。

　　最早的重要的文人们，有所谓"西昆体"诸家者，以追踪于李商隐、唐彦谦诸诗人之后为极则。其领袖为杨亿、刘筠、钱惟演等，从而和之者甚众。以新诗更相属和，后合为一集行世，即有名之《西昆酬唱集》是。在《西昆酬唱集》里，于杨、刘、钱三人外，尚有李宗谔、陈越、李维、刘骘、刁衎、任随、张咏、钱惟济、丁谓、舒雅、晁迥、崔遵度、薛映、刘秉等，共十七人。而其间唯亿、筠及惟演三人为大家。《西昆集》所选这三人的诗也独多，余人不过附庸而已。

# 宋之词人

　　新体诗的作者益多。自大臣至武士，无不能为词；公私席会的乐歌是词，优伎所学的歌唱亦是词；历三四个世纪而不衰；其盛况甚类于前数世纪的五七言诗。

　　老词人入此时代者，有欧阳炯诸人。但此时代中的重要诗人，乃后数十年始有出现。

最初出现者为晏殊。晏殊字同叔，临川人，生于公元 991 年，卒于公元 1055 年。康定间（1040 年）拜集贤殿学士，同中书门下平章事，兼枢密使，卒谥元献，有《珠玉词》1 卷。晁无咎言："元献不蹈袭人语，而风调闲雅。"刘贡父谓殊尤喜冯延巳歌词，其所自作亦不减延巳。大抵此最初的宋代大词人，自不免多少受有些前代的影响，也许如刘贡父所说，他所受影响以冯延巳为最深。然他的词与冯延巳的，其色彩及情调却俱不相同。如他的《清平乐》，冯延巳词绝无此闲易：

> 红笺小字，说尽平生意。鸿雁在云鱼在水，惆怅此情难寄。
> 斜阳独倚西楼，遥山恰对帘钩。人面不知何处，绿波依旧东流。

与晏殊略同时的词家，重要的有范仲淹及宋祁二人。

范仲淹，字希文，吴县人，生于公元 989 年，官至枢密副使参知政事，公元 1052 年卒。他的词不多，然如《御街行》等，深情婉曲，可谓为不朽的名作：

> 纷纷坠叶飘香砌，夜寂静，寒声碎。真珠帘卷玉楼空，天淡银河垂地。年年今夜，月华如练，长是人千里。　　愁肠已断无由醉，酒未到，先成泪。残灯明灭枕头欹，谙尽孤眠滋味。都来此事，眉间心上，无计相回避。

宋祁，字子京，安州安陆人，生于公元 998 年，卒于公元 1062 年，官翰林学士承旨。他的《玉楼春》盛传当时，他因此被大词人张先称为"红杏枝头春意闹尚书"：

> 东城渐觉风光好，縠（hú）皱波纹迎客棹。绿杨烟外晓寒轻，红

杏枝头春意闹。　　　浮生长恨欢娱少，肯爱千金轻一笑。为君持酒劝斜阳，且向花间留晚照。

　　略后于晏殊，有大作家欧阳修、柳永、张先相继而出。

　　欧阳修，字永叔，庐陵人，生于公元 1007 年，卒于公元 1072 年。官枢密副使，参知政事，后以太子少师致仕，有《六一词》。他在当时，以提倡古文得大名。然他虽在古文里所现出严肃的孔教徒的护道的脸孔，而在他的词中，却完全把他的潜在的、热烈的诗人真面目现出了。

欧阳修

　　有的人常把他的许多极好的作品，杂入《花间集》或冯延巳的《阳春集》中，以为非他所作，使他完成他的严肃、冷酷的护道者的面目，然此种手段殊无谓。在许多公认为他的作品的《六一词》中，他的天真的诗人的一副面目仍是完全地显现出。如《采桑子》：

　　　　轻舟短棹西湖好，绿水逶迤。芳草长堤，隐隐笙歌处处随。

　　　　无风水面琉璃滑，不觉船移。微动涟漪，惊起沙禽掠岸飞。

如《踏莎行》：

　　　　候馆梅残，溪桥柳细，草薰风暖摇征辔。离愁渐远渐无穷，迢迢不断如春水。　　　寸寸柔肠，盈盈粉泪，楼高莫近危栏倚。平芜尽处是春山，行人更在春山外。

如《蝶恋花》：

　　庭院深深深几许？杨柳堆烟，帘幕无重数。玉勒雕鞍游冶处，楼高不见章台路。　　雨横风狂三月暮，门掩黄昏，无计留春住。泪眼问花花不语，乱红飞过秋千去。（此词或入《阳春集》，李清照称是《六一词》）

如《临江仙》：

　　柳外轻雷池上雨，雨声滴碎荷声。小楼西角断虹明，阑干倚处，待得月华生。　　燕子飞来窥画栋，玉钩垂下帘旌。凉波不动簟纹平，水精双枕，傍有堕钗横。

　　无一首不表现出一个浪漫的、善感的诗人的欧阳修来。谁还记得他是一个以护道自命的大古文家？

　　张先，字子野，吴兴人，生于公元 990 年，为都官郎中，有《安陆词》。他享寿甚长，至公元 1078 年始卒。他的词甚有声于当时。宋祁尝往见之，一将命者道："尚书欲见'云破月来花弄影'郎中。"盖因他的《天仙子》中有此数语：

　　水调数声持酒听，午睡醒来愁未醒，送春春去几时回？临晚镜，伤流景，往事后期空记省。　　沙上并禽池上暝，云破月来花弄影，重重帘幕密遮灯。风不定，人初静，明日落红应满径。

　　柳永在当时，词名较欧阳修及张先尤盛。时人尝谓："有井水饮处无不知歌柳词者。"其流传之广远，大约可与唐之"元白"的诗相类了。柳词之所以能有此广大范围的读者、歌者，是因为他的词完全脱下了"花间派"的衣衫，而自创一格，能勇于运用白话与浅显的文字。这一点是他的最大特色。他初名三变，字耆卿，崇安人。以公元1034年（景祐元年）第进士，官至屯田员外郎，有《乐章集》3卷。他之又一特色，在于善作长词，在他之前，词家大都善于小令（短），而不善于慢词（长），自他起来后，慢词才大行于时。如他的《昼夜乐》：

> 洞房记得初相遇，便只合、长相聚。何期小会幽欢，变作离情别绪。况值阑珊春色暮，对满目、乱花狂絮，直恐好风光，尽随伊归去。　　一场寂寞凭谁诉？算前言，总轻负。早知恁地难挤，悔不当初留住。其奈风流端正外，更别有，系人心处。一日不思量；也攒眉千度。

及《鹤冲天》：

> 闲窗漏永，月冷霜华堕。悄悄下帘幕，残灯火。再三追往事，离魂乱，愁肠锁，无语沉吟坐。好天好景，未省展眉则个。　　从前早是多成破，何况经岁月，相抛亸。假使重相见，还得似、旧时么？悔恨无计那，迢迢良夜，自家只恁摧挫。

俱能委婉地在长的词句里，细细地表达出一种深挚的情绪，且用了"恁地""则个""也""么"诸口话入词，使它更易为时人所领悟。他的词流行得广远，岂是偶然的！典雅派、正统派的批评家虽常在讥诮他，然而所谓正统派的词人哪一个可比得上他的伟大！

与他们同时的作家有晏几道、王安石。

晏几道为晏殊的幼子，字叔原，曾监颍昌许田镇，有《小山词》，黄庭坚尝评之道："叔原乐府，寓以诗人句法，精壮顿挫，能动摇人心。"他的《临江仙》可为其代表之一：

梦后楼台高锁，酒醒帘幕低垂。去年春恨却来时，落花人独立，微雨燕双飞。　　记得小蘋初见，两重心字罗衣，琵琶弦上说相思。当时明月在，曾照彩云归。

王安石字介甫，临川人，生于公元 1021 年。神宗时，同中书门下平章事，封舒国公，加司空。以变法图强，受守旧者最强烈的攻击与讥诮。公元 1086 年卒，有词 1 卷。他的词可以《清平乐》为代表：

云垂平野，掩映竹篱茅舍，阒寂幽居实潇洒，是处绿娇红冶。
丈夫运用堂堂，且莫五角六张。若有一卮芳酒，逍遥自在无妨。

略后于他们的作家有大天才苏轼。苏轼以散文、以旧体诗著盛名于当代，而他的词也有大影响于同时代人。苏轼字子瞻，眉山人，生于公元 1036 年。初官翰林学士，绍圣初（1094 年），安置惠州，徙昌化，公元 1101 年卒于常州。苏轼的词，人谓多不谐音律；晁无咎则谓其："横放杰出，自是曲子中缚不住者。"陆游谓："东坡词歌之，曲终觉天风海雨逼人。"陈师道谓苏轼乃"以诗为词"，然如他的《念奴娇·赤壁怀古》：

大江东去，浪淘尽，千古风流人物。故垒西边，人道是，三国周郎赤壁。乱石穿空，惊涛拍岸，卷起千堆雪。江山如画，一时多少豪杰。
遥想公瑾当年，小乔初嫁了，雄姿英发。羽扇纶巾，谈笑间，樯橹灰飞烟灭。故国神游，多情应笑我，早生华发。人生如梦，一尊还酹（lèi）江月。

以及以下诸句，乃直似在作论文：

　　　荷蒉过山前，曰："有心也哉此贤。"（《醉翁操》）

　　这可算是引古文以入词，与柳永之引口语入词，正成一绝妙的对照。此种粗豪恣放之作，后来辛弃疾的一派受其影响至深。《吹剑续录》曾记有一段笑话：

　　　东坡在玉堂日，有幕士善歌。因问："我词比柳耆卿何如？"对曰："柳郎中词，只好十七八女孩儿，按执红牙拍，歌杨柳岸晓风残月。学士词须关西大汉执铁绰板，唱大江东去。"

　　此未免嘲诮过甚。实在他的词亦不尽为"大江东去"之类，如《卜算子》之类，其描写亦甚细腻婉曲：

　　　缺月挂疏桐，漏断人初静。时见幽人独往来，缥缈孤鸿影。
　　　惊起却回头，有恨无人省。拣尽寒枝不肯栖，寂寞沙洲冷。

　　论者归之于苏轼门下的词人，有黄庭坚、秦观、晁补之、张耒（lěi）、陈师道及程垓等，而以秦七（观）、黄九（庭坚）为最著。《词苑丛谈》言：

　　　秦少游自会稽入京见东坡，坡云："久别当作文甚胜。都下盛唱公'山抹微云'之词。"秦逊谢。坡遽云："不意别后，公却学柳七作词。"秦答曰："某虽无识，亦不至是。先生之言，无乃过乎！"坡云："'销魂、当此际'，非柳词句法乎？"秦惭服。

　　实则不仅秦观受柳永的影响，即黄庭坚亦受有他的影响；不过秦观所受的柳永影响乃在所谓"销魂、当此际"的一方面，黄庭坚的则在于引用口语的一方面。

赵孟頫书苏轼《前赤壁赋》并作苏轼像于卷首，台北故宫博物院藏。

黄庭坚字鲁直，分宁人，生于公元 1045 年，为起居舍人，公元 1105 年卒，有《山谷词》。如他的《沁园春》直较柳永为尤近于白话而大类元人的曲子：

> 把我身心，为伊烦恼，算天便知。恨一回相见，百方做计，未能偎倚，早觅东西。镜里拈花，水中捉月，觑著无由得近伊。添憔悴，镇花销翠减，玉瘦香肌。 奴儿又有行期。你去即无妨，我共谁向眼前。常见心犹未足，怎生禁得真个分离。地角天涯，我随君去，掘井为盟无改移。君须是，做些儿相度，莫待临时。

但黄庭坚之词，亦有甚琢饰典雅者，不尽为此种。

秦观字少游，高邮人，生于公元 1049 年。以苏轼荐，除太学博士，迁正字，兼国史院编修，后遭党禁被流放，以公元 1100 年卒，有《淮海词》。他的词在当时为最正则的，所以称许者极多，得名过于苏轼和黄庭坚。晁无咎言："近来作者皆不及少游。"蔡伯世言："子瞻辞胜乎情，耆卿情胜乎辞。辞情相称者，惟少游而已。"试引其词数首为证：

> 遥夜沉沉如水，风紧驿亭深闭。梦破鼠窥灯，霜送晓寒侵被。无寐无寐，门外马嘶人起。(《忆仙姿》)
>
> 山抹微云，天黏衰草，画角声断。谯门暂停征棹，聊共引离尊。多少蓬莱旧事，空回首，烟霭纷纷。斜阳外，寒鸦数点，流水绕孤村。
>
> 销魂。当此际，香囊暗解，罗带轻分。谩赢得青楼薄幸名存。此去何时见也？襟袖上、空染啼痕。伤情处，高城望断，灯火已黄昏。(《满庭芳》)

此种秀雅之词自较"大江东去"及"假使重相见，还得似、旧时么"为更易得文士们的欢迎了。

晁补之及张耒诸人，词名皆不及秦、黄之著。

补之字无咎，巨野人，为著作郎，亦坐党禁被流放。陈质斋谓其词"佳者"固未逊于秦七、黄九。

张耒字文潜，淮阴人，以直龙图阁知润州。晚年主管崇福宫。

陈师道字履常，一字无己，彭城人，为秘书省正字。

程垓字正伯，眉山人，为轼之中表兄弟，有《书舟雅词》。垓的词，如《酷相思》之类，是显然受有柳永之影响的：

> 月挂霜林寒欲堕，正门外催人起。奈离别如今真个是！欲住也，留无计！欲去也，来无计！　马上离魂衣上泪，各自个供憔悴。问江路梅花开也未？春到也，须频寄！人别也，须频寄！

大抵所谓"苏门"的这几个人，在词的这一方面，实际上并没有受到苏轼的什么影响，所以归之于"苏门"，原是委屈了他们；倒是柳永的影响，在他们之中颇可显著地看出。苏轼的影响是直到后数十年才在辛弃疾、刘克庄诸人里发现出来的，他们才可算是真的"苏派"。

略后于苏轼的著名词人，有毛滂、周邦彦、贺铸。

毛滂字泽民，江山人，为杭州法曹。尝作《惜分飞》一词，赠妓琼芳：

> 泪湿阑干花著露，愁到眉峰碧聚。此恨平分取，更无言语空相觑。　断雨残云无意绪，寂寞朝朝暮暮。今夜山深处，断魂分付潮回去。

苏轼见而赏之，因此得名。后来毛滂知武康县，又知秀州，有《东堂词》。

贺铸字方回，卫州人，生于公元1063年，卒于公元1120年。元祐中通判泗州，后退居吴下，自号庆湖遗老，有《东山寓声乐府》。张耒谓："方回乐府妙绝一世。盛丽如游金、张之堂，妖冶如揽嫱、施之袂，幽洁如屈宋，悲壮如苏李。"(《东山词序》)当时颇传唱他的《青玉案》：

> 凌波不过横塘路，但目送、芳尘去。锦瑟年华谁与度？月台花谢，琐窗朱户，惟有春知处。 碧云冉冉蘅皋暮，彩笔新题断肠句。试问闲愁都几许？一川烟草，满城风絮，梅子黄时雨。

此词最后一句"梅子黄时雨"，极为时人所赞赏，故或叫他为"贺梅子"。

周邦彦对于后来的影响，较贺铸、毛滂为大。这因为他懂得音律之故。周邦彦字美成，钱塘人，历官秘书监，进徽阁待制，提举大晟府，后徙处州卒，有《清真集》。他善于作慢词，有的时候辞句很典雅，有的时候也杂入些口语。刘潜夫谓"美成颇偷古句"；陈质斋也说："美成词多用唐人诗语，檃（yǐn）括入律。"实则此种的剽窃"成语""旧意"，本为大多数词人的通病，固不仅他一人如此。现举《六丑·蔷薇谢后作》一词以见他的作风的一斑：

> 正单衣试酒，怅客里、光阴虚掷。愿春暂留，春归如过翼，一去无迹。为问家何在？夜来风雨，葬楚宫倾国。钗钿堕处遗香泽。乱点桃蹊，轻翻柳陌。多情为谁追惜，但蜂媒蝶使，时叩窗槅。 东园岑寂，渐蒙笼暗碧，静绕珍丛底，成叹息。长条故惹行客，似牵衣待话，别情无极。残英小、强簪巾帻。终不似、一朵钗头颤袅，向人欹侧。漂流处、莫趁潮汐，恐断红、尚有相思字，何由见得？

公元 1126 年，北方的金人起兵侵入宋境，攻陷汴京，擒了宋徽宗、钦宗二帝北去。此后中国内部扰乱了好几年。宋室终于不能再在北方立足，便迁都于临安，即所谓的"南渡"。中国又成了如公元五世纪时南北朝分立的局面，直到十三世纪的后半，才再得统一。这事影响于文学很大。一方因异族之入主中国中部，破坏旧的典雅文学，而产生了新的口语文学，造成将来戏剧、小说的创作；同时因这个大变动，文人的情绪极受刺激，引起不少作家的爱国热情，大部分的作品，便弃去了向来靡丽婉约的作风，而向壮烈、慷慨激昂的路走去。第一个大诗人，应这个呼声而起的，便是辛弃疾。

辛弃疾字幼安，历城人，初在刘豫处，后南来投宋，为浙东安抚使，加龙图阁待制，进枢密都承旨。他出入兵间，甚有才略；他的词也慷慨豪恣，如他的为人。如《永遇乐·京口北固亭怀古》：

千古江山，英雄无觅，孙仲谋处。舞榭歌台，风流总被，雨打风吹去。斜阳草树，寻常巷陌，人道寄奴曾住。想当年，金戈铁马，气吞万里如虎。

元嘉草草，封狼居胥，赢得仓皇北顾。四十三年，望中犹记，烽火扬州路。可堪回首，佛狸祠下，一片神鸦社鼓。凭谁问：廉颇老矣，尚能饭否？

及《菩萨蛮·书江西造口壁》可为一例：

郁孤台下清江水，中间多少行人泪。西北望长安，可怜无数山。

青山遮不住，毕竟东流去。江晚正愁余，山深闻鹧鸪。

他的作风甚似苏轼，大概所受于苏轼的影响是很深的。

继弃疾的这种作风的有陆游、刘克庄及刘过诸人。

陆游字务观，山阴人，生于公元 1125 年。少年时具热烈的爱国心，甚思有所作为。后至蜀为范成大参议，自号放翁，最后为宝章阁待制，公元 1210 年卒。在他的词里，我们也可看出他的悲壮的气概，如《夜游宫》：

雪晓清笳乱起，梦游处，不知何地。铁骑无声望似水，想关河。雁门西，青海际。　　睡觉寒灯里。漏声断，月斜窗纸。自许封侯在万里，有谁知！鬓虽残，心未死。

《桃源忆故人》：

> 中原当日三川震，关辅回头煨烬。泪尽两河征镇，日望中兴运。
> 秋风霜满青青鬓，老却新丰英俊。云外华山千仞，依旧无人问。

及《谢池春》可以为例：

> 壮岁从戎，曾是气吞残虏。阵云高、狼烟夜举。朱颜青鬓，拥雕
> 戈西戍。笑儒冠、自来多误。　　功名梦断，却泛扁舟吴楚。漫悲歌、
> 伤怀吊古，烟波无际。望秦关何处？叹流年、又成虚度。

在他的五七言诗里，我们更可常常地看出他的这种壮烈的情绪。

刘克庄字潜夫，莆田人，官龙图阁直学士，有《后村词》。他的作风与辛、陆甚相似，于《玉楼春·戏呈林节推乡兄》一词可见之：

> 年年跃马长安市，客里似家家似寄。青钱唤酒日无何，红烛呼卢
> 宵不寐。　　易挑锦妇机中字，难得玉人心下事。男儿西北有神州，
> 莫滴水西桥畔泪。

刘过，字改之，襄阳人（一云太和人），有《龙洲词》。他曾客于辛弃疾处，故作风也甚相似，读他的《清平乐》可见：

> 新来塞北，传到真消息，赤地居民无一粒，更五单于争立。
> 维师父鹰扬，熊黑百万堂堂；看取黄金假钺，归来异姓真王。

经过宋南渡的大变动的,尚有一个伟大的女作家李清照。李清照字易安,是李格非[1]之女,嫁给赵明诚,有《漱玉集》。但她虽经这个大变动,在她的词里却不甚可见什么痕迹。她的作品并不多,然几无一首不好的。她不善作五七言诗,所专致力的乃是词。如《壶中天慢》:

萧条庭院,又斜风细雨,重门须闭。宠柳娇花寒食近,种种恼人天气。险韵诗成,扶头酒醒,别是闲滋味。征鸿过尽,万千心事难寄。

楼上几日春寒,帘垂四面,玉阑干慵倚。被冷香消新梦觉,不许愁人不起。清露晨流,新桐初引,多少游春意。日高烟敛,更看今日晴未?

如《醉花阴》:

薄雾浓云愁永昼,瑞脑销金兽。佳节又重阳,玉枕纱厨,半夜凉初透。东篱把酒黄昏后,有暗香盈袖。莫道不销魂,帘卷西风,人比黄花瘦。

又如《声声慢》之类,无不盛传于人口:

寻寻觅觅,冷冷清清,凄凄惨惨戚戚。乍暖还寒时候,最难将息。三杯两盏淡酒,怎敌他晚来风急!雁过也,正伤心,却是旧时相识。

满地黄花堆积,憔悴损,如今有谁堪摘?守着窗儿,独自怎生得黑!梧桐更兼细雨,到黄昏、点点滴滴。这次第,怎一个愁字了得!

---

1 字文叔,济南(今属山东)人。举进士,元祐中授太学博士,以文受知于苏轼。绍圣时通判广信军,召为校书郎,迁著作佐郎、礼部员外郎,出为提点京东刑狱,以元祐党籍罢。工词章,尝言,"字字如肺肝出"。著有《洛阳名园记》。

朱熹说："本朝妇人能文者，惟魏夫人及李易安二人而已。"魏夫人为丞相曾子宣妻，亦善作词，如《菩萨蛮》之类，意境也甚高：

溪山掩映斜阳里，楼台影动鸳鸯起。隔岸两三家，出墙红杏花。

绿杨堤下路，早晚溪边去。三见柳绵飞，离人犹未归。

但李清照不仅为妇女中之能文杰出者，即在各时代的诗人中，她所占的地位也不能在陶潜、李、杜，及欧阳修、苏轼之下。

自南渡之后，江南的地方又渐渐地恢复了歌舞升平的盛况。虽然有辛弃疾、陆游之流，不欲苟安于小朝廷的局面，然而大多数的词人又都已心满意足地曼声唱着闲歌艳曲，向典雅婉和的大路走去了。这一派的词家最多，朱敦儒、康与之最先出。

朱敦儒字希真（一作希直），洛阳人，为两浙东路提点刑狱，后告归，有《樵歌》三卷。汪叔耕言："希真词多尘外之想，虽杂以微尘，而其清气自不可没。"（《词综》）在《渔父》一词里，我们可见其作风一斑：

摇首出红尘，醒醉更无时节。活计绿蓑青笠，惯披霜冲雪。

晚来风定钓丝闲，上下是新月。千里水天一色，看孤鸿明灭。

康与之字伯可，南渡初以词受知高宗，官郎中，有《顺庵乐府》。论者以他比于柳永。沈伯时说他"未免时有俗语"。

此后词人之最著者有范成大、姜夔、史达祖、高观国、卢祖皋、吴文英、蒋捷、张炎、陈允平、周密、王沂孙等。又有女作家朱淑真。姜夔与吴文英对于后来词坛尤有很大的影响。

范成大为伟大的田野诗人，他的五七言诗甚著名，我们在他的词里也可见他的闲适的作风之一斑。如《眼儿媚》：

酣酣日脚紫烟浮，妍暖破轻裘。困人天色，醉人花气，午梦扶头。
春慵恰似春塘水，一片縠纹愁。溶溶泄泄，东风无力，欲皱还休。

范成大字至能，吴郡人，生于公元 1126 年，卒于公元 1193 年。曾出为
帅，又入为资政殿学士，有《石湖集》。

姜夔，字尧章，鄱阳人，流寓吴兴，不第而卒，有《白石词》。他善吹箫，
自制曲，初则率意为长短句，然后协以音律。范成大评他有"裁云缝月之妙
手，敲金戛玉之奇声"。他的《暗香》可算为他的代表作：

旧时月色，算几番照我，梅边吹笛。唤起玉人，不管清寒与攀摘。
何逊而今渐老，都忘却春风词笔。但怪得竹外疏花，香冷入瑶席。
江国，正寂寂，叹寄与路遥，夜雪初积。翠尊易泣，红萼无言耿相忆。
长记曾携手处，千树压、西湖寒碧。又片片、吹尽也，几时见得！

史达祖字邦卿，汴人，有《梅溪词》，姜夔称他的词"奇秀清逸……融
情景于一家，会句意于两得"（《花庵词选》）。如《万年欢》可见一斑：

两袖梅风，谢桥边、岸痕犹带阴雪。过了匆匆灯市，草根青发。
燕子春愁未醒，误几处、芳音辽绝。烟溪上，采绿人归，定应愁沁花
骨。非干厚情易歇，奈燕台句老，难道离别。小径吹衣，曾记故里风物。
多少惊心旧事，第一是、侵阶罗袜。如今但、柳发睎春，夜来和露梳月。

高观国字宾王，山阴人，有《竹屋痴语》。陈唐卿说他的词"要是不经
人道语"。如《菩萨蛮》可为一例：

春风吹绿湖边草，春光依旧湖边道。玉勒锦障泥，少年游冶时。
烟明花似绣，且醉旗亭酒。斜日照花西，归鸦花外啼。

他与史达祖二人都是很受秦观、周邦彦的影响的；他们作品的情调都近于周、秦。

卢祖皋字申之，永嘉人（一云邛州人），为军器少监，有《蒲江词》。他的作风也是承袭"典雅派"的，与史、高二人俱甚注意于用很鲜巧的辞句，例如《乌夜啼·离恨》：

> 柳色津头泫绿，桃花渡口啼红。一春又负西湖醉，离恨雨声中。
> 客袂迢迢西塞，余寒剪剪东风。谁家拂水飞来燕，惆怅小楼空。

吴文英字君特，四明人，有《梦窗甲乙丙丁稿》。尹惟晓谓："求词于吾宋，前有《清真》（周邦彦），后有《梦窗》。"（《花庵词选》）不仅当时人如此推许，即后来词人，也多以他为"正统派"之宗匠。但有一部分人却反对他，如张炎说："吴梦窗如七宝楼台，眩人眼目。拆碎下来，不成片段。"（《词源》）此实对于一般所谓"典雅派"的大多数作家的最确切的评语，不仅吴文英一人是如此。他的词，可以《唐多令》为例：

> 何处合成愁？离人心上秋。纵芭蕉，不雨也飕飕。都道晚凉天气好，有明月，怕登楼。　年事梦中休，花空烟水流。燕辞归，客尚淹留。垂柳不萦裙带住，漫长是，系行舟。

及《风入松》为代表：

> 听风听雨过清明，愁草瘗花铭。楼前绿暗分携路，一丝柳、一寸柔情。料峭春寒中酒，交加晓梦啼莺。　西园日日扫林亭，依旧赏新晴。黄蜂频扑秋千索，有当时、纤手香凝。惆怅双鸳不到，幽阶一夜苔生。

蒋捷字胜欲，吴兴人，宋亡不仕，有《竹山词》。他的作品，有一部分是纤巧的，是属于正统派的，如：

> 红了樱桃，绿了芭蕉，送春归，客尚蓬飘。昨宵谷水，今夜兰皋，奈云溶溶，风淡淡，雨潇潇……（《行香子》）

有一部分是粗豪的，是属于"苏辛"一派。所谓"别派"的，然所作不多，如：

> 甚矣君狂矣！想胸中、些儿磊魂，酒浇不去。据我看来何所似：一似韩家五鬼，又一似杨家风子……（《贺新郎》）

张炎字叔夏，为宋宗室之后。宋亡后，流落播迁，游于四方，所交皆遗民逸士，故他在公元1279年宋亡以后所作的词，辞意隐约而一往情深，亡国之痛郁结于纸背。集名《山中自云词》（一名《玉田词》），郑思肖为作序。如《玉漏迟》：

> ……幽趣尽属闲僧，浑未识人间，落花啼鸟。呼酒凭高，莫问四愁三笑。可惜秦山晋水，甚却向、此时登眺。清趣少，那更好游人老。

及《春从天上来》，都可约略见到他的这种隐约而热烈的悲痛：

> 海上回槎，认旧时鸥鹭，犹恋蒹葭。影散香消，水流云在，疏树十里寒沙。难问钱塘苏小，都不见、擘竹分茶。更堪嗟。似荻花江上，谁弄琵琶。　　烟霞。自延晚照，尽换了西林，窈窕纹纱。蝴蝶飞来，不知是梦，犹疑春在邻家。一掬幽怀难写，春何处？春已天涯。减繁华。是山中杜宇，不是杨花。

陈允平也是一个宋的遗民，字君衡，号西麓，明州人，有《日湖渔唱》。他的作风可于《唐多令》见其一斑：

> 休去采芙蓉，秋江烟水空，带斜阳，一片征鸿。欲顿闲愁无顿处，都著在两眉峰。　心事寄题红，画桥流水东。断肠人、无奈秋浓。回首层楼归去懒，早新月、挂梧桐。

周密字公谨，济南人，侨居吴兴，自号弁阳啸翁，宋亡后也不出仕，有《草窗词》（一名《蘋洲渔笛谱》）。他也属于正统派的，与张炎同为当时最著名的词人。他的作品可以《点绛唇》为例：

> 午梦初回，卷帘尽放春愁去。昼长无侣，自对黄鹂语。
> 絮影苹香，春在无人处，移舟去。未成新句，一砚梨花雨。

王沂孙字圣与，号碧山，又号中仙，会稽人，有《碧山乐府》（一名《花外集》），常与张炎等相酬和。

在这时，词已成了旧体，又有新体的诗所谓"曲"的渐行于时，且已有人以"曲"来作剧本了。所以自蒋捷以下诸人，他们的后半生，都不独是宋代的遗老，且也成了诗国的遗老了。

朱淑真，为李清照后的一个女流大作家，她的五七言诗与词都很好。她是钱塘人，境遇很悲惨，嫁了一个很坏的丈夫，终日郁郁寡欢，所以她的诗词中多蕴含着愁苦之音。当时人集她的作品，名之为《断肠集》，这名正可以反映出她的生平。她的词可以《谒金门》为例：

> 春已半，触目此情无限。十二阑干倚遍，愁来天不管。
> 好是风和日暖，输与莺莺燕燕。满院落花帘不卷，断肠芳草远。

及《生查子·元夕》为代表：

去年元夜时，花市灯如昼。月上柳梢头，人约黄昏后。

今年元夜时，月与灯依旧。不见去年人，泪湿春衫袖。（此词或以为非她所作）

自 1126 年南北朝对立之后，北朝的文士，有一部分迁到南方。但异族的金朝，在当时也颇知提倡文学，于是到了后来，作家也产生了不少。单说词，可称为作者的，前后有吴激、刘迎、王寂、李俊民、韩玉、赵秉文、党怀英、段克己、段成己及元好问等。

吴激字彦尚，建州人，为米芾之婿，使金被留；刘迎字无党，东莱人，有《山林长语》；韩玉字温甫，有《东浦词》；王寂有《拙轩词》；李俊民有《庄靖先生乐府》；赵秉文字周臣，与元好问俱以古文著名；党怀英字世杰，有《竹溪集》；段克己字复之，河东人，有《遯斋乐府》；段成己为段克己弟，字诚之，有《菊轩乐府》；元好问字裕之，秀容人，为北朝最大的作家，有《遗山乐府》。

段克己、段成己及元好问俱经见过蒙古（元）灭金的悲剧的，他们入元都不出仕，在当时也是诗国的遗老，与张炎、周密一样。此后，入元时，词的新兴作家未尝没有，然已无复有清新的气韵与动人心魄的描写了。代之而兴起，为十三、十四世纪的文学中心者，乃为戏曲。一般所谓诗国的遗老及遗少，固然不屑动笔去写那种新体裁的作品，然而新起的作家却风起泉涌地出来，占领了当时的新文坛。这将在以后另述。

# 宋之诗人

上面所叙的都是关于十世纪以来的诗之一新体所谓词的；我们承认中世纪里的"第二诗人时代"，其重心乃在于这种新体诗。然而五七言的古律诗，在这个时代——十世纪至十三世纪的后半——也未尝无重要的作家值得使我们叙述一下的。

大抵在五代及宋初之时，五七言古体诗的地位确曾被新体的词占夺了一时；到了梅尧臣、苏舜卿、欧阳修、苏轼、黄庭坚诸人出时，一方面词固在开展它的势力，一方面五七言诗也在澄炼它的内质，另改了一种新面目，以维持它的威权；所谓"宋诗"，即后人给它的特殊名号。曹学佺谓宋诗："取材广而命意新，不剿袭前人一字。"虽然所谓宋诗之全部，不能当它的这种赞美，然而大多数的作家却可以说是如此的。

宋诗的最初期，有杨亿、钱惟演、刘筠等十余人，以晚唐的李商隐为宗向，其诗琢饰纤靡，号为"西昆体"。然不久即为石介、梅尧臣诸人所推翻。与他们同时而不受其染的有王禹偁（chēng）、徐铉、寇准、韩琦、潘阆（làng）、林逋（bū）、石介诸人。

王禹偁字元之，济州巨野人，为翰林学士，出知黄州，徙蕲州而死，有《小畜集》，他的诗颇受杜甫的影响；然知他的《畲田调》平易如口语，已开了后来宋诗的风气之先：

> 北山种了种南山，相助力耕岂有偏。愿得人间皆似我，也应四海少荒田。

徐铉字鼎臣，会稽人。初仕南唐，后入宋为检校工部尚书。冯延巳说："凡人为文，皆事奇语。不尔，则不足观，惟徐公率意而成，自造精极。"由此已可见其作风之如何。

寇准字平仲，华州下邽人，为中书侍郎同中书门下平章事，有诗集。《四库全书总目提要》谓他的诗："含思凄婉，绰有晚唐之致。然骨韵特高，终非凡艳所可及。"如《春雨》可为他的作品的一例：

> 散乱紫花坞，空蒙暗柳堤。望回肠已断，何处更莺啼！

韩琦字稚圭，相州安阳人，官至右仆射侍中，有《安阳集》。

潘阆字逍遥，大名人，为滁州参军。

林逋字君复，钱塘人，结庐西湖孤山，不娶，以梅、鹤为伴，赐号和靖先生。其诗平淡邃美，梅尧臣谓"咏之令人忘百事"。如《湖村晚兴》可为一例：

> 沧洲白鸟飞，山影落晴晖。映竹犬初吠，弄船人各归。水波随月动，林翠带烟微。寺近疏钟起，萧然还掩扉。

他的《山园小梅》中之数语尤为时人所传诵：

> 疏影横斜水清浅，暗香浮动月黄昏。

石介字守道，兖州奉符人，为太子中允，人称之为徂徕先生。他是正统的古文家，一面攻杨亿等之靡丽诗及骈文，一面又攻佛、老、韩愈所提倡的古文之复兴，很有功绩。

梅尧臣、苏舜卿及欧阳修继他们而起，开创了宋诗的局面。

梅尧臣字圣俞，人称宛陵先生，宣州宣城人，生于公元1002年，卒于公元1060年，为尚书屯田都官员外郎。他在当时诗名极大，为十一世纪前半的最大诗人，他少年时即以诗知名，此期的诗，为清丽闲肆平淡，至后半生，则其诗涵演深远，气力刚劲，间亦琢剥以出怪巧。龚啸谓他："去浮靡之习于昆体极弊之际，存古淡之道于诸大家未起之先。"（《宛陵先生集》）诚然，"西昆体"之灭绝他是有大力的。在《河南张应之东斋》：

> 昔我居此时，凿池通竹圃。池清少游鱼，林浅无栖羽。至今寒窗风，静送枯荷雨。雨歇吏人稀，知君独吟苦。

及《田家》可见其作风之一斑：

> 高树荫柴扉，青苔照落晖。荷锄山月上，寻径野烟微。老叟扶童望，羸牛带犊归。灯前饭何有？白薤露中肥。

苏舜钦字子美，梓州桐山人，生于公元 1008 年，卒于公元 1048 年。他在当时与梅尧臣齐名，号为"苏梅"。刘克庄谓其歌行："雄放于圣俞，轩昂不羁，如其为人。"大抵他与梅尧臣都是于古朴中具灏落淳蓄之妙的，但梅则深远闲淡，他则超迈横绝，此为二人不同处。他的诗有"会将趋古淡，先可去浮嚣"之句，此可为宋诗诸作家的共同宣言。他的作风可于《若神栖心堂》诗见一斑：

> 予心充塞天壤间，岂以一物相拘关？然放一物无不有，遂得此身相与闲。上人构堂号栖心，不欲尘累相追攀。冷灰槁木极溃败，虽有善迹辄自删。予尝浩然无所挠，与予异指亦往还。卷舒动静固有道，期于达者诚非艰。

欧阳修的诗较梅、苏为富腴，情调从容而敷愉，然不如他的词之蕴有深情，如《晓咏》可为一例：

帘外星辰逐斗移，紫河声转下云西。九雏乌起城将曙，百尺楼高月易低，露裛兰茗惟有泪，秋荒桃李不成蹊。西堂吟思无人助，草满池塘梦自迷。

与他们同时的，还有邵雍，著有《伊川击壤集》。他的诗平淡闲适，大部分无深挚的情绪，且喜说道理，成所谓"理学派"的诗的始祖。我们读他的《击壤集》，差不多到处都可以遇见类似格言或教训文的韵文，如《生男吟》：

我本行年四十五，生男方始为人父。鞠育教诲诚在我，寿夭贤愚系于汝。我若寿命七十岁，眼前见汝二十五。我欲愿汝成大贤，未知天意肯从否。

此简直不能复称之为诗，但也间有好诗。他的影响很大，如理学家周敦颐、张载、程颢等都是他的嫡派，其他如司马光、富弼也与他同调。这一派的诗，淡易清和而毫不沾染华艳气，是可称许的，然有时则太淡了，淡如白水之无味，有时则以诗为说"道理"的工具，成了有韵的格言，这都是他们的大病。

继续梅尧臣诸人之后的有王安石，苏轼、苏辙兄弟，孔武仲、平仲、文仲兄弟，以及郑侠、王令、米芾、张耒、晁补之、秦观、沈辽、徐积等。黄庭坚也与他们同时，但他对于后来的影响却最大，开创了所谓"江西诗派"的一个潮流；与他同时的陈师道、韩驹、晁冲之，都是受他的感化的，南渡以后的诸大诗人如陆游之流，也都甚受他的影响。

王安石少年时的诗，一往直前而无含蓄，晚来始见深婉不迫，如《金明池》可为一例：

宜秋西望碧参差，忆看乡人禊（xì）饮时。斜倚水开花有思，缓随风转柳如痴。青天白日春常好，绿发朱颜老自悲。跋马未堪尘满眼，夕阳偷理钓鱼丝。

苏轼的诗豪迈奔放如他的词，且气象洪阔，铺叙婉转，黄庭坚、秦观、张耒、晁补之等都曾多少地受其感化。如《雨晴后》：

雨过浮萍合，蛙声满四邻。海棠真一梦，梅子欲尝新。拄杖闲挑菜，秋千不见人。殷勤木芍药，独自殿余春。

及《送晁美叔》可为一例：

我年二十无朋俦，当时四海一子由。君来扣门如有求，顾然病鹤清而修。醉翁遣我从子游，翁如退之蹈轲丘。尚欲放子出一头，酒醒梦断四十秋。病鹤不病骨愈虬，惟有我颜老可羞。醉翁宾客散九州，几人白发还相收。我如怀祖拙自谋，正作尚书已过优。君求会稽实良筹，往看万壑争交流。

苏辙字子由，为轼之弟，当时也甚文名，时称"二苏"，然他的天才实不如兄。

孔武仲字常父，临江新喻人，与兄文仲、弟平仲并有文名，时称"三孔"。他们的诗都甚豪迈，今取平仲的《元丰四年十二月大雪郡侯送酒》诗为例：

平明大雪风怒嗥，屋上卷来亭下高。更深更密皆能到，所在纷纷如雨毛。堆床压案扫复聚，取笔欲书冰折毫。须眉沾白催我老，自颈以下类拥袍。此时只好闭门坐，右手把酒左持螯。奈何巉岏据听事，千兵踏藉泥如糟。强登曹亭要望远，纸伞掣手不可操。黑阴遮眼铺水墨，寒气刮耳投兵刀。饥肠及午尚未饭，更搜诗句无乃劳。幸有使君怜寂寞，巫使兵厨分冻醪。余虽不饮为一醺，两颊生春红胜桃。醉眼瞢腾视天地，蝶蠃螟蛉轻二毫。勿令小暖气便壮，自笑世间皆我曹。

郑侠字介夫，福清人，以进《流民图》，反对王安石的变法得大名。他的诗亦疏朴老直，今以《苞苴行》为例：

苞苴来，苞苴去，封书裹信不得住。君不见箕山之下有仁人，室无杯器，以手捧水，不愿风瓢挂高树。

王令字逢原，广陵人，卒时年仅二十八，他的诗亦古拙，例如：

秋夕不自晓，百虫齐一鸣。时节适使然，鼓胁亦有声。争喧鼠公盗，寒窜蛇阴行。独有东家鸡，苦心为昏明。(《宋诗钞》)

米芾，字元章，太原人，徙居襄阳。善画山水人物，自成一家，书亦劲奇；他的诗亦为时人所称。苏轼谓："元章奔逸绝尘之气，超妙入神之字，清新绝俗之文，相知二十年，恨知公不尽。"(《宋诗钞》)他的作品，今举一例：

六代萧萧木叶稀，楼高北固落残晖。两州城郭青烟起，千里江山白鹭飞。海近云涛惊夜梦，天低月露湿秋衣。使君肯负时平乐，长倒金钟尽醉归。(《甘露寺》)

张耒的诗受白居易的影响为多，甚闲适蕴藉，例如《秋日》：

陨叶鸟不顾，枯茎虫莫吟。野荒田已获，江暗夕多阴。夜语闻山雨，无眠听楚砧。敝裘还补绽，披拂动归心。

晁补之与秦观的诗，俱为甚受苏轼的感化者。晁补之文调灏衍而拗拙，例如：

> 无心看春只欲坐，偶骑马傍春街行。可怜愁以草得暖，一寸心从何处生。(《漫成呈文潜》)

秦观的作风则宛丽淳泓如其词，例如：

> 睡起东轩下，悠悠春绪长。爬搔失幽蛲，款欠堕危芳。蛛网留晴絮，蜂房受晚香。欲寻初断梦，云雾已冥茫。(《睡起》)

当时称他二人及黄庭坚、张耒为"苏门四诗人"。

沈辽字睿达，钱塘人，与兄遘，俱有诗名，常与王安石等相唱和；徐积字仲车，楚州山阳人，亦以诗名，事母甚孝，卒时谥为节孝处士；文同字与可，梓州人，与东坡为中表，善画。其诗清肃，无俗学补缀气。

黄庭坚自号山谷老人，时人尝以他与苏轼并称。他的诗自成一家，虽只字半句不轻出，同时诗人及后人都甚受其感化。凡宗向于"江西诗派"的作家皆师承之。"江西诗派"的末流，其诗句至于拗拙之极而不能读，此病在黄庭坚尚不甚著，例如：

> 海南海北梦不到，会合乃非人力能。地褊未堪长袖舞，夜寒空对短檠灯。相看鬓发时窥镜，曾共诗书更曲肱。作个生涯终未是，故山松长到天藤。(《次韵几复和答所寄》)

> 狂卒猝起金坑西，胁从数百马百蹄。所过州县不敢谁，肩舆虏载三十妻。伍生有胆无智略，谓河可冯虎可搏。身膏白刃浮屠前，此乡父老至今怜。(《题莲华寺》)

吕居仁作《江西诗派》，所列者自黄庭坚以下凡 26 人，然其中除陈师道、晁冲之、韩驹外，并无甚著名之作家。

陈师道，字履常，一字无己，号后山，彭城人，为秘书省正字。其诗为直受黄庭坚的影响的，例如《答黄充》：

> 我无置锥君立壁，春黍作糜甘胜蜜。绨袍不受故人意，药饵肯为儿辈屈。割白鹭股何足难，食鸩鸷肉未为失。暮年五斗得千里，有愧寒檐背朝日。

晁冲之字叔用，初字用道。少年举进士，在京师豪华自放。后遭党祸，栖遁于具茨之下，号具茨先生。他的诗气势洪阔而笔力宽余，论者谓陆游可以继其后。

韩驹字子苍，蜀仙井监人，尝从苏辙游，其诗甚整炼，不吝改窜，有寄人数年复追取更定一二字者。

宋南渡之后，诗人有沈与求、王庭珪、汪藻、孙觌、叶梦得、张元干、张九成、陈与义、刘子翚、程俱、吴儆等，而以叶梦得与陈与义为最著。

沈与求字必先，湖州德清人，南渡后尝参知政事，有《龟溪集》；王庭珪字民瞻，安福人，有《卢溪集》；汪藻字彦章，德兴人，有《浮溪集》；孙觌字仲益，以尝提举鸿庆宫，故自号鸿庆居士。

叶梦得字少蕴，吴县人，南渡后为江东安抚大使兼知建康府。他虽经过南渡的大事变，然其诗仍萧闲疏散，不甚受此大事变的影响，例如：

> 涧下流泉涧上松，清阴尽处有层峰。应知六月冰壶外，未许人间得暂逢。（《忆朱氏西涧》）

张元干字仲宗，永福人，有《芦川归来集》；张九成字子韶，开封人，学者称之为横浦先生。

　　陈与义字去非，号简斋，汝州叶县人，官至参知政事。其诗甚工，当时有盛名，刘后村谓："元祐后诗人迭起，不出苏黄二体，及简斋始以老杜为师。"（《后村诗话》）如《秋夜》：

　　　　中庭淡月照三更，白露洗空河汉明。莫遣西风吹叶尽，却愁无处著秋声。

及《中牟道中》可为他的作品的一例：

　　　　杨柳招人不待媒，蜻蜓近马忽相猜。如何得与凉风约，不共尘沙一并来？

　　刘子翚字彦冲，学者称之为屏山先生；程俱字致道，开化人，为中书舍人，其诗萧散古淡；吴儆字益恭，为朝散郎，学者称之为竹洲先生。

　　继他们之后的有陆游、杨万里、范成大三大家，皆受"江西诗派"之影响者，又有号为"永嘉四灵"之徐照、徐玑、翁卷、赵师秀四人，为反抗"江西派"而主张复晚唐之诗风。其他诗人更有尤袤、陈造、周必大、朱熹、陈傅良、薛季宣、叶适、楼钥、黄公度、裘万顷等。

　　陆游与范成大、尤袤、杨万里俱为"江西派"诗人曾几的弟子，所以多少受些黄庭坚的影响，但他能别树一风格，表白出他自己创造的性格。他意气豪迈，常欲有所作为，所以灏漫热烈的爱国之呼号，常见于他的词与诗，而在诗中尤其显跃，例如：

　　　　半年闭户废登临，直自春残病至今。帐外昏灯伴孤梦，檐前寒雨滴愁心。中原形胜关河在，列圣忧勤德泽深。遥想遗民垂泣处，大梁城阙又秋砧。（《秋思》）

他的咏写"田野"的诗也甚著名，例如：

> 避雨来投白版扉，野人怜客不相违。林喧鸟雀栖初定，村近牛羊
> 暮自归。土釜暖汤先濯足，豆秸吹火旋烘衣。老来世路浑谙尽，露宿
> 风餐未觉非。(《宿野人家》)

杨万里字廷秀，吉州吉水人，为秘书监，尝自号其室曰"诚斋"。他的诗，自言始学江西，既学后山、半山，晚学唐人，后忽有悟，遂谢去前学而后涣然自得，时目为"诚斋体"。他亦善于描写田野景色，例如：

> 一晴一雨路干湿，半淡半浓山叠重。远草平中见牛背，新秧疏处
> 有人踪。(《过百家渡》)

其他各诗也闲淡多自得语，例如：

> 雨歇林间凉自生，风穿径里晓逾清。意行偶到无人处，惊起山禽
> 我亦惊。(《桧径晓步》)
> 百千寒雀下空庭，小集梅梢语晚晴。特地作团喧杀我，忽然惊散
> 寂无声。(《寒雀》)

范成大为咏写田园的大诗人。杨万里于诗无当意者，独推服成大之作，如下之类，都是未经人写过的景色：

> 已报舟浮登岸，更怜桥踏平池。养成蛙吹无谓，扫尽蚊雷却奇。(《积
> 雨作寒》)
> 柳花深巷午鸡声，桑叶尖新绿未成。坐睡觉来无一事，满窗晴日

看蚕生。

　　昼出耘田夜绩麻，村庄儿女各当家。儿童未解供耕织，也傍桑阴学种瓜。

　　静看檐蛛结网低，无端妨碍小虫飞。蜻蜓倒挂蜂见窘，催唤山童为解围。

　　秋来只怕雨垂垂，甲子无云万事宜。获稻毕工随晒谷，直须晴到入仓时。（以上为《四时田园杂兴》）

徐照字道辉，永嘉人，诗学晚唐，然颇多好的，例如：

　　初与君相知，便欲肺肠倾。只拟君肺肠，与妾相似生。徘徊几言笑，始悟非真情。妾情不可收，悔思泪盈盈。（《妾薄命》）

徐玑字文渊，从晋江迁永嘉，为长泰令。

翁卷字灵舒，亦永嘉人。徐照等因卷字灵舒，亦各改字为灵辉（照）、灵渊（玑）、灵秀（师秀），"四灵"之号即因此而起。

赵师秀字紫芝，尝出仕。

他们都喜作五言律体诗。师秀尝言："一篇幸止有四十字，更增一字吾未如之何矣。"所以他们对于"江西派"的长诗甚致不满。

尤袤在当时的诗名虽与陆、范、杨并盛，然其诗存于今者不多。

陈造字唐卿，高邮人，自号江湖长翁，陆游、范成大俱甚称许他。

周必大字子充，一字洪道，庐陵人，为枢密使右丞相。

朱熹字元晦，一字仲晦，徽州婺源人，为焕章阁待制。他是南宋大理学家，虽自称不能诗，然如下例之类，并不弱于当时诸大诗人：

　　拥衾独宿听寒雨，声在荒庭竹树间。万里故园今夜永，遥知风雪满前山。（《夜雨》）

陈傅良字君举，居温州瑞安，习经世之学，其诗苍劲。

薛季宣字士龙，永嘉人，其诗质直畅达。

叶适字正则，也是永嘉人，其诗用工苦而造境生。

楼钥（yuè）字大防，自号攻媿主人，鄞人，其诗雅赡。

黄公度字师宪，莆田人，洪迈谓其诗："精深而不浮于巧，平淡而不近俗。"（《知稼翁集》）

裴万顷字元量，豫章人，其诗也有闲适之趣。

略后于他们的大家，有刘克庄、戴复古及方岳。

刘克庄字潜夫，号后村，莆阳人，在当时为最负盛名之诗人。初为建阳令，后为福建提刑。他的诗初受"四灵"派之影响，后则自成一家，例如：

> 夜深扣绝顶，童子旋开扉。问客来何暮，云僧去未归。山空闻瀑泻，林黑见萤飞。此境惟予爱，他人到想稀。（《夜过瑞香庵作》）

戴复古字式之，天台黄岩人，负奇尚气，慷慨不羁。尝学诗于陆游，复漫游于四方。以诗鸣江湖间 50 年。

方岳字巨山，新安祁门人，为吏部侍郎。其诗主清新，工于镂琢。

这时的女作家朱淑真，亦善为五七言诗，音甚楚苦，然如《马塍》之类，亦具闲淡的趣味：

> 一塍芳草碧芊芊，活水穿花暗护田。蚕事正忙农事急，不知春色为谁妍？

刘克庄死后数年，蒙古由北方侵入南方，宋室便为他们所破灭。许多诗人都不忍见异族之成南方的主人，或隐遁于山林，或悲楚地漫游于四方，或则以死来泯灭一己的悲感。这些诗人之著者，有文天祥、谢枋得、谢翱、许月卿、林景熙、郑思肖、真山民及汪元量等。

文天祥字履善，庐陵人。南宋末年为右丞相，到蒙古军讲解，为所留。后得脱逃归，起兵为最后的战斗。兵败，复为他们所执，居狱4年，终于不屈而死。

谢枋得字君直，号叠山，信州弋阳人。南宋亡后，尝起兵图恢复。兵败，隐于闽。元累次征聘，俱辞不就，后为他们所迫胁，不食死，有《叠山集》。

谢翱字皋羽，长溪人，自号晞发子。尝为文天祥谘议参军。文天祥被杀后，他亡匿，漫游于各处，所至辄感哭。此时之诗，情绪绝沉痛悲愤，例如《游钓台》：

> 百台临钓情，遗像在苍烟。有客随槎到，无僧依树禅。风尘侵祭器，樵猎避兵船。应有前朝迹，看碑数汉年。

许月卿字太空，婺源人，宋亡后，深居一室，十年而卒。

林景熙字德阳，号霁山，平阳人，宋亡不仕，著《白石樵唱》诗集。

郑思肖字忆翁，号所南，福州连江人，宋亡后，坐卧不北向，他的诗清隽绝俗，例如：

> 石窦云封隐者家，一溪流水绕门斜。满山落叶无行路，树上寒猿剥藓花。（《访隐者》）

真山民不知其真名，但自号山民。其诗淡赡，张伯子谓他为"宋末一陶元亮"。

汪元量字大有，号水云，钱塘人。宋亡后随王室北去，后为道士南归。其诗怆恻，如《幽州歌》：

> 汉儿辫发笼毡笠，日暮黄金台上立。臂鹰解带忽放飞，一行塞雁

南征急。

在这里所蕴蓄着的是多少亡国泪!

北朝的五七言诗作者,亦有多人。吴激,与蔡松年齐名,时称"吴蔡",二人诗并清丽。其后则有党怀英、李纯甫、杨云翼、赵秉文、雷渊诸人。党怀英的诗较他的词为著名;李纯甫字之纯,号屏山,弘州襄阴人,纵酒自放,喜为诗;杨云翼字子美,乐平人,官至资善大夫,与赵秉文齐名,时称"杨赵";赵秉文字周臣,磁州滏阳人,号闲闲老人,有《滏水集》,其诗亦甚有名;雷渊字希颜,应州浑源人,师李纯甫,尚气节。

此后则有王庭筠、王若虚、李献能、元好问等,而以元好问为最著;王庭筠字子端,河东人,号黄华山主;王若虚字从之,藁城人,有《滹南遗老集》;李献能字钦叔,河中人。

元好问年弱冠,即被称为元才子,后官至翰林,金亡,不仕。著《遗山集》,编《中州集》。其诗沉郁悲壮,笔力极雄健。为当代之盟主,且亦为元代诸作家之冠。

# 古文运动

在这"第二诗人时代",散文并不见得发达,除了所谓"古文"的作家之外,其他重要的历史家及论文家俱不多见。这时哲学的著作有很多,然比之公元前四、五世纪的周、秦诸子则远有逊色,思想且不论,即以文章而论,周、秦诸子的乃是很优美的文学作品,这时代的诸哲学家却极难有什么可以算为"文学的"著作。但在这时代的后期,却有用口语写的几种小说出现,此于后来中国小说的发展甚有影响,当于下一二章内论之。

　　这时代的历史家，最初有刘昫。他是后晋时的一个宰相，编了《唐书》一部，但这部书却不能算为文学的。以后，有宋祁、欧阳修不满意于他的这部书，又另编著了一部同性质的书，人别名之为《新唐书》。欧阳修又自己独著了一部《五代史》。此二书虽是他们用古文家的笔来写的，然而在叙述里并不见有什么动人的地方。略后，有司马光著了一部《通鉴》，仿《左传》的编年体裁，叙战国至五代的事，是一部极专心的大著作。再以后便没有什么值得提起的史书了。

　　古文运动，本起于中唐时韩愈、柳宗元诸人，他们欲扑灭自六朝至那时的骈俪的文体，而复归于纯朴古雅。在当时即成了文学上的一股潮流，然并未有绝大的影响与优越的地位。宋初，杨亿诸人尚从事于靡丽的文。后来石介、尹洙、柳开、穆修诸人起，才推倒了杨亿等而宣传韩、柳的古文。欧阳修继之而鼓吹，而古文始大行于文坛。曾巩、王安石以及苏洵、苏轼、苏辙之父子三人皆为受他的影响而兴起。自此以后，古文遂成了散文的正统体裁，作者不绝。在文坛上，占据了极优越的地位。

　　南渡以后，古文作家之著者有王十朋、吕祖谦、陈亮、朱熹、叶适、谢枋得等。北朝亦染受此种风气，古文作家之最著者，有赵秉文、党怀英、王若虚及元好问。

　　这个运动，最大的功绩在于摧毁了不自然而雕琢过度的骈文的权力，而其病则在以"古"为尚，以摹学所谓太史公、扬雄的文字为高，不知向独创的路走去；而以文学的尺来估量他们的作品，也使我们不敢恭维他们有什么伟大的成绩。所以他们虽在文学史上成了一个大潮流，但我们却不能给他们以重要的地位。

# 第十章
# 金元文学

希腊的戏曲开始得极早：公元前五世纪时，即已有极宏大的公共剧场，即已有极伟大的悲剧作家与喜剧作家，即已有永久不朽的使今人读之犹为之愉悦的伟大剧本。中国戏曲的开始却较希腊的迟得多。当中国的诗歌已改变了好几种的形式，当中国的散文已经历了好几次的新潮，且当中国的小说已发生了之后，她的戏曲才第一次出现于文坛；她的伟大的戏曲作家，她的不朽的剧本才有得产生出来。

这时在十二、十三世纪，即金、元等外族相继侵入中国内部之时，离希腊戏曲的开始已有 1800 余年了，离中国第一诗歌总集《诗经》的产生时代已有 2000 余年了。

# 戏曲的发展

中国戏曲的发展为什么如此地迟缓呢？春秋之时，即有关于优伶的记载。如楚有优孟，怜贤相孙叔敖后裔之穷困，因在楚王之前，为孙叔敖衣冠，王大感动，即欲以他为相，他不欲，说了好些讽谕的话。楚王因此大悟，便给孙叔敖子以赠赐。后来类此的记载甚多。

大约所谓"优伶"，都为娱乐帝王贵族之人，以愉快的、滑稽的行动，锋利机警的言谈，引帝王们发笑（有时则使他们自省其非）为目的。虽往往装扮成古人的形状，但其目的似不专在于搬演故事，而在于假此以使人发笑，乃是所谓"弄人"之流，而非所谓正式的演剧家。

北齐时，有兰陵王高长恭，才武而面美，常着假面以对敌。尝击周师金墉城下，勇冠三军。齐人壮之，为"大面"（亦称代面）舞以效其指挥击刺之容，谓之"兰陵王入阵曲"（见《旧唐书·音乐志》）。此为戴假面的歌舞剧的开始，其后类此者尚有所谓"拨头""踏摇娘""参军戏"等。

"拨头"者，《乐府杂录》言："昔有人父为虎所伤，遂上山寻父尸。山有八折，故曲八叠。戏者被发，素衣，面作啼，盖遭丧之状也。"

"踏摇娘"的起源，据《旧唐书·音乐志》谓："河内有人，貌恶而嗜酒，常自号郎中。醉归必殴其妻。其妻美色善歌，为怨苦之辞。河朔演其声而被之弦管。因写其夫之容。妻悲诉，每摇顿其身，故号踏摇娘。"郎中之状，乃"着绯带帽，面正赤，盖状其醉也"。（据《乐府杂录》，其题为《苏中郎》，盖即《踏摇娘》。）

"参军戏"，则似为不戴假面之戏。赵璘《因话录》言："（唐）肃宗宴于宫中，女优有弄假官戏，其绿衣秉简者，谓之参军桩。"

像这一类的零碎记载甚多，俱可为中国戏曲在十三世纪之前已发生之证。但在十三世纪之前，我们却不能找到一本流传于今的剧本，不能找到一个著名的戏曲作家。《宋史·乐志》言："真宗不喜郑声，而或为杂剧词，未尝宣布于外。"苏轼的诗有言："搬演故人事，出入鬼门道。"则当北宋时已有剧本与演者具有出入之门——鬼门——的剧场了。

周密的《武林旧事》载宋官本杂剧段数，多至280本，陶九成的《辍耕录》载金人所作院本690种，大约那时的戏曲必甚发达，剧本作者也必已很多了。但这900余种的杂剧院本无一传于今者，故不知其体裁之何若，其作者的姓名也都无可考。至今可考知的戏曲作者，且至今尚得读其剧本者，乃始于金末元初之时，即十三世纪的前半之时。

大约中国戏曲的发展之所以如此地迟缓，其最大的原因乃在于：一是文人以戏曲为下等的艺术，为以娱乐他人为业的"弄人"们的专业，不屑去顾问¹它；二是诗赋策论为历来文士得官的阶梯，故他们注全力于此，自无暇注意到与科举功名全无关系之戏曲了。到了金、元之时，科举久停，文士无所用心，适值当时民间演戏之风甚盛，于是许多文学者便移他们的注意于科举功名之心而注意于民众的艺术上，而戏曲的伟大作家因此便产生了许多出来。

臧晋叔²谓元朝以剧本取士，所以元剧作者特盛，且俱为当时才智之士。实则他的话是没有什么确据的。"以杂剧取士"的话，在历史上并无记载，在别的书上也并无记载，且大作家关汉卿、王实甫等俱为由金入元者，早已以作剧著名，更与元之"举科"无关。臧晋叔的话想必是他对于元剧特盛之因由的"想当然"之解释。

中国戏曲的组成，由于下面的三个部分：一为"科"，即指示演者在舞台上的动作；一为"白"，即演者的说话；一为"曲"，即演者所唱的辞句。三者之中，以曲为最重要。近来影刊的《元剧三十种》系依据于元时的坊间刊本，其中"科""白"俱极简略，有时仅在"曲"前注明"孤夫人上云了，打唤了，且扮引梅香上了，见孤科"，并不写出他们的对话；有时则竟在全剧中连一点"科""白"也不写出，全部都是"曲"，如《关张双赴西蜀梦》即为一例。

这可见当时戏曲所注重的全在于唱，至于动作与对话则并不重视，可以由伶人自己去增饰表演。(《元曲选》中科、白俱全，有的人说这是明人所加的，有的人则说是作者原来所有的。以后说为较可靠。大约作者当初原都有很完全的科、白，坊间刊印剧本时，图省事，每都将它们删去。)但到了后来，

---

1 顾问：此处为顾及、关注之意。
2 臧晋叔（1550—1620），名懋（mào）循，字晋叔，号顾渚，浙江省长兴县人。明万历八年进士，官至南京国子监博士。他精研戏曲，兼长诗文，编集有《古诗所》《唐诗所》《元曲选》等。现存元人杂剧约一百五六十种，绝大部分依靠其《元曲选》得以传播。

鳳雨像生貨郎旦雜劇

第一折

元　　撰

明吳興臧晉叔校

〔外旦扮張玉娥上云〕妾身長安京兆府人氏喚做張玉娥是簡上廳行首如今我這在城有簡員外李彥和與我作伴他要娶我怎奈我身邊又有一簡魏邦彦我要嫁他瞞知的他近日差使出去我已央人寄他去引這早晚敢待來也淨扮魏邦彦

洞庭湖柳毅傳書雜劇

楔子

元　　尚仲賢撰

明吳興臧晉叔校

〔外扮涇河老龍王領水卒上詩云〕義皇八卦定乾坤左右還須輔弼臣死後襲承天帝命獮赳水底作龍神吾乃涇河老龍王是也我孩兒涇河小龍有洞庭湖老龍的女兒爲妻小龍與洞庭湖老龍的女兒三娘要爲小龍媳婦琴瑟不和使我心中甚是不樂且待小龍

《元曲选》明万历间刻本书影

则所刊印的剧本大概都把所有的科、白刊上了。

宋时，伶人所唱者都为当时盛行的新体的"词"。后来金人占据了中国北部，"旧词之格，往往于嘈杂缓急之间，不能尽按，乃别创一调以媚之"（王世贞《艺苑卮言》）。这就是"北曲"的起源。十二、十三世纪中的剧本都是用这种新体的诗写的。到了十四世纪的前半，即元末明初之时，"南曲"又渐渐地发达。

南曲为南方的人改变词调所创造的，在宋时已有之。当北曲极盛时，南方也被收入了它的势力范围之内，寖至南方的诗人亦俱善于作北曲。在十三世纪的后半，善作北曲的诗人大都为南方的人，或北人而流寓于南方者。然北曲究竟不大谐适于南人的耳官。所以不久南曲便发达起来，渐渐有占夺了北曲的地位之倾向。十六世纪之时，即为南曲最发达之时，当时北曲虽然未全消灭，然其势力已甚微弱了。但这是后话，本章所述，止于中世纪，即十五世纪之末，仅能述至南曲初起之时。

最初的一个最伟大的北曲作家是董解元[1]。董解元的名字是什么，我们已无法知道，大约因为他在金时中过解元，所以人便称之为董解元。他的生年约在十二世纪的后半。著名的《西厢抟（chōu）弹词》便是他的大著。论者每以此书为中国的第一部剧本。钟嗣成[2]的《录鬼簿》著录戏曲家也以他为第一人。实则此书并非剧本，乃是一个人用琵琶抟弹的。他一面念唱曲调，一面弹奏琵琶，颇类现在流行各地的说书或夏夜在妇女丛中一面敲鼓，一面念唱的弹词。不过，其中有"白"，有"曲"，除了为一人抟唱而非多人表演，为叙事式的一人代言的说唱之书而非直接由伶人扮演说唱的剧本之外，其他各点，对于后来剧本的结构上都很有影响，尤其在"曲"的一方面。

---

1 "解元"二字，在金、元之间用得很滥，盖为对读书人之通称或尊称，并不像明代必以中举首者为"解元"。

2 钟嗣成（约1279—约1360），元代文学家、散曲家，字继先，号丑斋，大梁（今河南开封）人，寓居杭州。元顺帝时编著《录鬼簿》二卷，载元代杂剧、散曲作家小传和作品名目。

《西厢记》1926 年德文版木刻插图

　　这部书的题材是完全根据于元稹的《会真记》的，但加了不少的人物及穿插等。王实甫之著名的《西厢记》剧本，其事实及情节即完全依照于它而写的，它实可算是一部极伟大的史诗。像这种体裁的著作，在中国只有这一部，离开它的别种重要之点不说，即以它本身的文艺价值而论，也可以使它在文学史上占一不朽的地位。它写人物的个性，翩翩如活，诗句也有许多是极好的。如以下是其例子：

　　　　要酒后厨前自汲新泉，要乐当筵自理冰弦，要绢有壁画两三幅，要诗后却奉得百来篇，只不得道着钱。（卷三，38 页，《暖红室本》）
　　　　莫道男儿心如铁，君不见满川红叶，尽是离人眼中血。（卷六，1 页）

# 杂剧的鼎盛

　　继《西厢挡弹词》之后的，便为结构很完备的剧本了。十三世纪时的剧本，都是用北曲写的，前面已经说过，它们的结构都是很相同的；全部分成四折，所谓"折"便是现在的所谓"幕"，便是南剧里所谓"出"的意思。有的时候，于四折之外，又加上了一个"楔子"，大约在四折不够叙演尽某种故事时，才添加上这种楔子。这种例子在《元曲选》里极多，如马致远的《汉宫秋》，无名氏的《衣锦还乡》《合同文字》等，俱是有楔子的。

　　北剧（现在名它们这种剧本为北剧，或谓之杂剧）所用的角色不少，但却只有两个主要角色可以唱曲，即正末与正旦，其余的角色都仅可说"白"，以帮助主角。而这两个主角在同一剧中又不能并唱，如此戏为正末主唱的，则须由他一人从楔子或第一折直唱到第四折之最后，旦角不能唱一句；如果是正旦主唱的，则须由他一人从楔子或第一折直唱到底，正末——如果剧中有这个角色——也不能唱一句。如《元曲选》中的《汉宫秋》等，即为正末主唱之一例——此例最多——而同书中的《风光好》（戴善夫作），则为正旦主唱之一例。

　　但在同一剧中，主角如正末等，又可以一个角色装扮好几种人物。如在第一折中他扮书生，在第二折中他又可以改扮神道。因此，唱的虽只有他一个人，而在剧场上，却可以在不同折里有不同的人物在唱着。譬如元无名氏的《朱砂担》，在楔子里，在第一折及第二折里，正末俱扮王文用，后来王文用被白正所杀，正末便在第三折里改扮东岳太尉（神）而出唱。到了第四折，正末又扮了王文用的鬼魂而出场歌唱，而东岳太尉在这一折里则不唱，另由一人扮之。举此一例，可以概知其他。

这种结构，那时的戏曲作家都守之极坚，无一人肯出此范围之外者。虽然王实甫的《西厢》，尝破全剧由末或旦一人独唱之例，但他对每剧必以四折为限之成例仍始终不敢打破，宁可使很长的《西厢》故事分成为四个剧本，却不愿使它连为一气而为一部具有二十折的长剧。而除王实甫的此剧外，他人也无有破例者。

但像这种结构简单的剧本，后来究竟渐渐地不足以使人满意了。因为每种剧本只限四折，在剧情简短的时候原可以适用，而一到了采取长的故事为题材时，便不够应用；且在短的故事里也不能将人物性格、事实背景描写得详尽，虽然可以加上了一个楔子，但究竟还是不够；且全剧仅由一个角色唱，未免太单调了，听者也觉得乏味。于是后起的南剧（或谓之传奇）便把这些北剧的成例全推翻了。在南剧里，无论哪一个角色，都可以唱，就是最不重要的角色也可以唱几句。因此，在戏曲上有许多大进步：

第一，听众见了许多不同的人在唱，有时一人独唱，有时数人合唱，自然较之始终仅见同一人在唱者为更觉得有兴趣。

第二，当仅以正末或正旦一人主唱之时，唱者自易疲倦，万不能继续演唱长部的剧本，元剧之以一部四折为定例者，其原因未始不源于此。

现在，一切角色都可以唱了，正末及正旦唱的负担便轻得多。大家轮流唱着，剧本自可拉得很长了。所以南剧的出数，大都有30—50之数。如《琵琶记》有42出，《幽闺记》有40出，《荆钗记》有48出，《白兔记》有33出。如此，剧情便可以描写得尽致，不致因限于篇幅之过短而有强行截去作者之情思之患了。

南剧之与北剧不同者尚有一点，即在南剧之开始（第一出），总有一段叙述全剧大意与情节的引子，由一个"副末"在剧场上报告出来，这个引子，名称很不相同，有时称之为"家门始终"，有时称之为"家门大意"，有时称之为"家门"，有时称之为"开宗"，有时称之为"副末开场"，有时称之为"先声"，有时则称之为"楔子"。但这种楔子与北剧所谓楔子的内容完全不同：北剧的楔子则全剧情节的一部分，而此之所谓楔子或家门大意，则为全剧中的一个小引，为将全剧的大纲先括述出来的一种"提要"之类的东西。又南剧的楔子必须最先，北剧则或在最先，或在各"折"之中间，俱不一定。

自南剧打破了北剧的成规之后，北剧的作家，也便不复再坚守以前的死规例了。明人作杂剧者，如朱有燉，如汪道昆，如徐渭他们，都已把北剧的四折的制度推翻，而成为一种"独幕剧"的体裁。同时，正末、正旦主唱的旧规例也完全被破坏了。这在北剧本身一方面，实是一种大进步。

但当戏曲的结构进步到很完美的时候，戏曲的文辞却又由"本色"的、新鲜的、活泼的，而渐渐地被文人们粉装珠饰而成了非民众的，只供文人贵族赏玩的失真趣的文艺作品，与五七言诗、词、古骈文同一类的陈腐东西了。这是后期的话，在第一期中，这种雕饰艳辞腐语的倾向，尚未见很显著。


# 元之戏曲家


元代的戏曲作家甚多，见于钟嗣成的《录鬼簿》者凡 117 人。钟嗣成是元末的人，此书初作于公元 1330 年（至顺元年），（据他的自序）大约此后他尚时时加以修改，所以书中所叙的时代却迟至公元 1345 年（至正五年，乔吉甫的死年），离开初作书时已有 15 年之久了。因此，此书所叙的作家与作品颇为完全。他在此书里，将元曲的作家分为三个时期来说：一、前辈已死名公才人有所编传奇行于世者；二、方今已亡名公才人他所相知的，及已死才人他所不相知的；三、方今才人相知的，及方今才人闻名而不相知的。

王国维在他的《宋元戏曲史》上，以钟氏的第一期为蒙古时代，自太宗窝阔台取中原至世祖忽必烈统一南北为止（1234—1279）；第二期为统一时代，自此后至至顺及后至元间（公元 1340 年以前）为止；第三期为至正时代（1341—1367），即元末之时代。兹将钟氏所举作者的时代及生地列表于下：

| 时\地 | | 第一期 | | | 第二期 | | | 第三期 | | |
|---|---|---|---|---|---|---|---|---|---|---|
| | 姓名 | 作曲数¹ | 出生地 | 姓名 | 作曲数 | 出生地 | 姓名 | 作曲数 | 出生地 | |
| 大都 | 关汉卿 | 58 | | 曾瑞 | 1 | | | | | |
| | 庾天锡 | 15 | | | | | | | | |
| | 王实甫 | 14 | | | | | | | | |
| | 马致远 | 12 | | | | | | | | |
| | 王仲文 | 10 | | | | | | | | |
| | 杨显之 | 8 | | | | | | | | |
| | 纪天祥 | 6 | | | | | | | | |
| | 费唐臣 | 3 | | | | | | | | |
| | 张国宾 | 3 | | | | | | | | |
| | 梁进之 | 2 | | | | | | | | |
| | 孙仲章 | 2 | | | | | | | | |

1 此表完全依据《录鬼簿》，故所载作曲之数与现在所知者略有不同，如关汉卿，今知他的剧本共有 63 种，但《录鬼簿》仅载 58 种。现在仍依《录鬼簿》所载。作者有剧本存于今者尚有罗本和杨梓二人，为《录鬼簿》所未载，故此表亦未列入。姓名后未注数字者，乃《录鬼簿》不载他们的作曲之数者。

（续上表）

| 时地 | 第一期 | | | 第二期 | | | 第三期 | | |
|---|---|---|---|---|---|---|---|---|---|
| | 姓名 | 作曲数 | 出生地 | 姓名 | 作曲数 | 出生地 | 姓名 | 作曲数 | 出生地 |
| 大都 | 赵明道 | 2 | | | | | | | |
| | 李子中 | 2 | | | | | | | |
| | 石子章 | 2 | | | | | | | |
| | 李时中 | 2 | | | | | | | |
| | 费君祥 | 1 | | | | | | | |
| | 李宽甫 | 1 | | | | | | | |
| | 红字李二 | 3 | 京兆 | | | | | | |
| | 王伯成 | 2 | 涿州 | | | | | | |
| 中书省所属 | 高文秀 | 32 | 东平 | 郑光祖 | 17 | 平阳 | | | |
| | 郑廷玉 | 23 | 彰德 | 乔吉甫 | 11 | 太原 | | | |
| | 吴昌龄 | 19 | 西京大同 | 宫天挺 | 6 | 大名 | | | |
| | 白朴 | 15 | 真定 | 赵良弼 | 1 | 东平 | | | |
| | 李文蔚 | 12 | 真定 | 陈无妄 | | 东平 | | | |
| | 尚仲贤 | 10 | 真定 | 李显卿 | | 东平 | | | |

（续上表）

| 时\地 | 第一期 | | | 第二期 | | | 第三期 | | |
|---|---|---|---|---|---|---|---|---|---|
| | 姓名 | 作曲数 | 出生地 | 姓名 | 作曲数 | 出生地 | 姓名 | 作曲数 | 出生地 |
| 中书省所属 | 武汉臣 | 10 | 济南 | | | | | | |
| | 李寿卿 | 10 | 太原 | | | | | | |
| | 石君宝 | 10 | 平阳 | | | | | | |
| | 于伯开 | 6 | 平阳 | | | | | | |
| | 戴尚甫 | 5 | 真定 | | | | | | |
| | 王廷秀 | 4 | 益都 | | | | | | |
| | 张时起 | 4 | 东平 | | | | | | |
| | 李好古 | 3 | 保定 | | | | | | |
| | 赵文殷 | 3 | 彰德 | | | | | | |
| | 李进取 | 3 | 大名 | | | | | | |
| | 李直夫 | 3 | 女真 | | | | | | |
| | 岳伯川 | 2 | 济南 | | | | | | |
| | 康进之 | 2 | 棣州 | | | | | | |

（续上表）

| 时地 | 第一期 | | | 第二期 | | | 第三期 | | |
|---|---|---|---|---|---|---|---|---|---|
| | 姓名 | 作曲数 | 出生地 | 姓名 | 作曲数 | 出生地 | 姓名 | 作曲数 | 出生地 |
| 中书省所属 | 顾仲清 | 2 | 东平 | | | | | | |
| | 刘唐卿 | 2 | 太原 | | | | | | |
| | 赵公辅 | 2 | 平阳 | | | | | | |
| | 彭伯威 | 1 | 保定 | | | | | | |
| | 侯正卿 | 1 | 真定 | | | | | | |
| | 史九散人 | 1 | 真定 | | | | | | |
| | 汪泽民 | 1 | 真定 | | | | | | |
| | 陈宁甫 | 1 | 大名 | | | | | | |
| | 张寿卿 | 1 | 东平 | | | | | | |
| | 狄君厚 | 1 | 平阳 | | | | | | |
| | 孔文卿 | 1？ | 平阳 | | | | | | |
| | 李行甫 | 1 | 绛州 | | | | | | |
| 行中书省所属 | 姚守中 | 3 | 洛阳 | 睢景臣 | 3 | 扬州 | 张鸣善 | 2 | 扬州 |
| 河南江北处 | 赵天锡 | 2 | 汴梁 | | | | 孙子羽 | 1 | 扬州 |

（续上表）

| 地＼时 | 第一期 | | | 第二期 | | | 第三期 | | |
|---|---|---|---|---|---|---|---|---|---|
| | 姓名 | 作曲数 | 出生地 | 姓名 | 作曲数 | 出生地 | 姓名 | 作曲数 | 出生地 |
| 行中书省所属河南江北等处 | 陆显之 | 1 | 汴梁 | | | | | | |
| | 孟汉卿 | 1 | 亳州 | | | | | | |
| 行中书省所属河南江北等处 | | | | 鲍天佑 | 8 | 杭州 | 秦简夫 | 5 | 杭州 |
| | | | | 金仁杰 | 7 | 杭州 | 萧德祥 | 5 | 杭州 |
| | | | | 沈和 | 5 | 杭州 | 赵善庆 | 5 | 饶州 |
| | | | | 周文质 | 4 | | 王晔 | 3 | 杭州 |
| | | | | 陈以仁 | 3 | 杭州 | 王仲元 | 3 | 杭州 |
| | | | | 范康 | 2 | 杭州 | 陆登善 | 2 | 杭州 |
| | | | | 廖毅 | | 建康 | 徐再思 | | 嘉兴 |
| | | | | 范居中 | | 杭州 | 吴朴 | | 平江 |

（续上表）

| 时\地 | 第一期 | | | 第二期 | | | 第三期 | | |
|---|---|---|---|---|---|---|---|---|---|
| | 姓名 | 作曲数 | 出生地 | 姓名 | 作曲数 | 出生地 | 姓名 | 作曲数 | 出生地 |
| 行中书省所属河南江北等处 | | | | 施惠 | | 杭州 | 黄公望 | | 姑苏 |
| | | | | 黄天泽 | | 杭州 | 钱霖 | | 松江 |
| | | | | 沈拱 | | 杭州 | 顾德润 | | 松江 |
| | | | | 吴本世 | | 杭州 | 张可久 | | 庆元 |
| | | | | 胡正臣 | | 杭州 | 汪勉之 | | 庆元 |
| 行中书省所属河南江北等处 | | | | 俞仁夫 | | 杭州 | | | |
| | | | | 张以仁 | | 湖州 | | | |
| | | | | 顾廷玉 | | 松江 | | | |
| | | | | 李用之 | | 松江 | | | |
| 未详 | 赵子祥 | 3 | | 屈彦英 | | | 屈子敬 | 5 | |
| | 李郎 | 2 | | 王思顺 | | | 吴仁卿 | 4 | |

（续上表）

| 时\地 | 第一期 | | | 第二期 | | | 第三期 | | |
|---|---|---|---|---|---|---|---|---|---|
| | 姓名 | 作曲数 | 出生地 | 姓名 | 作曲数 | 出生地 | 姓名 | 作曲数 | 出生地 |
| 未详 | | | | 苏彦文 | | | 朱凯 | 2 | |
| | | | | 李齐贤 | | | 高可道 | | |
| | | | | 刘宣子 | | | 李邦杰 | | |
| | | | | | | | 曹明善 | | |
| | | | | | | | 高敬臣 | | |
| | | | | | | | 高安道 | | |
| | | | | | | | 王守中 | | |

在这个表里，我们可以看出元曲变迁的大势。第一期里的作者共有 56 人，其生地大都为北方，江浙等处未有一人；仅有马致远、尚仲贤、张寿卿诸人作吏于南方，他们当系传播北曲于南方的最有力量者。这时作者的中心集合地大约系大都。大都即今之北京。然在第二、三期里，我们便可看出一个大变动的时局了；第二期的作者仅 30 人，而南方的人已占了 17 人，尤以杭州为最多；北方的作者则仅有六七人，且尚系与南方都有若干关系的，如曾瑞则后半生居于杭州，郑光祖及赵良弼俱为杭州的官吏，乔吉甫与李显卿也住于杭州（只有宫天挺一人未到南方来）。到了第三期，则北方的戏曲家仅有高君瑞一人为南方所闻知，其余的许多作者都是南方的人。由此可见，在这两个时期，南方的杭州竟已代大都而为戏曲作家的中心集合地了。但在戏曲的本身讲来，则第一期的作者最多，且其作品流传于现在者也最多，到了第二、三期则作者似都已疲乏，无复有第一期一人而作 30 剧、50 剧的魄力了，他们的作品传于今的也较第一期少了许多。

在这 110 余人的作家中，最有名者，为第一期的关汉卿、马致远、白朴、王实甫，及第二期的郑光祖、乔吉甫，世称之为"六大家"。现在将较重要而有剧本留传于今的作家依次叙述一下。

# 关汉卿

关汉卿为最先出的一个戏曲作家，他是大都人，号已斋叟，曾做过太医院尹。他的生年大约在公元 1234 年（金亡之年）以前。他的戏曲作品，据《录鬼簿》所载仅有 58 种，而据今所知的则有 63 种。大多数俱已散佚，仅有《玉镜台》《谢天香》《金线池》《窦娥冤》《鲁斋郎》《救风尘》《蝴蝶梦》《望江亭》（以上俱见《元曲选》），《西蜀梦》《拜月亭》《单刀会》《调风月》（以上俱见《元刊杂剧三十种》）及《续西厢》（附于王实甫的《西厢记》后）等13种尚存于今，尤以《窦娥冤》及《续西厢》为最著名。

《窦娥冤》连楔子共五折。楔子里叙楚州蔡婆生了一个男孩，家里颇有些钱。有一个窦秀才名天章的，向她借银数十两，不能偿还，便把他的女儿名端云的给了她为媳妇，改名窦娥，这窦娥便是此剧中的女主人公。蔡婆收下了媳妇，便送了些盘缠给窦天章上京应举去了。第一折的开端叙一件意外的遭遇。赛卢医借了蔡婆的钱，不能还，便把她诱至郊外，欲用绳绞死她，恰值张驴儿与他的父上场救了她，赛卢医逃去了。全剧的波澜便由此掀起。张驴儿与他的父依仗着救死的恩惠，随蔡婆回家，欲父娶了蔡婆，而他自己娶了窦娥（那时蔡婆的儿子已死去了）。窦娥执意不肯嫁他。第二折叙张驴儿遇见赛卢医，强迫他给些毒药，欲毒死蔡婆而将窦娥做妻；不料被他的父误吃了而死。张驴儿强指系窦娥下药毒死的，告了官，将她定了死罪。第三折叙窦娥被杀的情景，这一折是世界上最凄苦的文字之一，什么人读了都要战栗起来，是全剧的最高点。窦娥临死时说，如她是冤枉的，颈血便都将飞溅在丈二白练上，当时虽是六月，也将下雪，且那个地方也将亢旱三年。果然，一切都应了她的预言。第四折叙窦天章做了廉访使，到了楚州，调阅案卷，窦娥的鬼魂向他诉冤。他便捉了张驴儿、赛卢医，各给他们以相当的罪名，报了窦娥的怨冤。

虽然如此结束，然而我们为窦娥的屈死而引起的悲愤心还不能宁谧下去；这个题材原太悲苦了，而汉卿的叙写又紧张之极，迫切之极，自然使人读后更难于忘记了。中国的悲剧本来极少，这一剧可算是所有悲剧中之最伟大的。

# 王实甫

　　《续西厢》是续王实甫的《西厢》四剧的。王氏的《西厢》止于草桥店梦莺莺，关氏所续则为"张君瑞庆团圆"之一幕剧情。董解元的《西厢挡弹词》原有这一段事实，《西厢》是全依据于它而写的，故关汉卿也要做了第五本的《西厢记》以补足王氏未完的四本。

　　《西厢记》与《续西厢》的作者为谁，从前曾争论了许久，或以为关著

[明]陈洪绶：《西厢记·窥简》插图

而王续，或以为王著而关续，或以为全部是王著，或以为全部是关著，到了现在，则"王著而关续"的话，差不多成了定论了。

关的续本，金喟曾极力施以攻击，以为"狗尾续貂"，这是他未见《董西厢》，不知原本本是如此之故。且续本里的好词句，也未必少于前四本，如下即是一例：

> 我这里开时和泪开，他那里修时和泪修。多管阁着笔尖儿未写，早泪先流。寄来的书，泪点儿兀自有。我将这新痕把旧痕浥透，正是一重愁翻做两重愁。（《暖红室刊西厢十则》，第三册，3—4页）

王实甫也是大都人，他的生年也与关汉卿约略相同。他的著作的开始在金朝未亡之前。《丽春堂》一剧叙的是金代的事，而最后言"万邦齐仰贺当今皇上"，可为一证。所作剧本凡14种，存于今者仅《丽春堂》（见《元曲选》）及《西厢记》2种，而《西厢记》尤为流传最广之作品。如果他什么都不作，仅作了《西厢记》一书，则此书已足使他不朽。

《西厢记》系依据董解元的《西厢挡弹词》而改作剧本的，共分四本，凡16折；第一本为"张君瑞闹道场"，第二本为"崔莺莺夜听琴"，第三本为"张君瑞害相思"，第四本为"草桥店梦莺莺"。

在第一本里叙崔家寄寓于普救寺。张珙来游，偶然见了莺莺，大惊羡，便也寄寓于寺之西厢，想觅一个机会与她通殷勤。借着做道场，又与莺莺相见了一回。第二本叙孙飞虎率军围寺，欲劫了莺莺去。大家惊惶无措。崔夫人说："但有退得贼兵的，将小姐与他为妻。"于是张珙草了一书递于镇守蒲关的大将杜确，统军来解了围。不料老夫人又反悔了说，"莺莺幼昔许与郑恒为婚"，只以兄妹之礼使莺莺与张生相见。张生大失望，莺莺也很凄楚。第三本则叙他们二人互相恋慕的感情，为他们传递消息的人为一个婢子名红娘的，在这一本里，这红娘是一个最重要的角色。靠了她，莺莺与张生终于私自成了婚。第四本便叙他们的恋爱成功的情形。后来，这事被老夫人发觉了。她无可奈何，只得又许了张生的婚姻，着他到京应举。热恋的二人的分别，是全剧故事中最凄楚的一节。他的所写即止于此。后来的张生与莺莺团圆的事，在关汉卿的续本里写出。

在这个剧本里，人物的个性分得十分清楚；老夫人是有老夫人的个性，张生是有张生的个性，莺莺是有莺莺的个性，红娘是有红娘的个性，其他几个和尚与孙飞虎等也各活泼泼地现在纸上。在这一点上，王实甫的描写能力似较董解元为更进步。

中国的戏曲小说，写到两性的恋史，往往是二人一见面便相爱，便誓订终身，从不细写他们恋爱的经过与他们在恋时的心理。《西厢记》的大成功便在它的全部都是婉曲地、细腻地在写张生与莺莺的恋爱心境的。似这等曲折的恋爱故事，除《西厢记》外，中国无第二部。董解元的《西厢挡弹词》也是着力从这一点上写的，但没有王实甫写得腻婉。全剧中又充满了诗意的描写，在各支"曲子"里，我们又可以找到不少的极好的抒情诗，如下文句便是其例子：

> 我和他乍相逢，记不真娇模样，我到索手抵着牙儿，慢慢地想。
>
> 四围山色中，一鞭残照里，遍人间烦恼填胸臆，量这些大小车儿如何载得起！
>
> 想人生最苦离别。可怜见千里关山，独自跋涉。似这般割肚牵肠，倒不如义断恩绝！

王实甫的《丽春堂》一剧，其重要性便远不如《西厢记》。《丽春堂》的题材很简单，系叙金朝右丞相完颜乐善，在赐宴时与李圭相争，被皇帝贬于济南，后因盗贼蜂起，复召他回朝。百官们在他家的丽春堂设宴贺他，李圭也来谢罪。以如此简短的故事衍为四折，却并不见其拖牵繁累，且还具有戏曲的趣味，这也可见作者的艺术的高超。

# 马致远

马致远，号东篱，也是大都人，曾任江浙行省务官。他的生年略后于关、王二人。《录鬼簿》载其戏曲共 12 种，今知共有 14 种，其中的一半（7 种）尚传于今，即《汉宫秋》《荐福碑》《岳阳楼》《黄粱梦》《青衫泪》《陈抟高卧》及《三度任风子》，俱见于《元曲选》中。他的戏曲喜叙神仙的奇迹，如《岳阳楼》《黄粱梦》《三度任风子》等俱是，这是他与关、王二人不同的一点。他的作品的风格，俱甚潇洒自然；不像关之凝重，也不像王之婉曲。《汉宫秋》可谓他的诸剧的代表。

《汉宫秋》系叙汉时的美姬王昭君远嫁的故事。这个故事曾感动了不少的诗人。然马致远此剧的描写中心乃不在昭君而在汉元帝，这是它与别的以此同一故事为题材的作品大殊异的一点。

故事的起点为匈奴求婚于汉室。先此，毛延寿曾为汉元帝的使者，往各处搜求美女，以实后宫，并图其形以备临幸。有名王嫱字昭君的一个美女，因不肯贿赂毛延寿，被他在图上点破，因此久不得临幸。后元帝偶然见了她，大惊其美，便十分地宠爱她，问知毛延寿的舞弊，即欲斩他，毛延寿逃到匈奴，劝说单于指名要王嫱为阏氏。汉廷官吏怕动刀兵，便极力劝元帝割舍了王嫱，送给匈奴和亲。元帝不得已

《元曲选·汉宫秋》1918 年涵芬楼影印本书影

而许之。昭君与元帝的相别，是全剧的极高点，写得极凄凉。番使护着昭君渐渐地去远了，元帝还立在那里凝望着。这里的一段曲，是写他那时的心境的：

> 呀，俺向着这四野悲凉！草已添黄色，早迎霜。犬褪得毛苍，人搠起缨枪，马负着行装，车运着糇粮，打猎起围场。她，她，她，伤心辞汉主；我，我，我，携手上河梁。她部从入穷荒，我銮舆返咸阳。返咸阳，过宫墙；过宫墙，绕回廊；绕回廊，近椒房；近椒房，月昏黄；月昏黄，夜生凉；夜生凉，泣寒螀；泣寒螀，绿纱窗；绿纱窗，不思量！

后半段的音节是如何的迫切！自昭君去后，元帝抑抑无欢，一夜在梦中见了昭君，醒来时正听见孤雁在叫。这个情境真足使任人都为之感动。后来，昭君走到了黑龙江，投水死了，匈奴便拿了毛延寿，送回汉廷治罪。全剧便如此结束了。

# 白　朴

白朴，字仁甫，后改字太素，真定人，生于公元 1226 年（金正大三年），号兰谷先生，赠嘉议大夫，掌礼仪院太卿。他也是后于关、王的作剧家。所作剧本共 15 种，存于今者仅 2 种，即《梧桐雨》与《墙头马上》，俱见《元曲选》。《梧桐雨》是叙唐明皇与杨贵妃的恋史的，《墙头马上》是叙裴少俊与李千金的恋史的。

《墙头马上》是一篇有趣的喜剧，描写得很大胆，里面有许多好的抒情诗，如下文之类：

榆散青钱乱，梅攒翠豆肥。轻轻风趁蝴蝶队，霏霏雨过蜻蜓戏，融融沙暖鸳鸯睡。落红踏践马蹄尘，残花酝酿蜂儿蜜。

《梧桐雨》是一篇极高超的悲剧。无数的中国悲剧，其结果总是止于团圆或报仇，即关汉卿的《窦娥冤》，马致远的《汉宫秋》也是大圆满、快人意的结束；无数的叙唐明皇、杨贵妃的故事的文字，其结果也都是止于幻造的大团圆之境地，如陈鸿的《长恨歌传》乃有叶法善的传语，洪昇的《长生殿》乃以天上的重圆结束全剧，全失了悲剧的意境；独白仁甫此剧，则为最完美的悲剧，其全剧乃在唐明皇于杨贵妃死后的悲叹声中而收局。他写唐明皇的悲怀，甚为着力，使人读完了此剧，也为之感伤无已。试举其一段。

（正末扮明皇，做睡科，唱）【倘秀才】"闷打颏和衣卧倒，软兀剌方才睡着。"

（旦上云）"妾身贵妃是也，今日殿中设宴，宫娥，请主上赴席咱。"

（正末唱）"忽见青衣走来报，道太真妃将寡人邀宴乐。"

（正末见旦科，云）"妃子，你在那里来？"

（旦云）"今日长生殿排宴，请主上赴席。"

（正末云）"吩咐梨园子弟齐备着。"

（旦下）（正末做惊醒科，云）"呀，原来是一梦。分明梦见妃子，却又不见了。"（唱）【双鸳鸯】"斜軃翠鸾翘，浑一似出浴的旧风标，映着云屏一半儿娇。好梦将成还惊觉，半襟清泪湿鲛绡。【蛮姑儿】懊恼，窨约。惊我来的，又不是楼头过雁，砌下寒蛩，檐前玉马，架上金鸡；是兀那窗儿外梧桐上雨潇潇。一声声洒残叶，一点点滴寒梢，会把愁人定虐。"

这一场梦境，这一阵滴落于梧桐上的雨点，使全剧增添了不少的活气。

# 元曲其他作家

　　高文秀，东平人，府学生。他虽然死得很早，但他的戏曲作品却不少，据《录鬼簿》所载有 32 种，据今所知有 34 种，存于今者仅《须贾诔范雎》《黑旋风双献头》（以上 2 种见《元曲选》），及《好酒赵元遇上皇》（此 1 种见《元刊杂剧三十种》）3 种。

　　《诔范雎》（"雎"，《元曲选》作"叔"）系叙战国时范雎为魏齐及须贾所辱，伪死，得脱奔秦，做了秦的丞相，因得报复了他的旧怨。此剧《元曲选》作无名氏撰，兹据《录鬼簿》，知为高文秀所作。

　　《黑旋风双献头》（"头"《元曲选》作"功"）系他所作的"水浒"剧本之一。他善于写"水浒"故事，尤喜写黑旋风李逵。此类剧本，所作不下 8 种，存于今者仅此 1 种。此剧叙宋江的旧友孙孔目欲偕妻郭念儿赴泰安神州庙烧香。他到梁山泊请一个"护臂"（即今所谓保镖的人）。李逵自己出来要担任这个差事。他们同到了泰安。有一个白衙内原与郭念儿相恋着，这时便乘机在饭店里拐了郭念儿回去。孙孔目到大衙门去告他，不料这衙门的官正是白衙内，便把孙孔目下在死牢。李逵进监牢用蒙汗药把禁子迷倒了，救了孙孔目出来，夜间又去杀了白、郭二人，把双头带上山去献功。

　　此剧里的李逵，虽然形状生得黑怪，性格生得烈憨，然尚知道用计，心思也很精细，且杀人后曾题诗在墙上，与《水浒传》的一部小说中所描写的完全憨直愚鲁的李逵不同。

　　《好酒赵元遇上皇》系叙一酒徒，因饮酒常醉而为家庭所弃，却也因饮酒而遇到了微行的上皇，认作兄弟，反得了好结果。

　　郑廷玉，彰德人，所作剧本共 23 种（据《录鬼簿》），存于今者有《楚昭公》《后庭花》《忍字记》《看钱奴买冤家债主》等，俱见于《元曲选》，又有《崔府君断冤家债主》1 种，《录鬼簿》未著录，《也是园书目》以为系郑廷玉作，今亦见于《元曲选》。

《楚昭公》系叙战国时，伍子胥伐楚，楚昭公战败，赖申包胥向秦国求得了救兵，又恢复了楚国的事。其中还杂着些神怪的故事：一、这次战事的开始，此剧说，系因吴国的一柄宝剑名湛卢的飞到楚国去，吴向楚王索取不得之故。二、当楚昭公兵败时，逃难过江，船小人多。艄公说须疏者下船，以救此船的倾覆，于是昭公的妻与子都跳入水中去了，但龙神把他们都救上了岸。楚国恢复时，他们又得团圆了。

《后庭花》系以“包公故事”之一为题材。

《忍字记》系叙贪狼星被贬下凡，后复回原位的故事。

《看钱奴》，《元曲选》作无名氏撰，《录鬼簿》及《也是园书目》俱以为廷玉作，系叙周秀才因穷卖子，后复得复聚的事，其中也杂有神灵的奇迹。

《崔府君断冤家债主》也是叙幽明果报的故事。从郑廷玉现存的几篇戏曲看来，差不多没有一篇不有神道在内的，大约他很喜欢以神灵的奇迹来缘饰他的故事，也许他自己竟是一个迷信果报、相信神灵的奇迹的人。

尚仲贤，真定人，为江浙行省务官。他所作的戏曲，《录鬼簿》载有 10 种，今知共有 11 种，存于今者有《单鞭夺槊》《柳毅传书》及《气英布》3 种，俱在《元曲选》中。

《单鞭夺槊》有两种不同的本子，俱系叙尉迟敬德的事，而事实不同。在《元曲选》中的一种，系叙尉迟敬德初投唐，单鞭打了单雄信，救了李世民的事；在《杂剧三十种》中的一种，系叙唐初诸国都削平了之时，李建成及元吉，欲夺太子之位，因世民有猛将尉迟敬德不敢下手，便在高祖面前说敬德的坏话，高祖便将敬德拿下，后又得赦免的事。这两种不同的剧本，也许是尚仲贤一人所作，将尉迟恭的前后二事分开两本写的，也许一种是尚仲贤作的，而其他一种是别的人作的。在这两个假定中，似以前说为较可信。

《柳毅传书》系叙龙女被她夫家弃在泾河岸边牧羊，请柳毅为她传书于母家。她叔叔钱塘君大怒，便去与她丈夫争斗，将他吞入腹中，而以龙女许了柳毅为妻的事。

《气英布》，《元曲选》作无名氏撰，《录鬼簿》所载尚仲贤所作剧目，有此1种，黄文旸《曲海总目》也以为此剧系尚仲贤所作，系叙楚汉相争之际，随何说降了楚将英布。汉高祖初于濯足时接见他以挫折他的锐气，后又十分笼络他的事。

武汉臣，济南府人，所作戏曲共11种（《录鬼簿》仅载10种），存于今者有《老生儿》《玉壶春》《生金阁》3种。

《老生儿》系叙60岁的刘从善，家甚富有而无子，后散了家财，便得了一子的事。

《生金阁》也是以"包公故事"之一为题材的，包公在当时，已是一位中国古来最有名的审判官了，所以许多"故事"都附着于他的名下。即使在元曲中，叙述他的故事的也不在少数。

《玉壶春》系叙妓女李素兰誓志欲嫁李玉壶，二人终于团圆了的事。

吴昌龄，西京人，所作戏曲凡11种，存于今者有《风花雪月》及《东坡梦》2种，俱在《元曲选》中。

《风花雪月》系叙八月十五月明之夜，陈世英与桂花仙子相恋着，一宵过去，仙子别去了，世英恋念着她而病了的事。

《东坡梦》系叙苏轼携妓白牡丹去见佛印禅师，欲诱他娶了白牡丹而还俗，终于不成的事。

杨显之，大都人，是关汉卿的一个最好的朋友，所作戏曲凡8种，今存2种，即《酷寒亭》与《潇湘雨》，俱见于《元曲选》。

《酷寒亭》叙郑孔目救了宋彬，二人结为兄弟。后孔目娶一妓为妻，她又与李成相恋。孔目发觉这事后，乘夜杀了妻，李成逃去了。孔目因杀妻事被刺配于沙门岛，李成恰是解差，欲害他，到了酷寒亭，被宋彬救去，并杀了李成报仇。

《潇湘雨》叙张商英被贬到江州去，在淮河中船沉了，与他的女儿翠鸾失散。翠鸾为渔父崔老所救。后来与他的侄子崔甸士结婚了，甸士中了举，又与考官的女儿结了婚。翠鸾去寻他，却被他当作逃婢，押配远地。她在临江驿遇见了父亲，这时商英已做了廉访使，便去捉了崔甸士来欲杀他。因崔老的恳求，而赦了前罪，他与翠鸾复成了夫妻。这剧里的甸士，直不似一个有心肠的人，事实较之高明的《琵琶记》略略有些相同，然《琵琶记》中的蔡邕较似崔甸士好得多。在描写人物的心理与性格方面，《琵琶记》也较这部《潇湘雨》进步了千百倍。

李寿卿，太原人，将仕郎，曾除县丞。他的剧本共有 11 种（《录鬼簿》仅载 10 种），存于今者有 2 种，即《伍员吹箫》与《度柳翠》，皆在《元曲选》中。

《伍员吹箫》即叙费无忌害了伍员全家，伍员逃出楚国，沿途受了许多苦，后做吴国的相国，攻楚，拿住费无忌报仇的事。郑廷玉也有一剧叙此故事，但他系从楚昭王方面写，此则从伍员方面写。

《度翠柳》，《元曲选》作无名氏撰，但《也是园书目》则题李寿卿作，《录鬼簿》载他的所著剧名，也有此剧在内。此剧系叙月明和尚因妓翠柳本是如来法身，便去引渡她成了正果的事。

《元曲选·鲁大夫秋胡戏妻》书影

石君宝，平阳人，所作戏曲凡 10 种，存于今者有《秋胡戏妻》及《曲江池》2 种，俱见《元曲选》。又有《风月紫云亭》1 种，见于《元刊杂剧三十种》，《录鬼簿》载君宝及戴尚甫的戏曲名目俱有此一种，不知现存的这一部究竟为何人所作。

《秋胡戏妻》叙鲁大夫秋胡初时家甚穷苦，与罗梅英结婚才三日，便被迫去从军。梅英为他守贞，不肯别嫁。十年之后，秋胡官至中大夫，请假回家，他走到近家的地方，见一女子在采桑，便以黄金挑引她，这女子不肯。他回家了，他的妻子随后也归来，发现原来她就是那采桑的女子。她大骂了他一顿，欲与他离婚，结果，因秋胡母的劝慰，便复和好了。

《曲江池》叙少年郑元和因恋着妓女李亚仙，堕落为"与人家送殡唱挽歌"的人。他父亲郑府尹知道了这事，便把他打得死去。他苏醒后又沦落为乞丐。幸得李亚仙救了他，劝他读书，后成为知县。

这两个故事都是民间流传得最广、最久的，至今尚有无数的人在重述着，尚有无数的伶人在演唱着。大约这些故事之所以传播的范围如此之大者，石君宝的剧本是有很大的力量的。有许多古代的故事，为民间所盛传者，大半都是因元明小说、剧本取了它们为题材之故。

戴尚甫，真定人，曾为江浙行省务官，所作戏曲共5种，今存者，除《紫云亭》1种不知是否即他所著的外，尚有1种《风光好》，见《元曲选》。《风光好》叙宋高祖时陶谷奉使南唐，被宋齐丘等以妓秦弱兰诱惑他，因此不能毕其使命，只得逃依故人杭州钱俶王处。不久，宋兵灭了南唐，秦弱兰避难来杭，因与陶谷结婚了。

张国宾，一名酷贫，大都人，为喜时营教坊勾管，即当时人所称为倡夫的。他所作的戏曲凡4种（《录鬼簿》作3种），存于今者有3种，即《合汗衫》《罗李郎》及《薛仁贵》，皆见《元曲选》。

当时与他同道的人，以戏曲家著称的，还有赵文敬、红字李二及花李郎。他们的剧本皆不传，国宾诸人虽为士大夫所看不起，然他们的作品在当时却流传得极广、戏曲的艺术价值也不见得比所谓士大夫的坏。

以上诸人皆为第一期戏曲家中作品留传于今稍多的，至于仅余1种作品的戏曲家，则尚有王仲文、纪天祥、孙仲章等十余人。

王仲文，大都人，作曲10种，仅《救孝子》一剧传于今（见《元曲选》）。

纪天祥，大都人，与李寿卿、郑廷玉同时，作曲6种，今传《赵氏孤儿》1种，见《元曲选》。

孙仲章，大都人，或以为他是姓李，作曲 3 种（《录鬼簿》作 2 种），有《勘头巾》1 种传于今，见《元曲选》。

石子章，大都人，作曲 2 种，今存《竹坞听琴》1 种于《元曲选》中。

王伯成，涿州人，作曲 2 种，今存《李太白贬夜郎》1 种，见《杂剧三十种》中。

李好古，保定人，或云西平人，作曲 3 种，今传《张生煮海》1 种，见《元曲选》。

李文蔚，真定人，曾为江州路瑞昌县尹，作曲 12 种，今仅存《燕青博鱼》1 种，见《元曲选》。

岳伯川，济南人，或云镇江人，作曲 2 种，今传《铁拐李》1 种，见《元曲选》。

康进之，棣州人，或以他为姓陈，作曲 2 种，皆叙黑旋风李逵事，今存其一，名《李逵负荆》，见《元曲选》。

张寿卿，东平人，浙江省掾吏，作曲 1 种，名《红梨花》，今存于《元曲选》中。

狄君厚，平阳人，有《晋文公火烧介子推》一剧，见于《杂剧三十种》中。

孔文卿是狄君厚的同乡，有《东窗事犯》一剧，亦见于《杂剧三十种》中。在第二期戏曲家金仁杰的戏曲目中，亦有与此剧同名的 1 种，不知此剧究竟是谁作的。

李行甫（一作行道），绛州人，有《灰阑记》一剧，见《元曲选》中。

李直夫，女真人，住于德兴府，作曲凡 12 种（《录鬼簿》作 11 种），存于今者仅《虎头牌》1 种，见于《元曲选》中。

孟汉卿，亳州人，作曲 1 种，名《魔合罗》，亦见《元曲选》中。

第二期的作家，有作品之存于今者较之第一期少得许多。在 30 个作家中，仅有曾瑞、宫天挺、乔吉甫、郑光祖、金仁杰及范康等 6 人，我们现在尚能读到他们的剧本，至于其余的人，则所作都已散佚无存了。

曾瑞，字瑞卿，大都人（亦作大兴人），从北方迁于南方，定居在杭州，不愿仕，自号褐夫。他死的时候吊者有千余人。他所作曲仅有 1 种，即见于《元曲选》中的《留鞋记》。

宫天挺字大用，大名开州人，为钓台书院山长，死于常州。他所作剧凡 6 种，存于今者 2 种：《范张鸡黍》见于《元曲选》，系叙范巨卿、张元伯的生死不渝的友情的；《严子陵垂钓七里滩》见于《杂剧三十种》，系叙严子陵、刘文叔（即汉光武）不以富贵易操的友情的。

乔吉甫，字梦符，太原人，号笙鹤翁，又号惺惺道人，旅居杭州，卒于至正五年二月。他所作曲有 11 种，今传其 3 种，《金钱记》《扬州梦》及《玉箫女》，俱见于《元曲选》。乔吉甫为元六大剧作家之一，与同时的郑光祖及第一期的关、王、马、白齐名。

《金钱记》系叙韩翃的恋爱故事；《扬州梦》系叙杜牧的恋爱故事；《玉箫女》系叙韦皋与韩玉箫的恋爱故事。

郑光祖，字德辉，平阳襄陵人，以儒补杭州路史。他与乔吉甫同为第二期最负盛名的作家。钟嗣成谓他："名闻天下，声振闺阁；伶伦辈称郑老先生，皆知其为德辉也。"所作剧本凡 19 种（《录鬼簿》载 17 种），传于今的凡 4 种：《王粲登楼》《倩女离魂》《㑇梅香》3 种见《元曲选》；《辅成王周公摄政》1 种见《杂剧三十种》。《王粲登楼》叙王粲辞母出游，所至不遇，后到荆州，登高楼而思乡，最后则做了大官，与蔡邕女结婚，复与母重聚的事。《倩女离魂》叙倩女与王文举相恋，文举赴京应举，倩女的魂离了躯体随他同去的事。《㑇梅香》叙白敏中幼与裴度之女小蛮订婚，后裴夫人不提起婚事，而敏中却与小蛮热烈地相恋，由一个梅香樊素在中传信。全剧的结构极似《西厢记》，红娘便是这剧里的樊素。《周公摄政》叙周公辅政，管、蔡流言，但后来周公与成王终于谅解的事。

金仁杰字志甫，杭州人，曾为建康崇宁务官，天历二年卒。所作凡 7 种，今存《萧何追韩信》1 种，见于《杂剧三十种》中。《萧何追韩信》系叙楚汉之际的大英雄韩信，流落不遇，后终为萧何所力举，得成灭楚的大功业的事。尚有《东窗事犯》1 种，亦见于《杂剧三十种》中。但孔文卿亦有与此同名的一剧，不知究为何人所作。

范康，字子安，杭州人，作曲2种，今传《竹叶舟》1种。《竹叶舟》系叙吕洞宾点化陈季卿成仙的事。钟嗣成谓他："编《杜子美游曲江》，一下笔即新奇。"惜此剧今不传。

在第二期的初时，尚有杨梓及罗本。

杨梓曾作《豫让吞炭》《霍光鬼谏》《敬德不伏老》诸剧，但《录鬼簿》并未叙到他。他是海盐人。至元三十年（1293年）时，元师征爪哇，他以招谕爪哇等处宣慰司官，以500余人，船10艘，先往招谕之。元兵继进，爪哇降。后为安抚大使，官至嘉议大夫，杭州路总管。元曲作家都为末官小吏，为大官者，仅杨梓一人而已。他的剧本，存于今者有《霍光鬼谏》1种，见于《杂剧三十种》中，又有《豫让吞炭》1种，见于《元明杂剧二十七种》中。

罗本，字贯中，武林人，作小说甚多。近来尚流行之《三国志演义》《隋唐志传》《残唐五代》，俱相传为他所著。所作剧本，有《宋太祖龙虎风云会》存于今，见于《元明杂剧二十七种》中。

第三期作家的作品，存于今者尤少。在25人中仅有秦简夫、萧德祥、王晔、朱凯4人各有作品一二种流传下来而已。

秦简夫作剧5种，存于今者有《东堂老》《赵礼让肥》2种，俱见于《元曲选》。

《东堂老》叙赵国器因子不肖，将死时，托孤于李实，实有君子风，人称为东堂老，果然不负所托，使败子终于回头。

《赵礼让肥》叙赵孝、赵礼兄弟孝于母，在虎头寨被马武所捉，欲杀之，兄弟争死，马武因释放了他们。后马武助刘秀打平了天下，又举荐赵氏兄弟二人为官。

萧德祥，杭州人，以医为业，号复斋，善于作南曲。所作剧本共5种，今仅存《杀狗劝夫》1种，见《元曲选》（原作为无名氏作）。此剧为后来南剧中有名的《杀狗记》所本，叙孙荣与弟孙虫儿不和，反去亲近乡里小人。他的妻杨氏欲劝谏他，便将一狗杀了，去了头尾，穿上人衣。孙荣见了，以为杀死了人，便大惊起来，欲请朋友帮助拿去埋了，但他们都不肯去，只有他兄弟孙虫儿肯。后来，朋友们反到官去告孙荣杀人。开了土看，却原来是一只狗。孙荣无事回家，自此他便与兄弟和睦起来。

王晔，字日华，杭州人，作剧 3 种，今有《桃花女》1 种，存于《元曲选》中（原作为无名氏撰）。此剧叙洛城算卦的周公因知桃花女有妙道高法，甚嫉妒她，因此，托词娶她为儿媳妇，欲陷害她。不料桃花女道法更高，周公只得屈伏，以儿子得到一个高明的妻自慰。

朱凯，字士凯，籍贯不详。他作小曲极多，剧本有 2 种，今传《昊天塔孟良盗骨》1 种，见《元曲选》中（原作为无名氏撰）。

《孟良盗骨》系叙宋初"杨家将"故事之一则。"杨家将"的故事至今尚盛传于中国民间，杨令公、杨六郎及孟良之名差不多连妇孺都十分熟悉。

《录鬼簿》所不载的戏曲作家，尚有李致远、杨景贤二人，其作品俱见录于《元曲选》中。他们的真确时代，我们不能知道，大约是第三期的人。

李致远所作，为《还牢末》一剧，叙的是"水浒"故事之一。李逵奉令下山邀刘唐、史进入伙，因打死人入狱，赖李孔目救之，得以免死。李孔目的第二个妻与赵令史相恋，便去告他私通梁山泊，以李逵给李孔目的金环为证。他被捕下狱，幸得李逵又下山救了他，并捉了赵令史及孔目的第二个妻回山杀死。

杨景贤所作，为《刘行首》一剧，系叙仙人马裕奉师命度脱一个女子名刘行首的故事。

在这三个时期中，还有许多无名作家的剧本流传于今。在《杂剧三十种》里的，有《诸葛亮博望烧屯》《张千替杀妻》及《小张屠焚儿救母》3 种；在《元明杂剧二十七种》里的，有《汉钟离度脱蓝采和》《龙济山野猿听经》《苏子瞻醉写赤壁赋》3 种；在《元曲选》里的，有《冯玉兰》《碧桃花》《货郎担》《连环计》《抱妆盒》《百花亭》《盆儿鬼》《梧桐叶》《渔樵记》《马陵道》《神奴儿》《小尉迟》《谢金吾》《冻苏秦》《朱砂担》《来生债》《鸳鸯被》《风魔蒯通》《陈州粜米》《合同文字》《隔江斗智》《举案齐眉》及《三虎下山》

23 种。其中有好几篇是不下于关、马等六大家的作品的。他们的题材，一部分是"水浒"的故事，一部分是"包公"的故事，也有取"三国""战国"及其他流传的故事的；而以取"包公"故事为题材的为最多，如《合同文字》《神奴儿》《盆儿鬼》《陈州粜米》等都是。

# 第十一章
## 元明文学

当元的末季，杂剧的作者稍倦，于是"传奇"的作者便起于南方。钟嗣成的《录鬼簿》虽专载杂剧——北剧——的作家，然于叙萧德祥的一段文字里，却言他"凡古文俱檃（yǐn）括为南曲，街市盛行。又有南曲戏文等"。可见，那时南曲已甚流行。

到了公元 1369 年（明洪武二年），朱元璋的部下，征定了中原，攻陷了北京，把蒙古民族逐回北方去。久陷于异族统治之下的中原，这时始复为汉族所恢复。在这时的先后，产生了好几部伟大的长篇剧本，即所谓的传奇。在戏曲的技术上，传奇较杂剧进步了许多。因此，这些传奇甚为当时人所欢迎，几有压倒杂剧之势。

# 传奇盛行

这时最盛行的传奇为《荆》《刘》《拜》《杀》及《琵琶记》5 种。《荆》即《荆钗记》，为明太祖之子朱权作；《刘》即《刘知远》，一名《白兔记》，为无名氏作；《拜》即《拜月亭》，一名《幽闺记》，相传为元施惠作；《杀》即《杀狗记》，为明初徐畛（zhěn）作；《琵琶记》则为明初的高明所作。

施惠，字君美，一云姓沈，杭州人。《录鬼簿》列之于元曲的第二期作家中。《录鬼簿》仅叙他"居吴山城隍庙前，以坐贾为业……每承接款，多有高论。诗酒之暇，惟以填词和曲为事，有《古今砌话》，亦成一集，其好事也如此"，并不言及他曾作《拜月亭》一剧。也许此剧竟不是他所作的。

王国维跋此剧，谓："此本第四折中，有'双手劈开生死路'一句，此乃用明太祖微行时为阉豕者题春联语。"因此断定它为明初所作。王氏说颇可信，在元曲的第二期，似尚不能产生如此完美的南剧。此剧共 40 出。较之仅有四折的杂剧，自是一部大著作。

王实甫曾作《才子佳人拜月亭》一剧，今不传。关汉卿也有《闺怨佳人拜月亭》一剧，至今尚传。论者或以此剧为王实甫所作。这完全是一段很可笑的误会的话，在王实甫的时候，绝不会有如"传奇"的一种在技术有大进步的剧本产生，即想到王实甫是一位向未到过南方的北部的人的一层，也便会决定他之万不至于作此剧了。

大约此剧乃是根据关汉卿和王实甫的那两本同名的杂剧而写的。传奇的题材，常常取材于杂剧，如《杀狗记》之取材于萧德祥的《杀狗劝夫》杂剧，便是一个最显著的例子。

# 《拜月亭》

《拜月亭》的故事是如此：蒋世隆与妹瑞莲，在家守分读书。当时蒙古族侵略金人，金廷大臣陀满海牙主张不迁都，且举他的儿子兴福率师御敌，大臣聂贾则主张迁都以避元军的锐锋。金主听了聂贾的谗言，把陀满海牙杀死。陀满兴福因此避难在外，某日因逃胥隶的追捕，跃入蒋氏园中。蒋世隆知他的来历，便与他结拜为兄弟而别离了。兴福别世隆后，经过一山，被一群强盗戴为首领，暂在那里落草。同时，兵部尚书王镇，奉命辞家往边庭缉探军情。他家中有一女，名瑞兰，即此剧中的女主人翁。不久，元军南下，金人迁都，各处大乱，蒋世隆与瑞莲及王瑞兰与她的母亲俱避难而漂流于外。在人群中，世隆与他的妹妹失散了，瑞兰也与她的母亲失散了。世隆匆急地把"瑞莲！瑞莲！"这样地叫着，王瑞兰听见了，以为是她母亲叫她，便答应了，走了过去。原来二人都是误会。他们便假作夫妻，同路走着。同时，瑞莲也遇到了瑞兰的母亲，也结伴同行。世隆与瑞兰经过一山，被强盗捉上山去，不料寨主乃是他的兄弟兴福，反赠金与他而别。二人到了旅舍，由店主人的主婚而成了真的夫妇。世隆在此生了病，恰遇王镇公毕归去，经过此处，见了瑞兰。她告诉他们结婚的事，但王镇大怒，不肯允认，强迫着瑞兰与他同归，而把世隆单独留下。作者把这个别离写得很凄惨。王镇到了官驿，恰遇到他的妻及蒋瑞莲，王氏一家是很欢悦地团圆了。但悲戚的还有二人，瑞莲在想念她的哥哥，瑞兰则在想念她的丈夫。这时，世隆独自卧病在旅舍，凄凉万状，且更悲念他的妻子。幸遇兴福上京应举（元军已退，金廷赦免诸罪，复举行贡举），见到了他。待他病愈，二人便同赴京城应考，各中了文、武状元。

王镇奉旨，将他的两个女儿招文、武状元为婿。哪知只有兴福及瑞莲二人从命，至于瑞兰呢，她想念着世隆，世隆也恋念着她，因此，俱不肯从命。后来，王镇请世隆到府中宴会，认了久散的妹妹，才说明了一切，知道他所要与为婚的原来就是那在旅舍相依恋的妻瑞兰。至此，一部《拜月亭》便在两对新人的结婚礼中闭幕了。

《拜月亭》的文章，明人何元朗、臧晋叔、沈德符等俱以为高出《琵琶记》，但也有持反对论调的。近人王国维以为，《拜月亭》的佳处，都出于关汉卿的《闺怨佳人拜月亭》。平心论之，《拜月亭》里好的文句究竟不少。如第二十六出《萍迹偶合》里的几段：

【销金帐】黄昏悄悄，助冷风儿起。想今朝，思向日：曾对这般时节，这般天气，羊羔美酒，销金帐里；兵乱人荒，远远离乡里，如今怎生，怎生街头上睡？

【前腔】初更鼓打，哽咽寒角吹，满怀愁分付与谁？遭逢这般磨折，这般离别，铁心肠打开，打开鸾孤凤只！我这里栖惶，他那里难存济。翻覆，怎生，怎生独自个睡？

【前腔】咚咚二鼓，败叶敲窗纸，响扑簌，聒闹耳。难禁这般萧索，这般岑寂，骨肉到此，伊东我西去。又无门住，又无依倚。伤心，怎生，怎生街头上睡？

及第三十二出《幽怀密诉》里的几段：

【齐天乐】（旦上）恹恹捱过残春也，犹是困人时节，景色供愁，天气倦人，针黹（zhǐ）何曾拈刺。

（小旦上）闲庭静悄，琐窗潇潇，小池澄彻。

（合）叠青钱泛水，圆小嫩荷叶。

……

（小旦）姐姐，当此良辰媚景，正好快乐，你反眉头不展，面带愁容，为什么来？

【青衲袄】（旦）我几时得烦恼绝，几时得离恨彻！本待散闷闲行到台榭，伤情对景肠寸结。

（小旦）姐姐，撇下些罢。

（旦）闷怀些儿，待撇下怎忍撇！待割舍，难割舍！倚遍阑干，万感情切，都分付，长叹嗟。

下面描写姐妹二人拜月诉怀也是写得非常的动人。

# 《白兔记》

《白兔记》不知作者的姓名，大约也是与《拜月亭》同时的产品。全剧共 33 出，是叙刘知远与他的妻的离合故事的。

刘知远被继父所逐，漂泊于外。有李文奎，生有二子洪一、洪信及一女三娘。他在庙中遇见知远饥寒交迫，便把他带回家。一日，他见知远昼卧，火光透天，更有蛇穿窍出入，知道他必会大贵，便把女三娘嫁给他为妻。后文奎死了，洪一逐知远出去，并逼他写休书，又叫他看守瓜园，园里有铁面瓜精，会杀害人。知远杀了瓜精，它化成一道火光钻入地中，掘开一看，原来是石匣装着头盔衣甲及兵书宝剑。于是他别了妻，出去建立事业。这里，三娘留在家中，兄嫂要她改嫁，她不肯，便受了他们的许多折磨，日间挑水，夜间挨磨。不久，生下一个孩子，因系自己咬断脐带，便名之为咬脐郎。兄嫂欲害此子，她便托窦老抱去带给知远。这时，知远又娶了岳家小姐，便将孩子留在那里养育。

后知远讨贼有功，升为九州安抚使。咬脐郎已长大，一日，出去打猎，因追赶白兔，到了沙陀村，遇见受了千万痛苦的母亲三娘。他不知道她就是他的母亲，回家后，诉与父亲知道。知远告诉他一切的事。他们便迎接了三娘回来同住，又提了兄嫂来，把兄赦了，把嫂杀死报仇。正与罗马帝尼禄以基督教徒为夜烛一样，知远也取香油五十斤，麻布百丈，将他妻的嫂做了照天蜡烛，全剧便在此告了终止。

《白兔记》的文辞朴质明显，连"曲"文也都是非常明白，妇孺都能懂得的，远比不上《琵琶记》与《拜月亭》的典雅。因此，我觉得《白兔记》大约是当时民间流传的一篇剧本，或由优伶编纂而成的，绝不像《拜月亭》

《琵琶记》之出于文人的手笔。如以下数曲便是一例:

> 【北一枝花】昔日做朝内官,今做个山中寇。俺只为朝中奸诈多,
> 有功的恨杀为仇,杀功的即便封侯,因此上撇了名锁利勾。(第二十五出)
> 【江儿水】那日因游猎,见村中一妇人,满怀心事从头诉。裙布钗
> 荆添凄楚,蓬头跣足身落薄,却原来亲娘生母。爹爹,你负义辜恩,
> 全不念糟糠之妇。(第三十一出)

所以典雅派的文人对它都不满意,实在的它里面所最缺乏的是富于诗趣
的叙写,然亦因此,它的流传却能够广而久。

# 《杀狗记》

《杀狗记》也是以文辞朴质为论者所不满的,它的作者是徐畛。徐畛,
字仲由,淳安人,明洪武初(1368 年)征秀才,至潘省辞归,有《巢松阁集》。
他自己尝说:"吾诗文未足品藻,惟传奇词曲,不多让故人。"

此剧系依据于萧德祥的《杀狗劝夫》而写的。全剧共 36 出,至少较萧
德祥的同名的一剧增大至四倍以上,因此,剧中人物增加了不少,情节也复
杂得许多。他将孙虫儿改为孙荣。《杀狗劝夫》里未说孙华与孙荣不和的
原因,此剧则言孙荣劝谏他哥哥不要与小人交往,因此二人不和。孙荣被逐,
忍不住饥寒,投水自杀,被人所救,暂住于破窑的一段事,也是《杀狗劝夫》
杂剧中所无的。又孙华在《杂剧》中只有一妻,这里却增了一妾,又增了一
个雇仆吴忠。其他两剧相异之点,不能在此一一举出。

徐畛此剧,因欲使读者及观剧者更表同情于孙荣,所以对于他在外困苦

松柏生居官族愧無謝女之才長適豪門頗有關雎
之德惟泰貞潔不喜繁華靖然閉月羞花何必濃散
淡抹大抵遏他肌骨好不擦紅粉也風流奴家楊氏
月真昔憑媒妁嫁與東京孫員外為妻奴有慈善之
心奈無子息之慮自從公姑去世兒夫奧小叔不相
和陸他近日又奧柳龍卿胡子傳精義把媳親兄弟
鄰作陌路之人每日楊諫執性不從我身吩咐妾通
春頻聽人事不免奧他出來商議迎春那里貼上廳

介來了

暖红室刻本《增图杀狗记》书影

的情形着力描写着，且时时将他哥哥的豪华举出与他的穷寒相较；又写两个恶友的性格与举动也较"杂剧"所写更为刻毒些。这使它更易感动一般读者和观剧者。在描写人物的一方面，也较萧德祥的"杂剧"为有进步。

它的文辞与《白兔记》同其朴讷，如：

> 【宜春令】心间事难推索，我官人作事全不知错。存心不善，结交非义谋凶恶。更不思手足之亲，把骨肉埋在沟壑。唬得人战战兢兢，扑簌簌泪珠偷落。（第二十五出）

自然比不得《拜月亭》《琵琶记》等作那样地为文人所欢迎了。近人吴梅因此不相信此剧是徐畋所作的，他说："余尝读其小令曲《满庭芳》……语语俊雅，虽东篱、小山，亦未多逊。不知所作传奇，何以丑劣乃尔。或者《杀狗》久已失传，后人伪托仲由之作，羼入歌舞场中耳。"（《顾曲麈谈》卷下，83页）这个意见，似不甚妥确。徐畋作此剧或系应当时剧场或伶人的需要，自然不能如其作抒情诗之可任意用渊雅的文辞，也许他自己反以此剧文辞之能为一般民众所领悟而自喜呢！

即假定此剧非徐畋所作，也断不是徐畋以后人所能伪作，因此种文辞朴讷明显的剧本，在明初以后便绝不会有人去作了。那时的剧作家正是群趋于雕饰艳词雅语之时，仅此种"本色"的、明白的剧本，怎么会产生出来呢？所以我们只可以说，此剧也许如《白兔记》一样，乃元、明之间民间流传的剧本之一。

# 《荆钗记》

《荆钗记》为明初宁献王朱权所作。朱权为朱元璋的第十七子，自号臞仙、涵虚子、丹丘先生。洪武二十四年（1391年）就封大宁，永乐元年改封南昌，正统十三年（1448年）卒。他深于音律，曾著《太和正音谱》，于《荆钗记》外又作杂剧许多种。明代戏曲之发达，他的提倡是与有力量的。

《荆钗记》共48出，剧中的故事是如此：王十朋与钱流行的女儿玉莲订婚，以荆钗为聘礼。富人孙汝权见玉莲美丽，也欲娶她。她的继母与姑娘都欲逼她嫁了孙汝权，但她不从，于是她与王十朋很简陋地结了婚。王十朋上京赴试，他的母亲与玉莲寄住于岳家。他中了状元，万俟丞相欲妻以女，他坚执不从。孙汝权这时也在都，私将十朋家信改写了，说已娶万俟丞相的女儿，欲将前妻玉莲休了。玉莲的继母等因此又逼她改嫁孙汝权。玉莲不从，投江自杀，被钱安抚所救，拜他为父，同赴福建任上。十朋知道了她自杀的消息，十分地悲痛。万俟丞相因他不肯为婚，将他改调至广东潮阳为金判，而将他的饶州本缺换了王士宏。后来，玉莲要求钱安抚派人到饶州去打听王十朋的消息，回报说，王金判全家死亡。玉莲也误会了，以为十朋是真的死了。后来，十朋升任吉安，钱安抚欲将玉莲嫁他，他不知是玉莲，执意不肯。又经了几番波折，他与玉莲才得重圆。

这个故事，并不是朱权所创造的，在很久的时候，就已流传于民间了。《瓯江逸志》谓，此故事系宋时史浩门客造作以诬王十朋及孙汝权的，因十朋为御史，首弹丞相史浩，其事实汝权怂恿之，所以他们用此故事以蔑十朋及他，但此说亦不大可信。

汝权在此故事中固被写成一个很坏的小人，然十朋却仍是被写成一个很贞坚的好人。造作故事以蔑人的，似不会反把他写得很好的。大约民间流传的故事，都是喜以历史上著名的人，强附着于他们的故事之上的，正如人之喜以美观的衣服附着于自己的身上。至于这种故事之与真实的历史相符合与否，他们是不管的。所以造作《荆钗记》的故事以诬蔑王十朋、孙汝权之说，可以说是全无根据。像这类错误的解释，在中国文学上是无时不遇到的。我们应该彻底地扫清了它们。

《荆钗记》的文辞，较《白兔记》《杀狗记》为文雅，然仍带有一种"朴讷质白"之特质，所以王元美评他"近俗而时动人"。第三十五出《时祀》的一曲，我认为它是全剧中最感人的一段：

【沾美酒】纸钱飘，蝴蝶飞，纸钱飘，蝴蝶飞，血泪染，杜鹃啼，睹物伤情越惨凄。灵魂恁自知，灵魂恁自知。俺不是负心的，负心的，随着灯灭。花谢有芳菲时节，月缺有团圆之夜；我呵，徒然闲早起晚寐，想伊念伊。妻，要相逢，除非是梦儿里，再成姻契！

【尾声】昏昏默默归何处？哽哽咽咽思念你，直上姮娥宫殿里。

# 《琵琶记》

《琵琶记》，明高明作，叙汉蔡邕事。其题材非高明所创造，也是依据于一个以古代的大人物强附着于其上的民间故事的。

这个故事，在宋时已流传于民间，南宋人诗云："斜阳古道柳家庄，负鼓盲翁正作场。死后是非谁管得，满村听说蔡中郎。"（陆游诗）或以为高明作此记，系讽王四的。王四与他为友，登第后，弃其妻而赘于太师不花家，故他借此记以讽。名《琵琶》者，取其四王字为王四，元人呼牛为不花，故谓之牛太师。实则这些话都是穿凿附会的，绝不足信。高明此剧原是依据于自宋时即流传于民间的蔡中郎故事的，与什么王四及不花太师，都是毫无关系的。

高明字则诚，永嘉人，至正五年（1345年）中进士，授处州录事，辟丞相掾。方谷真起事，他避地于鄞之栎社。他的文名盛称于世，《琵琶记》尤为当时人所赞许。朱元璋也甚喜此剧，即位时，便欲召他到金陵，他以老病辞。不久，病卒。著有《柔克斋集》。

《琵琶记》共42出，它的内容是如此：蔡邕与赵五娘结婚才两个月，他父亲便要他到京应举。他不得已只好辞了高年的父母与热恋的妻而上道。到京后，以高才硕学，得中状元。牛太师欲以女嫁他，他再三不肯，又上表求归。牛太师请天子主婚，又不准他回去。他只好勉强地留在京中与牛小姐结婚。这时，他家中因他出去，显得穷困万状，只有赵五娘一人侍奉老人，营求衣食。后来老人只有几口淡饭吃，五娘自己则什么也没得吃，只好强咽糠秕充饥。婆婆死了，公公又死了。她将头发剪下，想去卖了办理丧事。又用麻裙包土来筑坟。然后背着公婆的真容，拿着一把琵琶，到京去寻她丈夫蔡

《琵琶记》书影

邕。她至牛府，与牛小姐相见，被留居府中，说明了一切，乃知她丈夫并非贪名逐利不肯回家，却是被人逼留在此。蔡邕回府时，牛小姐与他说知，他才知父母俱已亡故，便大哭着与五娘相见。他们同回祭墓。后来他与五娘及牛小姐同过着很安乐的生活。全剧便于此告终。

　　高明此剧的文章很典雅，与《拜月亭》是同类，而与《白兔记》《杀狗记》则雅俗殊异，所以许多人都极顶地称许他。第21出叙赵五娘强咽糠秕事尤为评者所称：

　　　　糠和米本是相依倚，被簸扬作两处飞。一贱与一贵，好似奴家与夫婿，终无相见期。丈夫，你便是米呵，米在他方没寻处。奴家恰便似糠呵，怎的把糠来救得人饥馁；好似儿夫出去，怎的教奴供膳得公婆甘旨！

这一曲实为全戏的最警策处。相传则诚居栎社沈氏楼，夜案烧双烛，填至吃糠一出，句云"糠和米本一处飞"，双烛光交为一，因名其楼曰瑞光。这虽是一段神话，然这一个好曲原足以当此种神话的夸饰而无愧。

# 明初杂剧作家

在传奇盛行之时，杂剧作者仍有不少。作《荆钗记》的朱权也作有杂剧 12 种。与他约同时的，有王子敬、刘东山、谷子敬、汤式、杨景言、贾仲名、杨文奎及朱有墩，俱为明初有名的杂剧作家。

王子敬作剧 4 种，今存《误入台天台》1 种，见《元曲选》。

刘东山作《娇红记》等 2 种，俱无传本。

谷子敬作剧 3 种，有《城南柳》1 种，亦存于《元曲选》中。

汤式字舜氏，号菊庄，宁波人，作剧 2 种，俱无传本。

杨景言作剧 2 种，也俱无传本。

贾仲名（一作仲明）作剧 4 种，今存《萧淑兰》《对玉梳》《金安寿》3 种于《元曲选》中。

杨文奎作剧 4 种，今存《儿女团圆》1 种，也在《元曲选》中。

朱有燉（周宪王）在他们当中是最伟大的。他为朱元璋子周定王的长子，甚负文名，作杂剧凡 27 种，散曲尤多。李梦阳《汴中元宵》绝句云：

中山孺子倚新妆，赵女燕姬总擅场。齐唱宪王新乐府，金梁桥外月如霜。

可见他的歌曲流传之盛，他死于正统四年（1439 年）。自他死后，杂剧的作者直至十五世纪之末叶才再有出来。他的杂剧存于今的有《洛阳风月牡丹仙》及《刘盼春守志香囊怨》2 种，见于《盛明杂剧》；《清河县继母大贤》《赵贞姬身后团圆梦》等 8 种，见于《杂剧十段锦》，近又见十余种，由商务印书馆印行。

# 传奇作家

继《琵琶》及《荆》《刘》《拜》《杀》之后至十五世纪之末的传奇作者，有沈受先、姚茂良、苏复之、王雨舟、丘濬、沈采、邵深数人。除丘濬之外，他们的确切时代，我们都不能知，都是十五世纪后半前后的人罢了。

沈受先字寿卿，里居未详，作传奇《三元》《银瓶》《龙泉》《娇红》凡四种，《三元记》今见《六十种曲》中，系叙冯商好行善，生子，连掇三元事。

姚茂良字静山，武康人，作《精忠记》《金丸记》《双忠记》三传奇。《精忠记》见《六十种曲》，叙宋名将岳飞被秦桧所诬杀事。《曲品》谓："词简净，演此令人眦裂。"然作者在最后因欲慰悦悲愤的观众，竟以秦桧诸人受地狱的裁判结果，大失伟大悲剧的性质。《双忠记》系叙张巡、许远事。

苏复之的里居未详，尝作《金丘记》一剧，叙苏秦事，《曲品》谓其"近俚处具见古态"。

王雨舟的里居也不详，所作有《连环记》一种，系叙三国时吕布、貂蝉的事。

丘濬字仲涤，琼州人，为当时的一个大儒，生于公元 1418 年，卒于 1495 年。

所作有《五伦》《投笔》《举鼎》《罗囊》四记。《五伦记》在戏曲中传达道德的训条，论者多目之为腐。

沈采字练川，吴县人，所作有《千金记》《还带记》《四节记》等三种。《千金记》今传于《六十种曲》中，系叙汉名将韩信事，因他于成功时曾以千金赠给漂母，故名"千金记"。

邵璨字励安，常州人，官给谏，作《香囊记》，叙张九成事，今存于《六十种曲》中。《曲品》谓他此记"词工白整"。

自此以后，剧作家都益趋于典雅渊深的路上走去，词益斫饰，白益工整，一般民众渐渐地不易领悟他们了。

# 宋之旧作家

这个时代的诗与散文都没有什么很伟大的作家。元人侵入中国后，宋之旧作家仍在这黑暗时代维持他的势力者，有赵孟頫（fǔ）诸人。

赵孟頫（1254—1322），字子昂，为宋之宗室，以善书名。其后则有虞集、许衡、刘因、吴澄、金履祥、戴表元、袁桷、姚燧、马祖常、元明善、欧阳玄、吴莱、柳贯、黄溍、苏天爵、揭傒斯、鲜于枢诸人，皆为古文家，重扬韩、柳古文运动之余波。重要的诗人则有虞集、杨载、范梈、揭傒斯，并称为四大家，稍后则有萨天锡、倪瓒、顾瑛、张雨、杨维桢。

虞集（1272—1348），字伯生，尝从吴澄游，仕至翰林直学士，兼国子祭酒，自号邵庵。有《道园学古录》50卷。相传集初不能诗，及在京师，遇杨载，授以诗法，遂超悟其理，成了一个名家。

杨载（1271—1323），字仲弘，浦城人，其诗在当时很有影响；范梈（1272—1330），字亨父，清江人；揭傒斯（1274—1344），字曼硕，富州人。

虞集尝评他们的诗，以为："杨载如百战健儿，范梈如唐人临晋帖，揭傒斯如美女簪花。"并自称"如汉廷老吏"。

许衡（1209—1281），字仲平，河内人；吴澄（1249—1333），字幼清，抚州崇仁人，二人同为元代古文的双柱。

姚燧出衡之门下，虞集则受澄之影响。其流风至于明初未绝。

萨都剌（约 1272—1355，剌音 là），字天锡，雁门人，虞集称其最长于情，流丽清婉。

张雨（1283—1350），字伯雨，钱塘人，为道士，早年与虞集诸人唱和，晚年则与杨维桢、倪瓒诸人为友，有《句曲外史诗集》；倪瓒（1301—1374），字元镇，号云林，无锡人，工画，诗亦清俊；顾瑛（1310—1369），一名阿瑛，昆山人，与瓒齐名。

杨维桢（1296—1370）是元代后半最负盛名之作家，字铁崖，号铁笛道人，山阴人，诗文古拙而雄于才气，从横排奡，自辟町畦，然誉之者固多，毁之者亦不少。明初有王彝者，至作《文妖》一篇以诋諆之。

吴莱（1297—1340），字立夫，与黄溍、柳贯并称为"古文三家"，其诗则与杨维桢齐名，有《渊颖集》，王士禛《论诗绝句》道："铁崖乐府气淋漓，渊颖歌行格尽奇。"而他后来，乃尤重莱，所选七言古诗，唯录莱而不及维桢焉。


# 明初古文家


入明，传古文之诸派者，有宋濂、刘基、王祎。

宋濂（1310—1381），字景濂，金华潜溪人，从朱元璋于军中。元璋即皇帝位后，以濂为翰林学士知制诰并修《元史》。后因孙获罪，元璋欲杀之。

幸免死，贬茂州，中途而卒。有《潜溪集》。濂初从吴莱学，后又学于柳贯与黄溍，故其文力崇所谓"古文派"之正宗，清顺而乏气骨。

刘基（1311—1375），字伯温，青田人，参朱元璋军事，多出奇计。洪武初，为御史中丞，封诚意伯。其为文亦清莹，而较濂为有才气。其诗尤有名，素朴真挚，气韵高雅。有《覆瓿集》等。

王祎（1322—1374），字子充，义乌人，与宋濂曾同学于黄溍，又曾同修《元史》。所作有《华川集》。朱元璋尝谓：才思之雄，祎不如濂，学问之博，濂不如祎。

明初诗人，以高启、杨基、张羽、徐贲为四杰，而袁凯亦有盛名。

高启（1336—1374），字季迪，长洲人，自号青丘子。洪武初，预修《元史》，授翰林院国史编修，后为朱元璋所腰斩，年仅三十九。王祎评其诗："隽而清丽，如秋空飞隼，盘旋百折，召之不肯下，又如碧水芙蕖，不假雕饰，翛（xiāo）然尘外。"杨基、张羽、徐贲三人之诗，俱不及启之高。

杨基（1326—?），字孟载，号眉庵，官山西按察使；徐贲（1335—1380），字幼文，官河南布政使。二人俱以曾为张士诚客，下狱死。张羽（1333—1385），字来仪，又字附凤，官太常司丞，后获罪投龙江死。文字之狱，大约没有一个时代比明初更残酷的了！

袁凯，字景文，自号深叟，华亭人，官监察御史，有《在野集》。尝在杨维桢座，客出所作《白燕诗》，袁凯微笑，别作一篇以献。杨维桢大惊赏。人遂呼之为"袁白燕"。

这时代最后的古文家为方孝孺。方孝孺（1357—1402），字希直，一字希古，宁海侯城人，从宋濂学，亦为正统派之作家，有《逊志斋集》。明成祖起兵入京，方孝孺以不屈被杀。相传成祖并灭其十族，为历史上最残酷的文字狱之一。论者以为"天下读书种子绝矣"。

# 传奇作家

中国戏曲的第二期，包括传奇的最盛时代。通常所称为"唐诗""宋词""元曲""明传奇"的定评，即可表示这个时代的传奇的盛况。

自《荆》《刘》《拜》《杀》四大传奇产生之后，大作家陆续地出现。在技巧方面是益有进步，在文辞方面也益见其优雅。以前的传奇，是为民间一般人的娱乐而作的，所以辞句务求浅显明白，不唯宾白是真实的人民的对话，即曲文也多用平常的口语，所以无论什么人都可以懂得。如《杀狗记》，如《刘知远》（即《白兔记》），便因此大为文人们所不满。

到了这一时期，作家的趋向却向"优雅"的方面走去，把文辞修斫得异常地整齐、美丽，不但曲文是"择句务求其雅""选字务求其丽"，即宾白也骈四俪六，语语工整，其甚者如《浣纱记》，如《祝发记》，乃至于通剧无一散语。当时大多数的作家俱跟随了这个新的倾向，虽然有一部分的作家未必是如此，却也多少总不免受有些影响。这个倾向，当然不是怎么样地好，然其娟秀的风格、丽雅的辞句，却能使之在文坛上占了很久、很稳固的地位。

这时期的传奇作家，以汤显祖为最伟大，而郑若庸、屠隆、梁辰鱼、张凤翼、王世贞、沈璟、陆采、徐复祚、梅鼎祚、汪廷讷等，也俱有盛名，最后则有阮大铖（chéng）、尤侗、李玉、李渔等作家出来。无名氏之传奇，传于今者亦多。大约当时作家，不出南中，以江南、浙江为最多，江西诸地次之，其他山东、河南、直隶诸地，前为杂剧最盛之区者，传奇作者却俱不过一二人而已。今将这时期传奇作家，有籍贯可考者，列一表于后，并于每个作家之下同时注明他的作曲之数目。这可以使读者更明白当时传奇作者之地理上的分配。其作家籍贯无可考者，则不列入此表。

| 南直隶（江南） | | | 浙江 | | | 其他[1] | | |
|---|---|---|---|---|---|---|---|---|
| 姓名 | 剧数 | 籍贯 | 姓名 | 剧数 | 籍贯 | 姓名 | 剧数 | 籍贯 |
| 邵深 | ① | 常州 | 王济 | ① | 乌镇 | 汤显祖 | ⑤五 | 临川 |
| 沈采 | ③一[2] | 吴县 | 姚茂良 | ③一 | 武康 | 郑之文 | ③ | 南城 |
| 王世贞 | ①一 | 太仓 | 陈与郊 | ① | 海宁 | 冯之可 | ① | 彭泽 |
| 梁辰鱼 | ①一 | 昆山 | 李日华 | ①一 | 嘉兴 | 以上江西 | | |
| 郑若庸 | ③一 | 昆山 | 卜世臣 | ② | 秀水 | 卢柟 | ① | 大名浚县 |
| 沈璟 | ②一 | 吴江 | 单本 | ② | 会稽 | 张四维 | ② | 元城 |
| 陆采 | ⑤二 | 长洲 | 屠隆 | ③二 | 鄞县 | 以上直隶 | | |
| 张凤翼 | ⑥二 | 长洲 | 龙膺 | ① | 武陵 | 许潮 | ① | 靖州 |
| 顾大典 | ④一 | 吴江 | 叶宪祖 | ⑤一 | 余姚 | 谢廷谅 | ① | 湖广 |
| 陆弼 | ① | 江都 | 戴子晋 | ② | 永嘉 | 以上湖广 | | |
| 冯梦龙 | ④ | 吴县 | 陈汝元 | ② | 会稽 | 邱溶 | ④ | 琼州 |
| 黄伯羽 | ① | 上海 | 车任远 | ② | 上虞 | 以上广东 | | |
| 陆济之 | ① | 无锡 | 沈鲸 | ④一 | 平湖 | 李玉田 | ① | 汀州 |
| 顾希雍 | ① | 昆山 | 秦鸣雷 | ① | 天台 | 以上福建 | | |
| 顾仲雍 | ① | 昆山 | 谢谠 | ①一 | 上虞 | 王异 | ③ | 郘阳 |
| 徐复祚 | ④二 | 常熟 | 张太和 | ① | 钱塘 | 以上陕西 | | |

---

1 本表依据于《曲录》卷四。

2 每个作家后面所注之阿拉伯数字，系表示其作剧之数目；旁有汉字数字者，系注其剧本被收入《六十种曲》中之数目。

（续上表）

| 南直隶（江南） | | | 浙江 | | | 其他 | | |
|---|---|---|---|---|---|---|---|---|
| 姓名 | 剧数 | 籍贯 | 姓名 | 剧数 | 籍贯 | 姓名 | 剧数 | 籍贯 |
| 朱从龙 | ① | 句容 | 钱直之 | ① | 钱塘 | 李开先 | ② | 章邱 |
| 杨柔胜 | ① | 武进 | 章大伦 | ① | 钱塘 | 以上山东 | | |
| 卢鹤江 | ① | 无锡 | 金无垢 | ① | 鄞县 | 李雨商 | ① | 河南 |
| 朱鼎 | ①一 | 昆山 | 高濂 | ②一 | 钱塘 | 以上河南 | | |
| 吴鹏 | ① | 宜兴 | 程文修 | ② | 仁和 | | | |
| 王玉峰 | ①一 | 松江 | 吴世美 | ① | 乌程 | | | |
| 张景严 | ① | 溧阳 | 史槃 | ② | 会稽 | | | |
| 沈祚 | ① | 溧阳 | 祝长生 | ① | 海盐 | | | |
| 黄廷俸 | ① | 常熟 | 汪铋 | ①一 | 钱塘 | | | |
| 李素甫 | ⑤ | 吴江 | 胡文焕 | ③ | 钱塘 | | | |
| 吴千顷 | ① | 长洲 | 吕文 | ① | 金华 | | | |
| 蒋麟征 | ① | 长洲[1] | 陆江楼 | ① | 杭州 | | | |
| 朱寄林 | ③ | 苏州 | 王恒 | ① | 杭州 | | | |
| 邹玉卿 | ② | 长洲 | 张从怀 | ① | 海宁 | | | |
| 王鸣九 | ① | 吴县 | 杨斑 | ② | 钱塘 | | | |
| 陆世廉 | ① | 长洲 | 黄维楫 | ① | 天台 | | | |
| 王翔千 | ① | 太仓 | 朱期 | ① | 上虞 | | | |
| 程子伟 | ① | 江都 | 顾瑾 | ① | 杭州[2] | | | |
| 许自昌 | ④一 | 吴县 | 杨之炯 | ① | 余姚 | | | |

---

1 或言其为乌程人。
2 或言其为华亭人。

（续上表）

| 南直隶（江南） | | | 浙江 | | | 其他 | | |
|---|---|---|---|---|---|---|---|---|
| 姓名 | 剧数 | 籍贯 | 姓名 | 剧数 | 籍贯 | 姓名 | 剧数 | 籍贯 |
| 周公鲁 | ① | 昆山 | 赵于礼 | ② | 上虞 | | | |
| 顾采屏 | ① | 昆山 | 邹逢时 | ① | 余姚 | | | |
| 马守真 | ① | 金陵 | 谢天祐 | ② | 杭州 | | | |
| 以上今江苏 | | | 吾邱瑞 | ① | 杭州 | | | |
| 梅鼎祚 | ①一 | 宣城 | 金怀玉 | ⑨ | 会稽 | | | |
| 汪廷讷 | ⑩二 | 休宁 | 王翙 | ④ | 嘉兴 | | | |
| 余聿云 | ② | 池州 | 沈嵊 | ③ | 钱塘 | | | |
| 吴大震 | ② | 休宁 | 姚子翼 | ④ | 秀水 | | | |
| 程丽先 | ② | 新安 | 许炎南 | ② | 海盐 | | | |
| 龙渠翁 | ① | 安庆 | 李九标 | ① | 武陵 | | | |
| 阮大铖 | ⑤ | 怀宁 | 庚庚 | ① | 杭州 | | | |
| 汪宗姬 | ① | 徽州 | 周朝俊 | ① | 鄞县 | | | |
| 以上今安徽 | | | | | | | | |

# 汤显祖

汤显祖为传奇作家中最伟大的一个，所作上抗《琵琶》《拜月》，下启阮大铖诸人，这个时代的诸作家中，直无一足以与他相比肩者。所著《牡丹亭》（《还魂记》）至今还为文士佳人所喜爱，且为剧场所常常扮演（上演），其盛况与王实甫之《西厢记》正复相同。传奇作品，受同样的荣誉者绝少，有的是案头之书，读者虽多，而少见扮演，有的扮演虽盛，而读者却未见感甚高的兴趣，独《牡丹亭》则无往而不受盛大的欢迎。相传《牡丹亭》初出，娄江女子俞二娘酷嗜其词，至断肠而死，又传冯小青读之，尝题一诗于书端："冷雨幽窗不可听，挑灯闲看《牡丹亭》。人间亦有痴于我，岂独伤心是小青。"此外尚有种种传说。大约传奇之动人，恐无过于此者。汤显祖（1550—1616），字义仍，号若士，江西临川人，万历十一年癸未进士，官礼部主事，以上疏劾首辅申时行，谪广州徐闻典史，后迁遂昌县知县。投劾归。《列朝诗集》谓："义仍穷老蹭蹬，所居玉茗堂，文

《牡丹亭》明刻本插图

史狼藉，宾朋杂坐，鸡埘豕圈，接迹庭户，萧闲咏歌，俯仰自得。"所作凡五种，于《牡丹亭》外，有《南柯记》《邯郸记》《紫钗记》及《紫箫记》。《牡丹亭》与《南柯》《邯郸》《紫钗》合称为"四梦"，最流行，《紫箫》则知者较少。

《牡丹亭》凡55出，叙写杜丽娘与柳梦梅的生死恋爱事。南安太守杜宝为杜甫之后，生有一女，名丽娘，未议婚配。某一日春昼，到花园中游览了一回，归来忽觉怀春，便入睡梦。梦中见书生柳梦梅（柳宗元之后），互相爱恋，即成婚好。不料梦回睡醒，一切俱幻。自此，渐入沉思，日见消瘦，自画容像，以寄所怀。不久，遂得了一病而亡。柳梦梅却是实有其人。某日，无意中拾到丽娘的自画像，惊为绝色，便供了起来，早晚玩拜。后来，丽娘的鬼魂寻到他的住处，与他相聚，誓为夫妻。梦梅偷开了丽娘的棺，她便复活了，偕到他处同住。后来，梦梅赴考，恰遇寇乱。待寇平后，梦梅却中了状元。他

带了丽娘与她父母相见。在这个出于意料外的相遇里，全剧便结束了。

事迹是很可诧怪的，汤显祖写来却至为流动，至为自然。其描状女子怀春之心境，生死不变之恋感，实为空前的名著。文辞之飘逸秀美，真挚动人，亦为自《西厢记》后少见之作。他对于人物的描写，也各具个性。《惊梦》一出，尤为人所传诵，如：

> 梦回莺啭，乱煞年光遍。人立小庭深院。炷尽沉烟，抛残绣线，恁今春，关情似去年。……遍青山啼红了杜鹃，荼蘼（mí）外烟丝醉软，牡丹虽好，他春归怎占的先？闲凝眄（miǎn），生生燕语明如剪，呖呖莺歌溜的圆。……没乱里春情难遣，蓦地里怀人幽怨，则为俺生小婵娟。拣名门一例，一例里神仙眷。甚良缘，把青春抛得远！俺的睡情谁见？则索因循腼腆，想幽梦谁边？和春光暗流转。迁延，这衷怀那处言？淹煎，泼残生，除问天！

这自然是不朽的名句，在别处却也颇不少可比于这些的佳曲好语。或以为《牡丹亭》有所指，有所讽刺，甚且说汤显祖以此剧写某家闺门之事，以报其私怨，这些都不足以置信。汤显祖此剧或系受"华山畿"故事之影响，颠倒其结局而为之，或系依据于《剪灯新话》中之《金凤钗记》一则，而略有变异。然其旨则不在叙此"荒唐"之故事，而实欲抒写那坚贞纯一生死不变之恋情。故于女主人翁之描写，最为着力；情之所至，梦而可遇，死而可生。如《惊梦》《写真》《魂游》《幽媾》《冥誓》《回生》诸出，实全剧之精华。所以，事迹虽荒唐，而论者不以为怪。数千年来，中国少女之情感，总是郁秘而不宣，汤显祖却大胆地把她们的情意抒写出来了，这大约是《牡丹亭》特别为少女所喜爱之一端吧。

《南柯记》凡44出，依据于唐李公佐的名作《南柯太守传》，写淳于棼梦入蚁国，为驸马，任南柯太守，荣贵之极。后公主病死，与敌战又败，遂失国王意，回归故乡。原来却是一梦。公佐的传文至此而止，汤显祖的戏曲却又于此后添上了二出，叙淳于棼请僧追荐蚁国众生，使他们都得升天，复见其父及国王、公主。公主约在忉利天等他，可以再为夫妻，只要他加意修行。他便大彻大悟。

《邯郸记》凡 30 出，乃依据于唐沈既济的名作《枕中记》而写的。山东卢生不得志，于旅邸遇吕洞宾而叹息，洞宾便借他一枕。卢生倚枕而睡，梦中进士，为高官，富贵荣华，谪迁忧苦，无所不历。寿至八十，一病而死。遂从梦中醒来，主人炊黄粱饭尚未熟。卢生遂大悟，从洞宾入山中，遇见群仙，为一个扫蟠桃落花的仙童。

《紫钗记》凡 53 出，乃依据于唐蒋防的名作《霍小玉传》而写的。诗人李益与霍小玉誓为夫妻，后复分别，小玉郁郁成病，将死。有侠士黄衫客强要益重至小玉家，二人复得相见。蒋防原传，叙至此，本言小玉诉益负心，遂晕厥而死。汤显祖此剧，则改为小玉晕去未死，为益所唤醒，乃复为夫妻如初。蒋传中的李益是一个负心的男子，《紫钗记》中则把二人的分离，归罪于奸人。

《紫箫记》凡 34 出，所叙亦李、霍事，乃《紫钗记》之初稿，结局亦为团圆。叙小玉嫁了李益，益到朔方参军去了。小玉每日相思，年年七月七日，为他曝衣晒书。某一个七夕，益却由朔方回来；恰与是日天上的二星一般，欣喜地话着情语而团圆了。

汤显祖之传奇，论者每谓其曲文不合韵律，故歌者常常改易原文以合伶人之口。汤显祖常对那些改本深致不满。他曾说道："予意所至，不妨拗折天下人嗓子。"他的曲文之能潇洒绝俗，抒写自如，大约即由于此。现在之传奇差不多已成为书架上的读物，实演的机会已绝少，故对于他的合律不合律的辩论，已可不必注意。

# 其他作家

王世贞（1526—1590），字元美，号凤洲，又称弇州山人，太仓人，官至刑部尚书，所作有《鸣凤记》。尝与李攀龙、谢榛、宗臣、梁有誉同结诗社，世称"五子"，而王、李之名尤著。

《鸣凤记》凡41出，所叙为当代之事。夏言、曾铣遭谗被杀，严嵩父子专政误国，杨继盛上疏诤谏，被陷狱中，终死东市，其妻也同殉。后来邹应龙又上疏劾嵩，终得达到目的，芟夷奸党。杨继盛的死，是明代最动人、最感人的一件大事。那样的壮烈激昂，那样的从容就义，到如今还足以令人零涕愤慨。所以无论剧本、小说，写来俱足以动人。相传王世贞于嵩败后写成此剧，曾由前事东楼（严嵩之子严世蕃）之优童金凤登台扮演他，以其熟习，举动酷肖，名噪一时。

梁辰鱼与郑若庸、张凤翼、屠隆诸人齐名。同以"骈绮"之曲文见称于时。梁辰鱼，字伯龙，昆山人，以清词艳曲名盛当代，所撰《江东白苎》，包括他的小令散套，流行极盛。时同邑魏良辅能喉啭音声，变弋阳、海盐、胡调为昆腔。伯龙填《浣纱记》付之。此剧至传海外，吴中演奏之盛，更不待言。王世贞曾有诗云："吴闾白面冶游儿，争唱梁郎雪艳词。"盖即指此。

《浣纱记》凡45出，主人翁为范蠡与西施，而以吴、越之和战为线索。范蠡载西施泛湖而去越，本为传疑之故事，《浣纱记》则以此为根据，而演衍出范蠡本与西施有婚姻之约，因国家之故，不得不割断爱恋，将她献于吴王夫差。后来越王勾践起兵报仇，灭吴而归，范蠡始复得与西施相见，同辞勾践而泛湖隐去。

郑若庸字中伯，号虚舟，昆山人，早岁以诗名天下。赵康王闻其名，走币聘入邺，客王父子间。王父子亲迎接席，与交宾主之礼。康王卒，乃去赵，居清源，年八十余始卒。诗名《蛣蜣集》又善于作曲，所作有《玉玦记》《大节记》《五福记》3种，以《玉玦记》为最著，其他2种皆失传。

《玉玦记》凡36出，叙王商与其妻秦氏庆娘离合事。商上京求名，下第羞归，被人导为狭邪[1]游，貂敝金尽，幸遇吕公收留，奋志读书。会胡骑南侵，秦氏被掳不屈。后来商一举成状元，与秦氏重会癸灵庙。《曲品》谓："《玉玦记》典雅工丽，可咏可歌，开后人骈绮之派。"同时有薛近兖者，作《绣襦记》，叙郑元和、李亚仙事。相传若庸作《玉玦记》，以其叙妓女之薄情，旧院人恶之，乃共馈金求近兖作此，以雪其事。《玉玦记》出而曲中无宿客，及《绣襦记》出而客复来。

张凤翼字伯起，长洲人，与二弟并有才名，吴人谓之"三张"。他所作传奇凡七种，传于今者有《红拂记》《灌园记》《祝发记》等数种。

《红拂记》叙李靖与红拂妓的恋爱故事，乃依据于唐杜光庭的《虬髯客传》而写者，凡34出，以虬髯客即位扶余国王，帮助李靖擒了高丽国王，唐帝封他为海道大总管为结束，远不如《虬髯客传》结局之气度高远。《灌园记》凡30出，叙齐太子田法章复国事。以田单、乐毅之战争，与田法章之恋爱，错综叙写，颇不落于单调。当齐亡时，法章逃于太史家避祸，改名王立，为灌园人，故谓之《灌园记》。此二剧为张凤翼早年所作，还看不出受多少"骈绮派"的影响，说白也很自然，并没有对仗工整的谈吐。

《祝发记》为张凤翼晚年所作，为其母上寿而著者，风格已较前大变，至于通本皆作俪语。

屠隆字长卿，又字伟真，号赤水，鄞县人，官至礼部主事，为人所讦，罢归。纵情诗酒，好宾客，卖文为活。所作有《昙花记》《修文记》《彩豪记》3种。

《彩豪记》叙李白事，凡42出，中并插叙天宝之乱及明皇、杨妃事，以郭子仪报恩救白为结束。

---

1 指小街曲巷，娼妓居住的地方。

《修文记》叙李贺事。贺每从小奚奴，骑驴驖，背一古破锦囊，遇有所得，即书投囊中。后病卒，其母哀不自解。一夕，梦贺来道：今在天上甚乐，为上帝作新宫记，纂乐章。隆此记即写此事。

《昙花记》为隆废后所作，凡55出，叙唐时木清泰与郭子仪同扶唐室，富贵无匹，后忽感悟，弃家访道，家中一妻二妾也焚香静修。二子继父之勋业，复扶王定乱，后来一家同证正果，并列仙班。屠隆尝"命其家僮衍此曲，指挥四顾，如辛幼安之歌千古江山，自鸣得意"。

沈璟与汤显祖齐名于世，璟之循规践矩，严守曲律，正与显祖之不守绳墨成一对照。沈璟，字伯英，号宁庵，世称词隐先生，吴江人。万历间进士，官先禄寺某官。著《南九宫谱》23卷，作剧21种，为这个时期作家中之最多产者及最懂得音律者。其所著剧中以《义侠记》《桃符记》《红蕖记》等为最有名。

《义侠记》刊本最多，故最流行。《义侠》所叙，乃最流行之英雄传奇《水浒》的故事之一。

《水浒》故事，除小说外，元人杂剧中已多叙写之，明人传奇中亦多有之，如《灵宝刀》及此剧都是。此剧凡36出，所叙为武松的始末，事实大都依据《水浒传》，唯加入了一个武松的妻贾氏。武松父母在日，曾为聘下贾氏，因他四处漂泊，久未成亲。后武松刺配在外，贾氏亦逃避于尼姑庵。结局是宋江等受了招安，武松与贾氏成亲（友人某君常憾武松以盖世英雄乃不得其俪配，而以行者终老，得此剧读之，可以释其不平之念矣）。沈璟未染当世骈绮之风尚，曲文宾白多本色语，明白而真切，自较《浣纱记》《祝发记》之有意做作者为胜。

《灵宝刀》为任诞先作，亦一叙水浒故事之剧本。诞先（一作诞轩），浙汜人，生平未详。作剧2种。此剧凡35出，写林冲的始末，事迹亦依据于《水浒传》而略有变异。冲妻为高明所逼，亏得锦儿替嫁。她和王妈妈连夜脱逃，到了四花庵为庵主。后来冲报了大仇，到庵中谢神，恰与她重复相见。

陆采，以作《南西厢》及《明珠记》得名。字子元，号天池，长洲人，

《明珠记》明刻朱墨套印本插图

为粲之弟。粲为谏臣，甚有声，尝草《明珠记》，由采踵成之。《明珠》叙王仙客与无双事，依据唐薛调之《无双传》而写，凡 43 出。无双与仙客有婚约，遇乱，无双被没入宫掖。有侠士古押衙设计使无双暴卒，领尸出，复得生，乃得与仙客终老。《南西厢》乃改王实甫之《西厢记》为传奇者。自叙云："李日华取实甫之语，翻为南曲，而措词命意之妙，几失之矣。"他的此作，乃惩日华之失者。

　　陆采所作，于以上二剧外，尚有 3 种，即《怀香记》《椒觞记》及《分鞋记》《怀香记》以有《六十种曲》本，故得与《明珠》及《南西厢》并传于今，《椒觞记》与《分鞋记》，则恐已不传了。《怀香记》叙韩寿事。寿被贾充辟为司空掾。充有幼女午姐，待字闺中，见寿爱之，遂相恋。后因为充所知而离散。经了许多苦难，二人终得为夫妇。

　　李日华字君实，嘉兴人，万历壬辰进士，官至太仆寺少卿。所作《南西厢》，凡 20 出，颇为时人指摘，日华自己也声明非他所作，乃他人所托名。

梅鼎祚字禹金，宣城人，弃举子业，肆力诗文，撰述甚富，所作传奇，有《玉合记》一种，亦为步骈绮派作家之后尘者。此剧凡 40 出，乃衍叙唐许尧佐的《柳氏传》者（《本事诗》亦载之）。诗人韩翃（一作翊）有姬人柳氏，为番将沙吒利所夺，许俊以任侠自许，闻其事，骑马直入沙吒利之宅，载柳氏而归之翃。

汪廷讷字昌朝（一作昌期），一字无如，休宁人，官盐运使，作传奇凡 10 种，盛传于世者有《狮吼记》及《种玉记》。

《狮吼记》凡 30 出，写陈季常惧内事。季常为苏轼之友，妻柳氏，美而妒，季常惧之。轼乃设计，私赠以家姬。后以佛印之力，降伏了号为河东狮子之柳氏。这剧是有名的喜剧，充满了诙谐的叙写，其描述美妻之积威，惧内者之懦怯，极为逼真而有趣。此种情境，中国戏曲描叙之者殊鲜。

《种玉记》凡 30 出，叙霍休文为平阳小吏，偶遇侯门侍女，相恋不久，乃为其兄卫青拆散。后休文生二子，皆得大名，去病为将，光为首辅，父子完聚，夫妻团圆。

与他们约同时的作家，有作品传于今者，兹亦略述于下。

顾大典字道行，吴江人，官至福建提学副使，以善作剧名。所作凡四种，以《青衫记》为最著。白居易作《琵琶行》，本抒写情怀，毫无故事可述，而有元以来之戏剧作家乃往往附会其事，强以弹琵琶之商人妇，为白居易之情人。此剧也是如此，以商人妇为裴兴奴，当白居易郊游时曾遇之，不料因事离别，直至浔阳江上听琵琶，二人方克偕老。

叶宪祖（一作祖宪）字美度，一字相攸，号桐柏，亦号槲园居士，余姚人，官至工部郎中。所作传奇凡 5 种，其中《鸾鎞（bī）记》一种，有《六十种曲》刊本。《鸾鎞记》凡 21 出，叙唐时杜羔曾以碧玉鸾鎞，聘赵氏为妻。后为奸人所怒，经历失意之苦。终得佳人之激勉、良友之相助，得中高第。中间插入温飞卿与鱼玄机之姻缘遇合，牵拢得很可笑。

沈鲸号涅川，平湖人，著传奇 4 种，以《双珠记》为最著。《双珠记》

凡 46 出，叙王楫与妻郭氏同到郧阳军中，为奸人所陷，酿成冤狱。幸得减刑调戍边土。郭氏鞠子全贞，后来其子弃官访求父母，终得合家团圆。沈鲸的作风也是受了骈绮派的影响。

徐复祚，字阳初，常熟人，著《红梨记》《宵光剑》《梧桐雨》等传奇 4 种，以《红梨记》为最著。《红梨记》凡 30 出，叙赵汝州与谢素秋的姻缘离合事。汝州与歌妓谢素秋相恋，为王黼所逼而分离。正遇金人围汴，征歌妓送入北邦。素秋亦预其列。赖有花婆设计保护，素秋潜避至他地。后汝州成名，终得娶素秋。

此外尚有《东郭记》一种，亦传为复祚所作。《东郭记》凡 44 出，叙《孟子》中的"齐人有一妻一妾者"的一段故事。出目皆取《孟子》之文句以为之，很具别致。中插攘鸡者，于陵仲子及王驩事。纸背后隐透着玩世嘲讽之意。

周朝俊字夷玉，鄞县人（《曲录》作吴县人，误），著《红梅记》，袁宏道曾为之删定。《红梅记》凡 34 出，叙裴禹与卢昭容事，而以贾似道事串插其中。

单本字槎仙，会稽人，著《露绶记》及《蕉帕记》2 种。《蕉帕记》最流行，凡 36 出，叙龙骧与胡小姐之遇合，中插入妖女之变形与仙真之显法。因妖女将蕉叶变为罗帕赠给龙骧，故谓之《蕉帕记》。

许自昌字玄祐，吴县人，作剧 4 种，以《水浒记》为最著。《水浒记》凡 32 出，亦为依据于《水浒传》而写的剧本。剧中人物，以宋江为中心，叙他娶妻孟氏，家无别人（这与《水浒传》大异）。后遇阎婆惜，引起了许多风波。亏得梁山泊诸英雄救他入山聚义，同时且把孟氏也接了来，与他相聚。

陈汝元字太乙，会稽人，著传奇 2 种，以《金莲记》为最著。《金莲记》凡 36 出，叙苏轼以奇才邀帝宠，特赐金莲归第。章惇设计使轼外调。于时得遇朝云，偕合鸾俦。复为奸人所陷，几成诗狱，幸其弟辙疏救，得谪守黄州。后来二子成名，合家证果修真。

王玉峰，松江人，佚其名，著《焚香记》，凡 40 出，叙王魁、桂英事。

"王魁负桂英"的故事为向来作剧家所常叙写的悲剧，宋、金院本中已有此名。此故事原见张邦几《侍儿小名录拾遗》，叙王魁下第，与桂英誓为夫妻。后魁唱第为天下第一，乃负桂英之约。桂英持刀自刎，其鬼魂竟报仇迫魁入冥。此剧则力翻原案，以为王魁并不负桂英，其中构陷桂英者乃为奸人金垒。后冥司对案，桂英还阳，复得与魁偕老。此种翻案的作品，颇减少了悲剧的崇高趣味。然玉峰对于人物的描写能力颇高，故称许此剧者甚多。

谢谠（dǎng），号海门，上虞人，著《四喜记》。《四喜记》凡 42 出，叙宋杞因编竹桥渡蚁，获享厚报，二子宋郊、宋祁皆中状元，富贵显达。

高濂，字深甫，号瑞南，钱塘人，著《玉簪记》及《节孝记》，今传《玉簪记》一种。

《玉簪记》凡 33 出，叙陈妙常与潘必正事，此故事为民间盛传的"情史"之一。妙常与必正本已指腹为婚，后因兵乱，妙常托身尼庵，恰遇必正，重

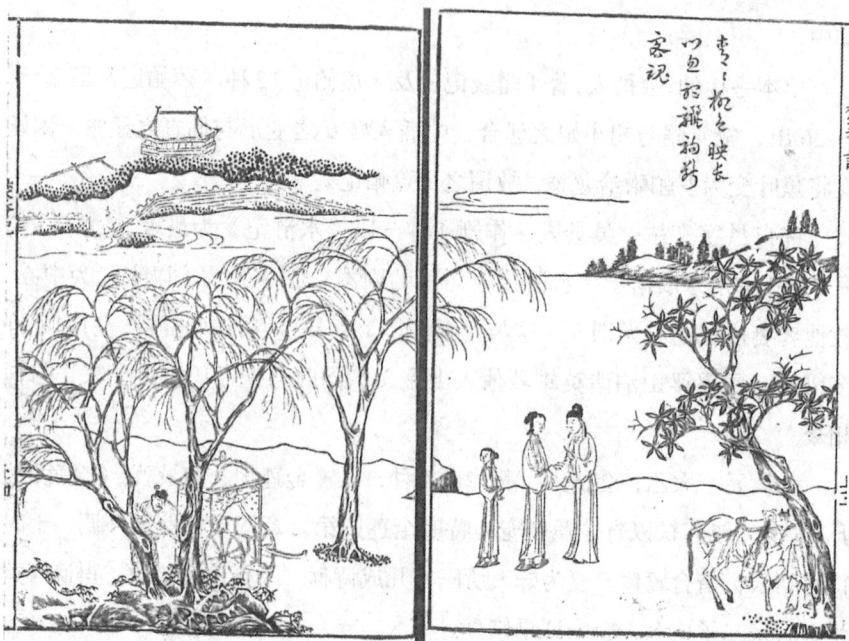

《玉茗堂批评焚香记》明刻本，上海图书馆藏。

缔姻缘。中经阻难、别离，终得团圆偕老。

汪錂（líng），字剑池，钱塘人，著《春芜记》，凡29出，叙宋玉事，依据《登徒子好色赋》而加以凭空造作的女主人公。玉与季清吴缔结良缘，不料为奸徒设计阻隔。后荷君王赐姻，克谐凤愿。

朱鼎，字永怀，昆山人，著《玉镜台记》，凡40出，叙晋代温峤事。此故事关汉卿亦曾写为杂剧，此剧则放大至10倍。

杨珽（tǐng），字夷白，钱塘人，著《龙膏记》及《锦带记》。今仅传《龙膏记》，凡30出，叙张无颇与元载之女湘英缔姻事，亦不脱才子佳人离合悲欢之陈套。

史槃，字叔考，会稽人，著《梦磊记》及《合纱记》。《梦磊记》曾被冯梦龙改定，刊入《墨憨斋定本传奇》中。

沈嵊，字孚中，钱塘人，作《绾春园》（《曲录》作《幻春园》，似误）、《息宰河》等3种，亦甚为时人所称。《绾春园》有谭友夏、钟惺评刻本。

周螺冠、张午山、徐叔回，名里生平俱未详，各著有传奇一种。周螺冠著《锦笺记》，凡40出，叙梅玉与柳淑娘之离合事；张午山著《双烈记》，凡44出，叙梁红玉与韩世忠之事；徐叔回著《八义记》，凡41出，叙程婴存赵孤事。

明之末年，有冯梦龙与阮大铖两大家殿于后。

冯梦龙为当时文坛的中心，尝增补《平妖传》，编著《警世通言》《喻世明言》《醒世恒言》3种（皆短篇小说集），尤注意于戏曲，刻《墨憨斋传奇定本》10种，多改削他作家之剧本，如改汤显祖之《牡丹亭》为《风流梦》，改陆无从、钦虹江叙李燮（xiè）事之二剧本为《酒家佣》，又改余聿云之《量江记》，改李玉之《永团圆》。其自作者，有《双雄记》《万事足》《新灌园》3种。

阮大铖，字集之，号圆海，又号百子山樵，怀宁人，官至兵部尚书。大铖初附魏忠贤，忠贤死，坐废。后复起用，为诸名士所嘲骂，于是捕逐诸公子，大为奸恶，论者多不齿之。然其所著《燕子笺》《春灯谜》《双金榜》《牟尼合》《忠孝环》五种传奇,则即与之为敌者,也莫不推许之。他所取的题材,不能逃出陈腐的圈套,然描写殊细腻有情致。

《燕子笺》凡42出,为阮大铖五种曲中最有名者。《桃花扇》中曾叙及侯方域、陈慧生诸人观演《燕子笺》,殊为感动。剧中故事是如此:霍都梁至京师会试,与妓华行云相恋,执笔为她画像,把自己也画入,画好后,送到装裱店里去。同时,礼部尚书郦安道有女名飞云,貌肖华行云,亦将吴道子画之观音像一幅送到同一装裱店里去。不料,二画裱好后,店中人却互送错了,把华行云与霍都梁的画像送给飞云,却把观音像送给都梁了。飞云见画上题"茂陵霍都梁写赠云娘妆次",又见画中二人,一个面貌与她酷肖,一人却是风度翩翩的少年,不禁惊骇不已,便秘密地藏了起来。某一春日,作词一首,咏此事,为燕子衔去恰落于都梁之前。

后来都梁为其友鲜于佶(jí)所陷,逃于他方。那时安禄山反,天下大乱。飞云与母在逃难途中相失。行云亦逃难在外,与飞云母相遇。母见其酷肖己女,便认她为义女,一路同行,恰逢安道。飞云则为其父执贾南仲之军所收容,亦认为义女。这时,霍都梁改名为卞无忌,入贾南仲幕中,献奇策,灭了禄山。南仲以飞云妻之。二人相见惊异,细诉衷情。不久,行云亦归于都梁。

《春灯谜》亦名《十认错》,凡40出,亦得盛名。中叙宇文学博有二子义、彦,彦随母赴父任,泊舟黄河驿。适韦节度之舟亦泊于此。时为元宵,彦上岸观灯,韦女改装为男,亦去观灯。二人同猜灯谜,赋诗唱和,各执一诗笺而别。会风起,二船各泊他所。女误入宇文舟,彦误入韦舟,旋各扬帆行。彦母认韦女为己女,彦则被韦节度投于水,又被误为贼,捕入狱中。会兄义大魁天下,被唱名者改为李文义,授巡方御史。同时,彦亦更姓名,为卢更生。义不知更生即为弟,释之出狱,彦亦不知御史即为其兄。后彦登第,韦节度为执柯,与李氏女结婚,乃不知李氏即己父之家。到了结婚时相认,方才明白种种的错误。因共有十错,故谓之《十认错》。

这时期无名氏之作品,传于今者颇多,其著者有《玉环记》,叙韦皋与张琼英事;《寻亲记》叙周羽被奸人所陷，其妻守节，遣子寻父事;《金雀记》叙潘岳与井文鸾事;《霞笺记》叙李彦直与张丽容事;《投梭记》叙谢鲲与文缥风事;《琴心记》叙司马相如与卓文君事;《飞丸记》叙易弘器与严玉英事;《赠书记》叙谈尘与魏轻烟事;《运甓记》叙陶侃运甓（pì）事;《节侠记》叙裴他先与卢郁金事;《四贤记》叙孙泽娶妾生子事。此外尚有不少，未能一一在此列举。

当明末天下大乱，流寇杀人如麻，清人又继之而入关，兵马倥偬，不遑文事，剧坛遂如垂萎之花，憔悴可怜，如经霜之草，枯黄无生气。然当清人戡定中国时，传奇作者却又联臂而出，其盛况不亚于正德、万历之时，为这个时期戏曲史的光荣的殿军。大抵这些清初的作家，俱为经阅沧桑之变者。其中如袁于令、吴炳、李玉诸人，在前朝且都为已享盛名之作家。

袁于令原名韫玉，字令昭，号籜（tuò）庵，吴县人，官荆州府知府。作剧凡五种，即《金锁记》《玉符记》《珍珠衫》《肃霜裘》及《西楼记》，而以《西楼记》为最著。相传于令一日出饮归，月下肩舆过一大姓门，其家方宴宾，演霸王夜宴。舆人曰："如此良夜，何不唱绣户传娇语[1]？乃演千金记？"袁于令狂喜，几堕舆。

《西楼记》凡36出，叙于鹃与穆素徽事。于生与素徽在西楼相恋，不幸为人所拆散。后于生闻素徽别嫁他人，一病几死。素徽误闻于生死耗，亦自缢以殉。但二人实俱未死，赖侠士玉成其事，将素徽夺来送给于生，完此一段痴情。

吴炳字石渠，宜兴人，少年登第，有才名，作剧凡五种，即《画中人》《疗妒羹》《绿牡丹》《西园记》及《情邮记》。《新传奇品》谓："吴石渠之词，如道子写生，须眉毕现。"五剧皆写佳人才子事，而《西园记》名最著。《西园》撰于万历末年，叙张继华与王玉真事。中间并不穿插苦难逃避奸人播弄，仅以空想的恋爱、误会的痴情，反复细写，很足动人。

---

1 "绣户传娇语，儿郎枉叹嗟"是袁于令《西楼记》中的唱词。

范文若字香令，号荀鸭，又自称吴侬，松江人，作剧凡 9 种，以《鸳鸯棒》《花筵赚》《倩花姻》及《梦花酣》为最著。

薛旦字既扬，号诉然子，无锡人，作剧凡 10 种。以《书生愿》《醉月缘》《战荆轲》《芦中人》《昭君梦》等为著。

马佶人字更生，吴县人，作《梅花楼》《荷花荡》《十锦塘》3 种，以《荷花荡》为最著。

刘晋充字方所，苏州人，著《罗衫合》《天马媒》《小桃源》3 种。

叶稚斐字美章，吴县人，作《琥珀匙》《女开科》《开口笑》《铁冠图》（一名《逊国疑》）等 8 种。

朱佐朝字良卿，吴县人，作《渔家乐》《万花楼》《太极奏》《乾坤啸》《艳云亭》《清风寨》等 30 种。

丘园字屿雪，常熟人，著《虎囊弹》《党人碑》《百福带》《蜀鹃啼》等 9 种。

李玉字玄玉，吴县人，作剧凡 33 种，在当时作家中，他为最受人赞许者。《新传奇品》谓："李玄玉之词，如康衢走马，操纵自如。"冯梦龙亦为之删定《人兽关》及《永团圆》二剧。论者谓他的"一""人""永""占"四剧可以追步汤显祖。所谓"一""人""永""占"，即李玉之《一捧雪》《人兽关》《永团圆》《占花魁》四剧。

《一捧雪》凡 30 折，叙莫怀古以一玉杯名"一捧雪"者招祸，几被严世蕃所杀，赖义仆代死，良友救援，方得脱。后其子莫昊，改姓名，为大吏，复得"一捧雪"，且与父母完聚。

《人兽关》凡 33 折，叙施济好赒济穷苦，尝遇桂薪欠官债，欲鬻妻女以偿，施乃代为之付款。薪感激知遇，将女献他为妾。不料后来薪获金暴富，便失约。一夕，薪梦入冥中，历经因果报应，乃大悟悔。

《永团圆》凡 32 折，叙蔡文英与江兰芳幼年订婚，因江翁悔婚，起了许多波折。但后来二人终得团圆。

《占花魁》凡 28 出，叙卖油郎秦钟与花魁（莘瑶琴）事。花魁与秦钟的遇合故事，曾见于《今古奇观》，已成了盛传于民间的一个传说。此剧言金人侵宋，各处大乱。秦钟为一个统制官之子，因乱逃避异乡。莘瑶琴亦宦家女，因乱为奸人掠卖，入勾栏。后来二人相遇，情好至笃。秦钟父升了枢密副使，二人也各得封赠。相传当弘光即位南京时，尝观演此剧，见剧中"泥马渡康王"一折，因恰合于时事，对此剧极加欣赏。

朱素臣名以字行，吴县人，作剧凡18种，其中以《振三纲》《未央天》《聚宝盆》《十五贯》《瑶池宴》等为最著。《新传奇品》谓："朱素臣之词，如少女簪花，修容自爱。"

《十五贯》一种，至今还盛演于剧场。此剧系依据于南宋人小说《错斩崔宁》而略有变异。《错斩崔宁》言崔宁卖丝得钱十五贯，偶与二娘子同行，乃蒙被不白之冤，竟被屈斩。此剧则换了人名，言兄弟二人各被冤狱，后得贤官昭豁，得以释出。

周坦纶号果庵，里居未详，作剧14种，以《火牛阵》《绨袍赠》二种，为他最得意之作。

张大复字星期，一字心其，号寒山子，苏州人，作剧凡23种，以《如是观》《醉菩提》《海潮音》《钓鱼船》《天有眼》等为最著。

高奕字晋音，一字太初，会稽人，著《新传奇品》，作剧凡十四种，以《风雪缘》《千金笑》《貂裘赚》为最著。

盛际时字昌期，吴县人，作剧4种，以《飞龙盖》及《双虹判》为最著。

史集之字友益，溧阳人（一作吴县人），作《清风寨》及《五羊皮》2种。

朱云从字际飞，吴县人，作剧凡12种，以《石点头》《别有天》《赤须龙》《儿孙福》为最著。

陈二白字于令，长洲人，作剧3种，以《双官诰》为最著。

陈子玉字希甫，吴县人，作《三合笑》《玉殿元》《欢喜缘》3种。

王香裔名里未详，作《非非想》《黄金台》2种。

丁耀亢字野鹤，曾作《续金瓶梅》，见下章，所作剧凡4种，即《蚺蛇胆》

《仙人游》《赤松游》及《西湖扇》，曾于顺治时进呈。

吴伟业，字骏公，太仓人，官祭酒，有《秣陵春》传奇一种。《秣陵春》凡41出，叙徐适与黄展娘事。事迹殊离奇，不亚于《牡丹亭还魂记》，却隐寓着深意。吴伟业自序道："是编也，果有托而然耶？果无托而然耶？余亦不得而知也。"

尤侗，字同人，一字展成，号西堂，长洲人，官翰林院检讨。作《钧天乐》一种，凡32出，叙科场之黑暗，为一班文士抒写失意悲郁的情怀，较那些写佳人才子的无生气、无情感的戏曲，自然胜过无数倍。尤侗自序谓："逆旅无聊，追寻往事，忽忽不乐，漫填词为传奇。率日一出，出成则以酒浇之，歌呼自若，阅月而竣。"后几因之而获罪。狱虽得解，而每"登场一唱，座上贵人未有不色变者"。可见其动人之深切，讽骂之尖刻。

李渔，字笠翁，兰溪人。作《十二楼》小说，见下章。他为当时极负盛名之戏曲作家。《新传奇品》谓他的词"如桃源笑傲，别有天地"。作剧凡16种。其中《奈何天》《比目鱼》《蜃中楼》《美人香》《风筝误》《慎鸾交》《凤求凰》《巧团圆》《玉搔头》及《意中缘》10种，最为流行；其他6种，《万年欢》《偷甲记》《四元记》《双锤记》《鱼篮记》及《万全记》，则知者较少。

笠翁的剧本，以绵密快利著，文辞极通俗明显，结构极精密适当。然一般正统派的文人对于笠翁却有微词，盖以其太"俗"。演奏者却多喜欢他的作品。他对于戏曲的见解，也很高明，他的《闲情偶寄》中，有词曲部，论结构、词采、音律、宾白、科诨、格局等，都有独到之语修。如谓不应以剧本为泄怨报仇之具，曲文宜显浅平易，宾白务须各肖其人，科诨须戒淫亵及恶俗之言语举动，等等，俱为切中时弊者。

# 杂剧盛况

　　这个时期的杂剧，其盛况自比不上传奇，然作者却未尝衰落。康海、杨慎、徐渭、汪道昆、王衡、许潮、沈自征、来集之诸人，且专以杂剧著；传奇作家，如梁辰鱼、梅鼎祚、徐复祚、汪廷讷、尤侗、吴伟业诸人也都尝作杂剧。杂剧之高潮，在元代极汹涌澎湃之致者，至此第二时期实未尝退去。

　　当这个时期之后半，即当明清之交，沈泰编刊《盛明杂剧》2集，凡载杂剧60种（内有周宪王2种为第一期作品），邹式金又编刊《杂剧新编》（一名《杂剧三编》），继于《盛明杂剧》之后，凡载杂剧34种。在这三部书中，本时期杂剧的重要作品差不多已完全被收入了。兹将这三部书所载的杂剧的作家及其作品列一表于后。

| 作家 | | 作品 [1] |
|---|---|---|
| 姓名 | 简介 | |
| 康海 | 字德涵，号对山，武功人。弘治十五年状元，授翰林院修撰 | 东郭先生误救中山狼① |
| 徐渭 | 字文清，一字文长，山阴人 | 渔阳弄①翠乡梦①雌木兰①女状元①（此四剧总名《四声猿》） |
| 梁辰鱼 | 见前 | 红线女① |

---

1　凡剧名后注①者，指系《盛明杂剧》一集所载；注②者，指系《盛明杂剧》二集所载；注"新"者，指系《杂剧新编》所载。书名号省略。

（续上表）

| 作家 | | 作品 |
|---|---|---|
| 姓名 | 简介 | |
| 汪道昆 | 字伯玉，号南溟，歙县人，官至兵部左侍郎 | 高唐梦①五湖游①远山戏①洛水悲① |
| 冯惟敏 | 字汝行，号海浮，临朐人，官保定府通判 | 梁状元不伏老② |
| 陈与郊 | 字广野，海宁人，官太常寺少卿 | 昭君出塞①文姬入塞①义狗记① |
| 梅鼎祚 | 见前 | 昆仑奴① |
| 王衡 | 字辰玉，太仓人，官翰林院编修 | 郁轮袍①真傀儡① |
| 许潮 | 字时泉，靖州人 | 武陵春②兰亭会②写风情②午日吟②南楼月②赤壁游②龙山宴②同甲会② |
| 叶宪祖 | 见前 | 北邙说法①团花凤①易水寒②夭桃纨扇②碧莲绣符②丹桂钿盒②素梅玉蟾② |
| 沈自征 | 字君庸，吴江人 | 鞭歌妓①簪花髻①霸亭秋① |
| 凌初成 | 苕中人 | 虬髯翁② |
| 徐元辉 | 里居生平未详 | 有情痴②脱囊颖② |
| 汪廷讷 | 见前 | 广陵月① |
| 王应遴 | 字云来，里居不详 | 逍遥游② |
| 孟称舜 | 字子若（又作子适），会稽人 | 人面桃花①死里逃生①英雄成败②眼儿媚（新） |
| 卓人月 | 字珂月，仁和人 | 花舫缘① |
| 陈汝元 | 字太乙，会稽人 | 红莲债② |
| 祁元儒 | 里居生平未详 | 错转轮② |
| 车任远 | 字梔斋，上虞人 | 蕉鹿梦② |
| 徐复祚 | 见前 | 一文钱① |

（续上表）

| 作家 | | 作品 |
|---|---|---|
| 姓名 | 简介 | |
| 除士俊 | 原名翙，字三有，号野君，仁和人 | 春波影①络冰丝② |
| 王澹翁 | 端居生平未详 | 樱桃园② |
| 僧湛然 | 一号寓山居士 | 曲江春②鱼儿佛②（或以《曲江春》为王九思作） |
| 秦楼外史 | 名里未详 | 男王后① |
| 蘅芜室 | 名里未详 | 再生缘① |
| 竹痴居士 | 名里未详 | 齐东绝倒① |
| 吴中情奴 | 名里未详 | 相思谱②（一云王百谷撰） |
| 袁于令 | 见前 | 双莺传② |
| 孙源文 | 字南公，无锡人 | 饿方朔（新） |
| 陆世廉 | 字起顽，又号晚庵，长洲人，宏光时，官光禄卿，入清，隐居不出 | 西台记（新） |
| 茅维 | 字孝若，号僧昙，归安人 | 苏园翁（新）秦庭筑（新）金门戟（新）双合欢（新）闹门神（新） |
| 吴伟业 | 见前 | 通天台（新）临春阁（新） |
| 薛旦 | 见前 | 昭君梦（新） |
| 郑瑜 | 字西神，号无瑜，无锡人 | 鹦鹉洲（新）汨罗江（新）黄鹤楼（新）滕王阁（新） |
| 周如璧 | 号芥庵，里居未详 | 孤鸿影（新）梦幻缘（新） |
| 查继佐 | 字伊璜，号东山，海宁人 | 续西厢（新） |
| 堵庭棻 | 字伊令，无锡人 | 卫花符（新） |
| 尤侗 | 见前 | 读离骚（新）吊琵琶（新） |

（续上表）

| 作家 | | 作品 |
| --- | --- | --- |
| 姓名 | 简介 | |
| 黄家舒 | 字汉臣，无锡人 | 城南寺（新） |
| 张来宗 | 里居、生平未详 | 樱桃宴（新） |
| 张龙文 | 字掌霖，武进人 | 旗亭宴（新） |
| 南山逸史 | 名里未详 | 半臂寒（新）长公妹（新）中郎女（新）翠钿缘（新）京兆眉（新） |
| 士室道人 | 名里未详 | 鲠诗谶（新） |
| 碧蕉轩主人 | 名里未详 | 不了缘（新） |
| 邹式金 | 字仲愔，号木石，明进士，入清，官泉州府知府 | 醉新丰（新）风流冢（新） |
| 邹兑金 | 字叔介，式金弟 | 空堂话（新） |

在上表里有几个作家，应该特别提出一说的。

康海的《东郭先生误救中山狼》，与马中锡的《中山狼传》，当是同时之作，所以事实都极相同，无甚出入。这是一篇很有趣的"寓言剧"，叙中山狼被赵宣子所猎，东郭先生救之出险。及猎者去远，狼却想吃先生以充饥。先生大恐，要他先问三老，批评是非，然后再吃他。狼许之。先问老杏树及老牛，俱言可吃。先生益恐。最后遇杖藜老人，乃设计把狼骗入囊中，用刃刺死。

在高丽及南斯拉夫的民间，也都有与此相类的民间故事。康海所叙或也为当时的一个民间故事的重述。但相传他之所以作此剧，乃因刘瑾当权时，他曾救李梦阳，而梦阳得势后，却不肯对他施一援手，故比之为"中山狼"，以示深恶痛绝之意。这种传说，现在已不能知道其真确与否，我们可以不必研究。然本剧把狼、牛、杏都人格化了，写其性格、谈吐俱极活泼有趣，在中国的剧坛上，实为很难得的好剧本之一。

徐渭为中国文学史里最奇怪的人物之一。他的生平的言动，曾流传于民间，成了许多很有趣的智慧故事。他尝为胡宗宪之幕友。胡被杀后，他郁郁不得志，流落于各地，以狂名。曾以杀妻下狱，得免死放出。又尝以巨锥自刺两耳，深入寸许，乃亦不死。其诗与文俱很诡奇而飘逸。总名《四声猿》之四个杂剧，乃他生平最著之作品。《四声猿》虽亦用题目正名，似为一剧，然实乃不相连贯之四剧。

《渔阳弄》叙祢衡在冥中，复演击鼓骂曹之故事，曹操这时已为不赦之囚，乃暂得高坐以重现其生前的威严，领受祢衡的谩骂。

《翠乡梦》叙玉通禅师因妓女红莲而破戒体，念偈坐化。其灵魂投入柳宣教家为女。后来做了妓女，唤名柳翠。他的师兄月明和尚前去度她。柳翠乃大悟，复去修真。

《雌木兰》叙花木兰替父从军事。事迹都依据于著名的《木兰辞》，仅末后添出一个王郎，为木兰之夫。

《女状元》叙黄崇嘏改换男装，考中状元。周丞相欲将女儿嫁他，崇嘏作诗辞谢，自明为女。后周丞相子凤羽又中了状元，乃娶崇嘏为妻。

吴伟业为明末遗臣，虽仕于清，而心中不免郁郁。在他的诗文中，常可看出他的悲愤无告的隐衷来。他的《通天台》，叙梁元帝时左丞沈炯，身经家国覆亡之痛，一日，登汉武帝通天台遗址，醉而歌哭无端，痛诉情怀。第一出之末有一段：

你看云山万叠，我的台城宫阙不知在那里，只得望南一拜。（生拜介）
【赚煞尾】则想那山绕故宫寒，潮向空城打，杜鹃血拣南枝直下。偏是俺立尽西风搔白发，只落得哭向天涯，伤心地付与啼鸦，谁向江头问荻花！难道我的眼呵，盼不到石头车驾，我的泪呵，洒不上修陵松槚，只是年年秋月听悲笳！

这不是沈炯，乃是吴伟业他自己在哀诉，在悲悼，在愤懑地高歌！第二出叙炯醉睡台上，汉武帝指示他一番，他因悟得兴亡荣衰：

> 到头来总是一场扯淡，何分得失，有甚争差？到为他扰乱心肠，捶胸跌脚，岂不可笑！

他虽是如此的强自宽慰，然无声之泣，强解之愁，较之痛哭绝叫尤为可悲！

他的《临春阁》，凡4出，叙女节度使冼夫人及陈后主妃张丽华事。冼夫人以女子典军，声威远震。张妃为后，主掌文诏，瘁心国事。某日，赐宴临春阁，极一时之盛。后隋兵灭陈，丽华死之。冼夫人闻之，悲愤异常，遂解甲散军，入山修道去了。此剧文情至佳，与《通天台》同为这时期罕见之作。第四出，冼夫人梦见张妃一段尤好。

尤侗作杂剧凡五种，《杂剧新编》录其《读离骚》《吊琵琶》2种。其他3种为《桃花源》《黑白卫》及《清平调》。

《读离骚》叙屈原事，第一折写原呵壁问天，及问卜于郑詹尹，第二折写原作九歌以祭神，第三折写原见渔父，投江自杀，第四折写宋玉赋《高唐》及《招魂》。隐括《楚辞》诸篇，写成一剧，很见作者的技巧。

《吊琵琶》叙王昭君出塞事。第一折写昭君远嫁，第二折写她投江自杀，第三折写她魂回宫阙，第四折写蔡琰入塞，过青冢吊昭君。

《桃花源》本于陶渊明有名的《桃花源记》而作，而以渊明为主人翁，言他尸解后，真个入桃花源，与群仙为侣。

《黑白卫》本于唐裴铏《传奇》里的《聂隐娘》一则而作，在当时极得盛名，实则没有什么深挚的情趣，远不如《读离骚》及《桃花源》。

《清平调》亦名《李白登科记》，中叙唐明皇叫杨贵妃为主考，定天下举人试卷的等第，她以李白为第一，赐状元及第，杜甫为第二，孟浩然为第三。白所作乃《清平调》三章，这不合于史实，且很可笑，但也与尤侗的传奇《钧天乐》一样，背后隐藏着的乃是当时黑暗的科场所酿出的悲哀心境。《钧天乐》从正面写，此剧则从反面写李白之登科，正是故作快意之语。

这时期里的重要杂剧作家，其作品未见录于《盛明杂剧》诸书中者，尚有数人。

杨慎（1488—1559），字用修，号升庵，新都人，以第一人及第，官翰林院修撰，后谪戍云南。慎才华盖世，著作之方面极广，作剧凡 3 种，即《宴清都洞天元记》《兰亭会》及《太和记》。《太和记》凡 6 本，每本 4 折。

黄方儒号醒狂，金陵人，作《倚门》《再醮》《淫僧》《偷期》《恋童》《惧内》6 种，总名《陌花轩杂剧》。

王九思字敬夫，作《杜甫游春》《中山狼》2 种。《中山狼》似为康海同名之作的改本。

来集之号元成子，萧山人，作杂剧 6 种：《蓝采和》《阮步兵》《铁氏女》3 种，总名《秋风三叠》。其他 3 种为《挑灯剧》《碧纱笼》《女红纱》，都传于世。

叶小纨字蕙绸，吴江人，适同县沈永祯，著《鸳鸯梦》一本，见《午梦堂十集》中。

王夫之（1619—1692），字而农，号船山，衡阳人，为明遗民中生活最艰苦者之一，有全集，作杂剧一本，名《龙舟会》。

# 诗人与散文作家

在本章的最后，须略述本时代的诗人与散文作家。本时代的重要作品为小说与戏曲，诗与散文则殊呈寥落不振之状。明人以模拟古人为务，以互相标榜诋諆为习，或流于浅率，或故为僻涩幽诡，可传之作殊少。到了末叶，有钱谦益、吴伟业出，风气才为之一变，而诗与文亦入于精莹浑厚之境，开始了以下两个世纪的波涛汹涌、气象万千的文坛。

永乐之际的作家，有杨士奇、解缙、杨溥诸人，他们是政治家，而非文人。及李东阳起，倡宗杜之说，乃开了拟古之端。

李东阳，字宾之，号西涯，茶陵人，生于公元 1447 年，死于公元 1516 年，著有《怀麓堂集》。

继李东阳之后者为李梦阳、何景明、徐祯卿、边贡、康海、王九思及王廷相，当时号为"七子"，以复秦汉文、盛唐诗相号召，其影响波及于天下，成了后来文坛争执的中心。

李梦阳（1472—1529），字献吉，号空同子，庆阳人，著有《空同集》；何景明（1483—1521），字仲默，号大复山人，信阳人，著有《大复集》；徐祯卿字昌谷，吴县人；边贡字廷实，历城人；王九思字敬夫，鄠县人；王廷相字子衡，仪封人。"七子"以李、何为领袖，然李梦阳之作品，拟古之作而已，何景明则能自抒性灵。

当时，未受七子影响，而以清快谐奇，所谓"才子之文"著称者，有唐寅、祝允明、文徵明三人。唐寅（1470—1524），字伯虎，一字子畏，号六如，吴县人；祝允明字希哲，号枝山，长洲人；文徵明号衡山，长洲人。他们三人的行为，正与他们的诗文一般，以放荡惊俗，为世所訾。然其所作亦间有清逸可喜之作。

继李、何七子之后者，又有"后七子"，为李攀龙、王世贞、谢榛、宗臣、梁有誉、徐中行及吴国伦，皆扬复古之波者。李攀龙（1514—1570），字于鳞，号沧溟，历城人；王世贞号弇州山人，有《弇州四部稿》；谢榛（1495—1575），字茂秦，号四溟山人，临清人；宗臣字子相，扬州人；梁有誉字公实，顺德人；徐中行字子舆，长兴人；吴国伦字明卿，兴国人。

后李攀龙死，谢榛又被摈于他们，于是改称为"五子"，以王世贞为首领。继之者有"后五子""广五子""续五子"之称，俱为无甚可注意的作家；最后有"末五子"者，为李维桢、屠隆、魏允中、胡应麟及赵用贤，较之前人，殊为杰出。

李维桢（1547—1626），京山人，以诗著；屠隆，则以作剧名；胡应麟字符瑞，兰溪人，亦以切实之学问著；未被列于"七子""五子"者，有王守仁、王慎中、唐顺之、杨慎、徐渭诸人。

王守仁（1472—1528），字伯安，余姚人，世称阳明先生，倡"良知"之说，影响极大，在当时诸文人中，功业最盛，诗文不依傍古人，而格律整严。

王慎中（1509—1559），字思道，晋江人，号遵岩居士，以淡永条达之古文著。

唐顺之（1507—1560），字应德，号荆川，武进人，与慎中齐名，亦善拟作唐、宋人之"古文"。

杨慎，以诗著名，所作极多，于诗文集及剧本之外，又著诗话，编《词林万选》。

徐渭（1521—1593），以作剧著，诗文亦奇僻有逸气。

在"五子""七子"极盛之时，明显的与他们对抗的有归有光、茅坤诸人。

归有光（1506—1571），字熙甫，昆山人，世称震川先生，提倡唐、宋之古文，以清顺有情致，为文章之极轨，不尚诡怪，亦不尚绚丽。所极力摹拟者为司马迁、韩愈、柳宗元、欧阳修、苏轼诸人之文，影响于后两个世纪甚大。

茅坤（1512—1601），字顺甫，别号鹿门，归安人，刊唐、宋八家古文，后来所谓古文宗匠之"唐宋八家"，其名即始于坤，然坤之文殊疏浅，不能自立为一家。

明之末叶，有袁氏兄弟及钟、谭、张、陈、钱、吴诸人，各趋一途，各有一部分的势力。

袁宏道字无学，公安人，与兄宗道、弟中道，并著称于世，被称为"三袁"，其文殊诡怪，号为"公安体"。

钟惺（1574—1624），字伯敬，竟陵人，与同里谭元春（字友夏），并驰声于世，其诗文被号为"竟陵体"。元春之诗，较为深挚。张溥（1602—1641），字天如，太仓人，复社首领，所编有《汉魏六朝百三名家集》。

陈子龙（1608—1647），字人中，又字卧子，华亭人，几社首领，善为骈文及词。此二人皆欲复振李、王之绪余者。

以上诸人，主张虽各不同，然其伤于拟古与空疏，无独特的浓挚的风格则一。

钱谦益与吴伟业为明代文人之鲁灵光殿，为清代文人之开山祖，其诗文独高出于上述诸人，如泰山之峙于土阜之中，如白鹤之立于鸡群。

钱谦益，字受之，号牧斋，常熟人，在明末为文章宗匠。清兵入关，谦益迎降，以是颇为世人所讥弹。乾隆间曾下诏焚弃其诗文集。

吴伟业之诗悲惋凄丽如其曲，故国之思，时时流露。又常作咏歌时事之长诗，时称之为"诗史"。

顾炎武、王夫之、黄宗羲三人为明之遗老，入清，不仕，夫之且遁入深山。

黄宗羲（1610—1695），少以义侠著，及明亡后，著《明夷待访录》，独到之见极多。

顾炎武（1613—1682），著《日知录》，为最负盛名的笔记之一，在那里，我们可以看出他的真恳的为学态度。

侯方域、魏禧、汪琬，亦为明之文人而入清者，齐名于当时，衍"古文家"之绪。

侯方域（1618—1654），字朝宗，河南商丘人，有《壮悔堂文集》。

魏禧（1624—1680），字冰叔，宁都人，与兄际瑞、弟礼，并名为"宁都三魏"。

汪琬（1624—1690），字苕文，号钝庵，长洲人，为宗归有光之古文作者，著《钝翁类稿》。

清之诗人，以施闰章、宋琬为宗，时称"南施北宋"。

施闰章（1619—1683），字尚白，号愚山，江南宣城人，著《学余堂集》。

宋琬，字玉叔，号荔裳，山东莱阳人，著《安雅堂集》。

略后于施、宋而较他们为伟大者为王士禛、朱彝尊，他们的诗在当时影响极大，卓然足以自立。

王士禛（1634—1711），字贻上，号阮亭，又号渔洋山人，山东新城人，力倡神韵之说,为后来诸诗人开辟了一条大路,论者称之为"清代第一诗人"。著有《带经堂集》。

朱彝尊(1629—1708),字锡鬯(chàng),号竹垞(chá),秀水人,著作的方面极多,于诗词外,古文亦自成一家,编《词综》及《明诗综》,又著《经义考》,俱为当时很重要的著作。他的词尤为后人所宗式。

纳兰性德与太清君为清初两个重要的"词人",而皆满洲人。纳兰性德(1655—1685),字容若,为明珠子,以清才著,其词缠绵清婉,为当代冠,著《饮水诗词集》;太清君为清代女诗人之最著者,作《东海渔歌》。时人谓性德、太清君之词,为"男中后主,女中清照"。

纳兰性德之挚友顾贞观,亦以词名,著《弹指词》。

同时有徐釚(1636—1708),字电发,亦以词名,著《词苑丛谈》,为最重要的"词话"。

查慎行、陈维崧亦为当时著名诗人。查慎行字悔余,号初白,海宁人,著有《敬业堂集》;陈维崧(1625—1682),字其年,号迦陵,宜兴人,其词与骈文,殊有名于世,骈文气度豪放,开后来诸作家之先路,著有《湖海楼集》。

金圣叹以文艺批评家著称。在这个时代,没有一个著名的批评家,所可称者,仅圣叹一人而已。

金圣叹,本名张采,长洲人,有奇才,与徐渭同为中国文学史上最奇特的人物。以科场失意,乃绝意进取,更名金喟(又名人瑞),字圣叹,拟着手取天下才子文遍评之,所评者有《水浒》《唐诗》《西厢》等,在当时影响极大,言论亦极大胆,言人所不敢言、不能言,颇有许多可以永传者。文字亦犀利而能深入,纡曲而能尽情,如水云之波荡。但他中了当时评选时文之习气过深,每把原文句评字赞,迁就己意,有如肢解鳞割,反使读者不能见原作之真意。这是他的大病。后来评家中此病者最多,皆为衍他的余绪者。入清,因事被官吏所杀。

# 第十二章
## 小　说

中国的小说，其开始较戏曲早得多，但其完成之时却较戏曲为后；如在《庄子》《列子》一类的书中，已有好些很有趣的小说似的叙写了，而其伟大的小说，如《三国演义》《水浒传》《西游记》之类，却在元代杂剧已发达至顶点，长剧的"传奇"也已出现了之后，才出现于世。在《三国》《水浒》《西游》之前，中国也未尝无小说的一种东西，不过它们的重大与成功，却绝不能与《三国》《水浒》等几部伟大作品相比匹。

《汉书·艺文志》的《诸子略》里，载有小说一家，所录自《伊尹说》以下至《虞初周说》凡15家，1380篇。现在这些东西已片言只字无存，所以我们不知道它们的内容究竟如何。尚存于今的小说，最古的是《燕丹子》，系叙燕太子丹欲报秦仇，遣荆轲入秦刺始皇的事。略后则有托名于东方朔所作的《神异经》与《海内十洲记》，托名于班固著的《汉武故事》与《汉武内传》，又有题为郭宪撰的《别国洞冥记》，题为伶玄撰的《飞燕外传》，无名氏撰的《杂事秘辛》，及赵晔的《吴越春秋》，袁康的《越绝书》等，以上俱传为汉时的人所作。其中，除《杂事秘辛》为明杨慎所伪撰外，以《吴越春秋》及《越绝书》为最可信，是后汉人所作，其他《神异经》《汉武故事》《飞燕外传》及《别国洞冥记》等，其作者俱未必为汉时人，大约都是晋以后的人所依托的。

# 小说的起源

六朝之时，这一类的著作，异常地发达；在他们明标出为六朝人所著的这些作品中，可大别之为二类：一类是叙述超自然的神怪故事的，如《搜神记》《续齐谐记》等；一类是叙述人间的名隽可传的言行及一切琐杂之事的，如《西京杂记》《世说新语》等。

第一类的著作极多，影响于后来的作者也极大，直到十七、十八世纪以及今时，还有他们的嫡派的模仿者，如《阅微草堂笔记》之类。最初出现的这一类作品为《列仙传》《隋书》题为曹丕撰，《新旧唐书》则以为张华作，今此书已佚，尚有遗文为他书所录。又有《博物志》也相传以为张华作，杂记各地奇物异闻。干宝的《搜神记》，凡 20 卷，为此类书中的最著者。

干宝，字令升，为东晋初期人（公元四世纪中），初为著作郎领国史，后为始安太守，迁散骑常侍。

续他此书的有《搜神后记》10 卷，题为陶潜撰，实则为依托者。此后此类的著作极多，如《灵鬼志》（荀氏作），《甄异传》（戴祚作），《述异记》（祖冲之作，今有《述异记》二卷，题梁任昉撰，实为唐、宋间人依托），《拾遗记》（王嘉作），《异苑》（刘敬叔作），《续齐谐记》（梁吴均作）等。

当此时，佛教在中国已甚流行，于是此种志怪之书又印上了无数的释家因果报应及经佛救人之事；如宋刘义庆《宣验记》，齐王琰《冥祥记》，隋颜之推《集灵记》《冤魂志》，侯白《旌异记》，俱是专叙经像显效、因果报应的。今唯《冤魂志》流传于世，其他各种遗文也有存于《法苑珠林》《太平广记》诸书内。

今录《搜神记》《冥祥记》各一则，以见此一类书的一斑：

阮瞻字千里，素执无鬼论，物莫能难。每自谓此理足以辨正幽明。忽有客通名诣瞻。寒温毕，聊谈名理。客甚有才辩，瞻与之言良久，及鬼神之事，反复甚苦。客遂屈，乃作色曰："鬼神古今圣贤所共传，君何得独言无！即仆便是鬼！"于是变为异形，须臾消灭。瞻默然，意色大恶，岁余而卒。（《搜神记》）

宋王淮之字元曾，琅琊人也。世尚儒业，不信佛法。常谓：身神俱灭，宁有三世耶？元嘉中，为丹阳令。十年，得病绝气，少时还复暂苏。时建康令贺道力省疾，适会下床。淮之语道力曰："始知释教不虚，人死神存，信有征矣。"道力曰："明府生平置论不尔，今何见而乃异之耶？"淮之敛眉答云："神实不尽，佛教不得不信。"语讫而终。（《冥祥记》）

第二类记述人间琐事隽言的书，实始于魏晋之时。那时清谈之风甚盛：士大夫每以一二名隽之言相夸赞。晋隆和中（362 年），处士河东裴启，便撰录汉、魏以来至当时的言语应对之可称者，谓之《语林》，盛行于世。今此书已佚，遗文尚有存者。宋临川王刘义庆的《世说新语》则为继《语林》的后尘的，凡分 36 篇，每篇各以《德行》《言语》《政事》《文学》以及《雅量》《简傲》《仇隙》等标名，梁刘孝标为之作注。这一类的书的后继者亦甚盛；梁沈约作《俗说》，殷芸撰《小说》，其后唐、宋以至近时，亦时时有人踵其遗规而作书。现在举《世说新语》一二则以为例：

庾公造周伯仁。伯仁曰："君何所欣说而忽肥？"庾曰："君复何所忧惨而忽瘦？"伯仁曰："吾无所忧，直是清虚日来，滓秽日去耳。"（《言语篇》）

世目李元礼谡谡如松下劲风。（《赏誉篇》）

像以上所举的小说，都是琐杂的记载，不是整段的叙写，也绝少有文学的趣味，所以不足跻列于真正的小说之域。到了唐时，才有组织完美的短篇小说，即所谓"传奇"者出现。

这些"传奇"所叙事实的瑰奇，为前代所未见，所用的浓挚有趣的叙写法，也为前代所未见，于是便盛行于当时，且为后人所极端赞颂。后来的诗人、戏曲家也都取他们所写的事实为其作品的题材。所以唐人传奇在中国文学上便成了文坛的最初资料之一种，便有了与《荷马史诗》《亚述王故事》以及《尼伯龙根之歌》在欧洲文学上的同样位置。在这些传奇中，最可使读者感动的，有《霍小玉传》《李娃传》《南柯记》《会真记》《离魂记》《枕中记》《柳毅传》《长恨歌传》《虬髯客传》《刘无双传》等。大约可分之为三类。一类为恋爱故事，一类为豪侠故事，又一类则为神怪故事。

## 恋爱故事

第一类叙恋爱的故事，以《霍小玉传》《会真记》等为代表。

《霍小玉传》为蒋防作，是一篇惨恻动人的恋史。名妓霍小玉与进士李益相爱，约为婚姻。两年后，益因授郑县主簿，别去。他到了家，知他母亲已为他订婚于卢氏。他不敢拒，遂与小玉绝音问。这里小玉却因思念益而病了，家产也少了，连最心爱的紫玉钗都卖去了。李益却还避她不见。一天，他在崇敬寺看牡丹，忽被一黄衫豪士强邀到霍氏家。小玉力疾见之，举杯酒酬地道："我为女子，薄命如斯；君是丈夫，负心若此！韶颜稚齿，饮恨而终，慈母在堂，不能供养，绮罗弦管，从此永休！征痛黄泉，皆君所致。李君！李君！今当永诀！我死之后，必为厉鬼，使君妻妾，终日不安！"于是引左手握他的臂，掷杯于地，长恸号哭数声而死。在这文里，使我们也与当时的人一样，无不怒益的薄行与反复的！后面以益与他的妻妾果然终日不安作结，却使这故事的感人力减削不少。

《会真记》为元稹撰。元稹，字微之，为公元八世纪至九世纪中的大诗人之一，与白居易齐名，时号"元白"。此记亦名《莺莺传》，系叙崔莺莺与张君瑞相恋的故事，这故事即为后来诸戏曲家所作的各种《西厢记》所取材的本源，所以最为人所熟知。这故事的结果是以悲剧终，但后来的戏曲家却都使崔、张二人终于团圆了。

此外，如《李娃传》《章台柳传》《长恨歌传》《非烟传》《离魂记》等，也都是属于此类的。

《李娃传》系白行简作。白行简，字知退，系大诗人白居易的季弟。李娃为长安名妓，常州刺史荥阳公之子因溺恋她而致堕落。后李娃终于救了他，使他勉力求上进。至今尚盛传的郑元和、李亚仙的故事即本于此。白行简又作《三梦记》一篇，见《说郛》。

《章台柳传》系许尧佐作，叙韩翃的恋人柳氏为蕃将沙吒利所取，他无计把她取回。侠士许虞侯闻之，便自告奋勇，把柳氏劫了来还翃。此为实事，孟棨《本事诗》亦叙及之。"章台柳，章台柳，昔日青青今在否？"的相酬答的诗，至今尚流诵于读者之口，可见此故事的盛传。

《长恨歌传》为陈鸿作。陈鸿，为白居易的友人，白居易作《长恨歌》，鸿因为之记其本事，以作此传。明皇与太真的故事本是很感人的题材，所以他的文字甚缠绵凄楚。他又作《东城老父传》，也是记开元天宝的盛衰之情况的。

《非烟传》为皇甫枚作，叙步非烟与少年赵象相恋，被其丈夫所知而笞死的事。

《离魂记》为陈玄祐作，叙张倩娘与王宙相爱甚深，其父欲将倩娘嫁别人，她不欲。宙亦悲且恨，诀别上船。夜半他忽见倩娘追踪而至。相处五年，生两子，然后二人同到倩娘父家。父大惊奇，因倩娘原卧病在家，并未出去。

病的倩娘闻归来的倩娘至，便起床相迎，二女合而为一身。乃知随宙去的是倩娘的魂。此事后来戏曲家也把它取为题材。

此外，人与鬼神的恋爱，也为这些传奇作家的好题材，如《柳毅传》《湘中怨》及《秦梦记》等。

《柳毅传》为李朝威作，叙柳毅与龙女的恋爱。《湘中怨》与《秦梦记》俱为沈亚之作。沈亚之，字下贤，为南康尉，有"吴兴才人"之号。《湘中怨》叙郑生遇孤女，相处数年，女乃言她是"蛟宫之娣"，今谪限满，当别去;《秦梦记》则亚之自叙经长安，梦为秦官，与秦穆公女弄玉结婚事。

# 豪侠故事

第二类是叙豪侠的故事的。这些故事显然是受司马迁的《刺客列传》与《游侠列传》的影响。而所以会发生这些故事的直接原因，则为天下的扰乱，藩镇的专横，人人心理上都希望着有这样的一种剑侠出来，以惩罚那些凶恶的军阀。这二派的后继者也极多，他的嫡系子孙至今尚未绝迹。《红线传》《刘无双传》及《虬髯客传》是他们的代表作。又有《剑侠传》，托名为段成式作，实则明人所伪托，乃杂采成式的《酉阳杂俎》中之文数篇及其他作者之文而成者。

《红线传》为杨巨源作的，实乃托名。此文原出于《甘泽谣》中，《太平广记》曾录之 (《太平广记》卷一百九十五)。红线是潞州节度使薛嵩的青衣。魏博节度使田承嗣想吞并潞州。嵩忧惧，红线乃请为探其虚实。一更去，隔了不久，嵩忽闻"晓角吟风，一叶堕露"，惊而起问，即红线回，取床头金合为信。嵩乃遣使者还金合于承嗣。承嗣惊惧，遂修好于嵩。此事后，红线请别。嵩乃夜张宴，大集宾客为红线饯别。客有作歌者，曰："还似洛妃乘雾去，碧天无际水空流。"歌毕，嵩不胜其悲。红线拜且泣，因伪醉离席，遂亡所在。

《无双传》为薛调作，叙刘无双许配于王仙客。后兵乱相失。仙客问旧仆塞鸿，始知无双已召入后宫，悲痛欲绝。因访侠士古押衙诉说其事。古生别去，半年无消息。一日，喧传守园陵的一宫女死，仙客赴视之，乃无双，于是号哭不已。夜半，古生忽抱无双的尸身至，灌以药，得复生。于是二人逃去。古生杀塞鸿，并自杀以灭口。

冯超然：红拂小像（1917 年作）

《虬髯客传》为杜光庭作。杜光庭为唐末的蜀道士，事王衍，所著甚多，以此作为最盛传；系叙李靖谒杨素，素身旁一执红拂妓，夜亡奔靖，二人途中逢虬髯客，意气相得。虬髯客见李世民，谓中原有主，便推资产与靖，自到海外去。后至扶余国，杀其主，自立为王。

在伪托的《剑侠传》中，除《酉阳杂俎》之文数篇，如《京西店老人》《兰陵老人》《卢生》等外，其最著的数篇乃为从裴铏的《传奇》里抄下的《昆仑奴》与《聂隐娘》。

《昆仑奴》叙崔生奉父命往视盖天之勋臣一品[1]病，一品乃命一妓（穿红绡的），以一瓯绯桃沃甘酪以进。生脸红不吃。一品命妓以匙进之。及生辞去，红绡妓送出院，临别出三指，反掌三度，然后指胸前一镜为记。生归，苦念妓，又不解其意。家中有昆仑奴名磨勒的，见他忧苦状，问其故，生告之。磨勒道："立三指是示她住于第三院，三度反掌是示十五之数，胸前镜子是指明

---

1 历来认为是指平定"安史之乱"、再造唐朝社稷的功臣郭子仪。

月，即要你十五夜月明前来之意。"于是磨勒负生入一品家，逾十重垣与红绡妓相见，又负他们二人同出。后来一品知其事，命捕磨勒，他从重围中飞出，不复见。隔十余年，崔氏家人却在洛阳见磨勒在市卖药，容貌如旧。

《聂隐娘》叙魏博大将聂锋有女隐娘，十岁时为尼诱入山中受剑术，术成，送她回家。后她嫁了一个磨镜的少年。魏帅田氏与陈许节度使刘昌裔不和。魏帅使隐娘去取刘的头。隐娘与少年共骑黑白卫（驴）到许。刘有神算，豫知其来，于中途厚礼迎之，隐娘遂留许为昌裔用。后月余，魏帅又使精精儿去杀隐娘及刘昌裔，却反被隐娘所杀。接着，又使妙手空空儿来，又被隐娘设计，使他一击不中，翩然远去。刘昌裔死，隐娘便隐去。

# 神怪故事

第三类叙神怪故事的作品，以琐杂的短篇集为最多。如当时著名的大人物牛僧孺曾作《玄怪录》，李复言继之而作《续玄怪录》；又有薛渔思作《河东记》，张读作《宣室志》，皆为此一类的作品，然都无甚佳美隽永的意味，仅有沈既济的《枕中记》及李公佐的《南柯太守传》是极有美趣的著作。沈既济，为苏州吴人，生于大历中。以杨炎荐召拜左拾遗史馆修撰，后为礼部员外郎。

《枕中记》叙道士吕翁行邯郸道中，在逆旅遇卢生，见他穷困叹息，便给他一枕道："子枕此，当荣适如意。"卢生枕之，便梦娶美妻，登显宦，不数年便为宰相，后寿至八十，子孙满前而死。至此，卢生欠伸而醒，身仍在旅舍，主人蒸黄粱尚未熟。吕翁顾他笑道："人世之事，也不过如此而已。"生怃然，良久，拜谢而去。

《南柯太守传》的结构与意境，较《枕中记》为尤隽妙。作者李公佐，字颛蒙，陇西人，举进士，元和中为江淮从事。所作于《南柯太守传》外尚有《谢小娥传》《庐江冯媪》及《李汤》三篇，俱见于《太平广记》中，然俱无《南柯太守传》之动人。此传叙淳于棼所居宅南，有大槐树一株，清荫数亩。某日，他醉寝，梦见到槐安国去，做了国王的女婿，统治南柯郡。守郡30年。后将兵与檀萝国战，败绩，公主又死，因此罢郡，后遂被国王送之离国而回故乡。至此他便醒了。"见家之僮仆拥篲于庭，二客濯足于榻，斜日未隐于西垣，余樽尚湛于东牖。梦中倏忽，若度一世矣。"他感念嗟叹，呼二客而语之，惊骇，因同出外，寻槐下穴。他指道："此即梦中所经入处！"遂命仆发窟。"有大穴洞然明朗，可容一榻。根上有积土壤，以为城郭台殿之状。有蚁数斛，隐聚其中。中有小台，其色若丹。二大蚁处之，素翼朱首，长可三寸，左右大蚁数十辅之，诸蚁不敢近，此其王矣。即槐安国都也。又穷一穴，直上南枝，可四丈，宛转方平，亦有土郭小楼，群蚁亦处其中，即生所领南柯郡也。……又穷一穴，东去丈余，古根盘屈，若龙虺（huī）状，中有小土壤高尺余，即生所葬妻龙冈之墓也。追想前事，感叹于怀，披穴穷迹，皆符所梦。不欲二客坏之，遂令掩塞如旧。是夕风雨暴发，视其蚁遂不见，莫知所去。故先言因有大恐，都邑迁徙，此其验矣。"

此外，可属这三类中的作品尚有不少，不能一一在此举出。不能属于某一类的杂琐的笔记集，尚有苏鹗的《杜阳杂编》，参寥子、高彦休的《唐阙史》，康骈的《剧谈录》，段成式的《酉阳杂俎》，范摅的《云溪友议》等。

# 小说的发展

到了宋初，传奇及志怪的书、笔记的书的作者尚有不少。

李昉所监修的《太平广记》，凡500卷，又目录10卷，自汉晋至宋初的小说、笔记，大概都被拣选搜集进去，可算是一部巨大的书。宋人所自著者，有徐铉的《稽神录》，张君房的《乘异记》，张师正的《括异志》，聂田的《祖异志》等，俱为祖述前代神怪故事的笔记集的体裁。吴淑作《江淮异人录》，则多叙民间豪侠奇能之士。乐史所作之《绿珠传》《杨太真外传》，无名氏所作之《大业拾遗记》《开河记》《迷楼记》《海山记》及《梅妃传》等，亦皆为此时的出品，而后人多误以为唐人所作。又有秦醇作《赵飞燕别传》《骊山记》《温泉记》《谭意歌传》等 4 篇，见于刘斧所编的《青琐高议前集》及《别集》中。至北宋之末，又有郭象作《睽车志》5 卷，洪迈作《夷坚志》420 卷。但这些宋人所作的，意境既不高隽，题材也不动人，而叙写又无唐人的深刻，所以我们不必去注意他们。

宋人的小说成绩，足以使我们注意的，乃是他们偶然遗留下的几部"话本"。

中国文艺作品大都为古奥渊雅的，专供所谓"士"的一阶级所阅读的。如唐人传奇的一类小说，其高深的文辞，也非一般民众所能享受。然民间也并非没有什么文艺作品，他们也自有他们的小说，也自有他们的相传的故事。这些文字几乎全部泯灭，为我们所不能见到。直至于最近的数十年来，才陆续地发现了好些用白话写的流传于民间的小说。最古的是清光绪中，敦煌石室里发现的唐五代人的抄本小说数种。其中如《目连入地狱故事》等现藏于京师图书馆，如《唐太宗入冥记》《秋胡小说》等现藏于伦敦博物

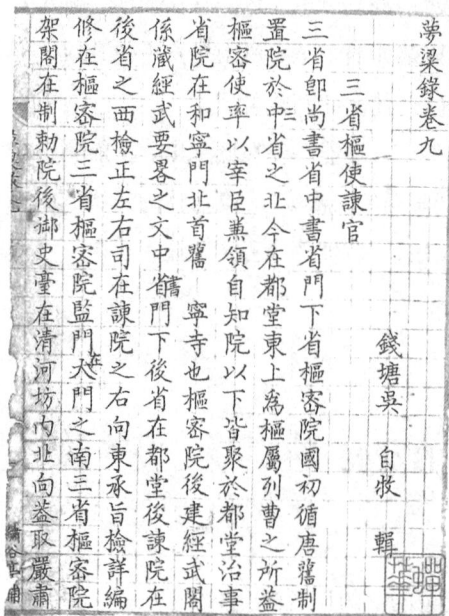

《梦梁录》书影

馆。其后有《梁公九谏》，叙狄仁杰谏武后事，为宋人所作，见于《士礼居丛书》中，又有《大宋宣和遗事》亦在于同书中。近来又有《京本通俗小说》《新编五代史平话》《大唐三藏法师取经诗话》等 3 种陆续刊出。最古的白话小说，现在所能得到的已尽于此了。

宋代盛时，民间游乐之事甚多，其中有"说话"，业此的人名之为"说话人"，大约如今之说书。南渡以后，"说话"之业仍不衰。吴自牧在《梦粱录》中（卷二十）说：

> 说话者，谓之舌辩，虽有四家数，各有门庭。
> 且"小说"者，名"银字儿"，如烟粉、灵怪、传奇、公案、扑刀、扦棒、发迹、变态之事……谈论古今，如水之流。
> "谈经"者，谓演说佛书。
> "说参讲"者，谓宾主参禅悟道等事。
> ……
> 又有"说浑经"者……
> "讲史书"者，谓讲说《通鉴》汉唐历代书史文传，兴废战争之事。
> "合生"，与起令随令相似，各占一事也。

此种说话，也有底本，谓之"话本"。今所传的《五代史平话》即"讲史书"的话本，《京本通俗小说》即"小说"的话本。此二类对于后来的影响都极大，如《三国演义》《隋唐演义》等，都是继《五代史平话》之后的。如今所知的明人的《醒世恒言》《醉醒石》《今古奇观》等，都是继《京本通俗小说》之后的。

# 《五代史平话》

《五代史平话》凡《梁史》2卷,《唐史》2卷,《晋史》2卷,《汉史》2卷,《周史》2卷,共10卷。今所传者已有残缺。《梁史》仅余上卷。《晋史》上卷缺首页。《汉史》亦缺下卷。其体裁,每卷各以一诗起,后入正文,再以一诗结。《梁史》之首,先叙荒古以来兴亡之事,然后才入正文。后来的"讲史"("演义")也都是模仿这种体裁的:

> 诗曰:龙争虎战几春秋,五代梁唐晋汉周。兴废风灯明灭里,易君变国若传邮。
>
> 粤自鸿荒既判,风气始开,伏羲画八卦而文籍生,黄帝垂衣裳而天下治,作十三卦以前民用,便有个弦木为弧,剡木为矢,做着那弓箭,威服乖争。那时诸侯皆已顺从,独蚩尤共着炎帝,侵暴诸侯,不服王化。黄帝乃帅诸侯,兴兵动众,驱着那豻貀貔黑熊虎猛兽做先锋,与炎帝战于阪泉之野,与蚩尤战于涿鹿之地。斗经三合,不见输赢。有那老的名做风后,乃握机制胜,做着阵图来献黄帝。黄帝乃依阵布军,遂杀死炎帝,活捉蚩尤,万国平定。这黄帝做着个厮杀的头脑,教天下后世习用干戈。此后虞舜征伐三苗,在两阶田地里舞着干羽。过了七十个日头,有苗归服。如汤伐桀,武王伐纣,皆是以臣弑君,篡夺了夏殷的天下。汤武不合做了这个样子……

下面历叙自周至唐的兴亡,然后才叙到唐末大乱,黄巢、朱温的历史而入了正文。这部《五代史平话》的叙述,于历史上大事,固然都有叙及,而于个人的生平以及逸闻传说叙得尤为详尽，且对于琐事多着力渲染，这是它远于正式的史书而成了"历史小说"的大原因。且举其中叙刘知远微时事一则为例：

> 一日是二月八日庆佛生辰时分，刘知远出去将钱雇倩针笔匠文身：左手刺个仙女，右手刺一条抢宝青龙，背脊上刺一个笑天夜叉，归家去激恼义父慕容三郎，将刘知远赶出门去。在后阿苏思忆孩儿，终日凄惶，泪不曾干，真是：玉容寂寞泪阑干，梨花一枝春带雨。慕容三郎见他浑家终日价凄惶无奈，未免使人去寻得知远回归。那时知远年登十五了。义父一日将钱三十贯令知远将去汾州城里纳粮……担取这钱奔前去。才经半日，又撞见有六个秀才在那灌口二郎庙下赌博。刘知远又挨身去厮共博钱。不多时间被那六个秀才一齐赢了。刘知远输了三十贯钱，身畔赤条条地正似乌鸦中弹，游鱼失波，思量纳税无钱，归家不得，无计奈何。

以后便叙他被李长者所收留，妻以其女三娘。后来李长者死，知远为两舅所不容，出去投军。三娘生一子，哥哥又想害他，她便将孩子送于知远。这孩子长大，闻知母亲在孟石村河头担水辛苦，便请知远去救她。上一章所叙的《刘知远》（《白兔记》）一剧的内容，大约即是依据于此的，只是添了一只白兔出来。

# 《京本通俗小说》

《京本通俗小说》不知原有多少卷。今本也是残缺的，只存卷十至卷十六的七卷；每卷各有小说一篇，其名为《碾玉观音》《菩萨蛮》《西山一窟鬼》《志诚张主管》《拗相公》《错斩崔宁》及《冯玉梅团圆》。它们的体裁与《今古奇观》大概相同，每篇之首，往往先说些闲话，或叙一二段可与正文相映照的故事（或相类的，或相反的），然后才入正文。

《碾玉观音》一篇欲叙秀秀养娘入咸安郡王府，便先叙咸安郡王的游春，欲叙咸安郡王的游春，便先举春词至十余首之多，这是后来的模拟作品所不常有的。现在举《冯玉梅团圆》的前数段，以为这种作品的一个例子：

> 帘卷水西楼，一曲新腔唱打油。宿雨眠云年少梦，休讴，且尽生前酒一瓯。明日又登舟，却指今宵是旧游。同是他乡沦落客，休愁，月子弯弯照九州。

这首词末句，乃是借用吴歌成语。吴歌云："月子弯弯照九州，几家欢乐几家愁。几家夫妇同罗帐，几家飘散在他州。"

此歌出自我宋建炎年间，述民间离乱之苦。只为宣和失政，奸佞专权；延至靖康，金虏凌城，掳了徽钦二帝北去；康王泥马渡江，弃了汴京，偏安一隅，改元建炎。其时东京一路百姓，惧怕鞑虏，都跟随车驾南渡，又被虏骑追赶，兵火之际，东逃西躲，不知折散了几多骨肉！往往父子夫妻，终身不复相见。其中又有几个散而复合的，民间把作新闻传说。正是：剑气分还合，荷珠碎复圆。万般皆是命，半点尽由天。

话说陈州有一人姓徐名信，自小学得一身好武艺。娶妻崔氏，颇有容色，家道丰裕，夫妻二人正好过活。却被金兵入寇，二帝北迁，徐信共崔氏商议，此地安身不牢，收拾细软家财，打做两个包裹，夫妻各背了一个，随着众百姓晓夜奔走。行至虞城，只听得背后喊声震天，只道鞑虏追来，却原来是南朝杀败的溃兵。只因武备久弛，军无纪律，教他杀贼，一个个胆寒心骇，不战自走；及至遇着平民，抢虏财帛子女，一般会耀武扬威。徐信虽然有三分本事，那溃兵如山而至，寡不敌众，舍命奔走，但闻四野号哭之声，回头不

见了崔氏。乱军中无处寻觅，只得前行。行了数日，叹了口气，没奈何只索
罢了。……谁知今日一双两对，恰恰相逢，真个天缘凑巧！彼此各认旧日夫
妻，相抱而哭。当下徐信遂与刘俊卿八拜为交，置酒相待。至晚将妻子兑转，
各还其旧。从此通家往来不绝。有诗为证：夫换妻来妻换夫，这场交易好糊涂。
相逢总是天公巧，一笑灯前认故我。此段话题做"交互姻缘"，乃建炎三年
建康城中故事……

# 《大唐三藏取经诗话》

　　《大唐三藏取经诗话》及《大宋宣和遗事》二书，其体裁与"讲史""小
说"的话本又不同，"近讲史而非口谈，似小说而无捏合"，且《取经诗话》
全书分 17 章，更与"小说"之体例不合。鲁迅君作《中国小说史略》，因别
名之为"拟话本"，以它们为受话本的影响的作品。

　　《三藏取经诗话》亦名《大唐三藏法师取经记》，旧本在日本，后为罗振
玉君借来影印。其所以称为"诗话"者，以其每章必有"诗"。原本缺第一章，
自第二章遇"猴行者"以后俱全。后来的"西游"故事，大约是本于此而加
以许多增饰改造的。现在举此书中最可注意的数章如下，我们取来与吴承恩
的《西游记》对读一过，便可觉得"西游"故事蜕化的痕迹，且可使我们生
出许多的趣味来：

### 行程遇猴行者处第二

　　僧行六人，当日起行，法师语曰："今往西天，程途百万，各人谨慎。"
小师应诺。行经一国以来，偶于一日午时，见一白衣秀才从正东而来，

便揖和尚："万福！万福！和尚今往何处？莫不是再往西天取经否？"
法师合掌曰："贫僧奉敕，为东土众生未有佛教，是取经也。"秀才曰：
"和尚生前两回去取经，中路遭难；此回若去，千死万死。"法师云："你
如何得知？"秀才曰："我不是别人，我是花果山紫云洞八万四千铜头
铁额猕猴王，我今来助和尚取经。此去百万程途，经过三十六国，多
有祸难之处。"法师应曰："果得如此，三世有缘。东土众生，获大利益。"
当便改呼为猴行者。僧行七人，次日同行，左右伏事。猴行者乃留诗曰：

　　百万程途向那边，今来佐助大师前。一心祝愿逢真教，同往西天
鸡足山。

　　三藏法师答诗曰：

　　此日前生有宿缘，今朝果遇大明贤。前途若到妖魔处，望显神通
镇佛前。

## 入大梵天王宫第三

　　法师行程汤水之次，问猴行者曰："汝年几岁？"行者答曰："九度
见黄河清。"法师不觉失笑，大生怪疑。遂曰："汝年尚少，何得妄语？"
行者曰："我年纪小，历过世代万千，知得法师前生两回去西天取经，
途中遇害。法师曾知两回死处无？"师曰："不知。"行者曰："和尚盖
缘当日佛法未全，道缘未满，致见如此。"法师曰："汝若是九度见黄
河清，曾知天上地府事否？"行者答曰："有何不知？"法师问曰："天
上今日有甚事？"行者曰："今日北方毗沙门大梵天王水晶宫设斋。"法
师曰："借汝威光，同往赴斋否？"行者教令僧行闭目，行者作法。良
久之间，才始开眼，僧行七人，都在北方大梵天王宫了。且见香花千
座，斋果万种，鼓乐嘹亮，木鱼高挂；五百罗汉，眉垂口伴，都会宫中，
诸佛演法。偶然一阵凡人气，大梵天王问曰："今日因何有凡人俗气？"
尊者答曰："今日下界大唐国内有僧玄奘僧行七人赴水晶斋，是故有俗

人气。"当时天王与罗汉曰:"此人三生出世,佛教俱全。"便请下界法师玄奘升座讲经。请上水晶座,法师上之不得。罗汉曰:"凡俗肉身,上之不得。请上沉香座。"一上便得。罗汉问曰:"今日谢师入宫。师善讲经否?"玄奘曰:"是经讲得,无经不讲。"罗汉曰:"会讲《法华经》?"玄奘:"此是小事。"当时五百尊者、大梵王,一千余人,咸集听经。玄奘一气讲说,如瓶注水,大开玄妙。众皆称赞不可思议。斋罢辞行,罗汉曰:"师曾两回往西天取经,为佛法未全,常被深沙神作孽,损害性命。今日幸赴此宫,可近前告知天王,乞示佛法前去。免得多难。"法师与猴行者,近前谘告请法。天王赐得"隐形帽"一事,"金环锡杖"一条,"钵盂"一只,三件齐全。领讫,法师告谢已了。回头问猴行者曰:"如何下得人间?"行者曰:"未言下地,法师且更谘问天王,前程有魔难处,如何救用?"法师再近前告问。天王曰:"有难之处,遥指天宫大叫一声,当有救用。"法师领旨,遂乃拜辞。猴行者与师同辞五百罗汉,合会真人。是时尊者一时送出,咸愿法师取经早回。尊者合掌颂曰:水晶斋罢早回还,展臂从风去不难。要识弟兄生五百,昔曾行脚到人间。法师诗曰:东土众生少佛因,一心迎请不逡巡。天宫授赐三般法,前路摧魔作善珍。

## 过长坑大蛇岭处第六

　　行次至火类坳白虎精。前去遇一大坑,四门陡黑,雷声喊喊,进步不得。法师当把"金环杖"遥指天宫,大叫:"天王救难!"忽然杖上起五里毫光,射破长坑,须臾便过。次入大蛇岭,目见大蛇如龙,亦无伤人之性。又过火类坳,坳下下望,见坳上有一具枯骨,长四十余里。法师问猴行者曰:"山头白色枯骨一具如雪?"猴行者曰:"此是明皇太子换骨之处。"法师闻语,合掌顶礼而行。又忽遇一道野火达天,大生烟焰,行去不得。遂将"钵盂"一照,叫天王一声,当下火灭,七人便过此坳。欲经一半，猴行者曰：“我师曾知此岭有白虎精否？常作妖魅妖怪，以至吃人。”师曰：“不知。”良久只见岭后愁云惨雾，细雨交罪；云雾之中，有一白衣妇人，身挂白罗衣，腰系白裙，手把白牡丹一朵，面似白莲，十指如玉。睹此妖姿，遂生疑悟。猴行者曰：“我师不用前去，定是妖精。待我向前问她姓字。”猴行者一见，高声便喝：“汝是何方妖怪，甚相精灵？久为妖魅，何不速归洞府？若是妖精，急便隐藏形迹；若是人间闺阁，立便通信道名。更若踌躇不言，杵灭微尘粉碎！”白衣妇人见行者语言正恶，徐步向前，微微含笑，问师僧一行，往之何处。猴行者曰：“不要问我行途，只为东土众生。想汝是火类坳头白虎精，必定是也！”妇人闻言，张口大叫一声，忽然面皮裂皱，露爪张牙，摆尾摇头，身长丈五。定省之中，满山都是白虎……猴行者将“金环杖”变作一个夜叉，头点天，脚踏地，手把降魔杵，身如蓝靛青，发似硃砂，口吐百丈火光。当时白虎精吼哮近前相敌，被猴行者战退。半时，遂问虎精甘伏未伏。虎精曰：“未伏！”猴行者曰：“汝若未伏，看你肚中有一个老猕猴！”虎精闻说，当下未伏。一叫猕猴，猕猴在白虎精肚内应。遂教虎开口，吐出一个猕猴，顿在面前，身长丈二，两眼火光。白虎精又云：“我未伏！”猴行者曰：“汝肚内更有一个！”再行开口，又吐出一个，顿在面前。白虎精又曰：“未伏！”猴行者曰：“你肚中无千无万个老猕猴，今日吐至来日，今月吐至来月，今年吐至来年，今生吐至来生，也不尽。”白虎精闻语，心生忿怒。被猴行者化一团大石，在肚内渐渐会大。教虎精吐出，开口吐之不得；只见肚皮裂破，七孔流血。喝起夜叉，浑斗大杀，虎精大小，粉骨尘碎，绝灭除踪。行者收法，歇息一时，欲进前程，乃留诗曰：

火类坳头白虎精，浑群除灭永安宁。此时行者神通显，保全僧行过大坑。

## 《大宋宣和遗事》

《大宋宣和遗事》分四集，叙宋徽宗、钦宗及高宗三代，即宋南渡前后的事。全书有的是文言，有的是白话，有时又发议论，显系杂合好几部书而成此一书的。卷首以诗起，接着叙历代的兴亡，然后才入正文，与"讲史"的体裁正同。

"水浒"故事也最初见于此书的元集及亨集。先叙朱勔运花石纲时，分差杨志、李进义、林冲、王雄、花荣、柴进、张青、徐宁、李应、穆横、关胜、孙立十二人为指使，前往太湖等处押人夫搬运花石。那十二人结义为兄弟，誓有灾厄，各相救援。后来十人俱回，独有杨志在颖州等候孙立不来，因值雪天，旅途贫困，将一口宝刀出市货卖，遇恶少后生相争，被杨志手起刀落杀死了，因此押配卫州军城。孙立在中途遇见了，便连夜进京报于李进义等知道。兄弟十一人因杀了防守军人，救得杨志，同去落草为寇。接着便叙晁盖、吴加亮、刘唐、秦明、阮进、阮通、阮小七、燕青8人劫梁师宝送蔡京的礼物，因宋江私通消息，得不被捕而逃去，便邀约了杨志等十二人，共二十人结为兄弟，前往太行山梁山泊去为寇。一日，他们思念宋江相救恩义，差刘唐将带金钗一对去酬谢宋江。宋江将这金钗把与娼妓阎婆惜收了，不幸被她知得来历。一日，宋江回家省父病，途中遇着杜千、张岑、索超、董平四人要去落草，他便写信送这四人到梁山泊去投奔晁盖。当宋江的父亲病好，他便回县城，阎婆惜却已与吴伟打暖，更不睬理宋江。他大怒，便杀了阎婆惜、吴伟二人，然壁上写了四句诗而逃去。县官得知此事，率兵追赶，宋江走到九天玄女庙里躲藏。等到官兵已退，他出来拜谢玄女娘娘，却见香案上一声响亮。打一看时，有一卷文书在上。宋江才展开看了，认得是个天书，又写着三十六个姓名，末后一行字写道："天书付天罡院三十六员猛将，使呼保义宋江为帅，广行忠义，殄灭奸邪。"他因此又率了朱同、雷横，并李逵、戴宗、李海等九人直奔梁山泊。当时晁盖已死，大家便推宋江为首领（连晁盖共三十三人）。各人统率强人，略州劫县，放火杀人，攻夺淮阳、京西、河北三路二十四州八十余县。政府遣呼延绰及已降海贼李横出师收捕宋江，屡战屡败，二人反投入宋江伙内了。那时又有僧人鲁智深来投，三十六人恰好数足。后来张叔夜出来招降宋江等三十六人，各受武功大夫告敕，分注诸路巡检使去了。后遣宋江收方腊有功，封节度使。

一部伟大的《水浒传》的骨干，便树立于此。我们拿它与《水浒传》来细细比较，见出一般事实的蜕化与增大的痕迹，觉得很有趣味。在这本书里叙徽宗、钦宗二帝被金人所掳后，在北方所过的困厄的生活，也写得异常动人。

# 《水浒传》

自宋亡之后，"讲史"一类的著述仍未衰灭。虽然我们不知道那时"说话"的游艺还有存在否，然此类著作，却自元至明，作者继出。最著名而约在十五世纪之前出现的，有《水浒传》《三国志》《隋唐志传》及《三遂平妖传》等。

《水浒传》即叙宋江等人的故事。《宣和遗事》只叙三十六人，这书则增多至一百零八人，三十六人的姓名也与《遗事》有异同，如《遗事》中的李进义、吴加亮即此书的卢俊义与吴亮。在小说的描写技术上看来，此书较之"唐人传奇""宋人话本"都有极大的进步。一百零八人中，写得个个人都有个性，个个人都如活的，会从纸上跳出来一样；且将每个人的环境，每个人的出身都细细地写，而一无重复的地方。性格同样刚强的人如林冲，如武松，如鲁智深，如李逵，却被写得各个人的神采行动绝不相同。这真是非有绝大的艺术手腕者不办！中国的小说，自此书出现，才到达了成功的地域。但此书传于今的有许多不同的本子，且经过好些人的删改，原本绝不可见。

《水浒全图》清代刊本人物图

　　明崇祯末与《三国志》合刻为《英雄谱》的一本，文辞最简拙，可信为最近于原本的一种。此本共一百五十回，自洪太尉误走妖魔叙起，直至破辽，平田虎、王庆、方腊之后，宋江服毒自杀，兄弟们次第死亡，诸人的神灵复聚于梁山泊为止。今所盛行之本，为金人瑞所批改的七十回本，其书止于卢俊义梦一百零八人被张叔夜所擒杀，以叙招安以后的事为续本，且痛斥其非。

　　此书的作者，传说不一，有的说是元钱塘人施耐庵作的。胡应麟的《庄岳委谈》说："元人施某所编《水浒传》特为盛行。世率以其凿空无据，要不尽然也。余偶阅一小说序，称：'施某尝入市肆，细阅故书于敝楮中，得宋张叔夜擒贼招语一通，备悉其一百八人所由起，因润饰成此编。'"有的说是钱塘人罗贯中作的。郎瑛的《七修类稿》及王圻的《续文献通考》俱如此说。罗贯中，名本（王圻说他名贯，字本中），大约是元明之间的人，是当时的一个大小说家，今所传的《三国志演义》《隋唐志传》等都相传是他作的。又中有《龙虎风云会》杂剧一种，见于《元人杂剧选》及《元明杂剧二十七种》中。有的说是施耐庵集纂、罗贯中编修的，有几个《水浒传》的传本便如此地题著。因此，有人便以罗贯中为施耐庵的门人。胡应麟说："其门人罗某亦效之为《三国志》，绝浅鄙可嗤也。"他便以《水浒传》为绝对非罗贯中作的。但无论说是施耐庵作的，或说是罗贯中作的，或说是二人合作的，俱无确切的证据可见。我们或可以说，这书在元时原有一种草创的本子，或为施耐庵作，或为其他人作，其后曾经罗贯中或其他人的润饰。至于现在流传的通行本，则又曾经明人的大大润饰了。若金人瑞以七十回为施耐庵作，而其后为罗贯中所续之一说，原是他自己编造出来的谎话，绝不足信。

《水浒传》叙写妇人处却是大失败，他写阎婆惜，写潘金莲，写杨雄妻，恰都似一个模子里铸出的人，毫无显著的个性。也许作者对于妇人性格是完全不曾留心观察的。

罗贯中也许是一个"箭垛式"的人物，也许是一个极伟大、著作极多的大小说家。明代所传罗贯中作的小说不下数十种，传于今而有名者，除上面《水浒传》的一种，有施耐庵与之争名外，尚有《三国志演义》《隋唐志传》《三遂平妖传》三种，皆相传为他所著，以《三国志演义》为最著名。

# 《三国志演义》

"三国"的故事本为宋"说话人"所专讲的故事之一。《东京梦华录》叙"说话"之事，以"说三分"与"讲五代史"并列为"说话"的一个专科。苏轼《志林》说：

> 涂巷中小儿薄劣，其家所厌苦，辄与钱，令聚坐听说古话。至说三国事，闻刘玄德败，频蹙眉，有出涕者。闻曹操败，即喜唱快。

金、元杂剧中也常有以三国故事为题材的。可见三国故事之盛流传于民间。罗贯中作此书，或者便是依据于传下的话本的也说不定。此书文辞，文言白话杂用，与《水浒传》大不相同，故或以为此二书绝非罗贯中一人所作。但如果罗贯中只是一个编纂者、润饰者，则因二书之原本不同，而润饰或两种不同的定本，原是在情理中之事。《三国志演义》所依据的，多半是陈寿的《三国志》及裴松之注，故明嘉靖时本题作："晋平阳侯陈寿史传，明罗贯中编次。"但其中也有一部分是采用民间的传说。此书因须处处顾及历史上的史实，所以对于各个人物都不敢放胆写，所以其结果远不及《水浒传》之伟大。

此书原本，今也不可得见。现在所流传的乃是清康熙时毛宗岗的删改评定本。他的见解与改定的方法，全是师金人瑞之对于《水浒传》的方法的。今举一例于下，以见此传文辞的一斑：

　　玄德同关、张并从人等来隆中，遥望山畔数人，荷锄耕于田间而歌曰："苍天如圆盖，陆地如棋局。世人黑白分，往来争荣辱。荣者自安安，辱者定碌碌。南阳有隐居，高眠卧不足。"

　　玄德闻歌，勒马唤农夫，问曰："此歌何人所作？"答曰："乃卧龙先生所作也。"玄德曰："卧龙先生住何处？"农夫曰："自此山之南，一带高冈，乃卧龙冈也。冈前疏林内草庐中，即诸葛先生高卧之地。"玄德谢之，策马前行。不数里，遥望卧龙冈，果然清景异常。后人有古风一篇，单道卧龙居处，诗曰："襄阳城西二十里，一带高冈枕流水。高冈屈曲压云根，流水潺潺飞石髓。势若困龙石上蟠，形如单凤松荫里。柴门半掩闭茅庐，中有高人卧不起。修竹交加列翠屏，四时篱落野花馨。床头堆积皆黄卷，座上往来无白丁。叩户苍猿时献果，守门老鹤夜听经。囊里名琴藏石锦，壁间宝剑挂七星。庐中先生独幽雅，闲来亲自勤耕稼。专待春雷惊梦回，一声长啸安天下。"

　　玄德来到庄前，下马亲叩柴门，一童出问，玄德曰："汉左将军宜城亭侯领豫州牧皇叔刘备特来拜见先生。"童子曰："我记不得许多名字。"玄德曰："你只说刘备来访。"童子曰："先生今早少出。"玄德曰："何处去了？"童子曰："踪迹不定，不知何处去了。"玄德曰："几时归？"童子曰："归期亦不定。或三五日，或十数日。"玄德惆怅不已。张飞曰："既不见，自归去罢了。"玄德曰："且待片时。"云长曰："不如且归，再使人来探听。"玄德从其言，嘱付童子："如先生回，可言刘备拜访。"遂上马。行数里，勒马回观隆中景物，果然山不高而秀雅，水不深而澄清，地不广而平坦，林不大而茂盛。猿鹤相亲，松篁交翠，观之不已。忽见一人，容貌轩昂，丰姿俊爽，头戴逍遥巾，身穿皂布袍，杖藜从山僻小路而来。玄德曰："此必卧龙先生也。"急下马向前施礼，

［明］戴进绘：《三顾茅庐图》轴（局部）

问曰："先生非卧龙否？"其人曰："将军是谁？"玄德曰："刘备也。"其人曰："吾非孔明，乃孔明之友，博陵崔州平也。"玄德曰："久闻大名，幸得相遇。乞即席地权坐，请教一言。"二人对坐于林间石上。关、张侍立于侧。州平曰："将军何故欲见孔明？"玄德曰："方今天下大乱，四方云扰，欲见孔明，求安邦定国之策耳。"州平笑曰："公以定乱为主，虽是仁心，但自古以来，治乱无常。自高祖斩蛇起义，诛无道秦，是由乱而入治也。至哀平之世，二百年太平日久，王莽篡逆，又由治而入乱。光武中兴，重整基业，复由乱而入治。至今二百年，民安已久，故干戈又复四起，此正由治而乱之时，未可猝定也。将军欲使孔明斡旋天地，补缀乾坤，恐不易为，徒费心力耳。岂不闻顺天者逸，逆天者劳，数之所在，理不得而夺之，命之所定，人不得而强之乎？"玄德曰："先生所言，实为高见，但备身为汉胄，合当匡扶汉室。何敢委之数与命。"州平曰："山野之夫，不足与论天下事。适承明问，故妄言之。"玄德曰："蒙先生见教，但不知孔明往何处去了？"州平曰："我亦欲访之，正不知其何往。"玄德曰："请先生同至敝县若何？"州平曰："愚性颇乐闲散，无意功名久矣。容他日再见。"言讫长揖而去。玄德与关、张上马而行。

# 《隋唐志传》等

《隋唐志传》的原本现在也不得见，流传于民间的仅有清康熙间褚人获的改订本。他将原名改为《隋唐演义》，其删改的程度，似较《水浒》《三国》二书为尤甚。他的序说："《隋唐志传》，创自罗氏，纂辑于林氏，可谓善矣。然始于隋宫剪彩，则前多阙略，厥后补缀唐李一二事，又零星不联属，观者犹有议焉。"可见其增润之多。此书的叙写也与《三国演义》有同病，即人物太多，未能个个都写得很活跃，又为"历史"的事实所牵束，不得尽情抒写。但它在民间所得到的权威与影响，却与《三国》《水浒》差不多。

《三遂平妖传》原本二十回，今所传本有四十回。据张无咎的序，说是犹子龙所补。此书系叙贝州王则以妖术变乱事。《宋史》卷二百九十二《明镐传》言，王则为涿州人，因岁饥，流至恩州（即唐的贝州）。庆历七年，僭号东平郡王，改元得圣，六十六日而平。大约他的故事在民间传说甚盛。所以罗贯中据之而作此传。原本开首即叙汴州胡浩得仙画，其妻焚之，灰绕于身，因有孕，生一女，名永儿，有妖狐圣姑姑授以道法，遂能为纸人豆马。后永儿嫁给贝州军排王则，术人弹子和尚、张鸾、卜吉、左黜，皆以则当王，先后来相聚会。值知州贪酷，他们遂以术运库中钱米，买军倡乱。文彦博率官军讨伐他们，不能胜。弹子和尚、张鸾、卜吉因则无道，却又先后引去。弹子和尚更化身为诸葛遂智，助官军镇伏邪法。马遂诈降，击则，裂其唇，使他不能念咒。李遂又率掘子军作地道入城。因此终于擒了王则及胡永儿二人。出力灭则的三人皆名为遂，故号《三遂平妖传》。犹子龙的补本，在原本之首，加了十五回，叙弹子和尚及妖狐圣姑姑受得道术的由来，又有五回，则补述诸妖民琐事，散入原本各回中。

讲史的继作者，在罗贯中之后出现了不少，自天地开辟至两宋都有成书。但其确实的年代虽不可知，而大概却都可算是十五世纪以后的出品，故留在以后叙述。又模拟"小说"的作品，在十五世纪以后，也出现了不少。

这一期是中国小说史中最光耀的时期。有无数的至今尚传诵于民间的通俗小说是产生于这个时期的，有许多重要的不朽的名著是产生于这个时期的；前期所叙的《水浒传》也是在这个时期才完成而为一部不朽的书。齐天大圣、岳飞、杨六郎、薛刚、狄青、秦琼诸人的姓名，都在这个时期输到了民间，成了他们最崇拜的英雄。短篇的评话，如《今古奇观》一类的东西，在这时期内也放射出莫为之前、莫为之后的光彩来。这个时期约包括了三个世纪，即自十五世纪起（明建文帝时），至十七世纪（清康熙后半）止。

　　像《五代史平话》一类的"讲史"，是这个时期内最流行的小说体裁。差不多自开辟至两宋的史迹，都有讲述。《开辟演义》为周游作，叙盘古开天辟地，至周初的事为止。《东周列国志》则叙周室东迁至秦灭六国的事。又有《前汉演义》《后汉演义》以置于《三国演义》之前，《西晋演义》（亦名《后三国演义》）、《东晋演义》以继于《三国演义》之后。与《隋唐志传》并行于世者，亦有《说唐前传》《说唐后传》。继之者，又有《五代残唐》及《飞龙传》等。《五代残唐》中之英雄为李克用及其嗣子李存孝。《飞龙传》有二种，一种较近于史实，一种则叙赵匡胤三打韩通诸事。大约这些演义都是民间所认为最流行的历史教科书的。所有民间的历史常识差不多都是由这种书中得到的。但这种小说的作者，文笔都极钝笨而干枯，又无精切的描写能力，叙事又都依附于史迹（有的则逞空想以创造种种的英雄），异常地草率，比之《三国志》尚远为不及，所以没有什么可详叙的价值。

# 历史英雄小说

　　还有一类，可算得是上面叙的历史小说的旁支，就是以一个英雄为叙述中心的讲史：如《精忠全传》（吉水邹元标编次），叙宋南渡时岳飞的始末；《英烈传》（一名《云合奇纵》），叙明开国时诸功臣事，特别表扬郭英之战功；《征东征西全传》，叙薛仁贵、薛丁山、薛刚诸人的功绩；《杨家将》，叙杨业、杨延昭（六郎）、杨宗保诸人的事迹；《五虎平西南传》，叙狄青荡平诸国事，在民间都有极大的势力与影响，至今还有无数的人执着这些书读，为这些英雄忧喜，舞台上也极常地表演他们的故事。

　　这些小说，大半的叙述都是虚幻的，不根据于历史的。但前后的事实，以一人为中心，较之《东周列国》诸讲史之人物过多，叙述散漫者，实更足动人。可惜他们的叙写太幼稚了，不能成为第一流的历史小说。

《隋炀艳史》约产生于十六世纪，叙隋炀帝的始末。采用《大业拾遗记》《开河记》《迷楼记》《海山记》以及诸史书，几乎无一句无来历。褚人获在1675年增订《隋唐志传》，前十余回即完全采用《艳史》之文。全书共四十回，结构殊为完密，在许多讲史中，这可算是较好的一部。

又有《祷杌闲评》，不知作者姓名，叙魏忠贤及客氏之罪恶，而纬以因果报应之说。

《女仙外史》，吕熊作，叙青州唐赛儿之乱，亦杂以怪诞妖异之言。他们的叙写虽较一般讲史进步，然实无什么可观的，在民间也没有什么影响与势力。

# 《西游记》

历史小说是不容易作得好的。太服从于历史的叙述，则必会如《东周列国》《两晋演义》之无甚活泼的小说的趣味；离开史实太远了，则必会如《杨家将》《薛家将》之以荒诞无依据见讥，兼之，又无伟大的作家去运用这些材料，所以在这一个时期，讲史虽最发达，却没有什么很好的作品。它在文学上有不朽的价值者，乃为《西游记》与《金瓶梅》。

《西游记》流行于今者，为吴承恩著之一百回本。相传此书为元长春真人丘处机作，实则《长春真人西游记》，乃李志常所记，叙处机西行的经历，完全与现在之《西游记》小说无关。在吴本《西游记》之前，《三藏取经诗话》之后，尚有一种四十一回本之《西游记传》，为齐云、杨致和编。我们在《三藏取经诗话》里，知道他所叙的与吴本的《西游记》相差得如何地远。在杨致和的《西游记传》中，我们却看出他所叙的与吴本已差不多完全相同了。不过杨致和的故事只有两薄本，吴承恩却把它放大成了十倍以上。我们拿这两本《西游记》来对读了一下，立刻可以看出吴本叙写的技术是如何地进步。在杨致和的《西游记传》第六回《真君收捉猴王》里，有一段叙二郎神与孙悟空决斗，各相变化的事：

　　二人各变身长万丈，战入云端，离却洞口。康、张、姚、李等传令草头军，纵放鹰犬，搭弩张弓，杀入洞去，众猴赶得逃窜无路。大圣正在斗战，忽见本山众猴惊散，抽身走转。真君大步赶上，急走急赶。大圣慌了，摇身一变，钻入水中。真君道："这猴入水，必变鱼虾，待我变作水獭逐他。"大圣见真君赶来，又变一鹨鸟，飞在树上。真君拽起弓，一弹打落草坡，遍寻不见。回转天王营中，云及猴王败阵等事，今赶不见踪迹。李天王把照妖镜一照，急云："那妖猴往你灌江口去了。"

《李卓吾先生批评西游记》明万历金陵大业堂刻本插图

下面是吴承恩叙写的同上的一段故事（《西游记》第六回）：

　　他两个斗经三百余合，不分胜负。那真君抖擞神威，摇身一变，变得身高万丈，两只手举着三尖利刃神锋，好便似华山顶上之峰，青脸獠牙，朱红头发，恶狠狠望着大圣头就砍。这大圣也使神通，变得与二郎身躯一样，嘴脸一般，举一条如意金箍棒，却就似昆仑顶上擎天之柱，抵住二郎神。唬得那马流元帅，战兢兢摇不得旌旗，崩、芭二将，虚怯怯使不得刀剑。这阵上康、张、姚、李、郭申、直健，传号令，撒放草头神，向他那水帘洞外纵着鹰犬，踏弩张弓，一齐掩杀。可怜那些猴抛戈弃甲，撇剑丢枪，跑的跑，喊的喊，上山的上山，归洞的归洞。大圣忽见本营中群猴惊散，自觉心慌。收了法象，掣棒抽身就走。真君赶上，道："那里走！趁早归降，饶你性命！"大圣不恋战，只得跑起，将近洞口，正撞着康、张、姚、李四太尉，郭申、直健二将军，一齐挡住道："泼猴那里走！"大圣慌了手脚，就把金箍棒捏做绣花针，藏在耳内，摇身一变，变作个麻雀儿，飞在树梢头钉住。那六兄弟慌慌张张，前后寻觅不见，一齐吆喝道："走了这猴精也！走了这猴精也！"正嚷处，真君到了，问兄弟们赶到那里不见的。众神道："才在这里围住，就不见了。"二郎圆睁凤目观看，见大圣变了麻雀儿钉在树上，就收了法象，撇了神锋，卸下弹弓，摇身一变，变作个饿鹰儿，抖开翅，飞将去扑打。大圣见了，飕的一翅，飞起去，变作一只大鹚老，冲天而去。二郎见了，急抖翎毛，摇身一变，变作一只大海鹤，钻上云霄来嗛。大圣又将身按下入涧中，变作一个鱼儿，淬入水内。二郎赶至涧边，不见踪迹，心中暗想道："这猴狲必然下水去也。定变作鱼虾之类，等我再变来拿他。"果一变，变作个鱼鹰儿，飘荡在下溜头波面上，等待片时。那大圣变鱼儿，顺水正游，忽见一只飞禽，似青庄毛片不清，似鹭鸶顶上无缨，似老鹳腿又不红，"想是二郎变化等我哩"。急转头打个花就走。二郎看见道："打花的鱼儿，似鲤鱼尾巴不红，似鳜鱼花鳞不见，似黑鱼头上无星，似鲂鱼头上无针。他怎么见了我就回去了，必然是那猴变的！"赶上来刷的啄一嘴，那大圣就蹿出水中，一变变作一条水蛇，游近岸，钻入草中。二郎因嗛他不着，忽听水响，见一条水蛇蹿出去，认得是大圣，急转身又变做一只朱绣顶的灰鹤，伸着一个长嘴与一把尖头铁钳子相似，径来吃这水蛇。水蛇跳一跳，又变做一只花鸨，木木樗樗的立在蓼汀之上。二郎见他变得低，那花鸨乃鸟中至贱至淫之物，不拘鸾凤鹰鸦，都与交群，故此不去拢傍。即现原身，走将去，取过弹弓拽满，一弹子把他打个躘踵。那大圣趁着机会，滚下山崖，伏在那里，又变，变做一座土地庙儿，大张着口，似个庙门，牙齿变做门扇，舌头变做菩萨，眼睛变做窗棂，只有尾巴不好收拾，竖在后面，变做一根旗杆。真君赶到崖下，不见打倒的鸨鸟，只有一间小庙。急睁眼细看，见旗杆立在后面，笑道："是这猴狲了，那今又在那里哄我。我也曾见庙宇，更不曾见一个旗杆竖在后面的，断定这畜生弄鬼。他若哄我进去，他便一口咬住，我怎肯进去。等我掣拳先捣窗棂，后踢门扇。"大圣听得心惊道："好狠，好狠！门扇是我牙齿，窗棂是我眼睛。若打了牙，捣了眼，却怎么是好！"扑的一个虎跳，又冒在空中不见。真君前前后后乱赶，只见四太尉、二将军一齐拥至道："兄长拿住大圣了么？"真君笑道："那猴儿才自变做庙宇哄我。我正要捣他窗棂，踢他门扇，他就纵一纵又渺无踪迹。可怪可怪！"众皆愕然四望，更无形影。真君道："兄弟们在此看守巡逻，等我上去寻他。"急纵身起在半空，见那李天王高擎照妖镜，与哪吒住立云端。真君道："天王曾见那猴王么？"天王道："不曾上来。我这里照着他哩。"真君把那赌变化、弄神通、拿群猴一事说毕，却道："他变庙宇，正打时就走了。"李天王闻言，又把照妖镜四方一照，呵呵的笑道："真君快去快去！那猴使了个隐身法，走出营围，往你那灌江口去也！"

在这两段里，我们可以不加思索地知道吴承恩所写的较杨致和所写的，无论在质上、在量上，都进步了不少。量是多了十倍，质的进步也不下于此。杨致和写这一段最热闹的事本不怎么动人，给吴承恩一写，却顿变为有声有色，最有趣的一段了。在别的地方也无不可看出这种显然的进步的痕迹来，这不过举其一例而已。

与杨致和的《西游记传》同时出现，而被人合称为《四游记》的，尚有《东游记》《南游记》及《北游记》。

《东游记》一名《上洞八仙传》，共二卷，五十六回，为兰江吴元泰著，叙李玄、钟离权、吕洞宾、张果老、蓝采和等八仙得道之由，又叙到吕洞宾帮助辽萧后以与宋杨家将相抵抗，及八仙与四海龙王及天兵交战，因观音讲和而和好如初诸事。

《南游记》亦名《五显灵光大帝华光天王传》，共四卷，十八回，余象斗编，叙华光之始末，事迹至为变幻，自始至终，都在反抗的斗争中，有些似《西游记》的开始数回。最后，华光到地狱去寻母亲，因偷桃医母之食人癖，致与齐天大圣相斗，被大圣女月孛（bèi）所击，将死。火炎王光佛出而讲和，华光始得逃死，终归依于佛道。

《北游记》一名《北方真武玄天上帝出身志传》，凡四卷，二十四回，亦余象斗编，叙玉皇大帝忽因贪念而以其三魂之一，下凡为刘氏子。后历数劫，扫荡诸魔，复归天为真武大帝。

这四部书的故事都极变幻可爱，但文笔却都笨拙无活趣。《西游记》之名所以独最著者，乃完全因吴承恩之有力的润饰。

吴承恩（约1500—1582），字汝忠，号射阳山人，嘉靖中岁贡生，官长兴县丞。著有《射阳存稿》及《西游记》。他善谐剧，以著作杂记（《西游记》即其一）名震一时。他的集子今不得见，《明诗综》中有他的诗数首。他的《西游记》，前后的次第，大体与杨致和的相同，然叙写却大改观。杨本只是一个故事的骨架，吴承恩却给它以丰美的肌肤与活泼的灵魂了。《南游记》及《北游记》中的故事，也被采入数段。《西游记》中的铁扇公主，即曾见于《南游记》中者。全书共一百回，前七回为孙悟空闹天宫的始末，自第八回以后为唐三藏的出现，为唐太宗魂游地府；后请三藏去求经。他于途中收了悟空、悟能（八戒）、悟净，经历了八十一难而卒得取了经回来，成了正果。作者的滑稽的口吻，时时可以在书中各处发现。他的想象力也异常地丰富；八十一难是很容易写得重复的，他却写得一难有一难的不同经历，绝不使读者有重复之感。所写的人物也极活泼真切，三藏、悟空、八戒、沙僧都各有各的性格、口吻、举动。甚至连每个怪、每个魔，也各有各的性格，各包含着极真挚的人性。无论取了其中的哪一段来，都可成为一篇很好的童话。自此书出，曾有不少人为之作解释，如悟一子、悟元真人、张书绅诸人之《真诠》《原旨》《正旨》等，或以为这书是讲道的，或以为他是谈禅的，或以为他是劝学的，一句句地加解释，一节节地加剖白，使完整的文艺作品成为肢解的佛经、道书，或《大学》《中庸》，使如无瑕的莹玉似的巨著，竟蒙上了三寸厚的尘土，不能见其真的文艺价值。我们要见《西游记》的真面目，便非对于这一切的谬解都扫除了、廓清了不可。

吴本《西游记》在当时大为流行，于是续作纷起。

有《后西游记》，凡四十卷，未知作者，署天花才子评点。中叙花果山于产生孙悟空后，又于某年产生一石猴，称为小圣。当唐宪宗时护了唐半偈到西天去求真解，中途又收了猪八戒之子一戒及沙僧之徒沙弥。一路上经了不少的困难，终于到了西天，得到真解而回。作者设想拟仿前《西游》，连主要人物亦相似，自然不容易写得好。所以处处都有做作生强的样子，没有前《西游》之流利活泼。又有《西游补》，凡十六回，为董说作。董说，字若雨，乌程人，生于万历庚申（1620 年）。明亡后，削发为僧，号南潜。《西游补》即接原书"三调芭蕉扇"之后，写孙悟空化斋，为鲭鱼精所迷，入了梦境，欲寻秦始皇，借驱山驿驱前途各山，经历了许多过去未来之事，得虚空主人一呼，始离梦境。说的文字极为诡幻，驱使许多历史上的名人，放入书中，诙谐戏弄，信笔所之，较之一般被拘束于原书之拟作者，自然高出万倍。但因为书气太重，非儒者不能觉得有趣，所以难得流行于民间。

出现于《西游记》之后，而亦以写奇幻之神仙异迹见称者，有《封神传》

及《三宝太监西洋记演义》。

《封神传》凡一百回，未知作者。本为叙武王克殷的一段史实，却杂入了无数的神魔仙佛，已不能算是历史小说了。中叙商纣暴虐，狐狸化身妲己以迷惑他，用了种种酷刑以杀忠良。于是姜子牙奉师命下山辅助周武王灭殷，却有许多截教魔怪出来帮助殷纣。于是阐教诸仙助子牙以敌截教诸魔，终于截教大败。纣王自焚，武王入殷都，大封功臣。子牙亦设坛大封应劫而死的诸仙诸魔，故谓之《封神传》。作者的叙写手腕，较逊于《西游记》的作者，故没有什么活泼有趣的描写。其足以使读者移情者，仅其事实之变幻无穷而已。其中也有好些大胆的故事，如杨任反殷，哪吒敌父，在视"忠""孝"为天经地义的中国，却是不易见到的。

《三宝太监西洋记通俗演义》亦有一百回，分二十卷，是二南里人即罗懋登于万历丁酉年（1597 年）编成的。中叙明永乐时，太监郑和等造大舶、服外夷三十九国、咸使朝贡事。郑和，云南人，即世所称三宝太监。前后凡七奉使，世俗盛称其功。故作者因而缘饰，杂以无数的荒诞怪异之言，成了这部《西洋记》。那里面差不多每页都有鬼怪出现，也不能算是历史的小说了。作者又喜调弄笔墨，殊着意于文章上的整炼，如：

> 却说王神姑带了这一挂数珠儿，那珠儿即时间就长得有斗来大，把个王神姑压倒在地上，七孔流血，满口叫道："天师，你来救我也！"天师起头看来，那里有个深涧，那里有个淤泥，明明白白在草坡之中。原来先前的高山大海，两次深涧，樵夫藤葛，龙蛇蜂鼠，俱是王神姑撮弄来的。今番却被佛爷爷的宝贝拿住了。天师的心里才明白，懊恨一个不了。怎么一个懊恨不了？"早知道这个宝贝有这等的妙用，不枉受了他一日的闷气。"王神姑又叫道："天师，你来救我也！"天师道："我救你？我还不得工夫哩。我欲待杀了你，可惜死无对证；我欲待捆起你，怎奈手无绳索；我欲待先报中军，又怕你挣挫去了。"（四十回）

即是一例，却还有比这个更厉害的弄笔舞文的地方。因此，颇失了些自然的情趣。

## 《金瓶梅》

《金瓶梅》，与《水浒传》及《西游记》并被当时称为"三大奇书"。袁宏道见数卷，即大赞许。万历庚戌（1610年）始有刻本，计一百回。其中五十三回至五十七回原阙，刻时所补。此书未知作者，沈德符说是嘉靖间大名士所作，世因拟为王世贞作。相传，王世贞作此书以献于其仇人严世蕃，渍毒液于书页。严世蕃以口涎润手翻页，于是毒液入口而死；又传，世贞所毒者非世蕃，乃陷其父之唐顺之。所以清初张竹坡评刻此书，乃有《苦孝说》列于卷首。实则此种传说，皆为无稽之谰言。

此书叙写家庭琐事、妇人性格以及人情世态，莫不刻画至肖。其成功尤在妇人的描写。中国小说如《水浒传》诸作，描写妇女俱不着意，此书则与《水浒传》截然不同。如潘金莲，在《水浒传》为一个不重要的角色，为一个草率地写着、与杨雄妻无大异的妇人，在此书则成为一个女主人翁，一举一动，一言一语，无不曲曲地传出她的个性。如月娘，如李瓶儿，如孟玉楼，如春梅、秋菊，等等，也都各有其极鲜明的个性，活泼泼地现在纸上。

此书在世为禁书，以其处处可遇见淫秽的描写。这也许是明人一时的风气。如删去了这些违禁的地方，却仍不失为一部好书。它的叙写横恣深刻，《西游记》恐怕还比不上，不要说别的了。因违禁而被埋封在屋角，殊为可惜！

书名《金瓶梅》，盖以潘金莲、李瓶儿及庞春梅三个主要的女主人翁的名字拼合起来而成。《水浒传》中曾叙及武松嫂潘金莲与西门庆奸，鸩杀了武大郎。后来武松为兄报仇，杀了西门庆及金莲。在本书里，则以此为线索，叙西门庆在清河县与帮闲游惰之人应伯爵、谢希大、花子虚等结为兄弟。一天，偶见武大妻潘金莲，即设计与之通好，又鸩杀武大，娶了金莲为妾。后武松来报仇，误杀了他人，刺配孟州。于是西门庆益发放恣。家有数妾，尚到处引诱妇人。又纳了李瓶儿为妾，通婢女春梅，得了两三场横财，家道荣盛。不久，李瓶儿生子，他又因赂蔡京得了金吾卫副千户，于是气象益与前不同。后来瓶儿所生的儿子惊风死了，瓶儿不久也死。西门庆自己又于某夜以淫欲过度暴卒。于是他的家渐渐衰落。金莲出居王婆家中。武松遇赦归，竟杀了她。春梅被卖为周守备妾。后来金兵南下，各处大乱。庆妻吴月娘带了遗腹子孝哥，出奔济南。至永福寺，梦见西门庆一生因果，知孝哥即西门庆托生，因使孝哥出家为和尚，以修后缘。《水浒传》里一两回的文字，在本书却放大到如此的百回，然并不觉得其有什么拖沓拉长的痕迹。现在举二例如下，可以见出作者的描写能力：

> 敬济喝毕，金莲才待叫春梅斟酒与他，忽有吴月娘从后边来，见奶子如意儿抱着官哥儿，在房门首石台基上坐。便说道："孩子才好些。你这狗肉，又抱他在风里。还不抱进去！"金莲问："是谁说话？"绣春回道："大娘来了。"敬济慌的拿钥匙往外走不迭。众人都下来迎接月娘。月娘便问："陈姐夫在这里做什么来？"金莲道："李大姐整治些菜，请俺娘坐坐。陈姐夫寻衣服，叫他进来吃一杯。姐姐，你请坐。好甜酒儿你吃一杯。"月娘道："我不吃。后边他大妗子和杨姑娘要家去，我又记挂着你孩子，径来看看。李大姐，你也不管，又教奶子抱他在风里坐的。前日刘婆子说他是惊寒，你还不好生看他！"李瓶儿道："俺陪着姥姥吃酒，谁知贼臭肉三不知，抱他出去了。"月娘坐了半歇，回后边去了。一回，使小玉来请姥姥和五娘、六娘后边坐。那潘金莲和李瓶儿匀了脸，同潘姥姥往后来，陪大妗子和杨姑娘吃酒。（三十三回）
>
> 西门庆刚绕坛拈香下来，被左右就请到松鹤轩阁儿里，地铺锦毯，

炉焚兽炭，那里坐去了。不一时，应伯爵、谢希大来到。唱毕喏，每人封了一星折茶银子，说道："实告要送些茶儿来，路远，这些微意，权为一茶之需。"西门庆也不接，说道："奈烦，自恁请你来陪我坐坐，又干这营生做什么！吴亲家这里点茶，我一总都有了。"应伯爵连忙又唱喏，说："哥真个！俺每还收了罢。"因望着谢希大说道："都是你，干这营生！我说哥不受，拿出来倒惹他讪两句好的。"良久，吴大舅、花子虚都到了，每人两盒细茶食，来点茶。西门庆都令吴道官收了。吃毕茶，一同摆斋。成食斋馔，点心汤饭，甚是丰洁。西门庆同吃了早斋。原来吴道官叫了个说书的，说西汉评话《鸿门会》。（三十九回）

论者谓《金瓶梅》中人物亦有所指，如沈德符所谓："蔡京父子则指分宜（严嵩），林灵素则指陶仲文，朱勔（miǎn）则指陆炳，其他亦各有所属。"（《万历野获编·词曲》）但我们对于这种捕风捉影的索隐，尽可以完全打翻，不必去注意它们。相传作者又曾作了《金瓶梅》的续编，名《玉娇李》，但今已不传。今所传之《续金瓶梅》为丁耀亢所作。

丁耀亢，字西生，号野鹤，山东诸城人，为明诸生。清初入京，充镶白旗教习。后为容城教谕。年七十卒（约 1599—1669）。所著有诗集十余卷、传奇四种及《续金瓶梅》。

《续金瓶梅》凡六十四回，本题紫阳道人编，但书中屡引丁野鹤诗文，卷首有《太上感应篇阴阳无字解》，署"鲁诸邑丁耀亢参解"，本书第六十二回，又言丁野鹤自称紫阳道人，可知此书实为他所作。中叙《金瓶梅》里诸人各复投身人世。西门庆出世为沈金哥，李瓶儿为银瓶，潘金莲为黎金桂，春梅为孔梅玉，各了前世之因果报应。全书以《感应篇》为说，每回都有引子，叙劝善戒淫恶之说，却又如《金瓶梅》一般，也杂之以淫秽之描写，故后来亦为禁书。文笔较《金瓶梅》为琐屑，却亦颇放恣，较高于他种"续书"之恹恹无生气者。其中叙金人南下的行动，与汉人受苦之状，颇似作者正在描写他自己亲身的经历，却甚足以动人。今摘录其一段于下：

却说那吴月娘和小玉紧紧搀扶，玳安背着孝哥，一路往人丛里乱走。忽然金兵到来，把拐子马放开一冲。那些逃难百姓，如山崩海涌相似，那里顾的谁。玳安回头，不知月娘和小玉挤到那里去了，叫又叫不应，只得背着孝哥往空地里飞跑。且喜金兵抢进城去，不来追赶。这些人拖男领女，直跑到十里以外，各自寻处藏躲。这些土贼们也有夺人包袱的，也有报仇相杀的，生死在眼前，还不改了贪心狠毒，如何不杀！可怜这玳安，又乏又怕，忽望见应伯爵脸上着了一刀，带着血往西正跑。他家小黑女，挟着个包袱，跟着应二老婆一路走。玳安也是急了，叫声："应二叔，等等咱一路走！你没见俺大娘？"应伯爵回回头，那里肯应。玳安赶上道："咱且慢走。金兵进了城，放抢去了。咱商议着那里去？"伯爵骗的人家银钱，做了些生意，都撇了。腰里带了些行李，都被人要去了。还指望玳安替月娘有带的金珠首饰，就立住了脚和玳安一路商议往那里去躲。伯爵道："西南上黄家村，是黄四家，紧靠着河崖，都是芦苇。那里还认的人，且躲一宿。"依着玳安，还要找月娘，又不知往那里去好。没奈何跟着走罢。把孝哥放下，拖着慢走。这孩子又不见了娘，又是饥饿，一路啼哭。应二老婆看不上，有带的干饼和炒面，给了孝哥吃些。这孩子到了极处，也就不哭了，一口一口且吃饼。走到了黄昏时候，那黄四家走的什么是个人影，床帐桌椅，还是一样，锅里剩了半锅饭，也没吃了，不知躲的那里去了。这些人饿了一日，现成家伙，取过碗来，不论冷热，饱餐一顿。前后院子净净的，连狗也没个。原来黄四做小盐商，和张监生合伙，先知道乱信，和老婆躲在河下小船上，那里去找。这些土贼要来打劫人家，逢人就杀。年小力壮的，就掳着做贼。那夜里商议要来黄家村扫巢子。亏了应伯爵有些见识，道："黄四躲了，这屋里还有东西。咱多少拿着几件，休在他家里宿，恐有兵来没处去躲。"且到河下看看，见这妇女们都藏在芦柴里，没奈何也就打了个窝铺。到了二更天，听见村里呐喊，发起火来，把屋烧的通红。这些人们谁敢去救。待不多时，这些男女们乱跑。原来贼发火烧这芦苇，一边掳人，又抢这人家的包裹。月黑里乱走，谁顾得谁，到了天明，把玳安不知那里去了，只落得个孝哥乱哭，撇在路旁。（十五回）

又有《隔帘花影》四十八回，乃改易《续金瓶梅》中人名（如以西门庆为南宫吉，吴月娘为楚云娘）及回目，并删去絮说因果之语而成，书尚未完，《续金瓶梅》中的淫秽之语却仍旧被保存着，所以亦为禁书。

# 佳人才子小说

佳人才子的小说，在这一时期也出现了好几种，以《玉娇梨》《平山冷燕》及《好逑传》等为最著。此种小说的故事，不外才子恋慕佳人，中经小人之播弄，各历苦难，终于才子得中高第，与佳人荣谐花烛，白首团圆。情节既复相同，结构也陈陈相因，叙写更不足动人，所以这一类东西，几使人读之即生厌。然《玉娇梨》《平山冷燕》《好逑传》都有法译本，《好逑传》且更有德译本，这些书在国外，其得名乃远过于《水浒》《西游》。

《玉娇梨》（一名《双美奇缘》，非为《金瓶梅》续编之《玉娇李》），不知作者，凡二十回，叙才子苏友白与才女白红玉及卢梦梨的遇合故事，中经好几次之误会，友白终于并得白红玉及卢梦梨为妻。

《平山冷燕》也有二十回，题荻岸山人编，相传为清初张劭十四五岁时所作，其父执某续成。所谓《平山冷燕》，盖合书中主人翁平如衡、山黛、冷绛雪、燕白颔四人之姓为之，山黛与侍女冷绛雪俱为才女，以诗受知于天子，尝变装与才子平如衡、燕白颔相唱和，为奸人所评陷。适平、燕二人中了会元、会魁。于是天子乃作主张，以山黛嫁燕白颔，冷绛雪嫁平如衡。佳人才子，天子赐婚，极一时之盛。

《好逑传》一名《侠义风月传》，凡十八回。题名教中人编，叙铁中玉与水冰心遇合事，二人不惟有才，且还有智有勇，能以计自脱于奸人。此为它与前二书不同之处。

又有《铁花仙史》，题云封山人编，凡二十六回，于才子佳人之故事中，又插入仙妖怪异之争斗，也未见得能超越过《平山冷燕》诸小说。

# 《后水浒传》《野叟曝言》

在这个时期的最后，有两部小说很可以注意，一部是《后水浒传》，一部是《野叟曝言》。这两部小说，都不仅为写故事的态度而去写小说，却各有一种抒写自己心意与见解的特点。

《后水浒传》凡四十回，题"古宋遗民著，雁宕山樵评"。实则为陈忱所作。陈忱，浙江乌程人，为明末遗民，痛心于异族之宰制中华，所以著《后水浒传》以寄其意。后传接续于百回本《水浒传》之后，叙宋江、吴用、李逵诸人死后，金人南侵，梁山泊残余之英雄，竭力为中国御外敌，奉李俊为首领。后俊见中原事不可为，乃率众浮海，至暹罗国为王，终不忘故国之思念。

《野叟曝言》凡一百五十四回，分二十卷，以"奋武揆文，天下无双正士，熔经铸史，人间第一奇书"二十字编卷。作者为清康熙时江阴夏敬渠。夏敬渠，字懋修，诸生。英敏积学，通经史，旁及诸子百家、礼、乐、兵、刑、天文、算数之学，无不淹贯。生平足迹，几遍天下，于《野叟曝言》外，著有《纲目举正》《全史约编》及诗文集等。相传《野叟曝言》成时，适值清圣祖南巡，欲装潢进呈。诸亲友以书多秽语，恐召祸，设计阻之，卒不得献呈。敬渠终于诸生，生平经济学问，郁郁不得一试，乃尽出所蓄，著为这一部小说，凡"叙事、说理、谈经、论史、教孝、劝忠、运筹、决策，艺之兵诗医算，情之喜怒哀惧，讲道学，辟邪说"，无所不包。凡古今来之忠孝才学、富贵荣华，率萃于书中英雄文白（字素臣）之一身。一切小说中纪武力，述神怪，描春态，一切文籍中谈道学，论医理，讲历数，无不包罗于此书。作者之意，乃欲以文素臣为儒教中最完备之代表。凡他所认为好的与善的才学与行为，完全都见之于文素臣之生平。有的人说，文白就是作者自己（析"夏"字为"文""白"二字）。他把自己生平所学的、所欲做的、欲梦想的，完全写在《野叟曝言》中了。所以这部小说，乃成了抒写作者才情、寄托作者梦想的工具。

但从文艺上看来，这部小说却不是一部很好的小说，它的主人翁处处都是空想的行动，都是不自然的做作，都是强把他的学问庋（guǐ）载于小说中的。像这样的小说，自然是不会得好的。

# 短篇小说集

短篇小说集，继于宋人平话之后者，在这个时期内也出现了不少。最流行于今者为《今古奇观》。但《今古奇观》是一个选本。在《今古奇观》之前，或其同时，或略后，平话集之出现者，有《喻世明言》《警世通言》《醒世恒言》《醉醒石》《石点头》《拍案惊奇初二刻》《西湖二集》《十二楼》等等。

《喻世明言》《警世通言》及《醒世恒言》三书，俱为冯梦龙所编。

冯梦龙，字犹龙，长洲人（一作吴县人，或常熟人），崇祯中，由贡生选授寿宁知县。曾著《七乐斋稿》《智囊补》，增补《平妖传》，刻《墨憨斋定本传奇十种》，在当时文坛上很有一部分影响。

《通言》今已不传,《明言》《恒言》二书亦不多见。然于《今古奇观》中,却保存"三言"之文不少。松禅老人序《今古奇观》,谓合选"三言"及《拍案惊奇》之文而成此本。今知《今古奇观》四十四回中,选《拍案惊奇》者凡十篇(第九、十、十八、二十九、三十四、三十六、三十七、三十八、三十九、四十回),其余三十二篇俱为"三言"之文(第三十回一篇,未详所本)。《醒世恒言》凡四十回,被选于《今古奇观》者凡十一篇,其余之二十一篇,乃为《通言》及《明言》之文。在"三言"中,所叙之故事,其来源极为复杂,有重述晋唐小说者(如《恒言》中之《李汧(qiān)公穷邸遇侠客》),有选录宋人词话者(如《恒言》中《十五贯戏言成大祸》,即宋人词话中之《错斩崔宁》),亦有叙写当时之见闻者。大抵重述之文,必不能婉曲动人,叙写近事之作,则都活泼有生气,甚工于描状世态人情。

自"三言"之刻,同时代之作者受其影响极深,相类之作,一时纷起。

《拍案惊奇》凡七十五卷,载故事七十五篇,亦多重述前代奇闻轶事之作。作者为即空观主人。以其多秽语,后来被列为禁书。书首亦题墨憨斋鉴定。

《石点头》凡十四卷,载故事十四篇,为天然痴叟作,冯梦龙曾为之作序、作评,文字亦颇生动有情致。

《醉醒石》凡十五卷,载故事十五篇,题东鲁古狂生编,所叙皆明代近事,仅第六回《高才生傲世失原形》一篇,为重述唐人小说中李微变虎之事者。

《西湖二集》凡三十四卷,载故事三十四篇,题"武林济川子清原甫纂",皆叙写与西湖有关之古今事迹。但称为"二集",似当有初集,然今不可见。

《十二楼》凡十二卷,载故事十二篇,皆与"楼"名有关者,每篇各有一题,即以楼名为题名,如《合影楼》《夺锦楼》《三与楼》《夏宜楼》《归正楼》《萃雅楼》《拂云楼》《十巹(jǐn)楼》《鹤归楼》《奉先楼》《生我楼》及《闻过楼》是。事迹多奇诡可喜者,叙写亦甚横恣活泼。题"觉世稗官编次",实则李渔所作。

李渔,字笠翁,清初人,曾作戏曲十七种,其中以《十种曲》为最著名,其诗文杂著,名为《笠翁全集》者,也很流行。

自"三言"及《拍案惊奇》出现后，合之有二百事，观览难周，于是抱瓮老人选出其中四十篇，编为《今古奇观》一书。今《醒世恒言》诸书，俱不甚流行，独《今古奇观》一书犹最为世人所喜。如《醉醒石》诸书，乃反被书贾标为几续《今古奇观》之名。今所见者，《今古奇观》已有五续，皆无识之书贾，擅改他书之名以为之者，甚至有收什么笔记而亦改名几续《今古奇观》者，其诞妄可知！

所传《续今古奇观》，凡三十卷，载故事三十篇，即取《今古奇观》选余之《拍案惊奇初刻》二十九篇为之，再加以《今古奇闻》一篇（《康友仁轻财重义得科名》），以足三十之数。

《今古奇闻》凡二十二卷，亦每卷载一故事，内容也很复杂，其中有《醒世恒言》之文四篇，《西湖佳话》之文一篇（《梅屿恨迹》），其余未知所本。最后乃载太平天国时故事一则，全为文言之笔记，并非"词话"体裁，显为后人所窜入。

# 笔记小说

所谓笔记小说，承唐人小说及宋人《江淮异人录》之余绪者，在这个时期内并不发达，仅于最后之时，有蒲松龄之《聊斋志异》出现，为较著名之作。

蒲松龄，字留仙，号柳泉，山东淄川人，老而不达，以诸生授徒于家，至康熙辛卯始成岁贡生，越四年卒，年七十六（1640—1715）。所作于《聊斋志异》外，又有诗文集等。

《聊斋志异》凡四百三十一篇：一部分是空想的创作，一部分是传闻的记录，一部分则为重述唐、宋人旧文而加以变异者。所叙不外狐仙物怪、社会奇闻，亦有寓作者之愤郁及见解于故事中者。大抵无意义之作为多，然如

《聊斋志异·婴宁》绣像本插图

《婴宁》《林四娘》《香玉》《黄英》《马介甫》《粉蝶》诸作，却很婉曲有情致。翟理斯 [1] 曾译《聊斋志异》为英文，故在国外殊为著名，或且以此书为中国之民间传说集，实则大半皆作者与其友朋空想之叙录而已。

---

1 翟理斯（Herbert Allen Giles，1845—1935），出生于英国牛津文学世家，1867年来到中国，在天津、宁波、汉口、广州、汕头等地任英国领事馆翻译、领事等职达25年。他毕生致力于介绍中华文明，曾编纂中英辞典，选译了《红楼梦》《庄子》《聊斋志异》等大量中国文学作品。

# 第十三章
# 清代文学

第二十二卷

中文教学

　　十八世纪的中国，是近代中国的全盛时代。这时代包含康熙的后半，至嘉庆的前半。外则平西藏，平准噶尔，平金川，内则开博学鸿词科，开四库全书馆；圣祖（玄烨）与高宗（弘历）又数次南巡。百数十年来，宇内未经丧乱，民间富力有余。在这个全盛时代，天然地，文艺界的情况是十分地灿烂。虽然在这时代曾发生过好几次极残酷的文字狱，但对于重要的文人，还没有什么大打击。

　　有人说，清代的文化，是以前中国旧文化的总结束，以前所有的种种的东西，在那时无不一一地重现。这句话用来形容十八世纪的中国，却是再恰当也没有的了。这里不必提起别的，即以文学而论。所谓"汉赋""六朝骈文""唐宋古文""唐诗""五代宋词""元曲""明传奇小说"，在这个时代，莫不一一地重现于文坛。且不仅仅模拟而已，作者的个性与时代的精神且深深地印在那些作品里。这实与明人之模拟的作品，有明显的差异。

　　戏曲作家在这个时代站的地位很高。无论杂剧，无论传奇，都有很好的、不朽的成绩。而孔尚任、洪昇、舒位、杨潮观、万树、蒋士铨、桂馥诸人之作品，特别地表现出一种新鲜的趣味，以整炼秀丽的曲白、浓挚真切的叙述，及婉曲特创的风格动人，如孔尚任的凄丽激昂的悲剧《桃花扇》，与杨潮观、蒋士铨之或以锋利的讥刺，或以沉痛的诉告，或以隽永的情趣著的短剧，皆为元、明人所未尝有的名作。

# 孔尚任

孔尚任字季重，号东塘，又号云亭山人，曲阜人，孔子之后，官户部郎中，作《小忽雷》及《桃花扇》二剧，《桃花扇》使他得了不朽的荣名。他与洪昇齐名于康熙的末叶，有"南洪北孔"之称。

《桃花扇》的主角为侯方域与李香君，所述诸事皆有确据。他虽自云："独香姬面血溅扇，杨龙友以画笔点之，此则龙友小史，言于方训公者，虽不见诸别籍，其事则新奇可传，《桃花扇》一剧，感此而作也。"（《桃花扇本末》）然实则剧中随处沁染着亡国的余痛。读至诸镇之争、权奸之误国、史可法之死，都要使读者悲而涕零，怒而奋拳击案，到了《余韵》一出，则无不废书而叹，而深长思者。它虽然以侯、李为贯珠的串绳，然全剧直是一部明亡之痛史，与以前及以后诸传奇之以生、旦的离合悲欢为主眼者截然不同。《守楼》

《桃花扇》暖红室精刻本书影

《寄扇》《题画》诸出,虽足以动人,而远不如《移防》《誓师》《沉江》《余韵》诸出之慷慨激昂,蕴含着一腔悲愤之气,足以使人低回忧叹,不能自已。我少时尝读之,一再读之,至鄙夷《西厢》《拜月》,不欲再看,至于《燕子笺》,则直抛掷之庭下而已。这些书的气氛与《桃花扇》完全不同,任怎样好,所引起的读者的情绪,总远不如《桃花扇》之崇高,之伟大,之能博得热情少年的狂爱!

《桃花扇》凡四十出,又加之以"闰二十出"及"续四十出",共四十二出。开场即介绍侯方域、吴应箕及陈贞慧诸公子于听众。以阮大铖之欲结交诸公子,致方域得与名妓李香君相见。美人才士,一见倾心。然诸公子鄙薄大铖,两方之仇恨愈酿愈深。那时左良玉欲移兵就食,赖方域遣柳敬亭修书止之。恰好北京陷落,崇祯帝死之,于是南都迎立福王为主,阮大铖乘机握了权,逮捕贞慧、应箕入狱,方域幸得脱。同时抚臣田仰欲以三百金买李香君为妾,香君不屈,倒地撞头,血溅一把扇上。杨龙友取了此扇,就血渍缀点起来,画成一枝桃花于扇上,寄给方域。这是全剧的顶点。

这时,明之国事益不堪问。清兵将次南下,而诸镇还常以小故相争杀。即使有一个忠心耿耿的史阁部(可法)也挽回不了这崩颓的大势。终于史阁部沉江自杀,清兵统一了江南,方域、香君俱避难于山,做了修道的僧尼。柳敬亭诸人也都以隐遁终。这与一般传奇之以生、旦团圆为结束者完全不同。

《桃花扇》在作者的时代即奏演极盛。作者在附于《桃花扇》卷首的《本末》上已详记之。某一次,有故臣遗老见演此剧,掩袂独坐,"灯烖(xiè)酒阑,唏嘘而散"。

《桃花扇》之描写人物,个个都有他或她的个性,乃至柳敬亭、蔡益所、阮大铖、马士英、苏昆山,等等,都真切地活泼地在纸上现出。而写阮大铖之老羞成怒、甘于下流的心境的变换,尤为曲肖。但作者并不酷责阮大铖。他对于自己的一切人物,只有照实地描写,毫不加以批评或以爱憎的色彩烘染上去。他的文字,自始至终毫没有草率之处。"其艳处似临风桃蕊,其哀处似着雨梨花。"(梁廷枏《藤花亭曲话》)其激昂悲壮处,如燕士之歌"风

萧萧兮易水寒"。他的《余韵》中的《哀江南》一曲，尤为数百年来无比的
美文：

（净）那时疾忙回首，一路伤心，编成一套北曲，名为《哀江南》。
待我唱来：

（敲板，唱弋阳腔介）俺樵夫呵，【哀江南】【北新水令】山松野草
带花挑，猛抬头秣陵重到。残军留废垒，瘦马卧空壕。村郭萧条，城
对着夕阳道。

【驻马听】野火频烧，护墓长楸多半焦。山羊群跑，守陵阿监几时逃？
鸽翎蝠粪满堂抛，枯枝败叶当阶罩。谁祭扫，牧儿打碎龙碑帽。

【沉醉东风】横白玉八根柱倒，堕红泥半堵墙高。碎琉璃瓦片多，
烂翡翠窗棂少。舞丹墀燕雀常朝，直入宫门一路蒿，住几个乞儿饿莩。

【折桂令】问秦淮旧日窗寮？破纸迎风，坏槛当潮，目断魂消！当
年粉黛，何处笙箫？罢灯船，端阳不闹，收酒旗，重九无聊。白鸟飘飘，
绿水滔滔。嫩黄花有些蝶飞，新红叶无个人瞧。

【沽美酒】你记得跨青溪，半里桥，旧红板，没一条，秋水长天人
过少。冷清清的落照，剩一树柳弯腰。

【太平令】行到那旧院门，何用轻敲，也不怕小犬哰哰（láo）。无
非是枯井颓巢，不过些砖苔砌草。手种的花条柳梢，尽意儿采樵。这
黑灰是谁家厨灶？

【离亭宴带歇拍煞】俺曾见金陵玉殿莺啼晓，秦淮水榭花开早，谁
知道容易冰消！眼看他起朱楼，眼看他宴宾客，眼看他楼塌了。这青
苔碧瓦堆，俺曾睡风流觉。将五十年兴亡看饱；那乌衣巷不姓王，莫愁
湖鬼夜哭，凤凰台栖枭鸟。残山梦最真，旧境丢难掉，不信这舆图换稿！
诌一套《哀江南》，放悲声，唱到老！

同时有顾彩者，字天石，无锡人，为孔尚任之友，曾将《桃花扇》改作

为《南桃花扇》，使生、旦当场团圆。这把全剧的新隽可爱的风度，一变而为陈腐，真可谓点金成铁。但《南桃花扇》今未见，似已佚。即在当时，亦未能与云亭之伟作争席。真的，读者之好恶，有时未始不足为定评。

孔尚任尚有《小忽雷》一剧，凡四十出，叙一件以名琴"小忽雷"为线串的生、旦的悲欢离合的故事，远不如《桃花扇》之著名。

# 洪　昇

洪昇字昉思，号稗畦，钱塘人。著杂剧《四婵娟》，又作《回文锦》《回龙院》《锦绣图》《闹高唐》《节孝坊》《舞霓裳》《沉香亭》及《长生殿》传奇八种。

《四婵娟》凡四折，每折叙一事，效《四声猿》体。第一折《咏雪》，叙谢道韫咏雪诗事；第二折《簪花》，叙王右军学书于卫夫人事；第三折《斗茗》，叙李清照与赵明诚烹茶检书事；第四折《画竹》，叙赵子昂与管夫人泛舟同游，见溪上修竹万个，便于舟中作画事。

《回文锦》叙苏若兰织《璇玑图》，凡题诗二百余首，计八百余言，纵横反复，皆成章句，寄以感动其夫窦滔事；《回龙院》叙山阳韩原容及其妻以智勇避难平贼事；《闹高唐》则叙"水浒"故事之一则。在这些作品中，以《长生殿》为最著名。

《长生殿》凡五十折，系依据于唐白居易的名作《长恨歌》及陈鸿的名作《长恨歌传》而写的唐明皇与杨贵妃的故事。凡后来《太真外传》诸书之过于写太真之秽事者，皆不录。在这里，绝代的美人太真妃被写成只是一个痴情的、可怜的少妇，并不是什么可怕的亡国败家的妖孽，这是作者的大成功处。如果有什么人为妲己、妹喜诸名妇人作剧者，恐怕也只能写成如太真似的、娇妒的、可怜可爱的绝世美女子而已。如此的，一雪数千年被压抑于冷酷的历史家以亡国归罪于她们的不平的论调，倒是一件快事。（吴伟业的《秣陵春》里所写的张丽华，也可使她由史家的酷论底下释出。）

自元以来，写明皇太真故事的戏剧作家殊不少，白朴有《梧桐雨》，明人有《惊鸿记》；屠隆的《彩毫记》里也有附带的叙及，然俱不如《长生殿》之感人。作者在这部剧里，写二人之绸缪缱绻恋，以及遭变后，生者之睹物伤怀，死者之魂灵依恋，无不运以深刻的、真挚的笔调。全剧的顶点则为《密誓》一出，即所谓："七月七夕长生殿，夜半无人私语时：在天愿为比翼鸟，在地愿为连理枝。"（白居易《长恨歌》）剧名即取于此。有了此出，后半的生死不解的悲情，乃能凑接得上。

全剧中最感人的文字的例子，可举《闻铃》里的一段：

（生）呀，这铃声好不做美也！

【武陵花】淅淅零零，一片凄然心暗惊。遥听隔山隔树战，合风雨，高响低鸣，一点一滴又一声，一点一滴又一声，和愁人，血泪交相进。对这伤情处，转自忆荒茔。白杨萧瑟雨纵横，此际孤魂凄冷，鬼火光寒，草间湿乱萤。只悔仓皇，负了卿，负了卿！我独在人间，委实的不愿生！语娉婷，相将早晚伴幽冥。一恸空山寂，铃声相应，阁道峻嶒，似我回肠恨怎平！

【尾声】迢迢前路愁难罄，招魂去国两关情。望不尽，雨后尖山万点青。（第二十九出《闻铃》）

当然，《絮阁》《窥浴》《密誓》诸折，是多么腻丽，然而讲到真挚的、深切的情感，却要以后半部的《闻铃》《见月》诸折为较胜。可惜作者为了求结构的完整与抱有大团圆的结束的信念，遂生生地把隆基、玉环二人在天上扭合一处，被上帝"命居忉利天宫，永为夫妻"，致后半所努力布造的悲剧的空气完全地重复消失了。

《长生殿》在当时奏演之盛，不下于《桃花扇》。某一次，诸伶人演此剧为作者寿，都下名士毕集。适有嫉者告发，谓那一天是国忌，设宴张乐，乃大不敬。于是作者被编管山西，诗人赵执信、查嗣琏被削职。时人有诗道："可怜一曲《长生殿》，断送功名到白头。"便是咏此事。但这个文字狱，虽然断送了他们的功名，却使《长生殿》流传得更广远些。

万树字花农，一字红友，宜兴人。吴兴祚总督两广时，尝延其入幕。树每脱稿传奇一种，兴祚即令家伶捧笙璇按拍高歌以侑觞。前后所作有杂剧《珊瑚珠》《舞霓裳》《藐姑仙》《青钱赚》《焚书闹》《骂东风》《三茅宴》《玉山宴》之八种，传奇《风流棒》《空青石》《念八翻》《锦尘帆》《十串珠》《万金瓮》《金神凤》《资齐鉴》之八种，以《风流棒》《空青石》《念八翻》三种为最著。又编《词律》二十卷，亦有名于时。他是吴炳的外甥，于韵律殊有精密的研求。

# 传奇作家

在他们的同时，有周稚廉与卢见曾亦以作传奇甚有声于世。周稚廉字冰持，华亭人，别号可笑人。（《曲录》著录既有可笑人又有周稚廉，误。）所作传奇数十种，今多不传，最著者为《珊瑚玦》及《双忠庙》。

《珊瑚玦》凡二十八出，叙卜青与妻祁氏，遭遇兵乱，碎珊瑚玦为两半，各怀半枚而分离。后祁氏生子成名，二人复得相见。

《双忠庙》亦为二十八出，叙舒真与廉国宝以忤刘瑾被杀，赖义仆抚孤，使忠臣有后。当义仆王保救孤时，在祀公孙杵臼与程婴的双忠庙中拜祷，忽然生乳，乃变装为女子，以逃搜者之眼目。太监骆善亦生了长须。后来刘瑾处死，舒真之子与国宝之女成为婚姻，王保复改为男装。

卢见曾字抱孙，号雅雨山人，德州人，官两淮盐运使，著《旗亭记》及《玉尺楼》两种。

《旗亭记》所叙为王之涣与王昌龄、高适集饮于旗亭。诸伶递唱昌龄、适之诗。之涣指诸伎中最佳者道："此子所唱必为吾诗。"果然那个双鬟发声唱道："黄河远上白云间，一片孤城万仞山。羌笛何须怨杨柳，春风不度玉门关。"（《凉州词》）恰是之涣的诗，因大谐笑。此事见《集异记》，见曾演之为传奇，凡三十七出，以之涣所遇之伎为谢双鬟。自旗亭相遇后，遂订盟为夫妇。经安禄山之乱失散。后双鬟杀了安庆绪，之涣成了状元，二人终复合。以天子赐宴于旗亭为结束。这个故事本是富有诗趣的，但硬把双鬟与之涣团圆在一处，未免灭杀原来故事的趣味不少。

# 剧作家

杨潮观是当时最好的短剧作家，字宏度，号笠湖，无锡人，乾隆元年举人，曾为四川邛州的知州，与袁枚为友，著《吟风阁》，凡四卷，包含短剧三十二种。卷首附小序，自叙作剧的意旨。焦循《剧说》谓："《吟风阁杂剧》中，有《寇莱公罢宴》一折，淋漓慷慨，音能感人。阮大中丞巡抚浙江，偶演此剧。中丞痛哭，时亦为之罢宴。"实则《吟风阁》中感人的作品不止这一折。《快活山樵歌九转》《穷阮籍醉骂财神》《鲁仲连单鞭蹈海》《偷桃捉住东方朔》诸剧亦极可注意。

《偷桃》一剧尤满含着极冷隽的讽刺。当王母讯问被捉的偷桃的东方朔时那一段对话，是全剧最漂亮的，是我们在许多的传奇杂剧中所很难遇得到的：

（旦）你怎敢到我仙园偷果？

（丑）从来说，偷花不为贼。花果事同一例。

（旦）这厮是个惯贼，快拿下去鞭杀了罢！

（丑）原来王母娘娘这般小器，倒像个富家婆。人家吃你个果儿也舍不得，直甚生气！且问这桃儿有甚好处？

（旦）我这蟠桃非同小可，吃了是发白变黑，返老还童，长生不死。

（丑）果然如此，我已吃了二次，我就尽着你打，也打我不死。若打得死时，这桃又要吃他做甚！不知打我为甚来？

（旦）打你偷盗！

（丑）若讲偷盗，就是你做神仙的，惯会偷。世界上人那一个没有职事，偏你神仙避世偷闲，避事偷懒，图快活偷安，要性命偷生。不好说得，还有仙女们在人间偷情养汉。就是得道的，也是盗日月之精华，窃乾坤之秘奥。你神仙那一样不是偷来的，还嘴巴巴说打我的偷盗！我倒劝娘娘不要小器。你们神仙吃了蟠桃也长生，不吃蟠桃也长生，只管吃他做甚！不如将这一园的桃儿，尽行施舍凡间，教大千世界的人都得长生不老，岂不是个大慈悲、大方便哩！

【锁南枝】笑仙真太无厌，果然餐来便永年，何得伊家独享？不如谢却群仙，罢了蟠桃宴，暂时破悭结世缘，与我广开园，做个大方便！

（旦）你倒说得大方。

（丑）只是我还不信哩。你说吃了发白变黑，返老还童。只看八洞神仙，在瑶池会上，不知吃了几遍，为何李岳仍然拐腿，寿星依旧白头？可不是捣鬼哩，哄人哩！

（旦）既如此，你为何又要来偷它？

（丑）我是口渴得很，随手摘两个来解解渴，说什么偷不偷！

桂馥也是一个很好的短剧作家。桂馥（1736—1805），字未谷，曲阜人，官永平知县。杨潮观所作，半是以嬉笑怒骂的态度，来抒写自己的郁愤，桂馥所作则多为缠绵排恻之恋情，轻喟着无可奈何。他所作《后四声猿》，凡包含短剧四种。

《放杨枝》叙白香山年老病风，乃欲遣去素所爱马及十年相随之名妓樊素。那样的别离、那样的暮年衰颓之感，在此剧里写得很动人。后来，旧情难舍，新愁满怀，骆马卖不成，杨枝放不去，这位乐天的诗人遂又叫马夫牵马还槽，又只好与素娘共醉低歌了。《谒府帅》叙苏东坡为凤翔判官时，屈沉下僚，上谒府帅不见事。《题园壁》叙陆放翁娶妻唐氏，伉俪甚笃，因唐与母不相得，遂出之。唐改适赵士程。某一日，相遇于沈氏园，唐以语赵，遣致酒肴于陆。陆怅然久之，为赋《钗头凤》调，题园壁。唐见而和之，未几快怏而卒。这件故事殊是一幕悲剧的好题材，此剧也把它写得很悲楚。《投溷（hùn）中》叙有名的锦囊诗人李长吉死时，遗稿俱在他的中表黄生处，不料他却因宿恨把这些诗稿都投在溷[1]中了。

夏纶为诸剧作家中最晚年才开始作剧者，当他作第一剧时年已六十余。到了七十三岁时，戏剧全集才出版。夏纶字惺斋，号臞（qú）叟，钱塘人，作曲凡六种，都是有目的之教训主义的作品：《无瑕璧》题"褒忠传奇"，叙明成祖杀铁铉事；《杏花村》题"阐孝传奇"，叙王孝子舍身杀父仇于杏花村事；《瑞筊图》题"表节传奇"，叙章贞母未婚守节，教子成名事；《广寒梯》题"劝义传奇"，叙王生倾囊助人，终获高第事；《花萼吟》题"式好传奇"，叙姚居仁与弟利仁同居友爱，利仁被陷狱，赖居仁力救出之，二人俱得显名事；《南阳乐》则题"补恨传奇"，叙诸葛亮与司马懿战，并未死于五丈原，以其努力，终得灭了魏、吴，使蜀汉统一了天下。

这些有目的之教训传奇，不容易做得好是当然的。《南阳乐》强使死者复生，违背了最显明的史实且不说，而这种强盗式的大团圆结局，即使表演得好也是很无深味的。

在这时左右者有蒋士铨（1725—1784），字清容，一字心余，号苕生，

---

1 溷，厕所。

又号藏园，铅山人，乾隆二十三年进士，官编修。诗文在当时并享盛名，有《忠雅堂集》。与袁枚、赵翼并称为"乾隆三大诗人"。卒时年六十一岁。他的戏剧较诗文尤为著名，其《红雪楼九种曲》之流行于民间，与《笠翁十种曲》之流行的盛况正相同，不过笠翁的曲近于粗率，有时且邻于卑鄙，藏园的曲则细腻而秀雅，雍容而慷慨，高出于笠翁不止数倍。《九种曲》中，《香祖楼》《空谷香》《冬青树》《临川梦》《桂林霜》《雪中人》六种为长剧，《四弦秋》《一片石》《第二碑》三种为短剧。尚有《忉利天》一种，亦为短剧，今传本少见。

《香祖楼》凡三十二出，叙仲约礼与他的妾李若兰离合事；《空谷香》凡三十出，叙顾瓒园之妾事。这二剧都是写真挚的恋情的，以绮腻悲惋之笔出之，殊为动人。他自己说，曾在舟中，击唾壶而歌他所谱之《空谷香》，回视同舟之客，皆唏嘘，泣数行下。又说，他在剧中之刻画小人，摹写世态，乃二十载飘零阅历所助。所以一切都写得很自然、很深刻。

《冬青树》凡三十八出，据宋末之史实，写文天祥、谢枋得、赵子昂、汪水云诸人事。在诸传奇中，这一剧是他的最后作，于落叶打窗，风雨萧寂中，以三日之力而写成。题材是遗民的悲痛，孤臣的失意，以及帝陵植树，西台恸哭，文辞是凄丽而怒，悲愤而浩莽，所以激动了不少人的眼泪与壮气。

《雪中人》凡十六出，叙吴六奇对查继佐之报恩事。

《临川梦》凡二十出，叙《四梦》的作者汤显祖事，他追慕玉茗的名作，因作此以写这个大戏剧家的生平，把《四梦》中的人物，一一都搬出来与那位大作家相见。

《桂林霜》凡二十四出，叙清初马文毅阖家死广西之难事；这是在疟中以二十日之力成之的。他自己曾言，有人对他说："读君《空谷香》，如饮吾越酝，虽极清冽，犹醇醴也，此文则北地烧春，其辣逾甚。"

《一片石》凡四出，《第二碑》，一名《后一片石》，凡六出，皆叙明宁王朱宸濠妃娄氏事；娄妃以谏王谋叛，投水死。当时墓地荒废，作者与诸人乃为修茔立碑。

《四弦秋》凡四出，演白居易之名作《琵琶行》。元之马致远与明之顾大典尝前后谱此故事为《青衫泪》（马作）及《青衫记》（顾作），俱以弹琵琶之商人妇为居易旧识，因事离散，至此不意相遇，后乃终得团圆。这样的说法，真是"画蛇添足"之类，直把乐天的原文完全污损了。士铨之《四弦秋》则完全洗涤这种生旦团圆的恶习，以乐天听商妇弹琵琶，致引起自己之伤心为全剧的骨架，很可使不满于《青衫泪》诸作的读者高兴。

舒位也是本期后半叶的作家，与蒋士铨同以诗人著称于时。舒位，字立人，号铁云，大兴人。他的诗集名《瓶水斋集》，很流行于当时。他的剧本凡五种：《卓女当垆》《樊姬拥髻》《酉阳修月》及《博望访星》四种，总名《瓶笙斋修箫谱》，尚有《人面桃花》一种，我未见。舒位能吹笛、鼓琴、度曲，不失分寸，所作曲脱稿，老伶皆可按箫而歌，不烦点窜。

《卓女当垆》叙卓文君奔司马相如，开张酒店，男亲涤器，女自当垆。赖县令王吉令文君父分家财之半给他们，二人始闭了酒肆，向成都去。

《樊姬拥髻》叙伶元与樊姬同话汉宫故事，因写《飞燕外传》。

《酉阳修月》叙吴刚聘请诸仙修月事。

《博望访星》叙张骞探河源，逆流而上，乃至天河，见牛、女二星事。

唐英字隽公，号蜗寄居士，官九江关监督，作剧十四种：《双钉案》《梅龙镇》《女弹词》《面缸笑》《英雄报》等十二种，总名为《古柏堂传奇》。而上举数种尤为舞台上所极受欢迎的剧本，也有改为皮黄剧本的。

《双钉案》，又名《钓金龟》，叙张仁别母仕于他乡。母念之，命第二子义去看望他。义钓到了一个宝物——金龟。仁妻见而欲夺之，乘义睡时，以钉贯入其顶而死之。母久候义不归，欲自到仁衙去。一夜梦义归来诉告。这个梦境写得极阴惨。母至衙知义冤死，赴上级官府控告，卒以仁妻抵命。问官初检验不出义致死之伤痕，迫仵作说出。仵作忧闷地回家，其妻告以恐怕系钉贯顶。因此，问官又连带地讯明了仵作妻杀死前夫之罪。故谓之《双钉案》。

《梅龙镇》系叙明武宗微行遇李凤姐，纳之为妃事。此剧写市井的琐事与酒女的情态很有趣，且充满了诙谐的气氛，是一出很好的喜剧。

《女弹词》写天宝宫人以弹琵琶卖唱糊口，某一日，便把太真故事弹唱出来。听客中恰有前在御桥上偷闻《霓裳谱》的李暮，便把老宫人收留了，要她传授《霓裳》全谱。在这剧里，作者使在那衰年的老宫人的琵琶里，弹唱出最动听的开天遗事，颇有以少许胜人多许的效力。

《英雄报》叙韩信兴刘灭楚后，以千金报漂母一饭之恩，又授在淮阴市上辱他的少年以官职。项王乌江自刎的悲壮的故事，作者又把它放在韩信的口里唱出。

《面缸笑》也是一篇很通俗、很可发笑的喜剧。两个客人在阌（wén）乡县[1]妓女周蜡梅处吵闹，为巡夜者捉去。蜡梅不堪其扰，她的义母劝她从良。第二天，她便到县衙要求从良。县官把她嫁给差役张才。当夜，张才即被差出县勾当。于是几个差役及王书办、典史、县官等俱到张才处，求蜡梅续旧好，但却互相躲避，书办躲于灶中，典史躲于面缸中，到了张才忽然而回，县官却又躲到床下去。曲白都极通俗，一般人都可懂得。英之剧本，半是自己的创作，半是改作旧本，这一本便是把梆子腔改为昆调的。

张坚字漱石，江宁人，老于秀才，尝入唐英之幕，相得甚欢。作剧四种，名《玉燕堂四种曲》。

《梦中缘》叙钟心与文媚兰、阴丽娟的遇合事。

《梅花簪》叙徐苞幼与杜女以梅花簪订婚。后苞游学于外，杜氏受了无数的苦，终得团圆，御命成婚。

《怀沙记》叙屈原沉江事。

《玉狮坠》叙黄损与裴玉娥之遇合事。或把这四种曲合称为《梦梅怀玉》。

---

1 阌乡县，北周明帝二年（558）置，治今河南灵宝市西北阌乡西南。几经兴废，1954年并入灵宝县（今灵宝市）。

# 小　说

　　在这一世纪里，著名的小说出现了不少，最著者如《红楼梦》，如《儒林外史》，如《绿野仙踪》，皆为前无古人之作。所谓短篇的笔记小说，也有袁枚与纪昀之名盛一时的两部作品——《子不语》与《阅微草堂笔记》。

## 《红楼梦》

　　《红楼梦》凡一百二十回，与《水浒传》《西游记》《金瓶梅》并称为"中国小说中的四大杰作"；《西游记》写仙佛鬼怪，写英雄历险，事迹烦多，易于写得长，《水浒传》写一百零八个好汉陆续地聚于梁山，每个人都有一段故事可写，故也易于写得长，唯《金瓶梅》与《红楼梦》则写一家一门之事，既无足惊听闻之奇迹与历险，又无战争与艰苦之遭遇，乃能细细地写到了那么长，那么动人，真是不容易。而《红楼梦》只写十几个世事不知的富于情感的女郎，环境又复多相同，较之《金瓶梅》之写市井无赖，与十余处境各各不同、阅历各各不同之下中级妇人，其难易又不可同日而言。《红楼梦》描写之细腻，如以最小之画笔，写数十百美人于一纸，毛发衣襞，纤毫毕现，而姿态风韵一无雷同，实为诸作中之最有描写力者。

　　《红楼梦》之作者为曹霑，字雪芹，一字芹圃，镶黄旗汉军。祖寅、父頫俱为江宁织造。寅曾作《楝亭诗钞》，著传奇二种，并刻书十余种。清圣

［清］改琦绘：《红楼梦图咏》中的宝钗、可卿和黛玉

祖（康熙）五次南巡，曾有四次以寅之织造署为行宫。故霑幼年乃生长于豪华之环境中。后俯卸任，霑随父归北京，时约十岁。后曹氏忽衰落，中年时之霑乃至贫居西郊，啜饘粥。作《红楼梦》大约即在此时。乾隆二十九年卒，年四十余（1719—1764）。

《红楼梦》之别名至多，或名《石头记》，或名《情僧录》，或名《风月宝鉴》，或名《金陵十二钗》。初为八十回，当乾隆中出现于北京，立即风行一时，博得了极盛的赞声。然八十回之《红楼梦》本为未完之书，于是续之者纷起，唯高鹗所补一百二十回本最流行。高本出现于乾隆五十七年（1792年），用木版排印。其他续书多泯灭。其后又有续高鹗增补之一百二十回本的《红楼梦》者，如《后红楼梦》《红楼梦补》《续红楼梦》《红楼圆梦》《红楼再梦》《绮楼重梦》等凡十余种，大都皆欲将《红楼梦》的结束改造为大团圆的局面者，故都不足注意。

今就一百二十回本的《红楼梦》，述其故事之大略如下。

在石头城，有一座贵族的大宅第，是为贾府，乃功臣宁国、荣国二公后人所居。袭宁公爵者为其孙敬；敬弃家学道，其子珍袭爵，殊纵欲恣横。又有一女，名惜春。珍生一子，名蓉，娶秦可卿。荣公有二孙、一孙女，长孙名赦，次名政，女名敏。赦生一子一女，子名琏，娶王熙凤，家政都由熙凤主持。女名迎春。政妻王夫人，即熙凤之姑，生二子一女，长子珠早卒，曾娶妻李纨，次子宝玉，即本书之主人翁，长女元春，选入王宫为妃，次女名探春。敏嫁给林海，中年卒，遗一女，黛玉，即本书中最重要的女主人翁。贾府中之最尊者为史太君（贾母）即赦、政之母。本书开场，即叙林黛玉到了贾府寄住，与她的表兄弟宝玉相见。又有王夫人之戚薛母及其女宝钗亦来寄住。远亲史湘云亦时来。尼妙玉，则住于后园中。

宝玉生时有奇迹，口衔玉，玉上有字。贾母极钟爱之。他殊聪慧，性格亦缠绵而多情，喜在女郎的丛伴中生活。当黛玉来贾府时，她与宝玉俱为十一岁，宝钗则较长一年。宝钗性格浑厚而深沉，黛玉则为肺病患者，性殊偏急而多愁。宝玉依昵于二人之间，而视黛玉为尤厚。当元妃回家省亲，贾府特辟大观园以款宴之。大观园结构之曲折弘幽是后人所希慕不已的。宝玉及诸姊妹后俱迁入园中居住。他日与黛玉、宝钗、李纨、王熙凤、史湘云、探春、惜春乃至妙玉，赋诗宴乐，生活于轻纱红帐之中，极富荣豪华之概。许多侍儿如袭人、晴雯、紫鹃等，亦为他所昵爱。这样一个多情的美少年，这样的消耗青春于美景与女郎、舒逸与情恋之中，使他益益地增长了温润缠绵的柔情。而因此，亦时时为那柔情而生了苦闷。

但继着这样的煊赫的、美满的场面之后的，便是日趋颓败的景象。贾府之排场仍然不小，而内囊却已渐渐地感着空虚了。先之以秦可卿的自杀，随之以金钏之投井，尤二姐之吞金，宝玉所爱之侍儿晴雯，又因犯"女儿痨"而被遣出，不久即死。于是悲凉的轻雾，渐渐地笼罩于煊丽无比的大观园，渐渐地幕上了多情的宝玉的心头。八十回的《红楼梦》在这样的灰色雾中闭幕。

高鹗的续本，便继续上去写着这一家贵族的颓运。宝玉失了他的通灵玉，大病了一次，黛玉的肺病也一天天地加深。元妃在宫中也染了病，不久即死。贾政欲为宝玉结婚，以黛玉羸弱，乃与宝钗订婚。这样的婚事计划，密不使宝玉知之。宝玉还以为与他对亲的一定是黛玉，不料成婚之夕，乃知新妇却是宝钗，便又病了。同时，黛玉听了宝玉结婚的消息，病益甚，日咯血。到了贾府喜气弥漫、宾客喧贺着宝玉时，居于潇湘馆里的黛玉却凄凉不堪地死去了。后来贾赦犯了"交通外官，倚势凌弱"之罪名，奉旨查抄贾府。虽结果没有得到什么大罪，却使这个大府邸中益现出落日穷途的景象来。不久，史太君又一病而亡，妙玉则遭盗劫，不知所终。王熙凤也忧愤地死去。但宝玉的病，却为一僧所治愈。愈后，他便奋志读书，次年应乡试，以第七名中试。宝钗也有了孕。于是宝玉便亡去，不知所往。贾政葬母后回京，雪夜泊舟毗陵驿，见一人光头赤足，披大红猩猩毡斗篷，向他下拜。审视知为宝玉。方要说话，忽来一僧一道，引他而去。一百二十回的《红楼梦》便在此告了结束。

曹露的描写力、想象力俱极丰富，高鹗的续笔也不弱。所描写的人物，凡男子 235 人，女子 213 人，个个都有极浓挚的个性，写贾母便活画出一个偏爱的席丰履厚的老妇人来，写黛玉便活画出一个性情狭小、时时无端愁闷的肺病患者的少女来，写王熙凤也便活画出一个具深沉的心计的能干少妇来，甚至于不重要的焦大、薛蟠、刘姥姥、板儿以及几个仆人的"家的"，也都写得很活泼，如我们所常遇到的真实人物。在全书的结构方面也完全摆脱了向来小说的窠臼，与那些"开口文君，满篇子建，千部一腔，千人一面"的才子佳人书截然地换了一个世界。我们看厌了那些才子佳人书，只要一翻开了《红楼梦》，便如从灰色壁墙、粗白木椅桌、可厌的下等广告画的小室里逃出，逃到了绿的水、青的天、远望无边际的开着金花的田野，天上迅飞着可爱的黑衣燕子，水边低拂着嫩绿的柳丝的美景中似的。一般小说，所用的文字，书中人物所说的话，往往"之乎者也，非理即文，大不近情，自相矛盾"，而我们在《红楼梦》中见的却是最自然的叙述，最漂亮的对话。

喜读《红楼梦》者既多，便有一般文人来用种种的眼光去看它，去探讨它，以为它里面必蕴藏着许多历史上的珠宝。所谓"红学"之兴，便是由此。这是《红楼梦》的大不幸，也就是读者的大不幸。我们只要一染上了这种研究的色彩，一戴上了那些索引式的眼镜，对于《红楼梦》便要索然地感到无味了。正如一位无端自扰的侦探一般，苦闷地摸索着，而得到的却是"空虚"！大抵诸说中有力者凡三：一、谓《红楼梦》系叙康熙朝之宰相明珠家事，贾宝玉即明珠子纳兰性德（俞樾诸人主张）。二、谓宝玉系指清世祖，黛玉即指董鄂妃（王梦阮、沈瓶庵主张）。三、谓系叙康熙时代之政治史，十二钗即指姜宸英、朱彝尊诸人（蔡元培主张）。这三说之外，尚有以为系演明亡痛史者，以为系演和珅家事，或以为系演清开国时六王、七王家姬事者，俱极无稽。自胡适作《红楼梦考证》，以《红楼梦》里所叙的事迹，与作者曹霑的家世及生平相对照，乃扫除以上诸说，决定此书乃为作者的自传。

作者在本书的开始，即自言："今风尘碌碌，一事无成，忽念及当日所有之女子，一一细考校去，觉其行止见识皆出于我之上……当此日欲将已往所赖天恩祖德，锦衣纨绔之时，饫（yù）甘餍（yàn）肥之日，背父兄教育之恩，负师友规训之德，以致今日一技无成，半生潦倒之罪，编述一集，以告天下，知我之负罪固多，然闺阁中历历有人，万不可因我之不肖，自护己短，一并使其泯灭也。"又有一诗："满纸荒唐言，一把辛酸泪。都云作者痴，谁解其中味！"作者固已明白地告诉大家以此书为他的自传了！

# 《儒林外史》

《儒林外史》没有《红楼梦》那么婉柔的情调，没有《红楼梦》那么细腻周密的风格，然它却是一部尖利的讽刺小说，一部发挥作者的理想的小说。

作者吴敬梓（1701—1754），字敏轩，安徽全椒人。幼颖异，精于《文选》。然性豪迈，又不善治生产，不数年资财俱尽，时或至于绝粮。雍正间，曾一度被举应博学鸿词科，不赴。移居金陵，为文坛之中心。晚客扬州，自号文木老人，乾隆十九年卒，年五十四。所著于本书外有《文木山房集》及《诗说》。

本书凡五十四回，为吴敬梓在南京时所作，后发刊于扬州。他一面指击当时颓败的士风，一面发挥他自己的理想社会与理想生活。书中人物大抵为实在的，如杜少卿即为他自己，杜慎卿为其兄青然，庄尚志为程绵庄，虞育德为吴蒙泉，余皆可指证。

吴敬梓的文笔很锋利，描写力很富裕，唯见解带太多的酸气，处处维持他正统的儒家思想，颇使读者有迂阔之感。又结构也很散漫。论者谓："其书处处可住，亦处处不可住。……此其弊在有枝而无干。……无惑每篇自为篇，

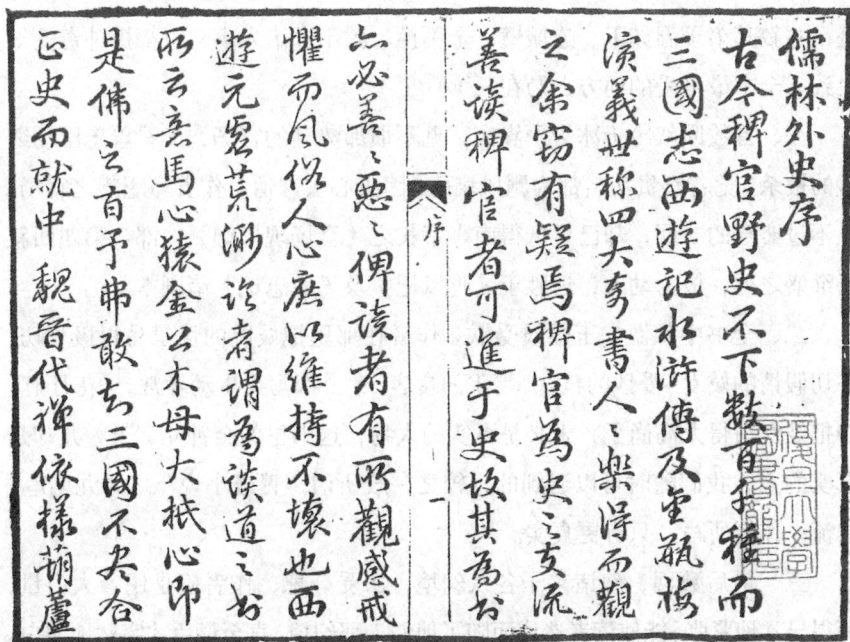

《儒林外史》清嘉庆八年《卧闲草堂》刻本书影

段自为段矣。"这是极确切的批评。本书刻本颇多，有排列全书人物为"幽榜"，作为一回，加入篇末，统为五十六回，又有补作四回，合为六十回者。

# 《绿野仙踪》

《红楼梦》与《儒林外史》俱为写现实社会的小说，人物也多是实在的，《绿野仙踪》则一反之，专写怪幻的神仙异迹，然其笔墨之横恣可爱，使人绝不至以其荒唐无稽而弃之。

《绿野仙踪》凡八十回，作者仅知为百川，而不知其真姓名，成书之时，则在乾隆二十九年（1764 年）。书中之主人翁为冷于冰，叙他修道降怪诸奇迹，并叙其弟子温如玉、连城璧、金不换、猿不邪诸人事，也都极神奇变幻之致。全书最可爱的地方，乃在：

一、首数回叙冷于冰为严嵩客，见不惯那势利的官场，又看着忠臣杨继盛的被杀，觉着富贵功名都为飘风疾雨，因决心去修道。作者写龌龊之官场，虽不过寥寥的二回，却已可抵得南亭亭长之《官场现形记》一部。第四回叙杨继盛之死，极为动人，远胜于《鸣凤记》及《表忠记》诸剧本。

二、全书中叙温如玉嫖妓受欺。作者在那里把妓院的情景写得极真切，一切假情的妓女、爱钱的鸨儿、帮闲的食客，个个都写得生动异常。《花月痕》中把妓女写得太高尚了，未必是真实的人物，这书里的金钟儿、玉磬儿却是真实的人，我们随时可以遇到的。较之一般所谓"青楼小说"之《九尾龟》之流，作者所写，只有更真实。

三、最后数回，叙诸弟子各入幻境，历受夸惑，作者确是用着大力量，写得异常地紧张，能使读者迷惑而随了他们入那幻境，直至最后才突然地明白。

此书因有几处猥秽的描写，曾被禁止发售，近来新印本，都已将那些地

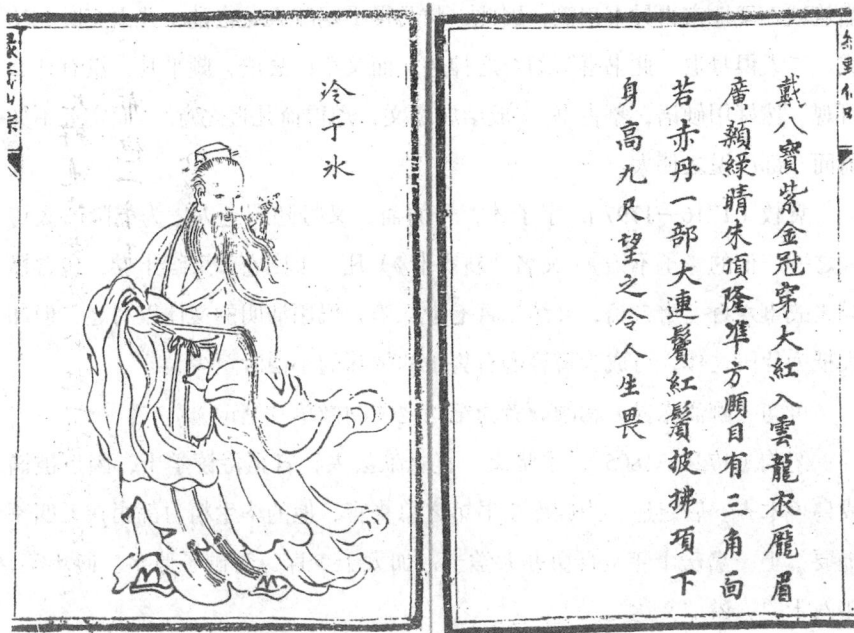

戴八寶紫金冠穿大紅八雲龍衣麗眉
廣頰綠睛朱頂隆準方顋目有三角面
若赤丹一部大連鬢紅鬚披拂項下
身高九尺望之令人生畏

冷于冰

《绿野仙踪》书影

方删去，然却连带地把好些描写得细腻而并不淫秽的地方也删去了，真是本书的厄运！

# 其他小说

在以上三大作之外，屠绅的《蟫（yín）史》也应一叙。屠绅（1744—1801），字贤书，号笏岩，江阴人。年二十即成进士，后为广州同知。年五十七，卒于北京。

《蟫史》凡二十卷，主人翁为桑蠋生，即作者之自况。中叙桑蠋生佐甘鼎筑城，于地穴得异书三箧，因此，鼎乃得平定邝天龙之乱，并灭交趾。功成，二人俱身退。此书喜写幻奇之神迹，而又杂以亵语，颇平凡，没有什么可观，然好用硬语，摹古书，"成结屈之文，遂得掩凡近之意"，而实远不如前面三部小说之伟大。

袁枚（1716—1797），字子才，号简斋，又号随园老人，为乾隆三大诗人之一。他的《子不语》（又名《新齐谐》）凡二十四卷，又续十卷，包含怪异之故事六百七十二篇，又续二百七十八篇，俱用洁明的文体以写之，但却大抵为片段之作，可成为短篇的有隽永的情味的小说者至少。

可与《聊斋志异》相颉颃者为纪昀之《阅微草堂笔记》。

纪昀（1724—1805），字晓岚，直隶献县人，官至侍读学士，因事被谪戍乌鲁木齐。后召还，为四库全书馆之总纂官，他的毕生精力都用在《四库提要》上。嘉庆十年，拜协办大学士，加太子少保，管国子监事。同年卒，年八十二，谥"文达"。

《阅微草堂笔记》凡五种，即《滦阳消夏录》《如是我闻》《槐西杂志》《姑妄听之》及《滦阳续录》。风格质峭简淡，与《聊斋志异》之丰腴的风格恰相反。他喜于记事之间杂以议论，又多述因果之论，更时时托鬼狐之言谭，以致其尖利的讥刺。

同时之笔记作者至多，最有名者为吴门沈起凤之《谐铎》，凡十卷；满洲和邦额之《夜谭随录》，凡十二卷；长白浩歌子之《萤窗异草》，凡十二卷；临川乐钧之《耳食录》，凡二十卷。

# 著名诗人

这时期的诗人至多，各有所树立，袁枚、蒋士铨、赵翼并称为"三大家"，而厉鹗、沈德潜、赵执信、翁方纲、黄景仁、舒位、郭麟、郑燮（xiè）亦博得同时的盛誉。

袁枚为人通脱佚荡，颇为当世所谓学者所苛责。然在当时影响极大，俨为当时东南文坛的大领袖。他的古文与骈文俱畅达而有才气。诗主性灵之说，以为："诗者人之性情也，性情之外无诗。"故任情而言，以轻洁明白动人。因此颇被讥为浅露。所作有《随园三十六种》，今犹盛行于世。

蒋士铨之《忠雅堂诗集》，以叙事诸作见称。他能用秀丽凄郁之笔，写惊人激楚之故事，故殊动人。论者谓他的"古诗胜近体，七古尤胜。苍苍莽莽，不主故常。正如昆阳夜战，雷雨交作，又如洞庭君吹笛，海立云垂"（王昶《蒋君墓志》）。今举一例：

> 仙官来往天台里，父老趋迎男妇喜。居民捧舆度岞崿[1]，绛节桃花相迤逦。老藤蟠屈寒蛟僵，万古甲子不可量。始为绕指柔，渐成百炼刚。脱身未肯附松柏，定性久已忘冰霜。敛肉入皮筋入骨，混沌花叶皆收藏。山鬼惊看避神物，飞仙偶踏行石梁。不知岁月冉冉过，但觉年命迢迢长。仙官游金庭，碧林瑶草香，不觅胡麻饭，不携采药筐，长揖天姥云："吾友有母寿且康，愿乞此藤作鸠杖，庶几筋力如藤强。"天姥愿之笑，美哉公意厚。益臧神人斤斧乃，一举截藤九尺直以方。仙官拜赐去，洞天阒寂山苍茫。携藤归遗小人母，堂北老亲开笑口。仙人之贶我则有，敢不拜嘉同稽首。童孙代杖可释肩，看云数雁藤周旋。掷空真化老龙去，倚壁不扰慈乌眠。老安少怀见公志，忠信作杖扶危颠。公身健劲比藤健，野狐敢近天龙禅。此藤托根本福地，由公归我数则然。摩娑后世见手泽，母寿愿与藤齐年。（《天台万年藤杖歌谢陈象臣梦说观察》）

赵翼（1726—1813），字云崧，号瓯北，阳湖人，著《瓯北集》。其诗横

---

1 音 zuò'è，山名，在今江苏省吴县西南，相传春秋吴王僚葬此。

恣倜傥，以议论、以机警的讽刺胜。或谓他"虽不能为杜子美，于杨诚斋则有过之无不及"。他傲然地答道："吾诗自为赵诗，何知唐、宋！"中国本少像他那样的诗，正自可独称为"赵诗"。他亦善为考证之学，著《廿二史札记》及《陔（gāi）余丛考》。今举其诗一首：

> 纸窗凉逼露华清，愿影萧然感易生。渐老鬓毛挽黑白，就衰筋骨验阴晴。将车送鬼穷难去，食字求仙候未成。手剔寒灯清不寐，阶前落叶报秋声。（《漫兴》）

厉鹗（1692—1753），字大鸿，号樊榭，钱塘人，著《樊榭山房集》。诗品殊清高，如绝壁孤松，自甘清泊。亦善词，清俊雅秀，为当时一大家。

沈德潜（1673—1769），字碻士，号归愚，长洲人，为江南老名士，年六十六始举于乡。后为编修。相传他曾代高宗为诗，《御制集》中半是他的代作。死年九十六。他的诗讲究格律，而伤于模拟，规行矩步，无豪迈之气。著《矢音集》及《竹啸轩诗钞》，又编《古诗源》及《五朝诗别裁集》，在当时影响极大。

赵执信（1662—1744），字伸符，号秋谷，晚号饴山老人。山东益都人，为王士旗之甥婿，而颇不喜士禛的神韵说，著《谈龙录》力攻之，又著《声调谱》以发诗秘。他的诗，纪昀称为"以思路镵刻为主……才力锐于王，而末流病纤小"。他的诗集，名《饴山堂集》。他最服膺常熟冯班。冯班，字定远，号钝吟，也是反对士禛之诗论的。

翁方纲，字正三，号覃溪，大兴人，少年登第，功名显达，常数典乡试。他精于金石书画之学，诗宗江西派，出入山谷、诚斋间。他的论诗，谓："渔洋拈'神韵'二字，固为超妙，但其弊恐流为空调，故特拈'肌理'二字，盖欲以实救虚。"著《复初斋文集》。今举一例：

> 步出长松门，犹听松涛响。路滑不容去，俯侧潭深广。奇哉玉渊

字，其气雄千丈。建瓴东北来，直泻势莽莽。到此一洄漩，小作圆折
养。然后万珠玑，滚滚横摩荡。划翻水晶宫，神龙挐蛟蟒。精灵来会合，
虚无出惚恍。谁识中粹温，玉烟浮盘盘。拈破鲵（ní）桓机，何如求象
网？（《玉渊潭》）

黄景仁（1749—1783），字汉镛，一字仲则，武进人。生平殊清苦，年
三十五，卒于远乡之客舍。诗亦如其人之清苦，洪亮吉评之为"秋虫咽露，
病鹤舞风"。著《两当轩集》。又工骈文，与洪亮吉齐名，时称"洪黄"。今
举其诗一首：

五剧车声隐若雷，北邙[1]惟见冢千堆。夕阳劝客登楼去，山色将秋
绕郭来。寒甚更无修竹倚，愁多思买白杨栽。全家都在风声里，九月
衣裳未剪裁。（《都门秋思》）

舒位著的《瓶水斋集》，与黄仲则之《两当轩集》俱曾为读者所热烈地
赞颂过。但黄诗清峭，他的诗则婉妙而含蓄。他与秀水王昙、昭文孙源湘有
"三君"之称。

郭麐（lín，1767—1831），字祥伯，号频伽，吴江人，著《灵芬馆集》。
他的诗清幽秀峭，情趣隽永，词尤缠绵俳恻，与厉鹗同为大家。

郑燮，字板桥，福建莆田人，乾隆元年进士。有《板桥集》。他在中国
诗坛上的地位很奇异。他是一个通俗的诗人，说起郑板桥来，几乎人人都知
道，但正统派的文人却很看不起他，正如他们之看不起张采、李渔一样。如
今我们却不能不给他一个地位。他的诗，当然不是金镶玉砌，反之，却是明
白如话，清澄如水的。在这些最浅易的诗中，他没有的是缤纷的辞华，有的
却是向来诗人不常有的博大的人道精神。他为农夫呼吁，为童养媳呼吁，他

---

1　山名。即邙山，因在洛阳之北，故名。东汉、魏、晋的王侯公卿多葬于此。

反对胥吏的私刑，反对人间的一切暴政。

> 岂无父母来，洗泪饰欢娱。岂无兄弟问，忍痛称姑劬。疤痕掩破襟，秃发云病疏。一言及姑恶，生命无须臾。(《姑恶》)

这写得受苦无告的童养媳是如何地动人。这是中国诗人向来不曾踏到的地域！

张惠言（1761—1802），字皋文，武进人，亦以"词"名于时，有《茗柯词》。曾编《词选》，择取极精，其自作亦卓立足以自然，"常州词派"遂由他而造成。此派源深流远，至下一世纪还流风未泯。

同时，黄景仁有《竹眠词》；左辅字仲甫，阳湖人，有《念宛斋词》；恽敬有《蒹塘词》；钱季重，阳湖人，有《黄山词》；张琦字翰风，阳湖人，有《立山词》；李兆洛有《蜩翼词》；丁履恒字若士，有《宛芳楼词》；陆继辂字祁士，有《清邻词》；金应城字子彦，歙人，有《兰簃词》；金式玉字朗甫，歙人，有《竹邻词》；郑善长名抡元，歙人，有《字桥词》。此皆列于常州词派之内者。这一派的作风，可以张惠言的《玉楼春》一首为例：

> 一春长放秋千静，风雨和愁都未醒。裙边余翠掩重帘，钗上落红伤晚镜。朝云卷尽雕阑暝，明月还未照孤凭。东风飞过悄无踪，却被杨花微送影。

绮腻哀艳，婉曲柔和，是他们的特色，而其失，则个性不大鲜明，少豪迈磊落之声容，无浩莽伟壮之气魄。

张惠言有甥董士锡，亦善于为词。董士锡字晋卿，有《齐物论斋词》。

又有长洲宋翔凤著《香草词》《洞箫词》，祥符周之琦著《金梁梦月词》，皆可属于这一派。

于上述诸诗人外，张问陶、王文治、王鸣盛、王昶、钱大昕、吴锡麒、金农、杭世骏诸人也很有诗名。

张问陶（1764—1814），字仲冶，号船山，四川遂宁人，著《船山诗集》；王文治字禹卿，号梦楼，丹徒人，著《梦楼诗集》；王鸣盛亦工于考证，著《廿一史考异》；王昶尝增补朱彝尊之《词综》，又编《清词综》；钱大昕亦长于考证，他的《十驾斋养新录》为后来学者所珍；吴锡麒以骈文著。

杭世骏（1696—1773），字大宗，号堇甫，仁和人，为当时甚得称誉之大作家，其散文也很有名，著《道古堂全集》。

# 骈文的中兴

骈文在这个时期是经了久疲之后的中兴。自宋以后，作骈文而工、而有才气魄力者，几于绝无仅有。至此时期，则作者蜂起，而各有所长，工夫深厚而才藻缤纷，为唐以后所未有之盛况。在前世纪，已有吴兆骞、陈其年、吴绮开创风气于前。这时期则胡天游、邵齐焘、刘星炜、吴锡麒、曾燠、洪亮吉、孙星衍、孔广森、汪中、吴鼒人。各各虎据着骈文高坛的一角，气壮而文达，辞丽而理明。

胡天游（1695—1757），字稚威，号云持，山阴人，著《石笥山房集》，其文奥博而奇肆，气象很广大。

邵齐焘（1718—1769），字荀慈，号叔宁，昭文人，著《玉芝堂集》，能于绮藻丰缛之中，存简质清刚之制。

刘星炜字映榆，武进人，著《思补堂集》；吴锡麒字圣征，号谷人，钱塘人，著《有正味斋集》；曾燠字庶蕃，号宾谷，著《赏雨茅屋集》。

此三人皆与邵齐焘同时，星炜之文光洁而明显，锡麒之文深厚而委婉，宾谷之文则清莹而华妙。

邵齐焘之门下者则有洪亮吉。亮吉为文,气势甚阔大,内容亦殊充实。著《卷施阁集》。他长于经学、史学,为当时有名之学者。孙星衍与亮吉齐名,亦以经学著,时称"孙洪"。孙星衍(1753—1818),字渊如,阳湖人,其为文风骨遒劲。著《问字堂集》及《岱南阁集》。孔广森(1752—1786),字㧑约,号撝轩,曲阜人,亦以经学著,有《仪郑棠集》,为文亦婉曲达意。吴鼒尝选以上八人之文,为骈文八大家。

汪中不预于八家之列,而其文却高出于他们远甚。汪中(1744—1794),字容甫,江都人,有《汪容甫集》。他的骈文为工至深,而才气纵横,指挥藻典,无不如意,使我们读之,如读清澈明朗之文章,而深为之感动,毫不觉得其为艰深之骈文。这真可谓之特创的"汪体"了!

吴鼒,字山尊,号抑庵,全椒人,著《夕葵书屋集》,为文沉博绮丽。亦可自成为一家。


# 桐城派、阳湖派


衍前期归有光之余绪的桐城派的古文,在这时期也显着异常的光芒,给后一世纪以很大的影响。桐城派古文家之中心为姚鼐,在鼐之前者,有方苞、刘大櫆。这三人皆为安徽桐城人,故世号之为"桐城派"。

方苞(1668—1749),字灵皋,号望溪,著《望溪先生文集》。他的古文稳重而淡远,所缺的却是才气。

刘大櫆(kuí),字耕南,号海峰,其文较方苞为尤下,无足称。

姚鼐(1731—1815),字姬传,一字梦谷,曾受业于刘大櫆。自他出来,所谓桐城派之古文始光大而有影响于世。他著《惜抱轩集》,又编《古文辞类纂》,以示所谓古文之准的。姚鼐的古文也未有多大的才气,而醇厚清远是其特色。当时汉学之威风披靡一世，学者竞事考证，诋斥宋儒，鼐则颇与这个潮流相抗，以为义理、考证、辞章三者不可缺一。义理为干，然后文有所附，考据有所归。后来桐城派诸作家皆守此训言而无违。

当时即受桐城派之影响而别成一支流者有阳湖派。这一派的中心为恽敬及张惠言。

恽敬（1757—1817），字子居，阳湖人，他著《大云山房集》，文亦清远有情致。故谓之"阳湖派"。

张惠言是多方面的作家，才气殊横逸，于经学则有特长的研究，于骈文则成一大家，于词则亦成一派而有很大的影响，于古文，亦雄伟有气魄，高出于当时古文诸子。

不以古文家著称，而善于条畅明达之风格叙写事理者，有蓝鼎元、全祖望、戴震、崔述、章学诚、焦循诸人。

蓝鼎元（1680—1733），字鹿洲，漳浦人，为官有能名，世俗所传《蓝公案》（小说）即为叙述他的政绩者。著《鹿洲集》。

全祖望（1705—1755），字谢山，鄞县人，著《鲒埼亭集》，其中史料极多。

戴震字慎修，一字东原，休宁人，为当时的经学大师，影响极大，著《戴氏遗书》。

崔述（1740—1816），字东壁，大名人，著《崔东壁遗书》，以谨慎的不苟信的态度，去研究古书古史，发现了不少前人所未见到的疑点，改正了不少前人所疏忽的错误。当时未有什么影响，近来始为时人所推许甚至。

章学诚字实斋，会稽人，以《文史通义》一书博得了不朽的荣名。尝以儒者的眼光，痛诋袁枚。

焦循（1763—1820），字理堂，甘泉人，为当时经学专家之一，著《雕孤楼集》。他的《剧说》，在戏剧研究上是一部很有用的书。

# 戏曲作家

十九世纪的中国文学，颇呈衰落之象，已不复有前一个世纪文坛之如火如荼、浩浩莽莽的气势。戏曲作者尤少，佳作更不多见，如《桃花扇》，如《红雪楼九种曲》，如《长生殿》等之名著，俱不可再睹。

戏曲作家以黄宪清、周文泉、陈烺、余治为最著，实则亦仅此数人而已。黄宪清，字韵珊，海盐人，著《倚晴楼七种曲》。七种者，即《茂陵弦》，叙司马相如、卓文君事；《帝女花》，叙明庄烈帝女长公主与周驸马事；《脊令原》叙曾友于事，此故事原见于《聊斋志异》；《鸳鸯镜》叙谢玉清与李闲事，此故事亦见于《池北偶谈》；《凌波影》叙曹子建遇洛神事；《桃溪雪》叙烈妇吴绛雪事；《居官鉴》叙王文锡居官清正，且善绥乱事。

在这七种曲中，以《茂陵弦》及《帝女花》为最动人。相如、文君事，古来戏曲家取之为题材的不知凡几，而韵珊此作，在那些作品中却可算是上乘的。汪仲洋说："尝读《琴心记》，恨其曲词白口，不与题称，而又抹却谏猎一节，添出唐蒙设陷，文君信诳，相如受绁诸事，可谓痴人说梦，了无理绪。读韵珊此本，不觉夙心为之一快。"此剧或名《当垆艳》，乃坊贾擅改者。

《帝女花》写明末丧乱，颇尽缠绵俳恻之致。若终于《殡玉》一出，却不失为一部很好的悲剧。试读下面一曲：

【摊破金字令】（换头）只见那东风摆柳，春寒逼绮罗，只见花啼脸粉，山蹙眉蛾，看将来无一可，料荒土垄中，也应念我。使今夜梦魂相过，还怕他更漏无多。黄昏近也人奈何！唉，灯影溶银荷，夜香

［宋］佚名：《洛神图》
（局部）

散锦窝,独自个被角寒拖,枕角虚摩,回头细看,那曾见他。

那是很不坏的。不料他却再加上了一出《散花》,以最通俗的佛教观念为结束,未免枉用了好题材。他的剧本,大抵雄伟之气概不足,而绮腻清俊之风韵有余,在十九世纪中国戏坛,他实是无比的一个作家。

周文泉,号炼情子,嘉庆末,为邵阳县知县。曾于因公务上京之途间车中,著《补天石传奇》八种。这八种是:《宴金台》(《太子丹耻雪西秦》),叙燕丹兴兵灭秦之事;《定中原》(《丞相亮祚绵东汉》),叙诸葛亮灭了吴、魏二国,而统一天下;《河梁归》(《明月胡笳归汉将》),叙汉将李陵得机会,复归汉而灭了匈奴;《琵琶语》(《春风图画返明妃》),叙出塞之王昭君复归于汉宫;《纫兰佩》(《屈大夫魂返汨罗江》),叙屈原复苏生而用事于楚廷;《碎金牌》(《岳元戎凯宴黄龙府》),叙秦桧被诛死,岳飞终成灭金之大功;《纨如鼓》(《贤使君重还如意子》),叙邓伯道终于复得有子,并不绝嗣;《波弋香》(《真情种远觅返魂香》),叙荀奉倩夫妇终得偕老。

这些戏曲都与夏纶之《南阳乐》一样,欲竭力以文字之权威,来弥补历史上、人心上许多最足遗恨的缺憾。这种努力,当然是不足道,而且近于儿戏,而其风格与文辞自亦不会很崇高的了。

陈烺(lǎng),字叔明,号潜翁,阳湖人,以盐官需次于浙江,浮沉下僚,甚不得志。所作剧本,有《玉狮堂十种曲》。这十种分为前、后二集,前五种为:《仙缘记》《海虹记》《蜀锦袍》《燕子楼》《梅喜缘》;后五种为《同亭宴》《回流记》《海雪吟》《负薪记》《错姻缘》(后五种多以《聊斋志异》中之故事为题材)。其中以《燕子楼》为最有名。《燕子楼》叙的是唐时张建封与其爱妓关盼盼之事。此故事亦为向来剧作家所喜写者,元曲中曾有《关盼盼春风燕子楼》一种,今已不传。

黄宪清、周文泉、陈烺三人皆为传统的剧作家,以明人所用之戏曲式样与曲文来写他们的著作的,余治则是一个不同样的作者,他并不用传统的"昆曲"来组成他的剧本。他的剧本的唱白,乃采用的是当时流行的"皮簧调"

的式样。这使他足以自立于中国戏剧史上的一端。自他以前，所谓"今乐"的剧本，一无所有（《缀白裘》里录乱弹调剧本仅三出），自他之后，所谓"今乐"的剧本，亦无一佳者。他这部《庶几堂今乐》虽不是什么伟大著作，在皮簧戏的历史上，其重要却是空前的，在中国戏剧发展史上，其地位亦甚重要。向来皮簧戏的剧本，不是把昆曲的流行戏改头换面，就是将梆子腔的剧本全盘抄袭。

他自己创作的剧本，除了这部《庶几堂今乐》，是绝无仅有的了。此书原有四十种，今传于世者凡二十八种。如《朱砂痣》等，在今日剧场上还时时演唱着。唯作者下笔时，教训的意味太重，戏剧的兴趣未免为之减削不少耳。

# 《镜花缘》

这一时期的小说作家，杰出者殊不少，其作品在近日社会上都有很大的势力。他们各自有其独创之描写地域，这些地域乃是前人所未曾踏到的。如李汝珍的《镜花缘》，如陈森之《品花宝鉴》，如文康之《儿女英雄传》，如韩子云之《海上花列传》，都是不袭取前人一丝一线之所遗的。

《镜花缘》所写的人物，以女子为中心。中国小说，很少以女子为主人翁的，虽说有一生一旦，然生的重要性较旦不啻倍之，只有弹词中的《天雨花》之类，女子乃为作者所注重，其原因则以作者亦为女子。《镜花缘》作者却非女子，而处处乃为女子张目，这实是值得使我们看重的。

《镜花缘》之作者为李汝珍，字松石，直隶大兴人，曾师事凌廷堪。于音韵及杂艺，如土遁星卜象纬，以至书法弈道，都很有研究。但不甚得志，以诸生老。晚年努力作小说以自遣，历十余年才成功。道光八年有刻本出来。

这部小说就是《镜花缘》。不数年，他就死了，年六十余。在《镜花缘》中，也与在《野叟曝言》中一样，作者几乎把他一生的时间都庋放在其中了。那里有一大段论音韵的文字，那是他最擅长的学问；那里有许多论学、论艺的文字，那里还有许多诗文及酒令之类，那也是他所喜的或所欲谈的东西。

他把这部小说的历史背景，放在初唐武则天时代。徐敬业讨武氏失败，忠臣子弟四散，避难于他方。有唐敖者，与敬业等有旧，亦附其妇弟林之洋商舶至海外遨游。途中经历了、遇见了无数奇象异人。作者在这里几乎把全部《山海经》《神异经》都搬上书了。后敖至一山，食仙草而仙去。敖女闺臣又去寻父，不遇而返。值武后开科试才女，诸才女乃会聚京都，大事宴游。不久，勤王兵起，诸女伴又从戎于兵间，致力于讨武氏之事业。其结果，则各才女各有不同，大抵其命运都已前定。

但这部小说，并不是很纯美的晶莹的水晶球。其中有的地方很不坏：有很深刻的讥刺，很滑稽的讽笑，甚至有很大胆的创见，如林之洋在女人国历受种种女子所受之苦楚，为尤可注意者；而有的地方则极疏忽，讲学问处也太冗长寡味。最坏的是后半部与前半部完全不调和。我们始读此书时，完全不会想到诸才女乃能拈刀执枪，呼风唤雨以从事于破阵杀敌的工作的。不过像这样的一部书，近代的中国却已很少见了，求全的责备也可以不必！

# 《儿女英雄传》

《儿女英雄传》与《镜花缘》一样，也是以女子为女主人翁的。但二书的情调却完全不同。《镜花缘》以人物的繁杂、景物的诡怪著，《儿女英雄传》则人物不多，仅疏朗朗的三五个人，背景也是一个平平常常的社会。在结构上看来，《儿女英雄传》较之《镜花缘》却缜密得多。《儿女英雄传》的作者为道光中的文康。

文康为满洲镶红旗人，费莫氏，字铁仙，大学士勒保之次孙。曾为郡守，为观察。后丁忧旋里，又特起为驻藏大臣。以疾不果行，卒于家。

此作凡五十三回，后散佚，仅存四十回。今流行本亦有五十三回者，皆后人所补缀者。内容的大略是如此：侠女何玉凤，假名十三妹，欲对大官纪献唐报仇，因他曾杀其父。她武技至高，在各处行侠。某日，遇安骥受厄，救之出险。后纪献唐为朝廷所诛，玉凤遂归骥为妻。同时，她又媒介了张金凤为他的妻；她乃曾与他同遇难，而又同为玉凤所救者。骥后为学政。二妻各生一子。

这完全是一部传奇，虽以当时社会为背景，人物却都是理想的、传奇的，如十三妹、安骥那样的人，现实的世界上是不会有的，恐仅有存于作者想象中而已。全书处处都顾及传统的道德，时时以传道者的面目与读者相见，颇使人不快。所以这部书实不是一部怎么伟大的书。或以为书中之纪献唐乃清初之怪杰年羹尧，而安骥之父乃作者之自况。人物并不虚假。然而十三妹却无论如何不会是一个真的人。但此书之特点却未尝没有，那就是：全书都以纯粹的北京话写成，在方言文学上是一部很重要的著作，那样流利的京语，只有《红楼梦》里的文学可以相比。《儿女英雄传》亦有续书，那也与一般续书同样，自然较原本更劣，更不足以使我们注意。

续书而自有其独立的价值与地位者，在这时期内，却有俞万春的《荡寇志》。说来可怪，这部书却也是以一个女子陈丽卿为主人翁的。

俞万春字仲华，号忽来道人，山阴人。续七十回本《水浒传》而作《结水浒传》七十一回，亦名《荡寇志》。俞万春卒于公元 1849 年（道光己酉），但此书则至公元 1851 年（咸丰元年）始由其子龙光刻出。此书本惩盗之意，由作者想象中创造了许多人物，专为擒杀荡灭梁山泊诸英雄而来。《水浒传》里的虎跳龙啸的一百单八人遂在此非死即诛，情景至为凄怖。我每读此书，总有些不愉快之感。但万春笔力颇雄健深刻，全书结构亦殊严密而浩壮，如没有那么伟大、那么活气腾腾的《水浒传》在前，这书却也可算是一部不可及的著作。

# 儿女小说

《镜花缘》《儿女英雄传》，都是叙"儿女"而兼叙"英雄"的，《结水浒传》则本为叙"英雄"之书，而亦间及"儿女"。《燕山外史》《品花宝鉴》《海上花列传》《青楼梦》则为专叙儿女者。

《燕山外史》为陈球作，共八卷。陈球字蕴斋，秀水人，诸生。家贫，以卖画自给。工骈俪，喜传奇。

《燕山外史》即他以骈四俪六之文写之者。小说中，除唐张鷟之《游仙窟》及此书外，恐更无以骈文为之者。此书成于嘉庆中，以明冯梦桢所作之《窦生传》为题材。永乐时，有窦绳祖与贫女李爱姑恋爱同居。后其父迫令就婚宦族。二人遂相绝。爱姑坠落妓家，因一侠士之玉成，遂复归绳祖。绳祖妻待之甚暴虐。二人乃相偕遁。值唐赛儿乱，又中途相失，生复归家，家已贫苦，妻亦求去。这时，爱姑忽复归，乃为其妻。是年绳祖中第，官至山东巡抚。其前求去之妻却反堕落为乳媪。最后，绳祖与爱姑皆仙去，书亦遂止。光绪初，永嘉人傅声谷曾为之作注释。此书不过如《平山冷燕》一流之佳人才子的小说而已，而又出之以骈俪，其叙写更觉处处板涩。

《品花宝鉴》为陈森作。陈森字少逸，常州人，道光中居北京，尝出入于伶人之中，因掇拾所见所闻，作为此书，刻于咸丰二年（1852年）。当时京中士大夫每以狎伶为务；使之侑酒、歌舞，一如妓女。此风至清末始熄。在此书中，描写此种变态的性爱，极为详尽。本为男子之伶人，如杜琴言辈，乃温柔多情如好女子，而所谓士大夫之狎伶者，则亦对他们致缠绵之情意，一如对待绝代佳人。《儒林外史》中亦有叙及伶人，取以较之此书所写者，真可见是两个截然不同的时代。在小说中保留这个变态心理的时代者，当以此书为最重要的一部，也许便是唯一的一部。不过事实是不近人情的事实，人物是非平常的人物，虽作者尽力地去摹写，读者却难得有如对《红楼梦》诸正则的书同样的那么感兴趣。

《青楼梦》题慕真山人著，其真姓名乃俞达。俞达字吟香，江苏长洲人，生平颇作冶游。光绪十年（1884 年）以风疾卒。

《青楼梦》成于光绪四年，书中人物多为妓女，实为后来诸青楼小说之祖。其故事略如下：金挹香，工文辞，颇致缠绵于诸妓女。后掇巍科[1]，纳五妓，一妻四妾。为余杭知府。不久，父母皆在府衙中跨鹤仙去。挹香亦入山修真。又回家度其妻妾，尽皆成仙。曩所识之三十六伎，原皆为"散花苑主坐下司花的仙女"，今亦一一尘缘已满，重入仙班。故事实太偏于传奇，没有什么真实的趣味。《海上花列传》亦叙写青楼事，较之此书却高明得多了。一如木雕的佛像，板涩而无生气，一则是活泼泼的现实社会的写真，个个都是活的人；一是天上无根之浮云，一则为地上着实有据的人间写照。中国近代小说，到了像《海上花列传》之类，乃始脱尽传奇的虚妄无根的摹写，其发达实太缓慢。本来，在有了《金瓶梅》《红楼梦》之后，传奇之风便不易重炽，而不料中间乃复有许多年，许多年的传奇时代之存在！

《海上花列传》凡六十四回，题"云间花也怜侬著"，其真姓名为韩子云，松江人。善弈棋，嗜鸦片，旅居上海甚久。为报馆编辑，沉酣于花丛中。阅历既深，遂著此书。书中故事，大都为实有的，不复如传奇作家之向壁虚造，且人物也都是实有的，至今尚可指出其为某人某人。此书初出现于公元 1892 年（光绪十八年），与他书二种合印为《海上奇书三种》，每七日出一册，每册中，有此书二回，甚风行，为上海一切小说杂志之先锋。此书全用上海方言写成，大约是用上海话著书的第一部，在方言文学上占的地位极重要。

---

1 巍科：犹高第，古代称科举考试名次在前者。《醒世恒言·苏小妹三难新郎》："取巍科则有余，享大年则不足。"

此书结构极散漫，全局布置，似无预定，故事若断若续，每随社会上新发生之事故而增长其题材。此绝无结构之书，又无一定之主人翁之书，所以能吸引住读者，不使其兴趣低落者，完全由于其叙写手段之逼真，说的话，是在上海的人常听见的，说话的人也是我们所常看见的。此书在近二十余年的影响极大。至今，此种结构散漫而随时掇拾社会新事以入书之小说尚时时有得出现。

# 英雄小说

《三侠五义》《施公案》《彭公案》诸书，则为专叙"英雄"者。

《三侠五义》，原名《忠烈侠义传》，出现于光绪五年（1879 年），凡一百二十回，为石玉昆作。此书在社会上影响甚大，《彭公案》诸书皆继其轨而作者。书中之主要人物为宋包拯，即所谓包龙图者。有三侠，展昭、欧阳春、丁兆蕙，及五鼠，卢方、韩彰、徐庆、蒋平、白玉堂左右之，到处破大案，平恶盗，并定襄阳王之乱。

全书结构甚完密，而事迹复诡异而多变化，文辞亦极流利而明白，因此，

《施公案》民国石印本书影

人物虽非真实的,事实虽为传奇的,却甚足引动读者。俞樾见此书,以为:"事迹新奇,笔意酣恣,描写既细入毫芒,点染又曲中筋节,正如柳麻子说'武松打店',初到店内无人,蓦地一吼,店中空缸、空璧,皆瓮瓮有声。闲中着色,精神百倍。"乃略为改订,易名为《七侠五义》而重刊之。后又有《小五义》《续小五义》,相继出现于京师,皆一百二十四回,亦皆称石玉昆原稿。

《施公案》,一名《百断奇观》,凡八卷九十七回,未知作者姓名,叙康熙时施世纶事;其出在《三侠五义》之先(道光十八年),而文辞殊拙直。然在一般社会上,势力亦甚大。今人无不知有黄天霸者,即无不知有《施公案》也。

《彭公案》为贪梦道人作,叙康熙时彭鹏事,凡二十四卷,一百回,光绪十七年(1891年)出版,至今尚有人在续写,已至三十续,其文辞亦甚枯拙,远不及《三侠五义》。

此外,同类的书,在这时期的末年,也出版了很不少,如《万年青》《永庆升平》《七剑十三侠》《七剑十八侠》《刘公案》(刘墉事)、《李公案》(李秉衡事)都是这一类的名臣断案、侠客锄奸的小说。这种传奇的盛行,在社会上的影响是很不好的,往往使愚民钦仰空想的英雄,而忘了实际社会的情况。

《花月痕》与《镜花缘》是同类,亦为兼及"男女""英雄"之小说。其写缠绵悱恻之恋情,则有类于《品花宝鉴》,其写多情之妓女,则有类于《青楼梦》。《花月痕》凡十六卷五十二回,题"眠鹤主人编次",实乃魏子安所作。

魏子安为福建闽县人,少负文名,尤工骈俪。中年以后,乃折节治程、朱之学,乡里称长者。

此书出现于咸丰戊午(1858年),或谓其人物皆有所指,或谓其中主人翁乃作者自己之写照。上半部叙韦痴珠、韩荷生游慕并州,各有所恋,亦皆为妓女。韦恋秋痕,韩恋采秋,后韦夭死,秋痕殉之。后半部则叙荷生与采秋结为夫妻,富贵显达,冠于当世,正与痴珠、秋痕之薄命成一对照。作者于前半部,写情写事,殊为着力,时时有悲凉哀怨之笔,"哀感顽艳"之评,足以当之。后半部则叙写荷生、采秋之战功，殊失之夸张，且更杂以妖异，益与前半不称。正与《镜花缘》一样，后半乃足为前半之累，使莹洁的美玉，无辜地染上了许多瑕点。


# 落寞诗人


诗人在这时期殊为落寞，虽有梅曾亮、张维屏、龚自珍、何绍基、郑珍、莫友芝、曾国藩、金和、黄遵宪、王闿（kǎi）运、李慈铭诸人相继而出，而其活动的范围与气魄，影响之切深与浩大，皆不及前一时期。

梅曾亮（1786—1856），字伯言，江苏上元人，道光壬午进士，官户部郎中，有《柏枧山房集》，善古骈文，"诗则简练明白如其古文"。如：

> 满意家书至，开缄又短章。……尚疑书纸背，反复再端详。(《得家书口号》)

这是很挚情的文字、很逼真的情境。

张维屏（1780—1859），字子树，一字南山，番禺人，道光中进士，曾官黄梅、广济知县，权南康知府，有政声。著《听松庐诗钞》及《国朝诗人征略》。

岭南颇多诗人。有冯敏昌、胡亦常、张锦芳，号为"三子"，后锦芳又与黄丹书、黎简、吕坚并称为"岭南四家"。而维屏则这时名尤著，与林伯桐、黄乔松等七人，筑馆吟诗，号曰"七子诗坛"。

龚自珍（1792—1841），号定庵，仁和人，有《破戒草》，亦以散文有名于时。才气殊纵横，意气飞扬而声色磊落不群，其诗亦如其为人，非规绳所能范则，少年喜之者极多。下举二例：

> 刘三今义士，愧杀读书人。风雪衔杯罢，关山拭剑行。英年须阅历，侠骨岂沉沦。亦有恩仇托，期君共一身。（《送刘三》）
>
> 黄金华发两飘萧，六九童心尚未消。叱起海红帘底月，四厢花影怒于潮。（《梦中作》四首之一）

何绍基（1799—1873），字子贞，号东洲，道光中进士，官编修。精于小学，诗则颇崇拜东坡、山谷，为后来宗宋诸诗人之先声。有《东洲草堂诗钞》。

郑珍（1806—1864），字子尹，遵义人，晚号柴翁，道光中举人。其诗沉郁整严，为当时一大家，《巢经巢诗钞》乃是这时最重要的诗集之一。论者称其“历前人所未历之境，状人所难状之状”（陈衍《近代诗钞》）。今举一例：

> 前滩风雨来，后滩风雨过。滩滩若长舌，我舟为之唾。岸竹密走阵，沙洲圆转磨。指梅呼速看，著橘怪相左。半语落上岩，已向滩脚坐。榜师打懒桨，篙律遵定课。却见上水路，去速胜于我。入舟将及旬，历此不计个。费日捉急流，险快胆欲懦。滩头心夜归，写觅强伴和。（《下滩》）

贵州僻在西方，向少文人，在这时，乃有郑珍，复有莫友芝，二人齐名，而友芝之诗实不如珍。友芝（1811—1871），字子偲，号邵亭，贵州独山人，道光辛卯举人。有《邵亭遗诗》。

曾国藩以起乡兵平洪秀全得大名，而于诗、于文，亦有相当之努力。在这时期的后半，他乃成了一个重要的文人保护者与文学提倡者。

曾国藩（1811—1872），字伯涵，号涤生，湖南湘乡人。道光戊戌进士。官至两江总督，武英殿大学士。有《曾文正公诗集》，又编纂《十八家诗钞》，以示其对于古代诗人之宗向与意见。

金和（1818—1885），字弓叔，号亚匏（páo），江苏上元人，邑增生，有《秋蟪吟馆诗钞》。论者谓可与郑珍并称为"二大家"。"其一种沉痛惨淡，阴黑气象，又过乎少陵。"此乃评其长歌，即经洪氏乱后之作品，其在乱前之作却甚妩媚可爱，如下面《雨后泛青溪》一首，即可为后者之一例：

> 青溪雨过湿蒙蒙，画舫轻移似碧空。芳草生时江水绿，春山明处夕阳红。傍边帘影低迎月，楼上箫声暗堕风。最是乱莺啼歇后，卷帘人在柳花中。

黄遵宪为金和、郑珍后之一大家。欲在古旧的诗体中而灌注以新鲜的生命者，在当时颇不乏人，而唯黄遵宪为一个成功的作者。

黄遵宪（1848—1905），字公度，广东嘉应人，同治癸酉举人，官湖南按察使，有《人境庐诗集》。他的《杂感》道：

> 大块凿混沌，浑浑旋大圜。隶首不能算，知有几万年。羲轩造书契，今始岁五千。以我视后人，若居三代先。俗儒好尊古，日日故纸研。六经字所无，不敢入诗篇。古人弃糟粕，见之口流涎。沿惯甘剽盗，妄造丛罪愆。黄土同抟人，今古何愚贤？即今忽已古，断自何代前。明窗敞琉璃，高炉爇（ruò）香烟。左陈端溪砚，右列薛涛笺。我手写我口，古岂能拘牵。即今流俗语，我若登简编，五千年后人，惊为古斑斓。

这是他的宣言，这是他的精神！在他之前，敢说这种话有几个人！再举一例：

……缅昔百年役，裂地争霸王。驱民入锋镝，倾国竭府帑。其后拿破仑，盖世气无两。胜尊天单于，败作降王长。欧洲好战场，好胜不相让……（《登巴黎铁塔》）

这里面有许多词句，都是崇古的诗人们所不敢用的。

王闿运、李慈铭同为骈文的大作家，亦同为有名的诗人。

王闿运（1832—1916），字壬秋，湖南湘潭人，咸丰乙卯举人。入民国，为国史馆馆长，有《湘绮楼诗》。李慈铭（1829—1894），字炁伯，号莼客，浙江会稽人。光绪庚辰进士，官至监察御史，有《越缦堂集》《白华绛跗阁诗》。此二人皆专意拟古者，闿运尤力追汉魏六朝之作风，较之遵宪之有高视古人、独辟门户的气概者，自当为之低头。但慈铭之作，却颇雍雅有情致，如：

茗芋情怀黯淡中，薰衣生怕熟梅风。分明襟上离人泪，并向今朝发酒红。（《梅雨中至申江》）

此外，小诗人至多，如一一列举，绝非本书之所能。

诗之别派号为"词"者，专门的作者在这时也颇有几个，大都是继于张惠言他们之后的。龚自珍之词，亦甚有名，其作风豪迈而失之粗率。项鸿祚、戈载、周济、谭献、许宗衡、蒋春霖、蒋敦复、姚燮、王锡振诸人，则或绮腻，或哀艳，或婉媚，皆未必有伟大的气魄如定庵。

项鸿祚（1798—1835），字莲生，钱塘人，著《忆云词》；周济字保绪，号止庵，荆溪人，官淮安府教授，有《味隽斋词》；戈载字顺卿，吴县人，著《翠微雅词》；谭献（1832—1901），号复堂，仁和人；许宗衡字海秋，著《玉井山馆诗余》；蒋春霖号鹿潭，著《水云楼词》；蒋敦复字剑人，著《芬陀利室词》；姚燮字梅伯，著《大梅山馆集》；王锡振字小鹤，著《茂陵秋雨词》。

今举项鸿祚一词为例：

西风已是难听，如何又著芭蕉雨。泠泠暗起，渐渐渐紧，萧萧忽住。候馆疏砧，高城断鼓，和成凄楚，想亭皋木落，洞庭波远，浑不见愁来处。此际频惊倦旅，夜初长，归程梦阻。砌蛩自叹，边鸿自唳，剪灯谁语。莫便伤心，可怜秋到，无声更苦。满寒江剩有，黄芦万顷，卷离魂去。(《水龙吟》)

# 散文作家

散文作家，在这时也与前代一样，仍可分为古、骈二派。古文派则衍桐城派之绪余，虽曾国藩的气魄较大，眼光较高，而亦不能自外。骈文作家，亦皆承继前代之作家而无大变动。

姚鼐（nài）为桐城派古文家之中心，其弟子有陈用光、梅曾亮、管同、刘开、方东树、吴德旋、姚椿、毛岳生、姚莹，其再传弟子则有邓显鹤、邵懿辰、鲁一同、吴嘉宾、朱琦、龙启瑞等。

陈用光（1768—1835），字硕士，江西新城人，著《太乙舟文集》；管同字异之，与曾亮同邑，著《因寄轩文集》；刘开字方来，号孟涂，著《刘孟涂集》；方东树字植之，桐城人，著《仪卫轩集》；吴德旋字仲伦，宜兴人，著《初月楼诗文钞》；姚椿字春木，娄县人，著《通艺阁集》；毛岳生字生甫，宝山人，著《休复居文集》；姚莹字硕甫，桐城人，著《中复堂文集》。

邓显鹤字子立，湖南新化人，著《南村草堂文钞》；邵懿辰字位西，浙江仁和人，有《半岩庐遗集》；鲁一同字通甫，江苏山阳人，著《通甫类稿》；吴嘉宾字子序，江西南丰人，著《求自得之室文钞》；朱琦字廉甫，号伯韩，广西桂林人，著《怡志堂文集》；龙启瑞字翰臣，广西临桂人，著《经德堂文集》。

曾国藩、吴敏树，亦当附于桐城派，而颇自立异。曾国藩曾选《经史百家杂钞》，以矫正姚鼐《古文辞类纂》之浅狭。吴敏树字南屏，湖南巴陵人，才力较国藩为弱。

继曾国藩之后者，有张裕钊、黎庶昌及吴汝纶。张裕钊字廉卿，湖北武昌人；黎庶昌，贵州遵义人，编《续古文辞类纂》，即全依曾氏之论以续姚氏者；吴汝纶字挚甫，桐城人。

在这时，中国局势已大变，新的潮流已如山崩海倒般挤进来，然而受其影响以自新其生命者则无一人。

古文家刘开与梅曾亮，亦善为骈文，且卓然成大家。前时，古骈文字为敌视之二体；这时则二派已不复互相攻诋，而各自认定自己的路走去，且更有骈古兼长如梅、刘者。后来之作家，如王闿运、李慈铭、王先谦亦并皆如此。其专以骈文著称者，有董基诚、董祐诚、方履篯、傅桐、周寿昌、赵铭等。

董基诚字子诜，有《子诜骈体文》；董祐诚字方立，有《董方立遗书》，二人并阳湖人；方履篯字彦闻，大兴人，有《万善花室文集》；傅桐字味琴，泗州人，有《梧生骈文》；周寿昌字荇（xìng）农，长沙人，有《思益堂集》；赵铭字桐孙，秀水人。

此外，不自附于某派之作家，尚有李兆洛、包世臣、俞正燮（xiè）、魏源、龚自珍、俞樾、谭嗣同诸人。

李兆洛字申耆，有《养一斋文集》；包世臣（1775—1855）字慎伯，著《安吴四种》。二人并名于时。李兆洛撰《骈体文钞》，为提倡骈文甚力之一人。俞正燮字理初，著《癸巳类稿》；龚自珍之散文亦甚有名，浩莽不羁如其诗；魏源字默深，与龚自珍齐名当时，著《古微堂内外集》和《海国图志》等；俞樾（1821—1906），字荫甫，号曲园，德清人，有《春在堂全集》。谭嗣同字复生，湖南人，为戊戌政变时被害六君子之一。著《仁学》等，颇有新颖之意、大胆之言。

# 第十四章
## 晚清文学

中国的文学，在新世纪处于一个大变动的时代。一方面是旧式的作家在并不衰颓地写作着；一方面，新的作家努力于西洋文艺的介绍，努力于新的作品的创造，这些崭新的著作与介绍引起了古旧文坛的全盘混乱。

# 小说家

新世纪之小说家，承袭了传统的文格者，有李宝嘉、吴沃尧诸人。

李宝嘉（1867—1906），字伯元，号南亭亭长，江苏上元人。曾在上海办《指南报》《游戏报》及《海上繁华报》。所作小说有《文明小史》及《官场现形记》，而《官场现形记》尤为有名。

《官场现形记》第三编刊行于1903年，体裁似《海上花列传》，结构极松散，然其叙写却皆为日常的生活，其人物却皆为我们日常遇见的人物，故特能逼真动人。清末为吏治最昏暗之时代，平民正苦于官，此书尽量揭发官之罪恶与私行，极讽骂之能事，故一出版即轰动一时。

吴沃尧（1867—1910），字趼（jiǎn）人，号我佛山人，广东南海人。1903年时始为小说，成《九命奇冤》《二十年目睹之怪现状》等，刊于《新小说》中。后又作《恨海》《近十年之怪现状》等。这两部"怪现状"，亦为

《官场现形记》同类，乃揭发现社会之种种黑暗者，而所写范围较广，不仅限于官场。

这一类结构松散、以讽骂世人、揭发黑暗为能事的小说，在这时候发现了不少，大都皆模拟《海上花列传》《官场现形记》与《二十年目睹之怪现状》者，无特叙的必要。

其超出于这时的讽骂小说范围之外者，有《老残游记》及《孽海花》。

《老残游记》题洪都百炼生著，实为刘鹗的作品，出版于1906年。刘鹗（1857—1909），字铁云，江苏丹徒人。《老残游记》叙铁英号老残者之经历，并述其言论与所遇见的人物，时有很好的描写，时亦落于空想的叙述。

《孽海花》称东亚病夫编述，实乃曾朴所作。曾朴字孟朴，江苏常熟人。《孽海花》以洪钧（改名金沟）与傅彩云为主人翁，多叙当时文士逸事，叙事严整，描写也很真切，有异于当时单以讽骂为能事之小说。惜仅成二十回（一本有二十四回，至洪钧死时为止）。后有续作者，然不及原书远甚，作者曾声明过反对这些续作。

旧的戏曲在这时作者绝少，但戏曲的研究在这时却极发达。不易见的古剧本在翻刊着，戏曲研究的资料在传播着，如王国维之《曲录》、吴梅之《顾曲麈谈》《词余讲义》等，皆为很好的参考资料。王国维，字静安，浙江海宁人，是新世纪中很重要的一个文艺批评家，其所作《人间词话》，很有特见。

吴梅，亦善于作剧，乃是这时代里作古剧的文士的中坚。

# 诗　人

诗人在这时代却不少，其造就也很有可述者。如郑孝胥、陈三立、陈衍、沈曾植诸人是一派，都是宗向宋诗的。此外，易顺鼎、樊增祥，却是另一派的诗人。

郑孝胥字苏盦（ān），号太夷，福建闽侯人，有《海藏楼诗》，思精笔健，与陈三立同为旧诗人中之双璧；陈三立字伯严，号散原，江西义宁人，有《散原精舍诗》；陈衍字石遗，福建闽侯人，有《近代诗钞》及《石遗室诗话》；沈曾植字子培，号乙盦，浙江嘉兴人，为近代有名的学者。

易顺鼎字实甫，号哭庵，湖南龙阳人，与樊增祥齐名；樊增祥字嘉父，号樊山，湖北恩施人。此二人之诗，皆以清丽婉秀著，无宋诗派之沉着深刻，而时有佳句。

# 词　人

"词"的作家，在这时亦不少，而朱祖谋、况周颐、冯煦、曹元忠、王国维等为最著。朱祖谋字古微，编《彊村丛书》；况周颐字夔笙，广西临桂人；冯煦字梦华，江苏金坛人；王国维之词，作品不多，而皆为珠玉；曹元忠字君直，江苏吴县人。

# 古文家

在散文作家中，桐城派作家已成强弩之末，无甚可称之作家。

林纾颇欲重振古文之颓波，然其功绩乃在翻译，却不在他的古文。林纾的译文凡一百五十余种，以小说为最多，史格得、狄更斯、大仲马诸人，皆由他的介绍而始为中国读者所知，可惜他不懂外国语，他的译文皆由另一人口译后由他笔述的，所以有时不大与原文吻合。

缪荃孙字筱珊，号艺风，江阴人，有《艺风堂文》。经他编辑的书亦不少，在当时很有影响。严复字又陵，号几道，侯官人，以译《原富》《天演论》诸书著，在中国思想界的改造上是很有功的，他的文字亦谨严不苟，畅顺秀美。康有为字长素，号更生，广东南海人，以提倡新学著名，在新世纪头几年的思想界很有势力。章炳麟字太炎，浙江余杭人，著《章氏丛书》，在文坛上亦为有力的人物之一。刘师培字申叔，江苏仪征人，善作古拙之文，其古学亦甚为人所称。

梁启超字卓如，号任公，广东新会人，有《饮冰室文集》。梁启超为有为之弟子，其文字流利畅达，声气灏大，勇于采用新语，顿使拘谨的古文界，为之放一线新的光明。其论列时事之文尤为明白易晓，可为中国新闻文学之祖。

# 文学改革

自 1917 年胡适在《新青年》月刊上发表他的《文学改革论》后，中国的文坛起了一个大变动。文字从拘谨的古文、对偶的骈文，一变而为活泼泼的运用现代人的言语的语体文。文体从固定的小说、戏曲、诗、词的旧格律下解放了，而为自由的尽量发挥作者个性、尽量采纳外来影响的新的文体。

这是一个极大的改革，中国文学史上的一件大事。现在这个新运动正在进行。新的诗人、小说家、戏曲家，都在努力于写作他们的著作。虽然没有什么大杰作可见，然这条新路，却无疑是引他们进了成功之宫的一条大路。新世纪的中国文学必将为一个空前灿烂的新时代。本书即终止于这个希望、这个预言中。